凶案追击
之梦魇

莫伊莱 ◎ 著

贵州出版集团
贵州人民出版社

图书在版编目（CIP）数据

凶案追击之梦魇 / 莫伊莱著. –– 贵阳：贵州人民
出版社, 2017.7
ISBN 978-7-221-14142-2

Ⅰ.①凶… Ⅱ.①莫… Ⅲ.①长篇小说—中国—
当代 Ⅳ.①I247.5

中国版本图书馆CIP数据核字(2017)第110809号

凶案追击之梦魇

莫伊莱　著

出 版 人：苏　桦
总 策 划：陈继光
责任编辑：唐　博
封面设计：源画设计
装帧设计：唐锡璋
出版发行：贵州人民出版社
社址邮编：贵阳市观山湖区会展东路SOHO办公区A座　　550081
营销电话：0851-86828640（传真）
印　　刷：长沙鸿发印务实业有限公司

开　　本：710×1000mm　　1/16
字　　数：300千字
印　　张：19.25
版　　次：2017年7月第1版
印　　次：2017年7月第1次印刷
书　　号：ISBN 978-7-221-14142-2
定　　价：36.00元

目录

目录

目录

林飞歌却好像并没有留意到自己同伴细微的情绪变化，依旧滔滔不绝地说着："我爸昨天晚上还唠叨我，说我太懒了，实习的时候应该表现得够勤快才能给人留下好印象，这下更得了，你本来就比我勤快，现在住得还比我近，要不干脆这样得了，以后打扫办公室卫生算咱俩合伙好不好？你给我留点儿事情做，或者回头我请你吃好吃的，怎么样？好方圆，你就帮帮我吧！"

方圆有些无奈地点点头，笑着说："行，算咱们俩合伙，不过吃东西就算了，我最近减肥，不敢吃那些容易胖的东西。"

"好好的减什么肥嘛！是不是因为马凯那张破嘴？你根本不用搭理他，他就是那什么嘴里吐不出那什么的牙！"林飞歌笑嘻嘻地凑到方圆跟前，伸手捏了捏方圆软软的腰间，"我就觉得你这样肉肉的特别可爱！"

方圆对这种肢体接触并不是十分喜欢，本能地想要躲开，眉头也微微皱了一下，但最终还是没有动，只是略显局促地笑了笑。还不等她开口对林飞歌说什么，办公室门口出现了一个高大的男人，目测身高至少也有190厘米，人高马大，短短的圆寸头，下巴泛着胡茬儿的淡淡青色，这个大个子朝办公室里看了一眼，然后对两个年轻姑娘一招手："方圆，还有那个女同学，跟我走，出现场。"

说完，他就先大步流星地走开了。

林飞歌看着大个子的身影消失在门口，有些略显哀怨和夸张地叹了口气："你说，这事哪儿说理去啊！论起来，我才是师父的'嫡传'徒弟，你和马凯都是被别人推给师父捎带着一起带上的。结果这都三天了，他除了你的名字，我和马凯居然谁都没记住，成天'那个女同学''那个男同学'地叫我们俩！你说大家都是一样来实习的，怎么差距这么大，再这么下去我都要吃你的醋了呢！"

这话说完，看到方圆的表情都有点僵住了，林飞歌扑哧一声笑出来了，把手里的抹布随手往桌上一扔，拍拍手上沾着的灰尘，冲方圆摆摆手："我开玩笑的啦，亲爱的，你什么都这么认真的性格真是太可爱了！没想到咱们才来三天就能捞着机会出现场，看来这个不靠谱的师父还有点实力呀！我先下去了，你也快一点啊，不然马凯那小子的嘴巴又该不老实了！"

丢下这么一句提醒，林飞歌就自己先三步并作两步地出了办公室跑下楼去了，方圆抿了抿嘴，叹了口气，从桌子上捡起被林飞歌随手丢在那里的抹布，整整齐齐地把抹布收好，这才拿了大衣下楼去和其他人会合。等她到了楼下，其他人都已经上车了，林飞歌和马凯正一左一右地坐在后排，把方才还被林飞歌称作是"不靠谱的师父"的大个子夹在中间，有些兴奋地向他询问马上要去出现场的是一起什么样的案子。大个子被他们两个你一言我一语问得也有些头疼，表情很是无奈，而前排驾驶位坐着的那位更是沉默，一言不发，即便后面自己的同事快要被两个好奇宝宝抛出来的疑问淹没了，他似乎也没有任何"拔刀相助"的打算。

这三天下来，方圆差不多已经能把刑警队里的人认得差不多了，这个"不靠谱的师父"名字叫作戴煦，原本应该是林飞歌一个人的师父，马凯的师父就是驾驶位上那个一言不发的叫作汤力的前辈。汤力这个人，惜字如金，除非是因为工作，需要讨论案情，否则能不说话就尽量不出声。马凯和林飞歌差不多，也是个话篓子，所以一天下来，被自己的师父汤力差一点憋出病来，就跑来投奔了戴煦。而自己原本则应该跟着一个叫钟翰的刑警实习，结果来报到的第一天，带队老师才一走，那位钟前辈就以他的性格不适合带实习生为由，也把自己塞到戴煦这里来了，而戴煦倒是一副一只羊也是赶，三只羊也是放的态度，一点都没计较。

在这个过程中，林飞歌大致是有两点感触的，第一点是觉得惋惜，因为他们刚一被分到刑警队实习，就已经听说了钟翰是刑警队乃至A市公安局里出了名的帅哥，就这么错失了一个和帅哥亲密接触的机会，作为当事人的方圆倒是不大在意，却让林飞歌扼腕不已。林飞歌的第二点感触，就是方才的那一幕，三天下来，三个实习生里，戴煦就只记住了方圆一个人的名字，不管什么事，永远都是用"方圆还有那两个同学"来称呼，这让林飞歌这个自称是"嫡传"的徒弟心里面或多或少地感觉不平衡。

"哇！真的假的？师父，一上来就是碎尸案啊？我们的运气到底算是太好，还是太不好？"

后排已经坐满了，方圆也没有挑选的余地，只能硬着头皮，厚着脸皮，开门坐在了副驾驶的位置上，屁股还没坐稳，就听到林飞歌的一声惊呼。当"碎尸案"三个字钻进她的耳朵时，方圆的心里冷不防地打了个战，之前虽然在警校学习了三年多，但毕竟都是理论远多于实践，实验中心的标本室虽然也参观过很多回，但标本毕竟是标本，和血淋漓的尸体并不完全是同一回事，没想到这才实习的第三天，居然就被他们遇到了性质这么严重的案子，并且他们三个人还被允许跟着一起去出现场。方圆的心里实在是不知道该喜还是该忧。

戴煦可能也是被林飞歌和马凯吵得有些头大，表情十分无奈地嘿嘿笑了两声，半开玩笑地说："就权当是帮我给你们三个一份'见面礼'了吧。"

方圆没有林飞歌那么放得开，再加上坐在前排，就更不好意思扭着身子问东问西，生怕惹了人讨厌，只能竖着耳朵听马凯他们和戴煦的对话，很快她就听明白。今天早上，公安局接到一起报案，在一个单位的家属住宅小区里，有人发现了疑似人体残肢的东西，体积不大，应该是已经经过了肢解处理之后的一小部分，并且已经被流浪猫狗啃食得不成样子，要不是上面有身体的某个部位，让人一看就联想到了人体器官，可能根本不会引起注意。

戴煦介绍这些情况给他们的时候，语气非常镇定自若，似乎已经对这种案件和场面都习以为常，并不稀奇。开车的汤力表情也始终是一成不变的淡漠，反倒是三个第一次跟着出现场的年轻实习生，在听过了大致的介绍之后，心情从最初的兴奋，渐渐变得忐忑了。

"前辈，"方圆作为本地人，那个报案人提供的现场地址她是知道的，并且家里的一个远亲就住在那附近，周围并不荒凉，所以即便开口的时候有点忐忑，怕自己问了傻问题会让人留下不好的印象，但还是忍不住开了口，小心翼翼地扭过脸问戴煦，"假如是杀了人肢解，一般不是抛弃或者掩埋在荒郊野外人烟稀少的地方比较方便和保险吗？为什么这次的案发地点是市区呢？"

"你这个问题问得很好，只可惜问早了，"戴煦耸耸肩，两只大手一摊，"没到现场去看过，没有了解到具体情况之前，我也回答不上来。"

第二章 生肉

"方圆,抖机灵没把握好时机,太可惜了啊!"坐在戴煦身边的马凯听完戴煦的回答,立刻见缝插针地开了口,笑嘻嘻地对方圆说。

方圆原本只是因为第一次出现场,所以又紧张又好奇,忍不住提了一个疑问,戴煦的回答也没有什么特别的褒贬在里面,结果马凯这么一调侃,倒好像是她存心想要在这种时候出风头,吸引谁的注意力似的,这让她的心里面顿时感到十分尴尬,尽管表面上极力维持着平静,对马凯的话装出充耳不闻的样子,可是一张脸却不受控制地红了起来,一直红到了耳朵根。

"就你话多!"林飞歌从戴煦身后伸长了胳膊照着马凯的肩头擂了一拳。

马凯连忙歪着身子朝一旁躲闪,一本正经地对林飞歌说:"别打打闹闹的,形象!注意形象!师父可看着呢。"

林飞歌冲他翻了个白眼,不过显然还是把话听进耳朵里面去了,她偷偷地瞥了一眼戴煦,想看看他对方才三个人的言语往来以及她和马凯的打闹有没有什么不悦,却发现戴煦两只手臂环抱在胸前,闭目养神,根本没有任何反应。

车上五个人,开车的汤力始终一言不发,现在戴煦也这个样子,三个年轻的实习生也不好意思开口,去现场的一路上,车里面安安静静的。

接到报案的地点位于A市前几年才逐渐发展起来的一个新的开发区内,这里几年前还很少有居民,最近几年随着周边配套设施的完善,逐渐倒也成了A市一个新兴的居民聚居区。被发现疑似人体部位的地点是A市某研究院的职工家属住宅小区附近,所以汤力抄了个近路,直接绕开上班早高峰会比较繁华的路段,避免了塞车的苦恼,没用多久就来到了他们此行的目的地。

车子停稳，几个人纷纷下车，林飞歌凑到方圆身边，作为第一次出现场的实习生，尤其还是女生，她们两个人的心里都十分忐忑，甚至有些手足无措的感觉。马凯估计也好不了多少，只不过是极力掩饰着，不愿意被人看出来罢了。

汤力下车之后看了一眼等在车边，不敢随便走动的实习生们，愣了一下，再朝车里看看，发现戴煦居然还坐在车里，微微仰着头，闭着眼睛，似乎睡得很香。对戴煦的这种状态，汤力早就已经是虽然无奈却又见怪不怪，伸手拉开车门，俯身推了推戴煦，等对方慢慢腾腾地睁开眼睛，这才说："到了，走吧。"

戴煦在车里伸了个懒腰，抹了把脸，看其他人都已经在车外面等着，有点不好意思地笑了笑，连忙下车来。

"我怎么觉得师父这人有点儿……稀里糊涂似的呢！"林飞歌似乎对戴煦的表现有些略显失望，趁着戴煦下车的工夫，凑到方圆耳边小声地咕哝了一句。

方圆有点不自在地扯扯嘴角，什么也没说，毕竟她打从见到戴煦这个人到现在，一共才三天时间，短短的三天根本不足以了解清楚一个人的性格和能力水平，林飞歌怎么想是她的自由，方圆并不想有什么先入为主的偏见，只是不好开口反驳林飞歌，免得她对自己有不满，所以才勉强地笑了笑作为回应。

等戴煦下了车，五个人就朝发现疑似人体部位的具体地点走过去，汤力和戴煦走在前头，方圆和林飞歌跟在后面，马凯则时而跟方圆她们一起，时而又想凑到戴煦和汤力中间，以表示他作为男人，不像自己的两位女同学那么胆怯。

法医和刑技方面的同事是紧随汤力他们之后到达的，一行人很快就在职工家属小区一侧院墙外的大片原本的绿地，现在几乎都被积雪覆盖住的空地上找到了已经用警戒线圈起来的现场，几个110巡警正在旁边维持秩序，不让好奇的围观群众越过警戒线。

"什么情况？"戴煦找到通知他们来现场的那名巡警了解情况。

"是这么回事，今天早上我们接到报警，是一个早上起来遛狗的人，说自己家的狗跑到这儿来，捡了个什么东西啃，他怕自己家的狗吃了什么脏东西，或者有毒的东西，就赶紧跑过来看，结果一看，就发现了一块冻肉，而且上头还有个玩意儿……"巡警说到这里的时候，瞥了一眼跟在戴煦身边的方圆和林飞歌，措辞忽然就含糊了一下，"他觉得在这一大片空地上发现有一大块冻肉本身就挺奇怪的了，现在这年头肉价也不便宜，这附近平时遛狗的人多，没家没主人的流浪狗也不少，平时有人会放点狗粮什么的，但从来没见有谁放过生肉，所以就仔细地端详了一会儿，结果越看越不对劲儿，就打电话报警了。"

方圆见对方本来话说得好好的，看了一眼自己和身旁的林飞歌，忽然就言语含糊起来，估计是发现的部位比较特殊，让这名男士当着两个年轻姑娘的面有些不好开口直截了当地说出来，意识到了这一点她索性也就什么都不多问，反正一会儿就能看到发现的到底是什么，也不急于眼前的一时半刻。

可是林飞歌却好像是没有意识到这一点，对方刚说完，她就已经迫不及待地用充满疑惑和好奇的口气，在戴煦和汤力谁都还没有开口之前，便抢着问对方："师兄，到底是发现了什么特殊的部位啊？什么叫'上头还有个玩意儿'？"

她这么一问，反倒让那个年纪本来也不大的巡警更尴尬了，赶忙朝警戒线内指了指，说："你们是实习的吧？一会儿自己看吧，别问我了。"

林飞歌还想说什么，方圆在旁边悄悄地扯了扯她的衣袖，她扭头看看方圆，眨巴眨巴眼睛，好像忽然有些明白了似的，脸色流露出恍然大悟的神色，随即便又撇撇嘴，对那名巡警说："师兄你可真逗，大家都是做这一行的，你居然还那么扭扭捏捏地放不开，那有什么不能说的，还不都是人身上长得嘛！"

"进去看看吧。"汤力似乎觉得林飞歌的话有些太多了，从兜里拿出了几副鞋套，递给身边的其他人，并且自己最先换好，弯腰钻过警戒线，朝疑似人体部位的"生肉"方向走了过去。

方圆钻过警戒线的那一刻，心跳有些加速，很多事情都是理论归理论，实践归实践，不管之前在学校里头参加过多少次模拟实战，面对的尸块或者尸体，都不过是硅胶人偶模型罢了。而这一回，她将要第一次近距离看到真正的人体部位，这让方圆感到头顶发热，手心却发凉，心里面偷偷地给自己打气，希望第一次出现场自己不要表现得太过丢脸。

林飞歌虽说平时表现得大大咧咧，总是一副天不怕地不怕的女汉子模样，现在却也一步挨着一步地紧紧走在方圆身旁，估计也是一样紧张不安吧。

"刘法医，你怎么来出现场了？"戴煦走到跟前，见到了熟人，开口和对方打起招呼来，"钟翰他们那边的案子好像还没了结呢吧？"

"没有，"回答他的是一个穿着大衣，带着橡胶手套，正蹲在地上检查的法医，他对戴煦笑笑，说，"我是替我们科老赵来的，本来应该是他，临时接了个电话，家里边有点急事，所以我就过来了。"

戴煦点点头，一扭脸看到三个站在自己身后的实习生，意识到他的身高和体格挡在前面，估计后面的人想要看到地上的东西也不太容易，连忙朝一旁闪开一点。

这下子，地上面的那块"生肉"就毫无遮挡地全部暴露在了方圆他们的面前，而方圆也一瞬间明白了刚才为什么遛狗的人会觉得不对劲儿，立刻打电话报警，而那个巡警又为什么看到她和林飞歌在场，会把话说得含含糊糊的。

在那雪地上面的"生肉"，分明是人的一侧胸部。

第三章　难得一遇

　　只是一块冻肉而已，和冰箱里面的没什么区别，不要去想那是一块人肉，这样就好多了。方圆的眼睛盯着地上的那块疑似人肉的东西，心跳还是本能地有些加速，嗓子眼儿有些发干，她艰难地咽了一口唾沫，在心里面偷偷安慰自己。

　　地上的那块东西，确实和平时家里面冰箱冷冻柜里的冻肉没有太明显的区别，只不过肌肉的部分颜色略深一点，皮层更薄一些，脂肪层不算很薄，但是也比平时超市肉摊上寻常可见的带皮猪肉要薄上许多。颜色不知道是因为冻得还是别的什么原因，看起来更苍白一些，边缘似乎被小动物啃食过，有些参差不齐的齿痕，而那块大约两巴掌大的皮肉上面的某个特殊部位，确实一眼就能让人辨认出这块皮肉应该来自于胸前，并且十有八九是人类的胸前。

　　还好周围没有明显的血迹，因为冬天的缘故，气温很低，现场也没有任何的异味或者蛆虫，这让方圆的自我催眠更容易生效，在反复告诉自己就把那东西当作是冰箱里的冻肉来看待之后，方圆的心跳终于找回了正常的频率。

　　"师父，这真的是人身上的吗？是男的还是女的啊？"林飞歌问戴煦。

　　马凯在旁边插嘴说："我觉得是女的，你看那个胸……男的肯定不会是那种形状，而且……男的也没有那么厚的肉啊，师父，我说得对不对？"

　　戴煦起初没有吭声，好像是正在走神，根本没有听清楚马凯他们的议论似的，过去几秒钟才猛地回过神来，意识到他们在和自己说话，便耸耸肩："法医科的专家们都在这儿呢，听听专业人士怎么说，别急着班门弄斧。"

马凯嘿嘿地讪笑了两声，把目光投向了刘法医。

刘法医此时已经仔仔细细地查看过了现场的那块皮肉，听了他们的对话，对三个年轻的实习生友善地笑了笑，说："依我看，这个案子还真有必要查一查，而且，从乳腺组织的情况来看，死者应该是一名体型偏胖的男性。"

"能根据这个判断死亡时间吗？"戴煦问刘法医。

刘法医想了想："只能有个大概的判断。从这一块的形状来看，我认为是有人在把被害人杀死之后，对尸体进行了肢解，并且在处理尸体的时候，把死者身上的肉剔下来了，失血量并不是特别大，很显然在杀死被害人之后，尸体是被静置了一段时间然后才动手肢解的，这样一来即便死者体内的血还没有完全凝固，场面也不会太狼狈。很有可能死者遇害的时候是以仰卧的姿势，并且尸体没有在温度比较高的室内停留太久的时间，就被肢解和丢弃处理了，现在室外的温度这么低，尸体会产生的所有变化，速度都跟着降低了很多，所以从这块人体组织来看，表面未见明显尸斑。目前我能大概说的也只有这么多了。"

戴煦听完点点头，没有再问什么，走开几步给其他同事腾出空间，目光朝四周漫无目的地打量起来，一副若有所思的样子。方圆看戴煦不说话，也不好意思开口，心里面有很多疑问，又不敢贸然开口，一方面担心万一问了傻问题会给人留下不太好的印象，另外也怕马凯又逮着机会说自己出风头。

按照教科书上讲的内容，根据犯罪的地域性规律，一般犯罪人在作案的时候，如果是初犯，往往会选择对不熟悉的受害者下手，到远离自己生活环境的地方实施，这样比较有利于克服他们初次作案时内心的恐惧感，而随着犯罪经验越来越丰富，有经验或者说有前科的犯罪人，往往会反其道而行之，并不畏惧在自己熟悉的环境下作案。假如是杀人分尸的这种情况，把肢解后的尸体运出来丢弃的过程也具有很高的风险，一个不小心就会留下踪迹，让警方能够找到录像线索甚至目击者。现在法医已经初步认定了那块惨遭小动物啃食过的皮肉应该是属于人类的，那凶手把一块人肉就这么大大咧咧地丢弃在家属住宅小区外围的荒地上，从某种意义上看，会不会说明了凶手是一个有经验的犯罪人呢？或者会不会根本就是这附近的居民，故意反其道而行之，在自己熟悉的环境下，大胆作案呢？

方圆的脑子里有很多个问号在闪烁，她忍不住看了看戴煦，见他正一言不发地在附近走来走去，而林飞歌和马凯则跟在他身旁，汤力也在忙着别的事情，于是她壮了壮胆子，走到刘法医身边，在他准备离开之前，试探着问："老师，你好，打扰了，我有个问题想要请教一下。"

刘法医听到有人和自己说话，停下脚步，转头看见有些拘谨的方圆，对她和善地点了点头，扫了一眼她警服大衣上面的学员肩章："新来的实习生？没关系，想问什么就尽管问，不用有顾虑，放松一些。"

方圆感激地笑了笑，然后问："老师，如果只发现了一块尸体残骸，或者几块，但是找不到手脚、头部这些比较容易获取死者身份信息的关键部位，那样的话，能通过这些现有的来确定死者身份吗？"

"这个恐怕不太容易，就像你说的，假如能找到死者尸体的其他部分，尤其是头部，我们可以通过面部复原来还原死者相貌，或者从手上提取到指纹，看看指纹库里有没有吻合的人员，哪怕是尸体上面有什么特殊的胎记，也说不定会有所帮助，但是假如真的不走运，就只找到这么一块的话……"刘法医摇摇头，"那我们能做的就只有提取死者的DNA样本，等找到符合条件的失踪者信息之后，通过采集失踪者的DNA进行比对，最终确定死者身份了。"

"要是这个被害人曾经把自己或者自己家人、爱人的姓名文在身上，那咱们倒是能省不少时间和精力。"戴煦在周围转了一圈，这时候也走了回来，听到刘法医在解答方圆的疑问，也凑过来搭了一句话。

由于身高差距，刘法医抬起手本来想拍拍他的肩膀，不过最终只是拍了拍他的手臂，笑着说："那就看你们是不是够幸运了，跟你们这边比起来，钟翰他们那头倒算不错，好歹肢解完之后还给缝回去了，不需要到处去找其他的残肢。"

戴煦有些无奈地叹了口气，冲三个实习生摆摆手："走吧，咱们周围转转。"

"师父，刘法医刚才说的那个案子，是不是就是那个最近发生的，接连好几起，把人杀了之后肢解完又好像缝娃娃一样给大针小线缝回去的案子？"马凯听完刘法医和戴煦的对话之后，显得有些不淡定起来，一副好奇得不得了的样子。

戴煦点点头："可不就是那个，你也听说了？"

"听说了，听说了，我们出来实习之前听学校里老师说的，老师还说这个案子回头破了以后，估计都可以当作是典型案例来教学用了！"马凯搓着手，一边说一边一个劲儿地朝林飞歌和方圆使眼色。

方圆看到他一个劲儿朝自己挤眉弄眼，佯装没有看到似的，不作声，林飞歌倒是领会到了，笑嘻嘻地凑到戴煦跟前，问："师父……你跟负责那个案子的人熟不熟？你说我们这一来实习，正好遇到这么难得的离奇案子，所以……"

"去吧，想去就去，"戴煦听她绕了半天，终于明白了她的意思，语气完全没有任何不悦，不太在意地回答说，"只要钟翰让你们跟，我没意见。不过我提醒你们一句，他今天应该早上回到局里办点事，之后就要出去了，我也找不到人，所以假如你们想跟着他那边的案子，现在就得抓紧时间去，晚了就逮不到人了。"

"啊？这样啊！那师父，我们要是过去，你这边……"林飞歌显然是很想赶快跑去找钟翰的，可是毕竟戴煦才是负责带他们实习的人，所以她还是做出了一副很过意不去的姿态。

"我没关系，你们要去赶快去，晚了赶不上。钟翰那个家伙，可没有我这么好说话。"戴煦大手一挥，自己先溜溜达达地走开了。

"谢谢师父，师父你真是个大好人！"林飞歌高兴地对着戴煦的后脑勺夸赞，然后伸手去拉身边的方圆，"方圆，咱们走吧！"

"要不，你和马凯过去吧，我就不去了。"方圆摇摇头，小声对林飞歌说。

林飞歌拉着方圆，凑到她耳边，嘀咕道："这边才刚开始，肯定少不了到处乱跑去找尸体什么的，还不知道什么时候能找到，而且归根到底，碎尸案也不如那边那个变态杀人的系列案子难遇到，师父都已经同意了，干吗不去啊？"

"我本来胆子就小，你也说那边的案子变态了，我有点害怕。"方圆找了个借口搪塞，没有说出自己的真实想法。

假如三个原本应该跟着自己的实习生，都一股脑地跑去别人那里，那种好像被嫌弃、被抛弃一样的感觉，肯定不好受，方圆自己很清楚那种滋味有多么糟糕，只不过这些话她不想当着林飞歌的面说出来，免得让人多心。

"那好吧，我和马凯去了，你要是后悔了，给我打电话，我告诉你我们在哪儿。"林飞歌见她不去，也不愿意继续耽误时间，撂下一句话，便急急忙忙地和马凯跑去路边拦了一辆出租车，扬长而去，生怕晚几分钟就找不到负责那个案子的钟翰了。

第四章　寻骨

　　林飞歌和马凯走了以后，方圆急忙追上走在前面的戴煦。戴煦走得并不算快，不过人高腿长，步子自然就比较大，方圆从后面想要追上去，还是得三步并作两步地小跑才行。现场在一片居民区外围的荒地上，旁边是一条笔直宽阔，但是却并不繁华的马路，加上正处于寒冬腊月里面，空地上堆满了厚厚的积雪，走起路来深一脚浅一脚，时不时脚底下还会有些打滑，等方圆追上戴煦脚步的时候，已经有些微微地喘着粗气了，围巾外面结了一层白色的霜。

　　戴煦听到身后有声音，回头看见正努力追上来的方圆，愣了一下，脚步放慢了一些，略显诧异地问："你怎么还在这儿？没跟你同学一起过去那边？"

　　"没有，那种案子听着就有点瘆人，我还是不去凑热闹了，再说这边估计也需要人手，"方圆客气地对戴煦笑了笑，"前辈，那咱们现在做什么？"

　　"你叫我戴煦就行，叫前辈听着不太习惯。"戴煦摆摆手，似乎不太习惯方圆这种拘谨客气的态度，"我吗……就打算先在这附近随便转转。"

　　"是想要找找看有没有其他的被丢弃的尸块吗？"方圆一边跟着走一边问。

　　"算是吧，主要不在于能不能找到，或者找到几块，而是在于假如能找到其他的部分，是不是也像刚才看到的一样，被剔了骨了。"戴煦回答说。

　　方圆有些疑惑，又怕自己不停地问问题会让人觉得不喜欢，所以便忍了下去，没有作声，在心里面偷偷琢磨着，为什么戴煦关注的重点会在于分尸的其他部分到底有没有被凶手剔掉了骨头这样的细节。

就这样，人高马大的戴煦走在前面，方圆跟在他身后，俨然是他的一条小尾巴，戴煦不说话，方圆就不开口，安安静静地跟着，仔细留意周围有没有什么疑似人体的部分，或者积雪被人翻动过的痕迹。好在发现方圆没有和林飞歌他们离开之后，戴煦倒是好像有意地放慢了行进速度，这让方圆没有了跟不上脚步的困扰，但是两个人就这么走出了很远，却仍旧一无所获，因为一路走，一路还得留意着周围的情况，所以行进速度很慢。眼见着两个人越走周围越僻静，原本马路上还时不时有几辆车经过，走出去两三公里之后，路上连车辆都变得少了许多，一路边走边找，方圆的鼻尖上冒出了细细的小汗珠。戴煦的脚步也越放越慢，似乎有些犹豫到底要不要继续朝这个方向找下去。

就在两个人几乎快要停下来的时候，方圆忽然听到了几声猫叫，她小的时候曾经有很长一段时间生活在祖父母的家里，那时候祖父母家养过几只猫，所以她对猫叫的声音尤其熟悉。方才听到的那几声，听起来像是几只猫在争夺什么，相互威慑发出的叫声，于是她循声看过去，看到远处果然有几只猫在围着什么东西打转。冬天里，户外能够找到的食物并不是很多，尤其还是值得几只猫围着打转转，都想要据为己有的就更不会多了，联想到方才那块人肉上面被小动物啃食过的齿痕，方圆忽然就警惕起来，赶忙开口叫戴煦："前辈，你看那边！"

戴煦顺着她手指的方向看了过去，很快就明白了方圆的意思，他大步流星地朝那边走，那几只原本还在争夺食物的野猫看到有人靠近，也顾不得其他，立刻四散逃开了，雪地里只留下一堆乱糟糟的梅花形脚印，以及一块比方才被人发现的胸部要小很多，呈现出长条状的皮肉。

戴煦没有立刻靠近那块肉，而是留意了一下周围地面上的情况，在肉的周围，除了猫留下的足迹之外，并没有其他的脚印或者车辙，而与那块肉相距不到十米之外就是马路，这段马路虽然并不繁华，但是仍然有人定期清扫积雪和垃圾，所以路面很干净。戴煦一言不发地看了看马路，又看了看那块肉，忽然弯腰捡起一块积雪朝那边扔了过去。方圆刚有些感到惊讶，就见一只正悄悄想要溜回来偷肉的野猫被雪块吓得大叫一声，快速地再次逃走了。

戴煦看着被吓走的野猫，满意地掸了掸沾在袖口上的雪，摸出手机来打电话通知其他人，那边已经处理完了现场，其他几组人也在周围不同方向的区域里试图寻找其他的部位或者线索，得知戴煦有所发现之后，立刻朝这边赶了过来，在其他人赶到之前，戴煦和方圆除了远远地守着那块肉，免得一不小心就会让不甘心的流浪猫狗给叼了去。

两个人默默地站了一会儿，方圆觉得自己应该找点什么话题主动和戴煦攀谈一下，可是搜肠刮肚却不知道该说什么才好，攀谈和套近乎从来都不是她的特长，这方面林飞歌倒是比较有优势。等待的过程中，戴煦除了时不时地看看那块肉周围有没有猫狗靠近之外，就一直无所事事地东瞧瞧，西看看，然后忽然皱了皱眉头。

"怎么了前辈？"方圆看他的表情好像颇有些苦恼似的，赶忙问。

戴煦看了看手表，摸了摸脑袋，咕哝着说："一晃都已经十点多了呀，怪不得我饿得肚子都咕噜咕噜叫了。"

方圆还以为他会说些和案子有关的话，没想到居然冒出这么一句来，诧异得险些掉了下巴，表面上又不好表现出什么来，只好讪笑了一下，没作声。

没过一会儿，其他人赶了过来，第一件事自然是先查看那块肉周围的痕迹，以及确定那块肉是不是和之前发现的胸部一样，都来自于人的身体。

"如果没看错的话，应该是人的手臂，"过来这边查看情况的法医在检查过那块肉之后，一边朝自己的大臂比画了一下，一边对戴煦说，"刚才距离最初发现尸块位置，与你们这边相反方向大概两三公里的位置也发现了一块，我过来这边的时候听刘法医说像是大腿包括大腿根部，也是一样，只有皮肤、脂肪、肌肉组织，没有骨头连着，感觉是被人给剔下来的。"

"除了这两个之外，还有别的吗？"戴煦问。

和法医一起过来的汤力摇摇头："暂时没有了。"

戴煦默默点点头，下意识地用手摩挲着自己下巴上刚刚冒出来的、微微有些泛青的胡茬儿，半晌儿才没头没脑地冒出一句话来："这附近流浪猫狗还挺多！"

方圆不知道他为什么忽然会感慨出这么一句来，有些迷惑地看向他，汤力倒是好像对戴煦的这种行为模式早就习以为常，依旧是默不作声，任由戴煦自己发了一会儿呆，然后主动再次开口问汤力："你接下来什么打算？"

"接着找，争取找到其他的，尽快确定身份。"汤力言简意赅地回答，说完之后，发现戴煦没有说话，也没有任何表示，这才反问一句，"你呢？"

"我觉得与其找肉，倒不如找骨头。"戴煦说。

"好，那分头走吧，车留给你。"汤力点点头，两个人已经不是第一次合作，对彼此的性格还算有所了解，他自己本身也不爱多说，戴煦做事也有他自己的一套方法，所以虽然打算不同，对下一步如何进行却也算是一拍即合。

"方圆跟着我走，她的那两个同学如果回来的话……"

戴煦的话还没说完，汤力倒是难得地开口抢着说了一句："我叫他们找你。"

戴煦失笑，有些无奈地点点头。方圆赶紧准备跟着他上车，却见他并没有直接朝停车的方向走，而是溜溜达达地走到一旁的一个废弃的树坑旁边，蹲下身在树坑里挑拣起被丢在里头的残砖碎石来。

"前……"

"在我面前直呼大名就行了，我这个人没有那么多讲究，一口一个'前辈'地叫着，听着太生分。"戴煦在方圆刚一开口的时候，就直接打断了她的话，"你是想问我干什么吧？我挑几块砖头。"

这个回答对于方圆来说，等同于什么都没说一样，她还是搞不清楚戴煦想要干什么，不过既然戴煦回答得含含糊糊，她也不敢多问，怕惹人反感，只好默默地在一旁看着，看看戴煦到底想要干些什么。

只见戴煦仔仔细细地挑选着树坑里面的残砖，拿在手里掂来掂去地估算着分量，然后挑了几块自己觉得满意的，示意方圆跟着他，走开一些，站在马路边上，拿起其中一块砖，朝空无一人的空地方向扔了过去，砖头离开他的手之后，在空中划出一条抛物线，远远地落在了空地的另外一端。

戴煦摸摸下巴，皱了皱眉头，似乎对这样的结果并不是十分满意，他扭过头来，打量了一下方圆，拿手在她头顶和自己的身上来回比量了几下，问："你多高？差不多有一六五了吧？"

　　方圆连忙点点头："穿着鞋量的话，有那么高了。"

　　"好，那你来试试，往那边扔。"戴煦听完她的话，不容分说地拿起一块和方才被他丢出去的那一块大小分量都差不多的残砖塞到方圆的手里。

　　方圆还是有些搞不清楚状况，疑问几乎快要脱口而出，但还是忍住了，稍加犹豫之后，铆足了力气，把手里的半块砖朝着戴煦指的方向扔了过去。

第五章　踢皮球

　　不管多用力，方圆毕竟是个姑娘，力气比不上戴煦，更别说两个人身高上的差距了，那半块残砖虽然和戴煦所扔一个方向，但是落点却比戴煦的距离近上许多。戴煦走过去，衡量了一下两块大小相差无几的砖头之间的距离，又在它们中间的大致位置上比画了几下，看起来好像是在估算着什么，方圆刚开始也看不出什么端倪，一头雾水地默默看戴煦一个人来来回回地折腾，不过在一旁看了半天之后，她渐渐地好像有些明白了。

　　"前……"她刚开口，就收到戴煦投过来的一瞥，赶紧收住还没有完全脱口而出的称谓。戴煦已经反复强调不习惯被人称作是"前辈"，自己最好还是选择改口，但是对人直呼大名又显得有些不大礼貌，方圆一下子也有些不知道该怎么称呼戴煦才好，只好硬着头皮忽略了称谓的问题，直奔主题，问："你是在估计凶手在扔掉那几块人肉的时候，是从什么位置丢出去的吗？"

　　"你说对了一半，什么位置这个倒没有什么值得估计的，很显然，"戴煦朝方圆站着的位置指了指，"十有八九就是从你现在站着的那种路边位置，脚底下干干净净的，又不会离空地太远，并且积雪的空地上没有发现明显的足迹，下面柏油路干干净净的，也不可能找到脚印。"

　　"那你刚才扔砖头，又让我也扔，是想要推出什么结果呢？"方圆见戴煦并不排斥和自己沟通交流，底气便也足了一些，再加上没有马凯在旁边，她更加不用担心被谁挤对或者调侃，胆子就更大了不少。

　　"哦，其实也没什么，瞎琢磨，不一定有用，"戴煦没有正面回答方圆的问题，而是打了个马虎眼。他走到方圆身边，看了看这个因为自己的回答而表情重新变得有些拘谨的姑娘，眼神里有疑惑，还有微微的诧异，他朝停车的方向指了指，示意方圆跟自己走，然后对她说，"在我面前不用把神经绷那么紧，想到什么说什么，想怎么做就怎么做，你是什么样子，就是什么样子，不要有那么多顾虑。"

方圆一愣，多看了戴煦几眼，这个大个子无论衣着还是举止，往好听了说是一副不拘小节的样子，往难听了说甚至算是不修边幅，懒散随性，怎么看都让人觉得他应该就像林飞歌形容的那样，不靠谱，稀里糊涂的。可是方才他的那几句话，却好像是意有所指，特意说给自己听似的，并且准确地击中了方圆的内心深处，可是转念一想，方圆又觉得自己可能是想多了，认识戴煦才短短的三天时间，自己不了解他，他也不可能了解自己，又怎么可能是对自己意有所指呢。

两个人上了车，方圆麻利地扣好了安全带，却没有如预期的那样听到车子发动的声音，扭头一看，戴煦人确实是坐在驾驶位上了，但是并没有开车的打算，而是像方才来的时候那一路上一样，双臂环抱胸前，头靠在椅背上，闭着眼睛，呼吸均匀缓慢，不知道究竟是在闭目养神，还是已经一不小心睡着了。方圆有些惊讶，却又不敢叫醒他，只能偷偷地腹诽一番，耐着性子坐在那里等，顺便翻出手机来，看看存在手机里面的A市公安局刑侦大队各部门里的近期值班表，她今天晚上到底睡在哪里，就取决于那些值班表了。

早上被林飞歌问起为什么她会每天都来那么早，方圆硬着头皮说了谎，她没有在公安局附近租房子，也没有钱可以用来租房子，这三天来，她都是住在公安局的值班室里，哪里有地方，哪里方便，就住哪里。原本她是想要留在C市实习的，这样就可以下班之后回学校里面去睡寝室，可是不知道为什么，最终确定实习去向的时候，她还是被按照户籍所在地分回了A市，她的父母都在A市，父亲有一套房子，母亲也有一套房子，他们各自有一个家，可惜却没有一方的生活里面能够容得下方圆。

到现在方圆都不知道，原本感觉稳定和睦的家庭，为什么会在一年多之前忽然就土崩瓦解。她只知道在那之后，父母很快就都各自成家，父亲是个懦弱的人，再婚妻子厉害霸道，他被人管束得缩手缩脚，根本无暇顾及方圆；而母亲那边，同样要照顾着再婚丈夫的情绪，并且在离婚之后，母亲最常挂在嘴边的话就是："你不是姓方吗，那就找方家人去，我对你们老方家已经仁至义尽了！"

回到A市，没有寝室住，也没有家回，父母按照离婚时候的协议，每个月固定给方圆生活费，那笔钱仅够方圆在校内维持生活开销，根本不可能有余钱去租房子住，她不想自己的这种窘境被身边的同学知道，所以只好偷偷地和学校里的带队老师商量。带队老师和公安局协调之后，刑警大队方面同意让方圆住在值班室里，只不过公安局的值班室毕竟不是宾馆，条件有限，好一点的小值班室里面两张床，大一些的值班室里可以睡很多人，方圆毕竟是个年轻姑娘，每天各部门的值班人员有时候是男的，有时候是女的，于是方圆每天晚上住哪个值班室比较方便，还得自己对着值班表去确定。

今天晚上，内勤值班的是一个叫韩乐乐的人，这个人方圆见过，比她大不了几岁，是个很好相处的姑娘，看样子自己今天晚上可以过去和她住同一间值班室了。晚上的住处有了着落，方圆如释重负般长长吐了一口气。

"你又不用参加轮值，琢磨这个干吗？"

她的神经才刚刚放松下来，忽然听到戴煦的说话声，吓了一跳，手一抖，电话掉在了腿上，差一点滑落到脚底，一扭头，正对上戴煦的视线。

"我……就随便看看。"方圆尴尬地回答，还故意装作若无其事地对戴煦笑了笑，她最不希望被人知道的，就是父母离异，自己无家可归这件事。可能对于很多人来说，父母离婚并不是什么大不了的事，但是对于方圆而言，那个事实来得太突然，毫无预警，所以连她自己都还没有完全从心里面接受这样的一个结果，更何况从那以后父母各自成家，自己却成了个皮球，被人踢来踢去，谁都不愿意接收。相比较之前自己无忧无虑度过的那二十年，最近这两年来的处境，任谁知道了都会觉得她是个可怜虫。那种或者怜悯，或者嘲笑的态度，对方圆来说，等同于是另外一种折磨。

所以她一直在用谎言来掩饰，带队老师对刑警队的领导说起她的处境时，只说她家不在本地，并且经济条件比较拮据，而对马凯和林飞歌这种知道她是A市本地人的同学，方圆只好谎称在外面租房子来住。

戴煦看了看方圆，对她的回答不加评价，也看不出到底相不相信，他舒展了一下身体，发动汽车，调了个头，沿着宽阔的马路向前开。

"请问咱们现在是要去哪里呢？"方圆客客气气地问，既然戴煦不愿意被称呼作前辈，这次她终于记得从善如流，改了口。

第五章　踢皮球

·021·

戴煦没吭声，也没回答她的问题，沉默了一会儿，就在方圆以为自己问得不合时宜的时候，他忽然开口问："我问你，你就按照自己的思路来回答就好。假如你是凶手的话，为什么会想要把肉从骨头上剔下来？"

　　方圆没想到他会问自己这么一个问题，稍加思索才回答说："假如我是凶手的话，那我选择把肉从被害人的身体上面割下来，还扔得到处都是，可能会有两种出发点，一种是出于报复目的，或者单纯发泄怨气，咱们中国人不是一向认为一种很重的咒骂，叫作'死无全尸'吗？如果我是凶手，我非常痛恨被害人的话，让他死无全尸，可能会是一种非常解恨的发泄手段，比单纯杀死更能宣泄心里面的愤怒。第二种可能性，也许是为了抛尸比较方便。刘法医之前不是说死者应该是一个体型比较胖的男性，假如尸体的体积比较大，重量也比较大的话，容易给抛尸造成更大的困难，不便于搬运，假如把尸体上面的肉切除掉一部分，或者一大部分，那重量和体积就都减少了很多，相比而言，尸体在搬运或者掩埋的过程中困难都要小一些了。"

第六章　不按套路出牌

说完自己的看法，方圆把目光投向戴煦，希望能够从他的反应来判断他对自己这种观点是否赞同，可是戴煦却并没有做出什么明显的反应，而是继续又问："你觉得，在A市这种地方，假如让你选一个地方抛尸，你会选择哪里？"

方圆顾不上考虑别的，连忙思索这第二个问题："正常来讲，抛尸肯定是要找一个尽量偏僻，很少有人经过的地方，这样才能避免很快就被人发现。假如像我现在的这种情况，没有车，想要把一具尸体搬运到太远的荒郊野外，肯定是行不通的，租车太容易暴露行踪，毕竟租来的车很多都有GPS记录，打车或者用其他公共交通工具就更不现实了，那就得选择市区范围内的某个地点。或者假如我有车，如果是我，我也还是一样不会选择开车到郊外太偏僻荒凉的地方，因为出城就难免会需要走公路，经过收费站之类的地方，那种地方要么有收费员，要么有监控摄像头，总之很容易留下痕迹。如果死者被发现，确认了身份，摸清楚与死者生前有过节、有矛盾的人，只要核对他们的车牌照，就很容易确定他们有没有在抛尸地点附近出没过，这样也很容易暴露。我觉得这个案子的凶手，不管是说胆子大，还是狡猾，敢把死者身上的肉割下来到处扔，这本身就从一定程度上说明了这个人绝对不会太胆小，并且也不会很莽撞，他这么做，肯定是有什么目的，或者说是有计划的，这么一个有计划有目的的凶手，在抛尸这么重要的环节上，一定不会不加考虑地蛮干。这是我的看法，不一定对。"

"你想得还挺多。"戴煦一边开车一边扭头冲方圆一笑，"之前在现场的时候，一个人发呆就是琢磨这些事情来着？那为什么不把自己的看法说出来？"

方圆有些惊讶，她以为戴煦当时被林飞歌和马凯跟着在周围走来走去的不知道忙些什么，根本不会留意到自己，没想到他居然注意到了，并且还猜到了自己当时是在一个人闷声不响地琢磨案子的事情，这让她有点不好意思起来，点点头，说："我就是瞎琢磨，而且我觉得你之前说马凯的那句话挺有道理的，在场那么多专业人士，我还是需要多听多看多学习，不要班门弄斧比较好。"

"这话不对，当着专业人士的面，不假思索地脱口而出，随意下结论，那叫作班门弄斧，有理有据，深思熟虑之后的，叫作阐明观点。"戴煦很随意地说，说完之后，忽然又换了话题，问道："你知不知道尸体在土壤当中腐烂的速度？"

"上课的时候有学过一些，不是很详细，我记得怕不是特别准确……"方圆努力地回忆了一下课堂上曾经学到过的东西，"大概是暴露在空气当中的话，暂时不考虑气候、温度和降水之类那些客观因素，单纯说大概情况的话，暴露在空气中的尸体可能需要一年左右才能白骨化，水里和土壤里会更慢一些，如果我没记错的话，应该是8：2：1的速度吧？如果像现在这样是冬天，天气干冷，那不管是哪一种速度都会降到非常非常慢，甚至根本就不腐烂。"

"那假如说，把尸体上面的肉都尽量剔掉，只剩下少量残存在骨骼表面，以这样的形式被埋到地下去，等到春天，地下温度回暖，冰雪都融化了，土壤湿度也增加上去，尸体表面残存的那少量的肉就会开始腐烂，如果咱们没有接到报案，说是发现了疑似人肉的东西，那么过很长一段时间，终于有人发现了埋在地下的尸骨，到那时候，尸体搞不好已经完全白骨化了，这样一来，在判断死者的身份和遇害时间的这些事情上，就会受到很严重的干扰。"戴煦像是在跟方圆聊天，又像是在自言自语。

方圆听了他的话，却觉得忽然之间脑子就开窍了一样，戴煦方才和自己一问一答之间，其实是在用这样一种随意的方式阐述为什么被害人的肉被剔下来这件事的观点。虽然方圆之前考虑的那两种可能性也完全说得通，但是相比之下，戴煦的这个结论显得合理性更高，并且更加周密严谨，自己此前观点中提到的第二种可能性和戴煦的推测一比较，就变得几乎站不住脚了，如果凶手只是想要在抛尸的时候减轻分量或者缩小体积，肢解尸体就可以实现，又何必大费周章地把肉从骨头上面剔下来呢？

"原来凶手这么做的理由是为了在被害人尸体被发现的时候，能放个烟幕弹，迷惑警方的调查视线，干扰调查方向！"方圆恍然大悟，看着开车的戴煦，忍不住对他有一点刮目相看了，如果不是方才他一点一点引出了这样的结论，恐怕自己很难相信一个看上去慵懒且粗线条的男人，居然有这么缜密的心思，"要不是前辈你点拨我，我可能到现在都还想不到这一层呢。"

没想到，听了她的称赞，戴煦的表情却显得有点困惑，他偏过脸来看看方圆，挠挠头："我有点拨你什么吗？我就是胡思乱想，随便说说。还有，你真的别叫我前辈了，叫我名字就行，前辈前辈地叫，太生分。"

方圆没想到他会是这样的一种反应，已经到了嘴边的称赞愣是哽在喉咙里说不出来，只能冲戴煦挤了个笑脸，点点头。

过了一会儿，方圆从路边的景物逐渐意识到他们到达目的地了。

"咱们这是要去儿童公园吗？"方圆有点惊讶，她还以为戴煦会最先考虑到A市近郊一个著名的人造景区公园里询问情况呢，没想到他的第一站竟然是直奔A市最老的公园——儿童公园来了。

"还没到你就知道是去儿童公园？"戴煦扭头看了看方圆，"我记得你之前说你不是A市本地人来着？"

"哦……"方圆一滞，意识到自己失言了，连忙讪笑了一下，解释说，"我家以前有亲戚在这边，所以小时候经常过来玩，来过，记得。"

"那你记性还挺不错的，要是小时候去玩过的公园都能记得一清二楚，那么问你一两年前见过的人，你岂不是也一样可以过目不忘？"戴煦开玩笑似的问。

方圆不知道该如何回答才好，索性只笑不说话，刚巧这时候车子也开到了公园门口，只见那里拉着一条长长的横幅，上面写着"游乐区扩建翻修，工地危险，请入园游客自觉绕行，后果自负"。横幅下面就是公园的北门，两扇平时大多时候都紧锁的对开铁栅栏门正大敞四开着，地上很脏，有冰有雪，还有夹杂着沙土的大卡车的车轮印记。

"咦？这里在改造扩建啊？那咱们……"方圆看完横幅上面的字样，又看看门口脏兮兮的路况，以为这样一来戴煦会选择改换目标，去别处。

没想到戴煦却丝毫不在意，径直把车开进了公园大门，一直朝公园里面开了进去，整个过程中连出来询问一下的工作人员都没有看到一个。在戴煦一路开着车沿着不算宽的小马路朝公园深处行进的过程中，他们一共就只遇到了两辆车，一辆是印着自己店铺广告招牌的专门送粮油的小三轮，还有一辆是拉木材的中型卡车，整个公园好像只有被蓝色的彩钢板圈起来的游乐场区域能看到有工人模样的人出出入入，其他地方都很寂静，看不到什么人的踪迹。

方圆隔着车窗，朝蓝色彩钢板里面被圈起来的游乐区张望，里面好像已经改建得差不多了，只剩下一些室内装修的工作还在进行，施工现场有些脏乱，并且原本的游乐场已经被扩建改造得有些面目全非，不是方圆过去印象中的模样了。

看来，没有什么东西会是一成不变的。方圆默默地叹了口气，想想在这里曾经留下过的那些美好的童年回忆，不禁心有戚戚焉。

戴煦在经过施工区的门口时，把车靠在路边停了下来，自己跳下车走过去和在门口休息抽烟的两名工人攀谈了几句，之后重新返回车上，一边继续朝前开车，一边对方圆说："听说这里最近因为施工时间不固定，公园已经不管了，大门一天二十四小时都是敞开的，随便出入。"

"咱们这是要去哪儿啊？"方圆看着公园里的人工湖随着车子的行进而被抛在了身后，忍不住有些疑惑地问，"再往前开的话，好像就只有一条路可以继续走，可是那条路好像是通向另外一个公园大门的。"

虽然对戴煦并不熟悉，并且戴煦不按常理出牌的做事方法也让方圆摸不着头脑，但是直觉告诉她，戴煦特意开车过来，绝对不会是随便兜一圈而已的。

"你知道这个公园里面有一大片白桦林吧？"戴煦虽然是用询问的口吻，但是看样子他很笃定方圆知道那里，"咱们就去那儿溜达溜达！"

第七章　谁当坏人

别看戴煦嘴上说得很轻松，方圆再一根筋也不会认为在这个节骨眼上，他们特意跑到公园里面，就是为了到白桦林那边去"溜达溜达"。很明显，戴煦是有他的目的，只不过他不明说，方圆也不好意思追着问，等到车子停在了白桦林附近的路边，她连忙下了车，跟着戴煦朝树林方向走。

从停车的位置通向白桦林方向，有一条石板路，石板路上虽然也有积雪，但是不知道是之前有人清扫，还是早先时候晨练的时间段里有人在这里走动，上头的积雪表面已经变得比较平整，踩上去也不会留下特别明显的脚印。戴煦走在前面，方圆跟在后面，两个人沿着石板路慢慢朝树林方向走，戴煦一边走一边头也不回地对跟在自己身后的方圆说："你负责左边，我负责右边，看仔细一些。"

"我们要找什么？"方圆还没有搞清楚状况。

戴煦拍拍脑门儿，这才想起来自己根本什么都没向方圆交代过："自行车的车轮印，或者行李箱之类的那种轮子压出来的印子，汽车那种大车轮不用在意。"

说完，他就又把视线投向了他右侧靠近石板路的积雪上面，因为个子太高，不得不微微向前弓着腰，以便看得更仔细一些。方圆怕打扰到他，便也默默地按照戴煦的要求，留意着自己这一侧的情况，两个人各顾一边，慢慢地向前移动。别看石板路上面的积雪被踩压得比较平整，石板路两边却鲜有人走过的痕迹，除了石板路的边上会有一些不太规则也不太完整的脚印，应该是无意中踩出来的，余下大部分积雪都仍旧呈现出自然堆积的松散和平整的状态。

走出去了一段，方圆发现了一条自行车的车轮印，她连忙叫住戴煦，让他过来查看。戴煦凑过来看了看，摇摇头，对她说："你看这道车轮印，从这里压过去，绕了个弧线又从前面那里拐回到石板路上面来了，再往前也没有继续的痕迹，这不是我们要找的，我们要找的是从石板路出去，走得远一点的那种。再继续找找看吧。"

方圆点点头，按照戴煦的要求继续寻找，走了一段，她又找到了一个看起来和戴煦描述得相差无几的车轮印，戴煦看过之后，却还是摇摇头，嘴里嘟囔着："还是觉得缺点什么……哪里不太对……"

方圆听他自言自语似的嘟嘟囔囔，正想开口问，手机却响了起来，铃声是动画片《哆啦A梦》的主题曲。在这样寂静到除了风吹过的声音之外再没有其他声响的空旷树林里，那充满稚气而又格外响亮的音乐显得尤为突兀。方圆赶忙从大衣口袋里往外掏手机，结果手套卡在了衣兜的边缘，怎么都掏不出来，再一使劲儿，手倒是掏出来了，手套和手来了个大分家，手机则划着一条不怎么优美的弧线，摔在了地上，顺着光滑的冰雪地面向前滑去，撞在了戴煦停下来的脚边。

戴煦低头看了看手机，弯腰捡起来递给方圆，似乎是忍着笑一样地对她说："这铃声不错，挺适合你的。"

方圆的脸顿时就红成了一个火球，忙不迭地接过手机。戴煦这句话到底是什么意思，是说她看起来很幼稚，所以适合用这种主题曲来当作铃声？还是说她圆胳膊圆腿的样子，和四肢滚圆的机器猫有一拼？不管是哪一种，都完全与方圆努力想要塑造的形象背道而驰，让她更加窘迫，赶忙按了静音，然后才顾得上看一眼到底是谁来的电话。

打电话来的人是林飞歌，方圆一接听电话，那边就迫不及待地开了口："方圆哪，你现在是和师父在一起吗？你们在哪儿呢？忙什么呢？"

"还能忙什么，不就早上出现场的那个案子吗？"方圆瞥一眼正低头向前慢慢走的戴煦，压低声音说，"你怎么有空打电话过来？你和马凯去跟那个'人偶'的案子了吗？怎么样？那边没有什么需要你们帮忙的事吗？"

"你别提了，我们俩根本就没捞着机会！"林飞歌有些失望地说，"白跑了一趟！回来倒是挺及时，那个钟翰还没走，可是我们俩是说破了天，他也不愿意带上我们。本来跟他一起的那个师姐被我和马凯求得，都已经有点松口了，结果他一回来，立刻就又给否了，态度绝对好，风度一流，但就是怎么都不松口。要不是他长得帅加分高，换成一般人，就冲那不好说话的劲儿，我都得讨厌他！"

"那你要过来吗？我们现在正在儿童公园这边呢。"方圆把他们现在所在的位置告诉林飞歌，既然他们跑去跟那个人偶的案子未果，自然就应该回来这边了。

林飞歌迟疑了一下，然后说："没事，你不用管我们了，我待会儿给马凯他师父打电话吧，你不是在那边吗？我俩今天就先跟着马凯的师父算了。"

方圆觉得林飞歌作为戴煦负责带的实习生，不和戴煦商量就自己拿主意这样不太好，于是便又问了一句："要不你亲自说一下？"

"不用啦，也不是什么大不了的事，就这样吧，我还得给汤力打电话呢！回头见面再聊。今天可真冷，你注意保暖啊！拜拜！"林飞歌还是一如既往一副大大咧咧的样子，不假思索地就回绝了方圆的提议，挂断了电话。

方圆有些无奈地把手机重新放回口袋里，回头看到戴煦已经走出去了一段距离，正蹲在路边，盯着地上仔细地看着什么，连忙跟过去。戴煦感觉到有人靠近，扭头看了看她，随口问："打完电话了？"

方圆怕他以为自己上班时间偷懒和别人聊闲天儿，赶忙解释说："是林飞歌打过来的，她和马凯没跟成那个人偶的案子……"

"谁？"戴煦乍听到林飞歌和马凯的名字，愣了一下，似乎没有意识到他们是谁，之后听到关于人偶的那个案子，才想起来，对这样的结果，他并没有感到太过意外，反而笑了，"钟翰那个家伙，还真是不出所料。"

"你早就猜到了？"方圆见他对林飞歌和马凯的名字几天下来都还没有什么印象，感到有些费解，可是看起来戴煦又并不像是假装的，并且眼下她更感到费解的是，他居然早就料到了钟翰那边会是什么样的反应，"那为什么你还放他们过去呢？"

"唉……"戴煦蹲在地上，有些无奈地摩挲几下自己短短的头发，"你想做什么事情的时候，试过了，行不通，和别人根本不给你尝试的机会，那种感觉不一样，前一种就没有遗憾了，后一种什么时候都不甘心。

而且话说回来，这种事情，坏人让钟翰去当就好了嘛，他比较擅长这个。你同学他们现在人在哪儿？"

"哦，他们不过来了，说打算去帮马凯的师父。"幸好戴煦后面又抛过来一个问题，不然前面的那番话，估计方圆真不知道如何应对。

"汤力？"戴煦一愣，然后笑了笑，"大冷天儿的，不爱出来挨冻也正常。"

"汤力前辈不是去找其他部分了吗？应该和咱们一样，都在外面跑吧……"方圆听出戴煦话里有话，于是想替自己的同学解释几句。

戴煦摆摆手："我跟汤力虽然没有钟翰那么熟，但是汤力那个人还是很好懂的，他最喜欢一个人独来独往，安安静静的最好。我们两个一起调查的时候，从来都是各走各的。你觉得他那种性格会愿意身后跟着两个叽叽喳喳的小麻雀吗？"

方圆语塞，马凯和林飞歌谁都不是内向话少的人，凑到一起就更加厉害了，她这么多年认识的所有人里面，恐怕除了自己的闺密贺宁之外，就没有能够与他们相媲美的。汤力那个人又确实沉默寡言，极不喜欢身边有人打扰，而林飞歌和马凯之前也分明没少在背后议论汤力的沉闷，这么一想，他们宁可去找汤力也不过来这边，还真是有些说不通。

"方圆，你过来。"戴煦蹲在地上琢磨了半天，站起身来，招呼方圆，让她站在自己方才蹲着的地方，"你站在这儿守着，我去那边工地借工具挖土。"

"是有发现吗？"方圆惊讶地问，在这之前，戴煦除了在现场扔了几下碎砖块，以及坐在车上闭眼假寐了一会儿，然后就开着车载着她直奔这里来了，加上方才沿路上东张西望了一会儿，她怎么都看不出什么端倪来。

"还不好说，你就在这儿等着，"戴煦朝树林边上的一个小雪堆指了指，"到底怎么回事儿，一会儿就见分晓了。"

第八章　发现尸骨

　　说完，戴煦就迈开长腿朝还在施工改造中的游乐区那边跑了过去，方圆只好站在方才戴煦指给自己的那个位置，老老实实地等着他回来，顺便观察一下戴煦特别留意的那个雪堆。距离这么远，她也看不出什么端倪来，在另外一侧，方圆看到一个呈大字形的人形雪坑，估计是跑来玩雪的人躺倒在雪地里留下的。而白桦林附近也有很多一小堆一小堆的积雪，估计是之前每次下雪的时候，公园其他地方的路面上清扫出来，被随意堆积在树林附近的，待到春天回暖的时候，积雪消融，正好渗入树林的泥土里，可以省去运走积雪的人力和费用。方圆盯着那个小雪堆看了半天，怎么看也看不出有什么特别之处，值得戴煦对那里格外重视，甚至认为会有发现。

　　过了一会儿，戴煦又大步流星地回来了，手里拎着一把尖头铁锹，看到方圆一动不动地站在之前的位置，愣了一下，问："你就一直站在那里？"

　　方圆点点头："你刚才不是要求我就站在这儿守着吗？"

　　戴煦看着她，失笑道："你倒是真实在，让你在这儿守着，你就真的是在'这儿'一步不差地守着！不过这种认真的态度倒是值得表扬，就是以后不用时时刻刻都那么紧绷，太累了，学着放松一点，灵活一点。"

　　方圆脸一红，咬了咬嘴唇，她的这个毛病还真是改不掉，对别人说的话和交代的事情，总是特别认真，一板一眼的，没想到这次也是，戴煦随口一说，随手一指，自己居然又当真了。她有些不好意思地赶忙岔开话题，便伸手去接戴煦手里面的铁锹，这一伸手才看清楚，戴煦手里只拿了一把铁锹而已。

　　"用我再去别处借一把过来吗？"方圆问，她觉得自己和戴煦两个人，戴煦却只拿回来一把铁锹，那么最有可能的原因就只有一个——工地那边没有富余的铁锹可以借给他们，所以戴煦才只借来了一把。

"不用，一把够用了。"戴煦摇摇头，示意方圆跟上自己，"咱们从那边绕过去，看到这边的自行车印了吗？离那个远一点。"

方圆依言跟在戴煦后面，远远地绕开了他指出来的自行车车轮印，一边走一边问："那一会儿你挖的话，需要我做什么？"

"你负责给我加油。"戴煦回答得非常自然，好像这就是他真实的想法似的。

方圆哭笑不得，她发现和戴煦打交道，好多时候戴煦的言行都让自己有些不知道该如何应对，在之前的二十多年人生中，自己好像还从来都没有遇到过戴煦这种类型的人，不管是说话，还是做事，他总是会有出人意料的一面。

这个话题是继续不下去了，但是别的事情还要沟通，方圆清了清嗓子，指了指他们刻意绕开的车轮印方向，问道："那几道车轮印，和之前咱们发现的有什么不一样吗？是因为走得比较远，没有绕回到石板路上吗？"

"绕是绕回去了，但是你从这里看看，估计也能看出来大概是怎么一回事，"戴煦站下来，指着不远处雪地里的几道自行车印，"你仔细看车轮的深浅，是不是完全一样的，然后你就明白了。"

方圆没有戴煦那么高，所以也没有他那种长得高看得远的优势，她微微向前倾斜了一点身子，以便能看得更清楚一点，很快她就发现，那边的车轮印，彼此相距虽然并不算远，乍看起来也没有什么区别，但仔细一端详，还真看出来了一点差异来，其中的一条明显要更深一点。冬天的降雪是不规律的，有的时候一场雪下来，接下来就会迎来一次回暖，而过了很长一段时间，可能又突然之间气温下降，又迎来一场新的降雪，所以看起来好像是白白厚厚的一大片雪地，实际上里面却是分成了很多不明显的层次。越往下，因为之前的融化又冻住，冻住又融化，反反复复，渐渐就变得比表面的积雪更结实不少，成了半冰半雪的综合体，那两道相距不远的车轮印，其中一条只压平了表面比较干净和松散的积雪，而另外一个，却连松散积雪下面的冰雪混合层也压出了印子。

"那辆自行车在进来的时候是驮着什么东西，但是离开的时候重量减轻了！”方圆茅塞顿开，明白了戴煦的关注点，“并且周围还没有其他走回去的脚印，所以不太可能是自行车载着人，那个人后来跳下自行车走回去的，这样一来，最大的可能性就是原本自行车上面驮着的东西留在了这边，没有跟着自行车一起返回。”

走到那个雪堆旁边，雪堆旁边有很多凌乱的脚印，积雪被踩倒了一大片，但是由于这边的位置更靠近树林，如果没有注意到车轮印的去向，站在石板路甚至更远的位置，恐怕很难发现这边的情况。

戴煦让方圆站在距离雪堆两三米开外的地方，自己小心翼翼地走过去，尽量少留下新的足迹，也尽量把因他走动所破坏的范围缩减到最小，然后站在雪堆边上，没有着急动手去挖，而是仔仔细细观察了好一会儿，这才开始挖雪堆上面的积雪。他的动作很小心，和格外高大的身材甚至有些不相符，挖出来的雪，都被戴煦堆放在了同一个位置上，慢慢形成了一个新的小雪堆。

方圆在一旁看着，逐渐发现戴煦挖到一旁的积雪里还夹杂着碎石、枯草，甚至细小的土渣，她扭头看看自己身后不远处的另外一堆积雪，那里并没有看到相似的情况。越往下挖，积雪里面夹杂着的土石就越多，戴煦的动作也变得越来越小心，等到雪堆被挖平，开始要翻动地面上的泥土时，戴煦虽然手里拿着的是一把尖头铁锹，但是他的动作之小心，稍微夸张一点说，简直堪比考古人员。

方圆站在一旁，知道自己这个时候恐怕帮不上什么忙，只能尽量站在那里不要乱挪动，免得万一这里真的有发现，自己破坏了现场的痕迹，那可就不好了。虽然直奔这里来，接着就会有发现，这种事实在是让人有些难以想象，可是不知道为什么，看着戴煦聚精会神又异常小心地清理着地上的泥土，方圆对于这里即将发现重要证据的念头就莫名地愈来愈坚定。

又过了一会儿，戴煦忽然停下了动作，弯下腰，用戴着手套的手轻轻拂动着地上的土疙瘩，仔细辨认了半天，然后长出了一口气，直起腰来，回头对方圆说：“方圆，我现在手上都是土，你帮我给你那两个同学打电话，他们不是说去找汤力了吗，把咱们的地址告诉他们，让他们转告汤力，立刻通知法医还有其他部门，带人过来，越快越好。”

方圆连忙点点头，拿出手机来给林飞歌打电话，电话响了好半天，那边才接听，方圆赶忙按照戴煦的交代，让林飞歌转告汤力，赶快过来这边，林飞歌的反应有些不太爽快，支支吾吾地答应了下来。

通知完林飞歌，方圆挂断了电话，这时候她发现戴煦也在打电话，通话的对象似乎是汤力，方圆不明白为什么他明明先吩咐自己打电话给林飞歌，让林飞歌他们通知汤力，一转头就又自己亲自打电话过去，不过这种问题她也不好意思问出口，她只是一个小小的实习生，戴煦并没有义务要把做的每一件事都向她说明缘由。

她没好意思问出口的问题，却被戴煦猜到了，他和汤力讲完电话之后，收好手机，主动对方圆说："汤力说他这就带人过来，听他的意思，你那两个同学应该是没去找过他。"

方圆尴尬地笑了笑，戴煦接着说："假如你不给他们打个电话，通风报信一下，待会儿所有人都来了，就只有他们没到，这样一来，大家可就都知道有两个实习生偷着开溜的事儿了，那时候再想找台阶，恐怕就很难了，刚到实习单位，就给人留下拈轻怕重的印象，这影响可不太好。"

面对林飞歌和马凯的做法，戴煦非但没有生气或者责怪，反而还替他们在其他人的面前想办法留了面子，这是方圆万万没想到的。

"胆子大不大？"戴煦忽然开口问方圆，向她招招手，"要是不害怕，尽量踩着我刚才的脚印过来看看我发现了什么吧。"

第九章　思维方式

想要严格遵循戴煦的足迹，对于方圆来说可不是一件特别容易的事情，平时戴煦的步幅，几乎一步就能等同于方圆的一步半，刚才戴煦自己走过去都是迈着大步子，每一个脚印中间的跨度就更大了，方圆几乎需要向前跳一下，才能确保自己真的踩在戴煦的脚印里。方圆就这么跳了两三步，总算凑到了方才的那个雪堆跟前，随即她发现戴煦看着自己的时候，眼神里似乎带着点笑意，这让她忽然想起方才"站在这儿守着"的那件事。

"刚才你让我踩着你的脚印过来……也是开玩笑的吗？"她试探着问。

戴煦连忙调整了一下自己的表情，尽量表现得严肃一点，摇摇头，一本正经地说："不是，咱们两个在不能确定有发现之前，不好折腾别的部门的同事过来陪着乱找，但是现在既然确定有发现，那当然就得注意保护现场了。"

方圆赶紧点点头，然后朝戴煦方才挖开的那个雪堆看过去，戴煦手里的工具就只有一把尖头铁锹，并不是十分方便，所以没有挖得很深，但是被他挖开的部分已经露出了地面的泥土，并且从泥土当中，可以清楚地看到一只人的手，那只手是完好的，只是冻得有些僵硬苍白。与这只手相连的手臂就不一样了，除了手腕那里看起来还比较正常，余下露出地面的部分，除了沾上了土渣之外，没有一处是完好的。手臂上面的肉显然是被刀子剔过，但是剔得并不干净，有的地方可以看出红里泛白的骨头痕迹，有的地方还包裹着没有被剔干净的肉。肉的颜色呈现出暗红色，但是并没有明显的血迹，即便是干涸的也没有。以方圆的理论基础和专业知识，没有办法判断凶手在处理尸体的时候到底是在死者的血液凝固之前就放掉了很多的血，还是因为冬季的低气温，让尸体被冻干了。

看着那完好而僵硬的手，以及与手相连的骨肉斑驳的手臂，方圆的头皮隐隐有些发麻，身上就好像有几只小蚂蚁在爬来爬去一样，她怕露出太强烈的恐惧会让戴煦觉得自己不够称职，只稍微向后退开了一点，然后喘了几口气，问戴煦："手臂露出来了，是不是其他部分也都一定在这儿了呢？"

"这个我觉得可能性不大，刚才挖土的时候，发现土冻得还是比较硬的，我把凶手埋尸体已经动过一遍的土重新翻开都觉得费劲儿，让凶手挖一个人那么大的深坑把人埋进去，先不说目标会不会太大，就光是体力，恐怕都不太容易实现。现在比较乐观的想法是这里能找到一半或者一大半，余下的估计也肯定在这个儿童公园里面。"戴煦看了看方圆努力保持镇定的表情，向外又走了几步，然后示意方圆跟着他一起过去。

视线离开了那一截露出来的手臂，方圆的呼吸才重新变得平稳顺畅起来，思维也重新活跃起来了，她充满好奇地看着戴煦，正想开口询问，戴煦倒先一步看出了她的想法，不等她出声就先自我调侃起来。

"你现在有没有一种觉得我简直就是凶手的感觉？"他问。

方圆完全没想到他居然会这么问自己，一下子没绷住，扑哧一声笑了。

"你要不是警察，我肯定怀疑你。"她一边笑，一边实话实说，"从早上接到报案出现场，一直到现在，我没看出有什么迹象能让人推出尸体可能被埋在儿童公园里，就算有，儿童公园里面这么大，光是这片树林面积就不算小了，为什么你能一下子就找到埋尸体的地方，一点弯路都没绕呢？我觉得就算是牵条警犬来找，都不一定能保证这么快就找到啊！"

说完之后，她才意识到自己的措辞很有问题，连忙改口："不是不是，我的意思不是拿你和狗放在一起比较，你可千万别跟我一般见识……"

"我估计……"戴煦没有因为这句话而表现出任何不悦，反倒好像很有趣似的，想了想说，"我嗅觉没有狗好，但是脑子应该比狗机灵一点儿。不开玩笑了。这事儿其实首先肯定有幸运的成分在里面，其次就是你想要破案，首先就得学会换位思考，知己知彼才能百战百胜。你想看破对方的把戏，就得代入他的思维方式。方才过来之前，咱们俩在车里头不是已经聊过了吗，聊的内容你还有印象吧？"

方圆当然记得，当时戴煦问了她不少问题，现在想一想，原来在自己表达自己观点的时候，戴煦的脑子里已经做出了这么一连串的分析和判断。

"这里倒是符合凶手怎么选择抛尸地点的分析，在市区内，不需要考虑运尸体到郊区、野外的交通工具问题，公园里面冬天本来人就少，树林这边远离公园的其他设施，土层也厚，恰好还赶上了公园改建施工，公园门大敞四开，根本没遮拦，进出的工人车辆都多，就连咱们方才进来的时候，都没有人留意咱们，凶手出入要是挑了工作人员下班，只剩下工地施工的时间段，就更加不会引人注意了。可是，你怎么知道这里施工？"方圆问。

"哦，A市本地的生活频道有一档节目，专门解决市民反馈的问题什么的。前几天那个节目上还提到说很多市民反映，说儿童公园因为冬季施工改造，所以弄得很脏，几处大门全天敞开，还经常有各种货车进进出出，晨练、散步的市民不爱来了，很多人打电话抱怨这件事，节目主持人还让观众们为了春暖花开之后有更好的休闲场所，现在尽量忍耐。"戴煦挑了挑眉，"我能看电视知道这件事，凶手肯定也能。"

"真没想到，电视节目居然也成了对破案有帮助的线索来源！"方圆毕竟年轻，平时对那种市民节目从来不是很感兴趣，印象中好像只有家里的老人才喜欢在晚饭时段坐在电视机前面收看，没想到戴煦居然是通过这个知道的。

"很多时候，重要的信息都藏在旁门左道的地方，就算是专门撰写明星八卦绯闻的街头小报，也保不齐能提供什么信息。"戴煦说。

"可是我还有一个问题，为什么会直奔白桦林这边？公园其他地方也有植被覆盖的绿化区，土层也很厚啊。"方圆虽然得知了戴煦的消息来源，但是她心里的疑问并没有完全被解开，从戴煦方才的提示，把范围锁定儿童公园变得有据可循，可是一下子就找到了埋尸体的雪堆，这还是有些让人觉得不可思议。

"那树林这边高高低低的雪堆有那么多个，为什么你就那么确定是这一个呢？"方圆放眼一看，仅仅是这周围的大小雪堆就足有十几个。

"雪堆只是一方面，重点是自行车的车轮印，这一点方才我跟你说过了，你也看到了。至于这一堆雪有什么特别吗……"戴煦拿出手机递给方圆，"方才我挖开之前先照了几张照片，你可以看一下。这一堆雪虽然不是这周围最大的一堆，但是你看别的一堆一堆，因为是一层一层被堆积在一起的，本来应该是有那种淡淡的黑白的层次分割，但是这边的情况是一堆雪，黑的黑，白的白，层次完全都被翻乱了，并且雪块堆在一起相对比较松散，表面没有那种因为融化又冻住，反反复复形成的硬壳，表面都能看到细小的土屑，明显是近期被人翻动过，并且已经动到土层了，所以回填的时候，工具上面沾着土，留在了雪的表层。"

　　"你的分析和判断太准确了！"方圆由衷称赞道。

　　戴煦有点不好意思地摸了摸后脑勺："其实原来也不太确定我到底判断得对不对，所以还想呢，假如没挖出来，我就不承认了，要不然太没面子。"

第十章　不识好人心

方圆再次因为戴煦的话而感到哭笑不得，如果不是之前他表现出了让自己刮目相看的实力，就单看他的言行举止，恐怕换成是谁，都会赞同林飞歌那个"师父这人有点不靠谱"的论点吧。

在其他人赶来之前，他们并不能做更多，以免不但不能够提供帮助，反而还破坏了现场，所以只能在一旁守着，一直站在雪地里。方圆的脚下越来越冷，戴煦也注意到了这一点，便叫她一起回到车上，开了空调取取暖，免得其他人赶过来的时候他们已经冻僵了。方圆时不时地看看时间，希望马凯和林飞歌能够快点赶过来，或者聪明一点的在过来这边之前能够来得及先和汤力碰个头，不然不但他们偷懒会穿帮，搞不好戴煦方才替他们做的铺垫也就都白费了。

又过了一会儿，远远地能看到有几辆车朝这边开了过来，车顶的警灯明显说明了来人的身份。车子开到白桦林附近，在路边纷纷停了下来，戴煦和方圆也从车上下来，迎上去把这边的具体情况向其他人做一下说明，方圆看了一圈，没有看到林飞歌和马凯两个人的身影，看来他们还没有到。

"我先跟汤力他们过去，你通知你那两个同学，让他们别白忙了，回来这边帮忙就行。"戴煦也注意到了这一点，所以和汤力一起过去尸体那边之前，还意有所指地对方圆交代了一句，方圆听了忙不迭地点头，表示自己明白了。

在对现场的土坑和自行车的车轮印进行了拍照和取证之后，尸体余下的部分也被小心翼翼地清理了出来。方圆帮不上什么忙，也不敢凑上前去，免得耽误了其他人的工作，只能在旁边看着。这个土坑里面的尸体果然和戴煦预料的并无出入，只有一个上半身而已，并且头部没有和身子埋在一起，尸体的腹腔被剖开了，原本的肚皮部分，和大部分的腹腔器官都不见了，但是不知道出于什么样的原因，那空荡荡的腹腔里面还残留着一节肠子。方圆看到之后，胃里面一阵翻搅，想要退后一些避开视线，又怕让人笑话，本能地用手掩住嘴巴。戴煦忙着帮忙处理现场，不过还是留意到了方圆的反应，停下手里的动作，看了看她，问："怎么样？还好吗？不行的话，你去旁边休息一下吧。"

"我能坚持，以后想干这一行，也不能总躲到一旁。"方圆摇摇头，有些艰难地咽了一口唾沫，压下胃里的不适。

戴煦深深看了她一眼，点了一下头："那好吧，你尽力而为。"

于是所有人分成了几组，开始分头寻找起其他的线索来确定可能的埋尸点来。方圆自然是跟着戴煦，她以为戴煦第一次找得那么顺畅，接下来应该也可以很快就锁定新的目标，可是这一次，戴煦却并没有表现得像之前那样目标明确，他只是带着方圆，这里看看，那里瞧瞧，时不时地还会去关心一下别人的进度，一副完全没有头绪的样子，并且还一点都不着急。

终于，就在大家分组散开去寻找线索之后，林飞歌和马凯终于出现了，戴煦和方圆远远看到他们过来了，戴煦朝方圆点点头，因为旁边还有其他人，他不方便直说出来。方圆明白他是示意自己过去提前和林飞歌他们交代几句，免得待会儿被别人发现他们两个偷偷开了小差，立刻快步朝那边迎了上去。

"你们两个怎么才过来啊。"方圆走到两个人跟前，小声问。

"还不是因为马凯，跑去上网了，我接到你电话之后立马打电话找他，我们两个会合之后就赶紧过来了。怎么样？有没有事啊？"林飞歌平时总是大大咧咧的样子，现在语气还是很洒脱似的，但能感觉得到，其实多少有些惴惴不安。

"幸亏戴煦前辈已经事先帮你们遮掩了，所以别人都以为你们两个是被他派到别处去找线索，刚被叫回来，待会儿万一要是别人问起来，你们两个千万记得，不要说错了。"方圆提醒他们两个，虽然说戴煦是实际带着他们的那个人，但是作为实习生，才来第四天就开小差，让其他师兄、前辈们看到了，印象终归是不太好的，万一以后成了同事，那影响可就更加深远了。

"真的假的啊？我师父这么善良，居然还帮我们打掩护呀！"林飞歌的口气听起来似乎有些将信将疑，她扯了扯方圆的衣袖，略有些哀怨地说，"方圆，你可真不够意思，师父都发现我们两个偷着开溜了，你怎么也不第一时间就给我们通风报信啊，那样的话，我们不就不需要让师父替我们打掩护，搞得那么被动了。"

"你告诉我说你们去找汤力前辈，当时他们确实也没有和我们在一起，我怎么知道你是蒙我的呢？"方圆有些无奈地解释，心里多少有点不太舒服。自己方才就要把地址告诉林飞歌，让他们过来的，结果是她说要去找汤力，实际上溜去偷懒了，现在回过头来，却又责怪自己没有第一时间通风报信，这着实有点委屈。

林飞歌一看她的表情有点不大愉快，赶忙用肩膀碰了碰方圆，笑嘻嘻地说："我开玩笑的嘛，你可别当真呀！刚才来的路上，我还跟马凯说呢，幸亏方圆够意思，赶忙告诉咱们俩，不然别人都去了，就咱们俩没去，那可就糟了！"

"要是这么说，那我们岂不是还得谢谢你对我们的信任哪？"马凯在一旁忽然不阴不阳地接了一句话，"而且那个戴煦也真够有意思的，抓住一切机会装好人，我看什么替我们遮掩，他根本就是想要让我和林飞歌丢人现眼。这么冒冒失失地跑来，正好在其他人面前被抓个现行吧！他会有那么好心？我们俩跟他非亲非故，他一张嘴喊我的名字还'这个同学''那个同学'的呢！"

"你这么说话也太不识好人心了，要是你自己不偷着开溜，谁能让你难堪？"方圆没想到马凯居然说出这样的话，心里面的火一下子就冒了出来，连情绪都没来得及控制，话就已经脱口而出。

马凯脸红了一下，鼻子不是鼻子脸不是脸地打量了一眼方圆，阴阳怪气地说："你干吗啊？用得着表现得这么狗腿子吗？这么维护戴煦对你有什么好处啊？他是林飞歌的师父，又不是你师父，轮得着你巴结吗？"

说完，他又好像恍然大悟似的说："我知道了，你是被你那个帅哥师父嫌弃了，不愿意带你，所以现在害怕戴煦也不愿意，所以才这么积极拍马屁吧？"

方圆的两只手在身侧攥着拳头，如果换作是以前，她早就冒出一大堆连珠炮一样的话来反驳马凯了，非得说得马凯哑口无言不可，但是她两只手使劲儿攥着拳，硬生生地还是把到了嗓子眼儿的话又咽了回去。方才就是一个没忍住，所以激怒了马凯，让他说出了更具有攻击性的话，假如自己继续和他针锋相对，最后必然会伤了和气，以前或许她不会在乎，只可惜今时不同往日，她现在最不能够面对的状况就是在外面被孤立，因为她和别人不一样，她没有可以避风的港湾。

于是她只是狠狠地瞪了马凯一眼，转身就走，丢下一句："随便你怎么说！"

马凯也不吭声了，跟在她身后朝戴煦那边走。林飞歌早就在方圆和马凯你一言我一语的时候跑过去找戴煦"报到"了，现在正表现得非常积极地参与寻找工作呢。

行动一直持续着，在大家都越来越疲惫的时候，传来了一个好消息，死者的头颅终于被发现了。

凶案追击之梦魇

第十一章　毁容

　　听说头部被找到，所有人都感到很振奋，虽然DNA技术让确定死者身份多了许多不同的途径，但是如果找到了头部，明确了死者的相貌，这样就可以省去不少的步骤和时间，直接从上报的失踪人口里面开始排查。

　　然而，头部虽然找到了，但是清理出来之后，情况却有些令人失望。

　　死者的头部似乎是被人用某种化学试剂淋过，部分头发被腐蚀掉了，整个面部都被烧得发黑，皮肤布满了不规则的褶皱，很多地方都脱落得斑斑驳驳，鼻翼严重变形，让鼻孔比原本变得大了许多，呈现出怪异的长椭圆形。死者的嘴巴发生了变形，嘴唇残缺不全，露出里面白森森的牙齿，再加上被烧掉了眼皮，暴露在外并且呈现出灰白色的眼珠，那颗头看起来显得更加恐怖。

　　林飞歌一直在戴煦身边转来转去，以表现自己积极弥补的诚意，所以听说头颅被发掘出来之后，也是立刻冲在前面跟着过去看，结果一眼看到那颗发黑且严重变形的头颅，顿时脸色一变，拨开身后的其他人，冲到一旁去哇哇呕吐起来。马凯原本还没有什么特别强烈的反应，不知道是不是受到林飞歌呕吐声的影响，他的脸色也有些不大自然起来，不过还是硬着头皮强撑着，顺便有些试图缓和关系似的，问一旁的方圆："方圆，你没事儿吧？"

　　方圆原本以为自己会和林飞歌差不多的反应，不过可能是因为方才看到了被清理出来的上半身，对这个案子的受害者尸体大概会呈现出多么可怖的模样有了心理准备，现在反而镇定下来，没有受那么大的刺激，只是心跳略微加快了几拍而已。面对马凯的询问，她虽然还有些恼火对方之前的表现，但毕竟伸手不打笑脸人，更何况现在他是在关心自己，便稍显冷淡地摇了摇头，说了一句："我没事。"

　　"这下可就不好办了，居然被毁了容……"戴煦当然不会像三个实习生那样大惊小怪，他蹲在那颗头颅旁边端详了一会儿，有些无奈地感慨一句，又问旁边的法医，"能确定是什么东西烧的吗？是生前被毁容，还是死后为了毁灭证据？"

刘法医因为只是早上临时顶替才会过去出现场，现在已经回去继续处理钟翰他们那边另外一桩案子后续的工作了，跟着过来的是一个比刘法医更年长一些的老法医。老法医说起话来很谨慎："从面部皮肤被烧伤的状况来看，应该是硫酸，回头肯定还是要再确认一下。我个人认为应该是死后才在死者面部泼洒的硫酸，你可以看到现在死者的整个面部都被烧得有些面目全非了，但是从烧灼程度的轻重还是不难看出腐蚀性的溶液是从什么方向被淋上去的。假如是死者活着的时候，死者的脸垂直于地面，凶手泼硫酸过来，液体首先接触的位置，有可能是额头、颧骨之类的位置，然后我们都知道液体是会向下流淌的，所以烧灼的部分会有一个向下的趋势。人感觉到烧灼痛之后，本能地会低头，并且在毫无心理准备，不知道自己的脸上被泼了什么的情况下，很多人都会用手去捂脸或者试图擦拭。以前接触过的案子里，就有因为用手去擦，反而破坏了脸上的皮肤，并且还把手也给灼伤了的。"

戴煦听他说到这里，便明白过来："所以刚才我们发现上半身的时候，两只手上的皮肤完好无损，没有任何烧灼过的痕迹，并且死者整张脸上，被腐蚀最严重的部分在前面中间部分，但是下颚也被大面积灼伤，不符合人本能低头，液体向下流淌。流也不会铺开得那么均衡，并且就像你方才说的那样，液体向下流淌，没道理首当其冲的是被泼中了脸前面的中间部位，结果硫酸逆流而上，把额头上面那部分的头发和头皮都给一起腐蚀坏了，是这个道理吧？"

老法医点点头："对，就是这个意思。方才发现的上半身，连脖子上都没有灼伤的痕迹，所以我才更觉得应该是死后，在凶手已经把死者的头和身体分离，在把头部掩埋之前，最后才用硫酸来给脸部毁容的。这一点也比较容易确认，一会儿把这个坑下面的土壤取样带回去化验土壤的酸碱度，就知道了。假如是事先泼过，然后运到这边来，那土壤不会受到明显的影响，但如果是在这里挖好了坑，把头部放在坑里，然后才倒进去硫酸，那周围的土壤肯定会受影响的。好在从头部的状况来看，凶手倒的硫酸应该不算多，而且浓度也不至于特别大，不然的话，咱们方才完全没有这方面的准备，也不会一点影响都没有，不过接下来的事情还是小心一些比较稳妥。"

戴煦点点头，站起身，让开位置给其他人去采集泥土样本，转身去找他的三个"小尾巴"，他先看了看方圆，看她没有什么不良反应，然后又看看马凯，以及吐完之后有些虚弱地蹲在路边的林飞歌。

"怎么样？能不能撑得住？"他问林飞歌。

林飞歌点点头，挤出一个苦兮兮的笑容："师父，你可别笑话我……"

"那个同学，要不，你扶她去车上休息一会儿吧。"戴煦想了想，对马凯说，然后瞥一眼方圆，"方圆要是没事，就跟着去找剩下的部分吧，目前我们只找到了三分之二，还有三分之一没有找到呢。"

方圆点点头，跟着他往外走。马凯犹豫了一下，也想跟着，但是戴煦交代他照应林飞歌，而林飞歌的脸色看起来也确实不太好，这让他有些为难。

林飞歌一听戴煦这么说，赶忙从地上站起来，稍微有点趔趄地小跑了两步，追上戴煦："我没事，不用休息，我也跟你们一起去吧？"

"挺坚强的嘛！"戴煦看了看她，对她笑了笑，语气轻快地说，"行，那就跟着吧，如果觉得不舒服就及时说，不用不好意思。你们要是第一次出现场就天不怕地不怕，那估计就该换成我害怕你们了。"

他这么一说，原本还有些不好意思的林飞歌顿时就释然了许多，马凯更是直接笑了出来，估计是想起自己之前对戴煦的非议，有些不好意思了，也在一旁讪讪地开口说："师父，那个……我们之前……"

戴煦不用听也知道了他想要说什么，伸手拍了拍他的肩，大大咧咧地摆摆手："小差不是不能开，只不过要有技巧，下次记得先找个靠得住的联络人，不然印象分那些都是没用的小事，假如真的耽误了什么正经事，那后果可就严重了。"

马凯不好意思地嘿嘿赔笑，连连附和。林飞歌不知道是不舒服所以没有留意他们的对话还是怎样，一副事不关己的样子，没有搭腔。

戴煦带着他们三个人，和其他几个公安局的同事一起继续四处寻找线索，希望能够尽快发现下半身，既然上半身和头部都已经在公园里被发现了，那么下半身也在这里的几率，就几乎可以被视为百分之百，唯一的问题就是，到底会在哪里。

方圆一直期待着戴煦再像最初发现上半身那样再次发挥自己的实力，可是她的这个愿望一直都没有得到满足。戴煦不时地会发现一点看起来非常有价值的线索，但他都没有表现得特别重视，反而是引起了同行其他人的关注，就这样一点一点地摸索着，最后终于有人在一点一点地推进过程中锁定了目标，找到了同样被剥皮剔肉的下半身。林飞歌这次可再也不敢逞强，非常自觉地躲到了一边，不敢看。方圆本着有始有终的态度，既然上半身和头部都已经看过了，下半身最好也亲眼目睹比较好，所以咬着牙没有退缩地看了看，发现下半身的情况和上半身比较类似，一双脚完好无损，但是脚踝以上一直到髋骨的位置，几乎没有残留下什么面积稍大一点的皮肉，都在抛尸之前就从身体上割掉了。

从腿骨的长度来看，死者的身高并不矮。方圆扫了几眼被挖出来的下半身，又在心里估算了一下上半身的大概长度，觉得这名死者的身高至少也应该有175厘米以上，再加上早上的时候刘法医下的结论，说死者应该是一个身材偏胖的男性，那么现在结合了身高，这个死者生前应该是个大块头才对。

下半身被彻底挖出来之后，戴煦是第一个离开现场的，他和汤力简单地商量了几句，然后就招呼三个实习生跟自己一起走。林飞歌对此表示了十二分的赞同，她在现场的每一秒简直都可以说是折磨，只恨不能插上一双翅膀，赶紧飞离这里才好。

"师父，那死者的身份要怎么确定？"走回停车位置的路上，马凯问戴煦。

"法医会测一下骨龄，根据死者的骨骼状况，大概判断一下可能的年龄区间。假如死者比较年轻，未成年或者刚刚成年，说不定还能更精确一点。剩下的……就得看面部还原的程度，还有失踪人口的排查了。"戴煦回答说。

"那咱们现在是要去干吗？"马凯又问。

戴煦摸了摸自己的肚子："现在啊，先解决咱们的果腹问题吧。"

第十二章　"害人"

此时早就过了午饭时间，戴煦的提议立刻就得到了其他人的一致赞同。虽然这几个实习生正在为将来成为正式的刑警做准备，并且也是经过了三年多的学习和艰苦训练，但是他们毕竟刚刚走出校园，没有过这么生活不规律的时候，中午的时候就已经饿了，之后找到了头颅，头部的状况比较特殊，让他们多少有些倒了胃口，不然估计撑不到现在，就早已经饿得眼冒金星了。

路上，林飞歌一直跟着戴煦，低声对他说着什么，看样子像是在替自己和马凯做解释。不管戴煦怎么厚道地替他们遮掩了，她也还是需要就自己的行为给戴煦一个交代才行。方圆跟在后面，没有离他们很近，怕林飞歌会觉得不方便，不自在。马凯则跟在方圆旁边，不时地和她说句无关痛痒的话。方圆不想理睬，就不做反应。马凯也不在意，一直在一旁没话找话。

过了一会儿，估计是搜肠刮肚也找不到话题了，马凯终于没办法，拉了拉方圆的大衣袖子，对她说："你生我气啦？别生气，我错了还不行吗？"

"你不用跟我道歉，反正也不关我的事，之前是我多管闲事了。"方圆瞥他一眼，对方说了道歉的话，尽管她还是不想理睬，但出于礼貌还是淡淡地开了口。

"你看你看，说这种气话，看来是真生我气了。方圆你可千万别跟我一般见识，我这人你还不知道吗，我真不是故意那么说你的，只是咱开开玩笑而已。今天这事儿，真是误会，而且我确实说错话了！"马凯一看方圆开口了，虽然态度还是比较冷淡，好歹比方才不吭声已经算是有进展了，赶忙对她说，"我今天跑出去上网也是因为心情不好，结果没想到还差一点坏事儿。过来之后正好一肚子的火呢，一下没管住嘴⋯⋯真是误伤，绝对的。你都不知道我和林飞歌今天一早上碰那一鼻子灰！那个叫钟翰的，太不好说话了！我们俩搜肠刮肚地找了一大堆借口和理由，想让他带我们，结果他就是不答应。我这辈子什么时候那么被人驳过面子啊，心情别提多不好了。你就当我那会儿不会说人话，狗咬吕洞宾了还不行吗？"

马凯把话说到这种程度，方圆倒不好意思继续端着架子不松口了，她摇摇头，对马凯说："算了，不是多大的事儿，我不生气了。"

"那就好，我跟你讲，气大伤身，我今天就被叫钟翰那个家伙给气得够呛。真是的，长得帅就了不起啊，那么大的架子，还不答应带我们过去！你没跟他实习就对了，不然的话，就那种人，指不定得给你穿多少次小鞋儿呢！"马凯看方圆态度放缓了，知道她不会和自己计较了，于是顺嘴抱怨起来。

方圆没有作声，虽然说刚一来报到就被钟翰塞给了戴煦这边，当时她是有点尴尬，但是她不熟悉钟翰，至今见面次数加上说话的次数一共可能都不超过五次。仅仅因为对方没有满足自己的要求或者愿望，就诋毁对方的人品，这种事情她可做不出来。更何况那么重要的一个案子，人家已经苦苦调查了那么久，也不是别人谁忽然脑袋一热想要参与，作为负责人的钟翰就有义务点头同意。她实在是看不出来马凯有什么好怨天尤人的，不过这一次她克制住了，没有吭声，免得像早些时候替戴煦鸣不平的时候那样，引火上身。

"方圆，你可别嘴上说不生气了，实际上还怪我啊。我真是有口无心的。要不这样，为你的身材着想，我就不请你吃饭了，改天我请你看电影吧，算是赔礼道歉，怎么样？我听说最近有一部美国大片正好要上映了！"方圆默默地转着自己的心思的时候，马凯仍旧在一旁喋喋不休地说着，看方圆不说话，以为她还在生闷气，又趁机追加了一个补偿措施。

方圆赶忙摆摆手："不用了，我真不生气，别浪费了。"

"那有什么浪费的，两张电影票，再买点爆米花汽水什么的，也就一百多块钱。现在这年头儿，谁还差那一两百块钱吃饭过日子是怎么着！"马凯不大在乎地说，然后又笑了起来，"方圆你还挺会过日子的啊！你要是再减减肥，保不齐就有男人想要娶你回家了，一看你这样将来就会是个贤妻良母，就是胖了点儿！"

"跟你没关系的事儿，就不劳你操心了。"方圆的语气又冷下来一点，她对马凯总是特别无奈，有时候他会说一些让人很伤自尊，很难堪的所谓玩笑，你要是生气了，他又会可怜巴巴地追在你身后跟你道歉，可是就在你刚刚原谅了他，觉得他可能是无心的，决定不再计较了，他却又会立刻故技重施。

"我是替全天下还没女朋友的单身汉操心啊，现在谁不想找个身材好，带出去谁一看都觉得特别羡慕的女朋友啊。你说你，其实长得也不难看，就是肉多了点儿。现在流行骨感，你这样不行啊，以后找谁，那不等于是害人家吗？嘿嘿。"马凯一副语重心长的样子，末了害怕方圆生气似的，干笑了几声。

方圆听他说得心烦，索性对他挤了个笑容，不软不硬地呛上一句："放心吧，就算全天底下就剩下你一个未婚男青年了，我孤独终老也不会害你的。"

马凯被她这么一说，表情顿时变得有点尴尬。走在前面的戴煦也好像听到了他们说话似的，忽然扭头朝后看了看。马凯也不好再说什么，低着头，两只手插在衣兜里不出声地闷头继续走路。

到了停车的地方，四个人分头上车，马凯被戴煦叫到前面去坐副驾驶位置，林飞歌和方圆两个姑娘坐在后面。出了儿童公园，戴煦熟门熟路地把车子开到了一条商业街附近，找到车位停下来，然后径直把她们带去了一家快餐店。

眼下正是午饭过了晚饭没到，青黄不接的时间段，快餐店里人不多，空调开得挺足，安静还暖和。四个人围了一张桌子，马凯在一旁忙不迭地拍马屁，说："师父，你真会打算，这个时间要是去小饭馆儿的话，估计什么都得现做，搞不好还得赶上服务员吃饭休息。这种快餐店好，随时来随时有吃的，不用等，而且人还少，环境干净，可以好好歇歇气儿。"

戴煦被他说得有些发愣，摸摸脑袋，无奈地笑了笑，说："你想得还挺多，我来这儿就是肚子饿了想吃汉堡，没什么别的原因。哦，对，他们家牛肉汉堡里的西红柿和黄瓜很新鲜，你们可以试一试。"

拖了这么久，所有人都饿了，马凯和林飞歌直奔点餐台去买吃的，只有方圆还坐在位置上没动，戴煦也不着急，坐在她对面，有一搭没一搭地看着桌面上的新品宣传页。过了一会儿，林飞歌和马凯回来了，戴煦这才站起来准备去买东西，他看到方圆从林飞歌手里接过去一杯咖啡，没有起身的意思，便有些奇怪地问："你怎么不过去买吃的？"

　　方圆不好意思地笑了一下，还没等开口呢，林飞歌倒是大大咧咧地替她回答了："师父，你不用管她，她减肥，不吃，你去买你的吧！"

　　戴煦看了方圆一眼，点点头，朝点餐台走过去。

凶案追击之梦魇

第十三章　偷

　　很快戴煦也买了吃的回来，他长得人高马大，饭量自然也小不到哪里去，买回来的食物和饮料比其他几个人都多，回到桌旁坐下来，津津有味地吃了起来。林飞歌和马凯一直拉着话题聊一些与方才的案子没有任何关联的闲话，估计是生怕一不小心谈起案子的事情，又会联想起挖出来的尸体有多么恐怖。

　　方圆也和他们有一搭没一搭地聊着，食物的香味儿丝丝缕缕地飘过来，钻进她的鼻孔，她觉得自己的胃咕噜噜地叫了一声，幸好有店里的背景音乐声作为掩护，这才没有被其他人听见。她赶忙喝了两大口咖啡，希望能够给自己空落落的胃一点点安慰，可是咖啡喝下去，她只觉得肚子里好像更空了。

　　必须忍住，要是半途而废可就前功尽弃了。方圆偷偷在心里给自己打气，挤对自己的人，马凯可能是第一个，但他也绝对不是最后一个，更不是最刻薄的那一个。她还能清晰地记得当她得知父亲再婚的消息，第一次去他的新家拜访的时候，父亲的再婚妻子，那个算是她继母的女人，还有那个女人的女儿，她们看着自己的眼神，就好像是看到了动物园里跑出来的动物一样。

　　"看出来以前你们家伙食不错吧，你闺女身材不像你啊，像妈妈吧？"那个女人笑嘻嘻地用胳膊肘碰了碰方圆父亲，开口问，说完之后，不等方圆父亲有什么反应，她便已经和她的女儿两个人咯咯地笑成了一团。

　　方圆站在那里，觉得浑身上下每一个毛孔里好像都长了刺一样难受。她很清楚，这是第一次拜访父亲的新家，估计也会是最后一次吧。

　　打那以后，她就下决心要减肥，方法试过很多种，就在来实习之前，她还每天都风雨无阻地到操场上面去跑圈，躺在寝室的床上做仰卧起坐，两个多月折腾下来，收效甚微，就连她很熟悉的体能老师都表示爱莫能助，劝她不要那么在意这些外在的东西，既然身体健康，胖一点瘦一点又有什么关系呢？

假如没有遭遇到那样的奚落和目光，方圆当然也不会在意，她之前的二十多年都是带着这副圆润的身材自信昂扬地走过来的，可是现在，对她来说不一样了。

既然运动效果不明显，想要短期内就有改观，方圆只能选择饿肚子，这是她正儿八经开始饿肚子的第二周。如果一个人待着倒也还好，像现在这样坐在别人旁边看别人吃得津津有味，她的胃还是会发出愤怒而又激烈的抗议。

"方圆，你的咖啡还没喝完啊？"

方圆回过神来，发现自己开小差的工夫，其他三个人都吃完了，问她话的人是林飞歌，她面前的托盘都已经收拾干净，一副准备离开的样子。

"是要走了吗？我没关系，马上就好。"方圆赶忙端起面前的纸杯，几大口把里面的咖啡喝干净。这种快餐店的咖啡根本没有什么口感可言，怕增加热量，方圆连奶精和糖都没有加，几大口喝下去，还真是够苦的。

喝完咖啡，方圆主动帮忙拿托盘，几个人把托盘里的垃圾倒掉，出门上车，返回公安局去。由于儿童公园的扩建改造，原本周围就为数不多的监控摄像头早就停止了工作，甚至被拆除掉，准备等改建完之后再重新安装回去，因此在那周围浪费太多时间是没有必要的。戴煦和汤力商量过之后，决定合作分工，汤力去调周围几个主要路口的交通监控录像，而戴煦则带着三个实习生回公安局去，从近期A市以及A市周边的邻近城市上报的失踪人口信息着手，收集与死者体貌特征、性别等相近相符的，等根据头部的模拟画像出来之后，便于排查和锁定最有可能的人。

回到公安局，戴煦给三个人分别布置了他们各自的任务。A市市区的各个分局、派出所，再加上县区及乡镇，接到的失踪报案或者疑似失踪的报案，累积起来也不少，虽然其中很有可能"假警报"占了一大半甚至更多的比例，但是眼下无论是哪一条，只要失踪人为男性，他们就都不敢掉以轻心，再加上还有临近的周边城市的信息需要收集，工作量还是比较大的。

在埋头工作了两个小时左右之后，方圆感觉到自己的胃在隐隐作痛，起初并不强烈，于是她给自己倒了一杯温开水，希望喝点温水可以缓解过来，可是没过一会儿，那种痛觉却变得越发强烈起来。她悄悄地用一只手捂着胃的位置，努力转移自己的注意力，不想被人发现自己的异状。

这个世界上有些时候就是那么不公平，就好比一个纤细苗条的女孩儿，一直不停地在吃零食，旁人会一脸羡慕地说："真好，怎么吃都不胖！"

而一个身材丰满的姑娘，饿了一整天，终于吃到唯一的一顿饭的时候，看到的人却会撇撇嘴，轻蔑地说："整天吃吃吃，怪不得那么胖。"

还有眼下胃疼这种事，身材苗条的人会被叮嘱规律饮食，而胖子则会被视为"吃太多，把胃都搞坏了"。

"方圆，把你手上的工作放一下，跟我过去看看模拟画像那边的进度怎么样。"

方圆的手越压越紧，忽然听到有人和自己说话，她连忙抬起头，看到戴煦手里端着一瓶水，从他的办公桌后头站起身来正准备要走，她连忙起身准备跟上去。

"师父，我也跟着去吧！"林飞歌比方圆的动作甚至还快一点，也跟了过来。

戴煦点点头："行啊，我之前看你在现场就看了一眼死者的头部，就吐得翻天覆地的，所以没敢叫你。你要是现在调整好了，那就过去吧。"

"呀，那我不去了！谢谢师父体谅！"林飞歌这才意识到自己忽略了那么重要的问题，连忙吐了吐舌头，又转身坐了回去。

方圆跟在戴煦身后，走到楼下。戴煦忽然拐到楼梯侧面的拐角里，招呼方圆，然后把手里的那瓶纯净水直接塞到她手里，顺便还递过来两粒药。

"把这个吃了吧，据说治胃疼见效挺快的，反正我看钟翰一犯胃病就吃这个，挺管用。"他对方圆一边说一边示意她赶快吃药。

方圆的胃确实疼得很难受，她顾不得惊讶戴煦居然发现了自己胃疼的事儿，接过胃药来，用水吞服下去，然后才说："谢谢，这要是钟翰前辈给的啊，那你也帮我谢谢他。"

戴煦摆摆手："不用谢，药是我从他抽屉里偷拿的，他都不知道。"

方圆一口水差一点从鼻子里呛出来，还好忍住了，才没有失态。

戴煦倒不觉得自己说了什么值得大惊小怪的话，他又伸手到衣服口袋里，掏出了一个塑料袋，里面包着一个鼓鼓囊囊的东西，递给方圆："你把这个吃了。"

方圆迟疑着接过来，看见塑料袋里装着的是一个小汉堡，她连忙递还回去："不用不用，我不饿，真不饿。"

戴煦叹了口气，朝自己的耳朵指了指："除非你把我鼓膜给戳个洞，否则饿得肚子咕咕叫的声音我是不可能听不到的。你放心，这个汉堡是刚才买的，绝对新鲜，不是从钟翰那儿偷拿的，那个家伙从来不爱吃这种东西。顺便我也提醒你，你的实习生活这才刚刚开始，假如你还想留在公安局，还想留在我这里，不想到医院里头去度过你的实习时光，你就最好先把别的放一边，保持一个健康的体魄。你吃吧，我到门口那边去等你。"

说完，他看方圆似乎有点不好意思似的，便伸手拍了拍她的肩膀，一个人大步流星地走开了。

第十四章　英语老师

　　面对戴煦的所作所为，方圆心里有一种说不出来的感受。不知道是不是好长时间她都处于必须独立，不能依赖和指望任何人的那种状态下，面对这种并不声张的关心和过问，方圆甚至感觉眼眶都有点发热了。幸亏忍住了，不然的话，来来往往的人看到一个小姑娘一手汉堡一手纯净水，站在楼梯拐角里红着眼圈，那画面肯定很怪异，估计谁看到都得困惑上一阵子的。

　　方圆不好意思狼吞虎咽，只能尽快把那个不算大的小汉堡吃下去，又喝了点水，不知道是空落落的胃里终于有了食物，还是方才戴煦从钟翰那里"偷"的胃药效果确实很好，等她走过去找戴煦的时候，胃就已经不那么疼了。她想再向戴煦道个谢，戴煦却没有给她这个机会，他先是打量了一下方圆，见她没有大碍了，便一招手，示意她跟上，然后就大步流星地走在前面。方圆三步并作两步地努力跟上他的步伐。不知道为什么，她觉得戴煦的情绪好像和之前不太一样，打从吃午饭那会儿开始一直到现在，好像都没有之前那么有精神似的，不过这只是她自己偷偷留意观察的结论，戴煦不是方圆熟悉的人，性格也完全谈不上了解，所以她也不敢胡乱猜测，只是提醒自己，做好自己的事，别给别人添堵就好。

　　面部复原的进度还是比较乐观的，死者的脸虽然被硫酸腐蚀得乍看起来有些面目全非，无法通过直观的观察来确定生前样貌，但好在面部的肌肉组织损坏程度比较轻，用来推测出死者生前的脸型等特征都有很大的帮助。戴煦带着方圆过去查看进度的时候，复原已经基本完成了，他们没用多久就拿到了模拟画像。

　　画像上面的人，长着一张宽脸，眼睛比较小，是那种又短又圆的眼型，颧骨很高，即便从画像上来看，死者的脸颊非常丰满，但仍旧遮掩不住突出的颧骨。这种相貌算不上好看，也不算特别丑，不过辨识度还是比较高的。

拿到了模拟画像，接下来没过多久，关于死者骨龄的检测结果也出来了，可以确定死者是一名成年人，年龄已经超过了二十一二岁，所以不能准确地判断出一个比较小的年龄区间，只能从骨骼状况来判断，应该是在四十岁以下。

男性，身材偏肥胖，有模拟复原出来的相貌做参考，年龄在二十岁到四十岁之间。这是目前戴煦他们掌握的唯一可以用来调查和确定死者身份的有价值信息。尽管线索不多，但是空等着是肯定不行的，只能够聊胜于无，利用现有资源，尽量先筛查一遍，如果没有收获，那再另外想办法。

事实上他们的运气还不错，经过了一番排查，近期A市有一起失踪人口的报案，其中提到的失踪人相貌与画像上比较相似，看上去有七八分像。

这个被报告失踪的人名叫鲍鸿光，是A市一所初中的英语老师，那所初中在A市还是小有名气的，对外以师资水平高而著称。报案的就是该学校教务处的老师，报案原因是因为鲍鸿光连续无假旷工近一周，并且学校方面通过许多途径都没有办法联系到他本人，联系鲍鸿光家里人也没有结果，只好报警处理。

这个鲍鸿光并不是A市本地人，他的户籍也不在A市这边，而是在距离A市比较远的沿海城市。鲍鸿光的家人都在那边，他本人的户口和其父母的落在一起，因此得到其父母的联系方式倒并不是什么难事，只不过现在仅凭一张看起来和鲍鸿光本人照片有七八分相像的画像就打电话联系千里之外的鲍鸿光家里人，似乎还显得有些太过于草率，最好的办法就是带着画像，到鲍鸿光工作的那所A市某某附属实验中学去了解一下情况，请他的同事帮忙辨认。

到了学校，听说是公安局找到疑似鲍鸿光的人了，学校方面还是很重视的，毕竟自己的员工无缘无故地找不到人，生死未卜，学校里的领导也希望能有一个明确的答复，所以非常有效率地安排了戴煦他们和鲍鸿光所在的一年级组其他老师见面，让那些人帮忙辨认画像。一时间一办公室的人都眼巴巴地等着戴煦他们给派发画像，并且因为戴煦他们的身份，气氛也变得格外紧张起来。

"王主任，这种事我们也不敢随便发表看法啊，"几张画像分发下去，一个瘦瘦的男老师对画像似乎并不是太感兴趣，而是有些为难地开口对陪在戴煦他们身边的年级主任说，"你说鲍鸿光那个人，本来就闲云野鹤一样的，我们看了之后，万一说觉得就是他，回头人家好端端地回来了，再怪我们乱说话，给人家找麻烦，那我们这不是给自己添堵吗，你说是不是？"

他的话一出口，有几个原本还好奇地凑过去看画像的年轻老师也都纷纷坐回自己的位置，一副不想蹚这趟浑水的架势。年级主任一看这个样子，多少有点儿面子过不去，清了清嗓子，说："小俞你这话说得可不对啊，咱们都是同事，哪能因为胆小怕事就自扫门前雪呢，咱们当然都是希望鲍鸿光没事，但现在人家警察来确认，也是排除一下，就算鲍鸿光什么事儿都没有，过几天又好端端地回来了，那咱们这么做也是因为关心同事，是出于好心，没有什么不好的。看问题不能只从自己的角度出发，得为他人也想一想嘛！"

刚才缩回去的几个人，听领导这么说，也有点不好意思，又讪讪地凑了回去，最先开口说话的那个被年级主任称作"小俞"的男老师也挪了挪椅子，跟旁边的同事一起端详起画像来了。

"我觉得就是鲍鸿光。"隔了一会儿，一个瓜子脸的姑娘最先开了口。

"晓姗，你可盼鲍鸿光一点儿好吧，至于吗，这么快就认出来了？"接话的还是方才姓俞的那个男青年，他似乎是故意在调侃那个说话的姑娘。

被他称作"晓姗"的姑娘脸一红，凶巴巴地瞪了他一眼："你这人平时就嘴贱，这种严肃的时候就不能克制一会儿啊？一天到晚胡说八道的，你可别逼我揭你老底啊！"

被她这么一说，那个小俞立刻不吭声了，姑娘满意地瞥他一眼，不再理他。

很快，也有其他人开口表示，觉得画像上的人十有八九就是鲍鸿光，开口表态的人多了，随声附和的也渐渐多了起来，没有一个提出异议的，甚至还有一个人特意找到了一张秋天时候年级组一起出去郊游时候的集体合影，递给戴煦，让他自己对比，看看会不会也觉得画像中人就是鲍鸿光。

戴煦结果照片，看了看，点点头，又把照片递给了方圆和林飞歌。

方圆对着画像的时间比较长，所以画像上面的相貌特征几乎闭着眼睛都能清楚地浮现在脑海里，不需要再去反复对比。起初因为这些人要么明哲保身，不想参与，要么随声附和，所以她对这些人都赞同画像中人非常像鲍鸿光这件事多少存在一点怀疑，怕他们是应付了事，但是照片拿到手里，几乎不用别人帮忙指出来，她就能一眼从里面认出哪一个是鲍鸿光来，并且，再多看几眼，那画像和鲍鸿光本人除了七八分相似之外，余下的两三分差异到底在哪里，她都已经可以清清楚楚地得出结论了。

第十五章　嘻哈风

画像上面的五官特征都和鲍鸿光本人十分相像，尽管画像中的人眉毛比较浓密，而鲍鸿光本人从照片上面来看，眉毛有些稀疏，但这些都不会真正影响两者的相似度。真正起了决定性作用的，居然是鲍鸿光的皮肤状况。

不管多努力地根据死者的头颅去进行面部还原，任谁恐怕都没有办法在死者脸部遭到了硫酸毁容的情况下，还能判断出此人生前的皮肤是好还是坏来。

从照片上面看，鲍鸿光的脸泛着油光，肤色偏红，与画像上形成的最大区别就是他两个脸颊上密密麻麻的深浅小坑，不知道是早先生过水痘还是长过痤疮，那些深浅不一的小坑几乎覆盖了他左右两侧脸颊的绝大多数区域。鼻子上面也有还鼓起来的青春痘，让鼻头显得有些圆有些肿，被这些东西那么一"点缀"，看起来就和画像上面颜面整洁的那张脸竟然有些不大相像了。

之前刘法医根据第一块被发现的死者胸部的肉块推测，死者应该是一个身材比较肥胖的男性，这一点也和照片当中的鲍鸿光非常相似。那张照片看起来应该是初秋的时候拍的，照片当中有的人只穿了短袖T恤，有的人则穿着薄外套或者针织衫，鲍鸿光站在他们当中，显得十分惹眼，原因是他的衣着打扮。

照片上的鲍鸿光头戴一顶宽檐鸭舌帽，帽子本身是黑色的，但是帽檐却是非常惹眼的金色。油光光的脸上架着一副宽边的黑色眼镜，上身穿着一件黑色的短袖T恤，T恤胸前的图案面积比较大，是一个硕大的骷髅，骷髅上面开着花，一条蛇从骷髅的一个眼窝里钻出来，嘴里还吐出猩红的芯子，那件T恤看上去非常肥大，尽管如此，依旧可以看到上面的图案被鲍鸿光隆起来的肚子给撑得非常饱满，长度却已经遮过了他的髋部。鲍鸿光下半身穿着一条及脚踝的裤子，裤子也同样很宽松，裤腿很肥，上面还有大大小小许多的裤兜，脚上是一双荧光色的高帮运动鞋，鞋帮和裤脚之间几乎没有空隙。如果不是有身旁的同事和树木作为参照物，单凭这一身打扮，就能让他整个人显得比实际身高要更矮一些，显胖又不利索，再加上他那布满了痤疮印记的泛着油光的脸，方圆从来都不是一个以貌取人的人，但是鲍鸿光的外形和装扮确实让她看着不怎么舒服，对这个男人的品位不敢苟同。

严格说起来，鲍鸿光的打扮并不算是特别怪异或者不入流，如果抛开他的身材和相貌不去讨论，那一身装扮倒是和平时常见的那种黑人嘻哈歌手风格十分相似，只不过因为不适合，放在别人那里的时尚前卫，到了鲍鸿光这里就反而变成了邋里邋遢，不伦不类了。

尽管照片看起来和他本人足有七八成相似，戴煦他们却仍旧不能够仅凭这一点就认定死者一定是鲍鸿光本人，他取回了画像，向配合他们工作的那些老师道了谢，跟着年级主任一起离开，刚走到门口，身后的办公室里就已经响起了迫不及待的议论声。

"不好意思啊，我们能帮的可能也就这么多了。"年级主任边说边叹了口气，"接下来可能我们还得拜托你们，假如真的是鲍鸿光的话，也希望你们能给我们一个准确的消息。毕竟那么大的一个大活人，又是我们学校正式在籍的教师，说不见就不见了，也联系不上，虽然说'活要见人死要见尸'这种话有点不太适合，我们也希望到头来是虚惊一场，毕竟这个世界上长相相似的人还是很多的。但假如真的是鲍鸿光出了什么事，我们学校方面也希望能有一个明确的答复。"

"这个没有问题，我也还有几个问题想私下里问一下，"戴煦先是点了点头，表示有确切的结论之后一定会尽快知会校方，然后又问，"我刚才看到，咱们这个学校是一个年级组一个办公室，不是按照学科来划分的，对吧？"

"对，我们是按照年级划分的办公室，一个年级的老师都在同一间办公室里，这样比较集中，有什么需要通知或者需要协调的也比较容易一点，假如哪个老师换了任教的年级组，那就直接调到新办公室那边去就行了。"年级主任说。

"也就是说，平时打交道比较多的是同年级不同科目的老师，而不是和自己同一个学科的其他所有老师喽？"戴煦又问。

年级主任点点头："对，是这么回事儿。你问这个干什么？"

"哦，没什么，我自己以前念的学校是按学科分办公室，所以看到你们这边比较不一样，就好奇问问。"戴煦打哈哈地回答，"你们这儿的英语老师鲍鸿光在失去联系之前，有没有什么不太寻常的表现？我知道作为同事也好，领导也好，你肯定是不希望他出什么问题的，不过这件事要做两手准备，既然今天我们来都来一趟了，就简单地先了解一下，以防万一吧。"

年级主任想想觉得也有道理，就努力地回忆了一番，然后说："我平时和鲍鸿光打交道的次数其实还真不多，虽然我是年级主任，但是我自己也是任课的，我也有教学任务，挺忙，只不过是涉及全年级的事儿，每周例行开会是我来负责而已，也不算是正儿八经的领导。再说了，我的年龄和鲍鸿光他们这些小年轻的也有点差距，平时他们嘻嘻哈哈聊的话题，我都听不太明白，所以来往也确实是不多。据我所知鲍鸿光之前没有什么不对劲儿的地方，感觉挺正常的，该怎么着还是怎么着。要不这样吧，老师那边，要真是鲍鸿光的话，你们再过来了解，找那些年轻老师问问，肯定比问我有用，学生那边，我也可以安排你们去询问一下。这样你们觉得可以吗？"

不管年级主任是不是有心回避，至少这番话说得倒是比较有诚意，并且安排也比较周到。在这个什么都尚未确定的情况下，戴煦也不能要求更多，便点点头，道了谢，带着方圆他们离开了这所中学。

走出办公楼，戴煦四处打量了一下，尽管是冬天，操场上还是有一群上体育课的男生正在打篮球，欢呼声此起彼伏，玩得十分尽兴。戴煦没急着走，而是站在一旁看了看，又朝四周张望了一圈，感慨似的咕哝："现在的小孩儿可真幸福啊，上学的环境这么好，篮球场、塑胶场地，这些待遇我上学那时候哪有啊！"

"师父，跟他们比起来，你可是老人家了，我们跟他们比估计都差不多算是老人家了呢！"林飞歌在一旁听见，立刻笑着说，"而且师父一听你感慨这个话就知道你不是A市人。A市人谁不知道这所学校是出了名的有钱啊，想进这个初中，你要么得学习特别好，要么爹妈就给拿赞助呗，多少钱都听说过。要不然你以为一个初中，哪来的那么多钱，把学校里头收拾得那么像模像样的。这可不是我胡说八道，A市本地人你随便问谁都得这么告诉你，不信你问方圆。"

第十六章　联系家属

　　戴煦听了林飞歌的话，倒没有真的去询问方圆，只是若有深意地朝方圆看了几眼。方圆感觉自己的耳根有些发烫，林飞歌在场，她又不能抵赖辩解，继续谎称自己家在外地，之前撒的谎就这么一不小心地被人戳穿了，她觉得很尴尬。

　　"行了，走吧，在这儿待得越久，就越觉得自己老了。"戴煦倒是没有和方圆去核实一下她到底是哪里人的意思，又四处瞧了瞧校园里的环境，开玩笑一样地发着感慨，冲自己的两条"小尾巴"招招手，示意她们一起离开。

　　在现有的所有上报的失踪人口里面，除了鲍鸿光之外，再没有比他更符合死者面部复原模拟画像上的相貌特征的人，于是接下来能做的，自然就是联系死者的直系血亲，子女或者父母，通过DNA的比对来确定是否存在亲缘关系。

　　根据鲍鸿光的户籍信息显示，他至今仍是单身，没有结婚，这样一来自然就不太可能有子女，而他又是家里面唯一的儿子，兄弟姐妹也不存在，唯有联系他的父母，偏偏他的父母居住在外地，相距A市十分遥远，增加了许多不便。

　　"那个同学，你打电话通知鲍鸿光的父母，请他们尽快过来一趟，协助咱们的工作。"回到公安局，戴煦就把这个任务交给了林飞歌。

　　林飞歌接过鲍鸿光父母的资料信息，有些不满地扁着嘴，对戴煦抗议地说："师父，你这样会不会太过分呀？我的名字又不是多难记，干吗你一直叫我'那个同学'！你今天要不把我名字叫出来，我就不帮你打电话联系鲍鸿光家里人！"

　　戴煦为难地挠挠头："这个啊……我不是故意不记你名字，就是每天见过的人太多，名字记着记着就都混了，你让我想想……林……林白鸽！好了，林白鸽，你赶紧打电话，别耽误了正经事，名字嘛，这不就记住了吗！"

"师父！我叫林飞歌！真是的！看来名字还是得起得简单一些才行，就像方圆似的，我要是叫林子，叫林森什么的，你是不是也就记住我了？"名字是被叫了，却又被叫错，林飞歌多少有些郁闷，不过她也知道玩笑要适可而止，于是便一边拿起电话听筒，一边对戴煦说，"不过你徒弟我度量大，这次就不跟你计较了，下次你要是再叫错了我就罚你请我们大伙儿吃饭，这次就先放过你。"

戴煦笑了笑，去忙别的事情了。林飞歌按照戴煦给的号码拨过去，似乎好半天都没有人接听，她只好一遍一遍地重拨，方圆在一旁帮忙调取收集一切关于鲍鸿光这个人的信息和资料，不管是什么方面的，这是戴煦交给她的任务。

终于，过了一会儿，林飞歌那边电话接通了，她挺客气地和那边说明了自己身份，然后又把请对方过来协助调查的原因说了一下，然而很快她就一脸错愕地攥着电话听筒，瞪大了又圆又鼓的大眼睛，一脸难以置信地呆愣了一下，下意识地爆出了一句："我靠……"

说完，她也意识到在实习单位说出这样的话显得有些失态，赶忙缩缩脖子，吐了吐舌头，心虚地朝周围看了看，还好，除了方圆之外，别人倒也没有注意到。

"怎么了？"方圆问。

"我服了，方圆，你说我刚才态度够客气不？够一本正经不？够官方不？"林飞歌悻悻地放下电话，一副无比委屈的样子问方圆。

方圆点点头，方才林飞歌只不过是简单地说了一句自己的身份和打电话联系对方的目的，根本没有机会说什么其他东西，所以完全谈不上是不是存在什么不妥的措辞之类，看这架势，她应该是被人摔了电话的，可是为什么呢？

不用她问，林飞歌自己就憋不住地抱怨起来："你猜那边刚才说我什么？说我是骗子，再敢说丧气话就诅咒我全家！我招谁惹谁了啊，这不是神经病吗！都不问清楚了就说人是骗子，她才骗子呢！"

方圆无奈地笑了笑，她能理解林飞歌的委屈，不过也不觉得对方的反应就一定是神经病，假如自己好端端的忽然接到一个莫名其妙的外地电话，说自己家里人出了事，恐怕第一时间自己也会以为对方是骗子呢。毕竟现在各种花样的电话诈骗层出不穷，骗子们也想方设法地更新他们的行骗技术和手段，在被新闻媒体反复曝光之后，老百姓的防范意识也提升了，这本来是好事，不过随之而来的问题也跟着出现了，那就是到底该怎么第一时间去分辨哪个是骗局，哪个是真事。

林飞歌又抱怨了几句，一下子也有点提不起精神来再打那通电话，她毕竟还是个没毕业的年轻姑娘，自尊心强，脸皮也薄，平日里很少有那种无缘无故地碰一鼻子灰的时候，刚才被对方咒骂了几句，立刻就泄了气。

然而就在她嘀咕着怎么跟戴煦说换别人打这个电话的时候，办公室的电话响了起来，林飞歌伸头一看显示屏上面的号码，顿时就变了脸色，伸手冲方圆一个劲儿地比画："方圆，你帮帮我，你来接这通电话吧，求求你了，好不好？我可不想再被那个女的骂了，招谁惹谁了我！"

电话一直响着，方圆也不能不理不睬，她只好点点头，伸手去接听了电话："你好，A市公安局刑警队办公室。"

"你说你那儿是哪里？"电话那头是一个中老年男人的声音疑惑地问。

"A市公安局刑警队办公室。"方圆只好又重复了一遍。

"哦，好了，那没事了。"说完那个男的就挂断了电话。

"怎么样？那边说什么了吗？"林飞歌看方圆一头雾水地放下了听筒，以为她也遭遇到了和自己一模一样的境遇，连忙问。

"那倒不是，他就让我重复了一遍咱们这边是哪儿，然后就把电话给挂了。"方圆也被对方搞得莫名其妙，完全摸不着头脑。

"要我说，搞不好一家子都是神经病！"林飞歌撇撇嘴，"至少这回还没一开口就骂人呢，这算不算有进步啊？"

方圆正想说什么，电话铃声又响了，她和林飞歌连忙凑到显示屏跟前一看，居然又是那个号码。

"这算是怎么回事儿啊？刚才骂我之后，现在他们倒没完没了地骚扰上咱们了吗？"林飞歌低声骂了一句。

方圆冲她摆摆手："你别生气了，说不定是回过味儿来，觉得错怪你了，所以才把电话给打回来的呢？"

"得了吧，爱是什么是什么，我都不接了！"林飞歌赶忙往后退开一些，表示自己怕了鲍鸿光的家人了。

方圆哭笑不得地看着她的反应，吸了一口气，伸手拿起了听筒。

第十七章　不配合

"你好，A市公安局刑警队办公室。"虽然知道是那个号码，不过该说的开场白还是不能省略的。

电话那头还是刚才的那个中老年男人的声音："你是公安局的？刚才你有没有往我们这个电话号码打过电话？"

"有，刚才就是我们打电话过去联系，结果不知道是什么原因，好像这中间有什么误会。"方圆耐着性子向对方解释，"我们找你们是想要向你们确认一些事情，和你们的儿子鲍鸿光有关。"

"对，我就是想问这件事，你们确实说这话了对吧？"那边问。

"是，我们确实说过，请问你们现在方便吗？我们希望……"

方圆的话还没说完，那边就略显粗鲁地打断了她的话："你先等会儿，我得确认一下你们那边是不是骗子！"

说完，那边就再一次挂断了电话。

方圆也有些头疼了，这么挂了再打，打完又挂，不晓得这通电话什么时候才能打通过去，她有心想把这个原本就属于林飞歌的烫手山芋还回去，结果一抬头，发现林飞歌已经悄悄地溜到了办公室门口。

"飞歌，你去哪儿啊？"方圆赶忙问。

林飞歌被叫住，回头心虚地一边讪笑，一边继续往门口走，笑嘻嘻地说："方圆，人有三急，我现在急得不行了，你好人做到底，帮我就帮彻底吧，太爱你了！"

说完便根本不给方圆拒绝的机会，一溜烟儿地开门跑了出去。

到底是真的急着去卫生间，还是存心想要摆脱鲍鸿光家里莫名其妙的家属，方圆可就不知道该怎么分辨了，她只知道，已经这样了，自己总不可能跑去厕所里监督林飞歌，把她给揪回来，只能老老实实地坐在电话机旁边等着，看看过一会儿那边会不会再把电话打过来。如果没有猜错的话，刚才电话里面的那个应该是鲍鸿光的父亲，对方尽管已经两次成功地回拨到了这边，可是却不敢肯定到底是真的有事，还是遇到了骗子，这种情况下，方圆也有些茫然，不知道该怎么说才能消除对方的疑虑。

"直勾勾地盯着电话干什么呢？"戴煦回来，看到方圆托着腮，盯着面前的电话，走过去，伸手在她眼前晃了晃，"今天又没好好吃饭？饿了也别吃电话啊，这玩意儿怪硬的，不光费牙，还不好消化！"

如果这话是马凯说出来的，估计方圆现在都已经不高兴了，可是不知道为什么，从戴煦嘴里说出来，她就并没有觉得受到了冒犯，心里很清楚对方只是善意的调侃罢了，可能是因为之前戴煦表达出来的友善，让她很自然地意识到，他这么调侃自己，其实说白了就是用另外一种途径提醒自己注意规律饮食罢了。

于是方圆把方才的事情经过说给戴煦听，戴煦听完之后，扒拉扒拉自己的圆寸头，不大在意地耸耸肩："哦，这样啊，没事儿，干这一行什么稀奇古怪的人都不难遇到，你这是没经验，时间长了就该见怪不怪了。"

"那我该怎么才能消除他们的疑虑，让他们相信咱们不是骗子，是真的有很重要的事情需要找他们呢？"方圆看戴煦说得这么淡然，以为他在处理这种事情上面，一定是经验特别丰富，所以才能做到这样处变不惊。

谁能料到，面对她的问题，戴煦苦思冥想了一番之后，回答居然是："这个嘛，我也不知道，我觉得就顺其自然吧，人是非常主观的生物，他们想相信咱们，就怎么都会相信，不想相信，说破了天也不会相信。待会儿他们要是再打过来，信你就继续往下说，不信就算了，爱挂电话就挂，反正被人挂几次电话也不会少块皮掉块肉，没有什么大不了，不要太当回事。"

"那他们要是不打回来呢？"方圆没想到戴煦给她的建议居然这么随性，不过自己也没有更好的办法，并且还只是一个小小的实习生，所以她决定就遵照戴煦的意思来处理，便又问了另外一种可能性。

"那边要是不打过来，咱们也不打过去，看现在这个架势，你要是很主动地又打电话过去，搞不好他们那边刚刚放松一点警惕，觉得咱们可信，就又要缩回去了，适得其反，没有必要。"戴煦摆摆手，回答得很笃定。

方圆只好点头，继续守在电话机旁等着，不一会儿，电话响了，还是那个号码，她刚要去拿听筒，戴煦凑过来，抢先一步按了免提键，电话才刚刚接通，那边就先开口了："喂！你这是哪儿？"

"A市公安局刑警队办公室。"方圆努力让自己忽视对方不大礼貌的口气和态度，尽量耐着性子，用温和耐心的语气回答。

"那你找我们是要干什么？说我儿子怎么着了，让我们去交钱保释他？"虽然这一次对方没有再莫名其妙地挂电话，但显然还是在质疑的。

"我从来没有说过需要你交钱，请问你是鲍鸿光的父亲吗？"方圆问。

"是啊，我是他爸，但是我没钱，你要是说我儿子被抓了，让我汇款什么的，我可不管，而且我还会报警。"那边态度强硬地说。

方圆深吸了一口气，稳住自己的耐心，对鲍鸿光的父亲说："鲍鸿光没有被抓，他失踪了，工作单位没有办法联系到他，所以报了案，最近我们发现了疑似是鲍鸿光的人……所以想请你们过来协助我们确认一下身份。"

她怕直接说让他们过来通过DNA鉴定的方式确认一具残缺不全的尸体到底是不是他们的儿子，这样会太过于直接和残忍，所以尽量委婉一点。

"我儿子好端端的怎么可能失踪，是不是他单位的人大惊小怪什么的啊？再说了，是不是我儿子，你们问一问，看看照片，怎么还不能确定，干吗要打电话来折腾我们，你们知不知道我们离你们那儿有多远？"鲍鸿光父亲不满地说。

"通过面部，恐怕已经很难辨认了，如果我们还有别的途径能够确定他的身份，都不会想要折腾你们，你们那儿离这边有多远，我还是清楚的。"

方圆继续说服，这时候戴煦递过来一张纸，上面写着三个大字："照实说。"

于是方圆便清了清嗓子，郑重其事地对电话那边的鲍鸿光父亲说："我们怀疑你们的儿子鲍鸿光在一起刑事案件中遇害了，现在尸体没有办法顺利地辨别出身份，但是根据我们的复原画像，死者相貌和鲍鸿光相似度极高，所以为了准确起见，才需要你们作为他最直系的血亲来协助我们的工作，请你们配合。"

"你胡说八道什么呢！干吗无缘无故地咒我儿子。"鲍鸿光的父亲听了这话显得有些恼火，"说什么脸没办法认，那你们就去看屁股吧！"

"你这人怎么这么说话啊？"方圆没想到对方会这么说，她是个年轻姑娘，死者鲍鸿光是个成年男性，鲍鸿光父亲的话听在她的耳朵里，感觉十分冒犯，"请你放尊重一点，我们为了确定你儿子鲍鸿光的安危，一直努力跟你们取得联系，你们那边几次三番地挂断电话已经很没礼貌了，现在怎么还这么说话！"

"我怎么说话了啊？"对方也不太乐意，"你不说脸不能认了吗，那就看屁股呗，我儿子屁股上有一大块青色的胎记，你们看看有没有不就得了！你们去看吧，肯定不会是我儿子的。"

方圆意识到是自己反应过度了，刚才冒出来的火也瞬间降低了一大半，她略显无奈地对电话那边说："这个……恐怕我们也还是一样做不到。"

凶案追击 之 梦魇

第十八章　初露锋芒

"这话什么意思啊？什么叫做不到？"鲍鸿光的父亲没好气地问。

"我们发现的死者……尸体不完整，你说的那个部位缺失了，并且脸部也遭到了毁容。"方圆不好意思说出"屁股"这个词，只好尽量含蓄一点。

"那你们现在这样是想要怎么处理？又看不到脸，身上的特征也说确认不到，就这么空口白牙地说我们儿子出了事，让我们大老远地飞过去那边，你们这样的工作态度很有问题，你知不知道？如果我们过去了，你们发现我们儿子根本就好好的，什么事也没有，那你们要怎么处理？你们会赔偿我们的经济损失和精神损失吗？"鲍鸿光的父亲一听这话就更加不高兴了，咄咄逼人地问。

方圆以前也没有太多联系被害人家属的经历，她不知道像鲍鸿光父亲这样的人在被害人家属里面占了多大的比例，是属于少见的那种，不巧被自己遇到了，还是很多人都会出于某种不愿面对现实的逃避心理，做出这样的反应，她只知道，自己的耐心真的越来越少。对于对方那种完全没有礼貌可言，又不肯好好配合，还好说好商量却怎么都听不进去的态度，方圆觉得心里面很抓狂。

"对我们来说，不管死者是谁，接下来该调查肯定还是要继续调查的，不管死的是张三还是李四，都一样得找出真凶，还死者一个公道，但是你们作为鲍鸿光的父母，这件事对你们的意义能一样吗？你们的儿子一个人在外地工作，最近有多久没有和你们联系过，你们仔细想一下，假如最近几天内都还有联系，我向你道歉，然后这次挂断电话，你也不用再麻烦打回来了！"

鲍鸿光的父亲可能也没有想到方才说话一直态度和气的小姑娘，说起话来会忽然变得犀利起来，他略微迟疑了一下，仍有些不甘心："可是就算我儿子最近几天没往家里打过电话和我们联系，那就一定代表了他出了什么事吗？我儿子都那么大的人了，他就算几天不联系我们，也没什么好奇怪的，你难道天天都给你爸爸妈妈打电话吗？就因为这个让我们过去，还咒我们儿子出了事，你们警察这么做事简直就是开玩笑一样，一张机票千八百，来回一趟要多少钱。假如是你们搞错了，我们白白损失这么多，还要白白提心吊胆受惊吓！"

"你要是觉得，你儿子的安危还比不过两张机票来得重要，我也没有办法。"方圆很想继续维持和颜悦色，可是鲍鸿光父亲的难缠程度显然超出了她的承受能力，在她自己都没有察觉的时候，嘴里说出来的话就已经多了一些锋芒，"鲍鸿光所在的学校既然会报警，之前不可能没有联系过你们，只有在家属都没有办法联系到当事人的时候，学校才会不得已地选择报警这个途径来解决吧？按照我的理解，自己的儿子没有办法取得联系，工作单位报了警，现在警察找到了疑似你们儿子的被害人，正常情况下作为父母，哪怕是白白花了机票钱，也希望能够通过DNA比对这种准确度非常高的方式来确定一下死者身份，能排除是自己儿子的可能性那就皆大欢喜，可是我听你说来说去的意思，倒好像是希望这笔机票钱不要白花，你知道这代表着什么吗？而且假如鲍鸿光真的出了事，这是你们选择逃避，不肯直接面对，不肯配合我们，结果就能逆转的吗？你越是不配合，就等同于给了凶手更多的时间去隐藏自己躲避惩罚，这样是对鲍鸿光负责的态度吗？"

"你别说得好像已经确定了死的那个就是我们儿子似的好不好？"鲍鸿光的父亲虽然还在嘴硬，但他在面对方圆的一番质问之后，态度明显软化下来一些，"那我们也不可能凭你们空口白牙的几句话就不管不顾地跑过去吧？！"

方圆听他这么一说，一下子也有点犹豫起来。电话开着免提，戴煦在一旁也一直听着她和鲍鸿光父亲的对话，在方圆犹豫的时候，默默地拿了一张模拟画像从桌上推到了她面前，方圆一看画像，忽然之间就明白了，便对电话那头的鲍鸿光父亲说："那这样吧，你住的地方附近有没有复印店之类的地方，如果有，到那边借一下他们的传真机，我们把根据头部进行的复原模拟画像给你传真过去。你看一看，假如也觉得有可能是鲍鸿光，我希望你们还是尽快赶来。"

这个办法让鲍鸿光的父亲也再说不出什么拒绝的话，他只好答应一会儿找到了能收传真的复印店再打电话让方圆他们这边知道传真号。

"不错，有理有据，气势上也不输人。"戴煦等方圆挂了电话之后，对她点点头，似乎很满意她方才对鲍鸿光父亲的处理方法。

方圆有点不好意思，摇摇头："本来我想绷住了的，结果……还是没绷住。"

"有锋芒不是错，只要你有实力做保障，尽管露出来，不需要遮掩。"戴煦看着她，眼神有点复杂，若有所指地说，"我觉得刚才的样子才是你的本来面目。"

"没有没有，我刚才是失态了，平时我不会这样的。"方圆赶忙解释。

戴煦见她如此，就不再说什么，双手枕在脑后，身子懒洋洋地靠在椅背上，闭目养神，看样子是在等鲍鸿光的父亲联系他们。方圆隐约觉得戴煦好像不大喜欢自己方才的回答，可是为什么不喜欢？两个人打从认识到现在一共也没有多少天，基本上比陌生人之间的熟悉程度稍微好那么一点而已，他又不了解自己，有什么立场对自己的回应高兴还是不高兴呢？方圆无法理解，只希望这是自己的错觉，是自己想得太多了。不管怎么说，戴煦这个人给自己的印象还算是不错的，并且钟翰把自己转给他之后，他就是在自己整个实习过程中起了决定性作用的那个人。就算方圆没打算去刻意迎合，溜须拍马，但也绝对不想得罪他。

又过了差不多十分钟，刚才借着"人有三急"躲出去的林飞歌也回来了，看方圆还坐在电话机跟前，戴煦则坐在对面闭眼假寐，也不好意思大声说话，轻手轻脚地凑到方圆跟前坐下，小声问她："怎么样了？解决了吗？"

"还没有，我让鲍鸿光他爸出去找个能收传真的地方，我把模拟画像发给他，让他看一看，不然他还不甘心过来。"方圆看了看时间，"这都过去快二十分钟了，电话还没打过来呢，不知道还得等多久。"

"我看啊，白费，搞不好等来等去一场空，万一那边假装答应你，实际上根本没打算过来呢？那咱们不就被他们给耍了吗？"林飞歌对鲍鸿光父母完全没有任何信任可言，估计还在气最初莫名其妙地被骂了的那件事。

"要真是这样，我也不知道该怎么办了。他们要真的这么做，那不是耍咱们，根本就是对自己的亲人不负责嘛！"方圆叹了口气。

好在这一次鲍鸿光的父亲并没有不靠谱到那种程度，又过了差不多十分钟，他终于打来了电话。原来是他住的地方附近没有能接收传真的复印店，所以他折腾了一圈，最后才找到一家。方圆把画像传真过去，又过了好一会儿，鲍鸿光的父亲再次打来电话，表示他会和鲍鸿光的母亲一起尽快订票飞来A市。

第十九章　死了喂狗

　　不管过程算不算是几经周折，最后的结果终归还是比较令人满意的，鲍鸿光的父母总算同意来A市进行DNA采样和比对鉴定了，这也算是方圆不负使命，顺利地完成了林飞歌丢给她的这个飞来任务。

　　然而，他们还面临着另外的一个问题，那就是鲍鸿光的父母并没有明确地表示，他们到底多久到达，在之后方圆试图再次联系他们，询问具体的抵达时间的时候，对方的态度略显敷衍和不耐烦，只说答应了去就一定会去，不要得寸进尺地要求那么多。至此方圆觉得自己实在是没有办法再和这对夫妇进行任何的沟通。戴煦倒也不急，表示方圆的收获已经足够了，没有必要催得太紧，反正他们眼下也还有别的事情需要做，那就是争取尽量多地找到尸体上面被割掉四处丢弃的那些肉块儿。单凭一具被剔得乱七八糟的骨骼，没有皮没有肉，还没有内脏，法医方面没有办法得出一个关于死亡原因的具体结论，只能确定致命伤不在已经被找到的那颗头颅上面。

　　于是接下来戴煦和汤力一边等待鲍鸿光的父母到来，一边还要带着实习生们四处奔波，收集线索。其实说是他们带着实习生们也有些不太确切，严格地说，真正在带实习生的就是戴煦自己，汤力依旧是他一贯的独行侠做派，有什么消息一定会第一时间反馈和沟通，但是让那几个叽叽喳喳又充满了好奇心的实习生跟着他一起，那还是算了吧。

　　戴煦倒是不大介意，一副一只羊也是赶，一群羊也是放的态度，在之前开小差被发现之后，林飞歌和马凯也收敛了很多，工作态度很积极，大有弥补之前不良印象的意思。戴煦对他们的殷勤和表现既没有任何的排斥，也没见多欣慰，看那个样子，倒好像是他根本就没有发现林飞歌和马凯最近的特别表现，就好像他们两个一直以来都是如此似的。

　　随着走访调查的展开，陆续地，他们也接到通知，在A市某地有疑似被分尸的尸块存在。每次得到消息，他们都会第一时间赶往报案地点，只不过这里面大半时候都是不大靠谱的假警报，或者是被人错认为是人肉的其他肉类。就比如A市某个小区居民在窗外悬挂了一个金属吊篮，用来放置冰箱里面储存不下的食物，结果某一天不小心把一小块用塑料袋包裹着的冻牛肉掉到了楼下，又因为某种原因，没有下去及时捡回来，结果被人当成是警察正在寻找的目标给报了案，等到警方赶到，经过仔细地辨认，终于在那块肉上面隐约看到了一点点残留着的肉类质检合格的印章痕迹，这才意识到闹了个乌龙。

当然，也不是每一次都是乌龙，在几次现场确认之后，他们还是顺利地找到了四块体积大小不一的人体上面剔下来的肉块，其中有一块来自于腹部，脂肪层很厚，一块来自于手臂，一块来自于大腿根部，还有一块推测可能来自于后背。

这几块人肉被找到的地点都很分散，甚至相距也都不算近，但它们有一个共同点，那就是都属于A市的市区，但是又在比较外围的地界，特点在于那些地方交通设施比较到位，但是因为周围居民的密度比较小，所以平时来往车辆并不算很多，并且周围绿化面积比较大，流浪猫狗或者其他小型动物出没的频率比较高，就连他们去周围查看环境的时候，都会遇到在周围徘徊的野猫。

那四块肉，除了其中的一块恰好掉进了一个被弃用的排水井口里面，其他三块被找到的时候都被小动物啃咬得很厉害，估计如果不是冬天气温实在是太低，肉被冻得非常坚硬，周围的流浪猫狗体积也都不大，恐怕戴煦他们都很难找到这几块残存下来的皮肉。

"这个凶手是不是吃饱了撑的啊？干吗要费那么大的劲，把人杀了之后，再一块一块地把肉剔下来，剔完了还得东南西北地到处乱丢，多容易暴露啊！多麻烦啊！搞得这么麻烦，就不嫌累吗？凶手不嫌累，我都嫌累了！"林飞歌一连跟着到处跑了几天，忍不住有些叫苦连天，"师父，你说凶手这么做图什么呀？"

"你们觉得现在发现的这些尸块，它们最大的共同点是什么？"戴煦问。

"都是来自于同一个死者身上？"马凯自认为幽默地最先开口

回答。

戴煦很给面子地笑了，然后说："这倒是有可能，不过首先还得等DNA比对结果出来才能确定。我问的是眼下咱们就能下结论的事情，好好想想。"

"这些尸块都被丢弃在了流浪猫狗出没比较多的区域，而且几乎每一块都被不同程度地啃食过，说不定那些咱们找不到的部分，是被外面的野生小动物给吃光了。"方圆首先想到了这件事，不过又有些吃不准，"我这么说对不对？"

"我也是这么想的，刚想这么说来着。"林飞歌也在旁边跟着表态。

戴煦没有直接给出他的答案，而是对他们说："咱们中国人经常会有一种赌咒发誓或者恶意的诅咒别人的说法，叫作'死了喂狗'，你们想一下，有没有这样的例子？"

"有有有！我家那边有的老人就喜欢说身边那种不学无术成天招摇撞骗的小混混'不干好事，死了喂狗'！"马凯联想起自己的见闻，立刻附和着直点头。

"所以说，'死了喂狗'这种事情，对于咱们中国人而言，几乎在道德层面上是被视为一种惩罚和天谴的象征，刚才林白鸽提到了一点，那就是凶手这么做需要花费很多的精力和时间，并且这样东南西北地到处分散着抛尸，也会给他自己增加暴露的风险，所以说他一定不会是因为无聊才那么做的。这么做的目的，很有可能是为了泄愤，发泄自己对死者的不满，或者用来暗示死者做过什么不太符合道德规范的事情，所以才会遭遇'死了喂狗'这样的惩罚。"戴煦说。

"师父！我叫林飞歌，不是林白鸽！"林飞歌出声抗议，"你不会是成心的吧？"

戴煦一愣，仿佛这才意识到自己叫错了林飞歌的名字，连忙笑着对她摇摇头，摆着手："误会误会，我又搞错了，绝对不是存心的，我这人记性不太够，用来记重要的事情都勉勉强强，不重要的就一律都自动过滤掉了，所以你们以后习惯了就好，我慢慢记，尽量不叫错。"

"可是死者的身份现在大半锁定了鲍鸿光，如果真的就是鲍鸿光的话，他本人就是一个初中英语老师而已，并且年纪又不大，参加工作的年头也不是很久，这样的一个人，能有多坏呢，至于让人不仅要他'碎尸万段'，还得'死了喂狗'？"方圆仍然有些不解。

戴煦耸耸肩："这也是我好奇的事情。之前咱们只是初步地向他身边的同事确认了一下画像上面的人到底和鲍鸿光本人像不像，但就在那一次打交道的时候，都不难看出来鲍鸿光在工作单位里的人缘虽然不敢说很差，但至少也不是特别好。到底私下里还有没有能挖出来的猛料，谁也没办法保证，对不对？"

"那师父，咱们接下来要去走访调查了吗？"林飞歌赶忙问，她这几天每天都跟着到处找尸块儿，觉得又疲劳又枯燥，已经迫不及待地想要换换项目了。

戴煦摇摇头："那个不急，等鲍鸿光父母来过之后，身份彻底确认了再做也不晚，接下来咱们还是继续找尸块儿吧！"

第二十章　蔫了

　　到处寻找和确认尸块又花费了他们两天的时间，林飞歌和马凯私下里叫苦不迭，当着戴煦的面又不好意思表现出来，情绪或多或少地也还是受到了影响，没有最初积极性那么高了。方圆也累，但是她觉得这样还不错，首先对于她而言，忙起来让她的生活更充实，比闲着无聊要好得多，其次破案就是破案，做的所有一切目的都只有一个——找出真相，抓住真凶。查案子毕竟不同于休闲娱乐，哪能高兴做什么就去做什么，不高兴做什么就不做呢，只要是对破案有帮助的事情，哪怕再无聊，也是有意义的。

　　虽然是这么想的，方圆却也不好表现出来，毕竟在戴煦和汤力背后，林飞歌和马凯或多或少也还是有些叫苦和抱怨的。假如这种时候她表现得特别积极有觉悟，只怕就要变成"假正经"，成了众矢之的了吧。所以每次听到他们议论什么或者抱怨什么，她都尽量少说话，不表态，实在逼不得已就笑一笑。

　　到了第三天，鲍鸿光的父母总算坐飞机抵达了A市，林飞歌算是被这对难缠的夫妻吓怕了，哀求戴煦不要让她跟着一起，比起和鲍鸿光父母那种一句话听不顺耳就人身攻击的人打交道，她宁可跟着继续出去找尸块儿，戴煦对这些事向来是言听计从，出了名的好说话，便答应了她。林飞歌如蒙大赦，第一次对出去找尸块儿这项工作表现出了极大的热情。方圆留了下来，她是之前在电话里和鲍鸿光父母取得联系的人，也是真正让鲍鸿光父亲没有办法继续选择逃避，不得不答应配合他们工作的那个人，戴煦认为有她在场对沟通或许会有帮助。

　　虽然是姗姗来迟，为了不捅马蜂窝，戴煦他们谁也没有对鲍鸿光父母表现出任何一点不满和意见来，倒是鲍鸿光的父亲，仍然对之前在电话里吃了方圆的瘪不能释怀，见到方圆，听出她就是当时和自己通电话的那个姑娘之后，顿时有点鼻子不是鼻子，眼睛不是眼睛，一举一动都多了点怨气。

"这是我们过来时候买机票的凭据，上头有我们的购票金额，"鲍鸿光父亲拿出打印出来的购票回执，一把塞给戴煦，"你是负责人吧？那这个我可就给你了！我还是那句话，让我们配合，我们来配合了，假如最后结果发现根本不是我们儿子，那我们可不能白白承受经济上和精神上的双重损失，这事儿你们得负责。"

戴煦也不和他争辩，二话不说地接过来，叠好了放进口袋里。鲍鸿光的父亲最初可能还等着他说什么，自己才好借题发挥，没想到遇到了戴煦，就好像用力挥出一拳，结果打在了软软的棉花包上一样，不但力道落了空，还有一种说不出来的失落。

好在鲍鸿光的母亲却并不像自己的丈夫那样的性格，不管是出于哪一方面的考虑，对于丈夫这种态度，鲍鸿光母亲显得有些不悦，在一旁打了丈夫一下，瞪他一眼说："你能不能不要说得那么不吉利，就好像死的是咱们儿子才对得起你的机票钱似的！我宁可白花这个钱，虚惊一场，只要我儿子没事就行。"

鲍鸿光父亲被妻子这么一说，倒也收敛了一点，即便还是板着脸，倒也不再说什么抱怨的话了。

原本方圆以为戴煦会尽快安排他们去做DNA样本的采集，没想到戴煦却并没有这么做，他先把这对夫妇安顿在了办公室里，然后对鲍鸿光的父亲说："我看得出来，其实你还是对特意飞过来配合我们工作这件事有点不理解，有抵触情绪。原本我是打算带你们一起过去先看一下尸体状况的，这样比较有助于让你们明白，为什么过来做DNA比对是非常有必要的。但是考虑了一下，觉得这件事还是男人来做吧，所以请你跟我先去法医那边看看，确切地判断死者到底是不是你们的儿子鲍鸿光，之后咱们再回来讨论你们特意飞过来到底造成了多少损失。你觉得可以吗？"

"行，就这么办吧。"鲍鸿光的父亲之前被妻子说了几句，虽然收敛了很多，但肚子里的怨气也不小，听了戴煦的提议，立刻拍板一样地答应了，并且起身就要戴煦立刻带他去。戴煦示意他跟自己来，两个人走出了办公室。

"你们别跟他一般见识啊。"鲍鸿光的母亲等丈夫和戴煦走出办公室，脚步声在门外越来越远之后，才开口对陪着她一起等的方圆说，"我老公这个人吧，心其实是好的，就是嘴巴不好。平时就是那样，喜欢和别人抬杠，还疑心病重，总是怀疑这个怀疑那个的。那天你们打电话通知我们，这事儿其实怪我，我总看电视里面演，说有人冒充公安局的，冒充法院的，打电话说家里有人出事了什么的，然后等人家相信了就开始要钱，所以乍一接到电话我给吓了一跳，真以为是个骗子呢。电话里面说话不太中听，那天接电话的是你吧？我今天正好在这儿当面给你道个歉，那天我不是存心想要骂你的，你可别跟我一般见识。"

方圆摆摆手："那天后来和你丈夫通电话的人是我，前头给你打电话的是我们另外的一个人，今天不在这儿。你的意思我会转达给她的。"

"哎哎，那好，帮我跟她说一声，怪不好意思的。"鲍鸿光的母亲赔着笑，"我老公是听我说了之后，怕我上当受骗，所以打电话回来确认，可能是受了我的影响，他脑子里就先把这事儿当成是骗人的了，回拨还是你们接的，也还是不放心，打查号台去查你们这儿的电话，又让人家给转过来还是你们接的，却也还是不太放心。后来他不是接了你们的传真，看到你们这边的那个画像了吗，我们也想了好多办法去联系我们儿子，能找得到的联系方式都试过了，确实联系不上他，谁也不知道他最近怎么样，人在哪里，我俩就立刻买机票飞过来了。"

听了鲍鸿光母亲的这番话，方圆倒也明白了为什么他们在答应了要过来之后，却又拖了整整三天才真的飞来A市。

方圆没说话，也没有什么明确的态度，这倒让鲍鸿光母亲越发感到不放心起来，连忙好说好商量地对她讲："小同志，我看你年纪也不大，家里头父母比我们还年轻一些吧？不管怎么说，谁家都有父母，父母对子女的那种牵挂惦记，你肯定能理解，对吧？我们不是对你们有什么意见，也不是不讲理胡搅蛮缠，就是乍一听说孩子有事，谁都不愿意相信，没有给你们添乱的意思。要是回头发现不是我们家鸿光，我们也不会要你们负担什么损失。我们儿子好好的，我们就没损失，再说，我们家里也不差那两张机票钱，假如……要真是我们儿子，你们可一定要不计前嫌啊！"

"不会的，你不用有这种顾虑。"方圆以前也没怎么面对过这种场面，一下子有些不知道该说什么好，生怕说多了反而画蛇添足，毕竟鲍鸿光父母两个人的疑心病可都不是一般的重，唯一的区别就在于鲍鸿光母亲的态度比鲍鸿光父亲好罢了。

　　过了一会儿，办公室里的电话响了，来电话的是戴煦，让方圆带着鲍鸿光母亲过去。方圆依言照做，法医那边她之前跟着戴煦跑了好几趟，早就已经熟门熟路了，只是鲍鸿光的母亲不知道是因为胆怯还是紧张，走得很慢，方圆又不好一直催促她，只能尽量放慢脚步配合着，比起平时过去的时间足足慢了将近十分钟才到。到达那里的时候，鲍鸿光父亲正在戴煦的陪同下坐在法医办公室里，不同于之前的气势汹汹，这会儿，他整个人都没了精神，垂头丧气，两只手肘支在膝盖上，两手交握顶着额头，连方圆她们进来都没有抬一下眼皮。

第二十一章　"豪宅"

　　"老公，怎么样？你看过了没有？"鲍鸿光母亲看到丈夫之后，连忙凑过去询问情况，见丈夫那样颓废且闷声不语地坐着，也让她的神经紧张起来。

　　鲍鸿光父亲只是摇头，什么也不愿意对妻子多说，憋了一会儿才勉强开口对妻子说："人家让咱们怎么样就怎么样吧，要是能确定不是咱儿子那才最好。"

　　鲍鸿光母亲闻言便也不再多说，情绪比方才更低落了，毕竟是一起度过了半辈子的夫妻，彼此的性格相互都很了解。能让丈夫流露出这样的神情，以及有这样的态度，想必事实也一定是极其残酷的，所以她便识趣地没有多问。

　　接下来自然是根据法医方面的要求提取DNA样本，过程并不复杂，只是鲍鸿光父亲表现得尤为紧张，战战兢兢生怕有丝毫差错，搞得他的妻子也跟着紧张。等到做完了采样，他们还不肯走，非要等着结果出来，得知结果并不能马上出来，这才显得有些失望。

　　"那弄了半天，我们今天不能知道那个……到底是不是我儿子啊？"鲍鸿光父亲对自己方才看到的尸体记忆犹新，对他而言，似乎很难确定到底应该把那个叫作是"人"还是"东西"，索性直接以"那个"来指代，从他的神态和语气来看，认尸这件事让他受到了很大的震动，到现在心里的恐惧还没有消除。

　　"我们和你们一样，都想尽快知道结果，不过现在的科学技术还没有发达到那种地步，所以咱们都得一起等。"戴煦爱莫能助地两手一摊，"你们在A市本地有没有地方住？如果这方面有困难，我们倒是可以想办法帮忙安排。"

　　"不用，我儿子来这边上班的时候，我们给他买了一套房子，我们俩手里也有一套钥匙，去那儿住就行了。"鲍鸿光父亲说完之后，又迟疑了一下，"可以吗？"

"这个吗，我也正想和你们商量一下，虽然我们现在还不能百分之百确定死者的身份就是鲍鸿光，但是在你们入住到他家里之前，我们希望能够得到许可，对他家里面的情况进行一些勘查。你们同意吗？"戴煦问。

"同意，只要不是把房子搞得以后都没办法住人，我们就同意。"鲍鸿光父亲这一次答应得难得的痛快，不过随后还是忍不住补了一句。

戴煦点点头，摆摆手："不会不会，我们是刑警队不是拆迁队，你放心好了。"

于是戴煦联系了刑技方面的同事，然后开车载着鲍鸿光父母走在最前面，根据他们指示的路线引导着后面的车一起到鲍鸿光在A市的房子去。

根据鲍鸿光父亲给出的小区名称，即便是戴煦这个没有在A市生活很久的人也不陌生，那个小区位于A市的市中心地段，毗邻繁华的商业圈，户型设计基本上都是宽敞体面的大户型，虽然已经建好了几个年头，不过因为房价居高不下，所以至今也还有余房待售。就光是小区门口的售楼中心，就比一般小区要豪华很多。

到了小区门口，做好了进门登记，几辆车缓缓地停在了鲍鸿光家所在那栋楼的楼前。因为小区本身是人车分流式的管理，正常情况下车辆都是要直接进入地下停车场的，现在因为戴煦他们的特殊身份和来意，所以才开了方便之门。几辆警车停在楼下，自然引来了周围居民的注意，而这里面受到关注最多的，自然是海拔最高的戴煦。鲍鸿光父亲对这种特别的关注感到有些不自在，他一直跟在戴煦身旁，更是觉得那些目光仿佛就粘在他的背上一样。

"戴警官，这件事是我之前没有考虑周全。"他一边走，一边偷眼瞄着周围停下来围观的人，"我忘了告诉你们不要开这种有标志有顶灯的车子出来了。你看，人家肯定都以为家里头出了什么大事，不然不会一下子跑来这么多辆警车，万一……我是说万一回头发现不是我们家鸿光，以后他在这个小区里住着，邻里邻居的得怎么议论他啊？还有就是这么一来，万一以后房子要卖掉，别人以为是出过事情的房子，那可就卖不到价格了呀！"

"你这人！"鲍鸿光母亲因为丈夫看完被害人尸体之后的情绪变化，一直格外紧张，现在眼看着就到儿子的住处了，忽然又听到丈夫说这样的话，忍不住有些着急起来，"这都什么时候了，你还想这些没用的！"

鲍鸿光父亲被妻子这么一数落，一下子也没了话，垂头丧气地领着戴煦走在前面，进了单元门，乘电梯上楼，到了门口，刚要拿钥匙开门，戴煦及时拦住了他，递过来了两副鞋套和手套给鲍鸿光父母，让他们套上，顺便让刑技部门的同事在鲍鸿光父亲没有开门之前，先检查一下门锁的情况。

趁着鲍鸿光父母手忙脚乱地穿鞋套和戴手套的工夫，刑技人员对门锁进行了简单的确认，认为并没有任何暴力开锁的痕迹，戴煦这才让鲍鸿光父亲拿钥匙开门。鲍鸿光父亲拿着钥匙的手有点颤抖，好几次都因为抖得太厉害而对不准锁眼。

"镇定一点，"戴煦拍拍他的肩，对他说，"不管是好是坏，眼下也都是木已成舟、米已成炊的时候了，还是赶快开门吧，大不了一会儿门开了你把头转过去，我们先看看屋子里面的情况怎么样，然后再告诉你们能不能看。"

"那倒不用，刚才那么吓人的该看也看过了，这边最坏的情况还能怎么样啊，我还是看看吧，看看心里踏实。"鲍鸿光父亲苦着脸摇摇头，他又把钥匙朝锁眼里插了几次，手抖得还是很厉害，没办法，只好把钥匙递给旁边的戴煦，"要不，你来试试吧，我这手也不受自己的控制，抖得停不下来了。"

戴煦接过钥匙来，很顺利地打开了防盗门，这门并没有被反锁，只是简简单单地锁了一道而已。因为这样，在打开门的时候，戴煦表现得还是十分谨慎的，他没有直接把门大敞四开，而是拉开一条门缝，自己先探头进去看了一眼屋子里面的情况，然后略微松了一口气，让开门口，说："好了，家属先暂时在门口等一下，我们到屋子里看一看具体情况，然后再叫你们进去。"

鲍鸿光父亲伸长脖子朝屋里张望了一番，见客厅里并没有想象中血腥可怖的场面，便也放心许多，点点头，答应了戴煦的要求。

方圆他们因为是实习生，只能做一些辅助的工作，所以一直等到其他人都进了门之后才跟着进去。一进门，林飞歌就下意识地发出了一声赞叹，虽然声音不大，不过也足以让身旁的人听到，她自己也赶忙捂住嘴巴，有点不好意思地嘿嘿笑着。方圆也对鲍鸿光家中的豪华装修有些惊讶，感到十分出乎意料，只不过没有林飞歌表现得那么明显罢了。

在她的概念里，鲍鸿光今年只有二十六岁，参加工作的时间还很短，并且只是一所初中里面的英语老师，根据了解得到的情况，鲍鸿光也是最近一段时间才正式被划入编制，成了那所学校正式在籍的一名教师。这样的一个人，就算父母家底比较殷实，可以给他在这个比较有档次的小区里买一套房子，房间里的装修依照鲍鸿光的年纪来说，可能会比较新潮，也可能比较简约，唯独怎么都不会想到会是眼前这样的奢华风格。

房子里铺着浅色的实木地板，地板质地很好，即便上面落着薄薄的一层灰，也还是能够看得出来绝对不是什么便宜货。客厅很大，一扇很大的落地窗，窗前挂着淡茶色的半透明纱帘，同样淡茶色的天鹅绒窗帘则规规矩矩地被束在一旁，此时此刻正是上午十点左右，朝南的客厅里阳光正足，一组风格奢华的欧式皮沙发无一例外地"沐浴"在充足的阳光当中。沙发前是一张大小足够让小孩子当床睡觉的大理石茶桌，茶桌上面原本应该铺得很平整的同色系桌布被揉成一团丢在地上，茶桌上摆放着几只与整体环境非常不协调的空啤酒瓶。

"生活真让人羡慕啊，"戴煦摸摸后脑勺，看着茶桌上的啤酒瓶，自言自语一般地说，"我要是也有那个闲工夫，能约几个朋友在家里喝点啤酒聊聊天，那该多好！"

第二十二章　优秀青年

他这么一说，其他人的注意力也自然而然地从房间里豪华的装修和陈设上转移到了茶几上面的那几个酒瓶上头。那几个酒瓶虽然摆放得横七竖八，毫无规律可言，但是细看并不难发现，当时喝酒的绝对不是一个人。那些乍看起来像是随便乱放的酒瓶，仔细留意就会看得出来，其实是分成三堆的。从方向来看，其中一个人应该是坐在中间的双人沙发上，另外两个人则一左一右地坐在两侧的单人沙发上面。刑技人员立刻上前去对那些空啤酒瓶进行指纹和唾液样本的采集，希望能够有所收获，与此同时，另外的一组人则把关注重点放在了卧室和浴室这种更多被作为杀人现场的区域，开始了对那两处的检查。

"这屋里够暖和的，看来买房子果然还得要朝南向的比较好。"戴煦在客厅里站了一会儿，额头上就已经出了一层薄汗，他这才想起来把厚厚的大衣脱下来搭在臂弯里，并随口感慨了一句。

"那倒不是，采光好是一方面，我儿子这里的供暖也特别好，刚交了房的那个冬天，我们两个过来陪他一起过的年，在这儿住过，地热暖和极了。"房子里头的情况看起来似乎一切正常，鲍鸿光父亲也略略地松了一口气，关于被害人到底是不是自己儿子的这件事，他仿佛又燃起了几丝希望，情绪稍微这么一松动，便又打起了精神，能分点心来和戴煦聊别的话题了。

"好小区就是不一样啊，我住的那边供暖可就没有这么好。"戴煦语气里不无羡慕地说，然后又随口打听道，"当初你们给鲍鸿光买这个房子，应该花了不少钱吧？我听说这附近的房价可是在A市里头出了名的高。"

"那当然了，我们两个早年到沿海做生意，不算是什么大富之家吧，不过至少还算是有点根基了，本来指望孩子能接家里的班，我们还特意送他出国去学商科，学学人家外国的先进经验，回来也把家里头的买卖给再上一层楼。结果那孩子学习挺好，成绩不错，毕业还被评了个什么优秀毕业生还是什么来着，结果回来之后，根本就没有心思打理家里头的生意。我们老两口一想，那就干脆让孩子干点儿他想干的工作吧，后来他自己找了这边的工作，我们俩就过来给他买了这个房子。孩子不在身边，我们好歹有这个能力，就让他生活得舒服一点嘛，而且，买个好地段的好房子，不也有升值空间吗。"鲍鸿光父亲说这番话的时候，尽管碍于现在的处境，应该已经是在极力克制着，不过淡淡的炫耀还是可以听得出来。

鲍鸿光的母亲也听出来了，有点不好意思地拍了一把丈夫的后背，瞪他一眼："这时候说这些干什么，跟人家警察办案也没关系，别说没用的废话。"

"人家问，我就随便说说，怎么就废话了，这不都是实话嘛！"鲍鸿光父亲被妻子说得有点没面子，低声咕哝着替自己辩解。

"鲍鸿光一个人住这里啊？感觉这个装修布置，说是小两口过日子都没问题，东西还挺全乎的。"戴煦就好像没有听到鲍鸿光父母之间的对话似的，继续搭讪。

说到这个话题，鲍鸿光父亲还没做出什么反应，鲍鸿光母亲倒是眼圈一红，先开了口，声音略微有些哽咽，一手捂着胸口说："当初买这个房子的时候，可不就是做的那种准备嘛，以为稳定下来，我儿子就能赶紧找个女朋友，两个人安安稳稳地定下来，赶紧结婚什么的，就连装修我都让设计公司按照两个人过日子设计的，要豪华，免得女方回头看不上，嫌寒酸什么的。还不能一看就是一个男人自己过日子的那种，这样就省得为了结婚还得重新再装修了。结果房子装修好，我儿子住进来，一直也没正儿八经地找过女朋友，有时候问他，他就说不想找，有时候呢，他又说可能要谈恋爱了，过了一段时间又说没有这事儿。我和他爸爸都急得不行了，现在这事儿都还没有个影儿，又听说我儿子可能有事，我这颗心啊，简直就好像是被绞肉机绞着一样，没有一会儿不疼的！"

鲍鸿光父亲赶忙在一旁安慰，让妻子有信心一些，说不定只是虚惊一场，等儿子回来了，非得因为他这一段时间玩失踪狠狠地批评教训他不可。鲍鸿光母亲的情绪这才略微平稳了一点点。

趁着戴煦跟鲍鸿光父母在客厅里闲聊的工夫，方圆跟着其他人在房子的其他区域四处转了转。鲍鸿光的卧室装修风格和客厅一样，华丽到有点烦琐的雕刻石膏吊顶，缀着无数颗水晶珠的吊灯，仿欧式的简化版四柱床，床上原本应该也比较奢华的绸缎寝具却很难看得皱成一团，床边甚至还能看到一条被随意丢弃的男士平角裤，估计是鲍鸿光换衣服的时候丢在那里，就没有去拾过。方圆看到这一幕，有些厌恶地皱了皱眉头，赶忙把视线转到了其他地方。

这套房子面积应该不少于一百二十平方米，除了宽敞的客厅之外，一间主卧、一间客卧，还有一间书房，面积都不算狭窄。书房里摆着一张阔气的电脑桌，上面有时下最新款的电脑，一个大书橱里面摆满了各种中英文书籍，其中还包括很多精装硬皮的外国名著原版书，书橱旁边的墙壁上，原木色的相框挂着一张英文的证书模样的东西。方圆凑过去仔细看了看，认出那是一张毕业证书，由美国一所很著名的大学颁发，得奖人正是鲍鸿光本人。这张证书被装裱得很仔细，看得出来被主人视为一种莫大的荣耀。

"这是我儿子大学毕业的毕业证，那边电脑桌上还有他被评为优秀国际毕业生的奖状呢！"

方圆闻声转过头去，看到鲍鸿光的母亲站在她身后，也盯着墙上相框里的那张毕业证看，目光里浓浓的都是骄傲。

"你之前说鲍鸿光出国留学，学的是什么专业？"方圆之前在客厅里听戴煦和鲍鸿光父母攀谈的时候，隐约听到了他们提起鲍鸿光出国留学的学习方向。

鲍鸿光母亲回答说："我们让他出去学的是商科专业，具体是什么我也忘了，好像是叫什么商业什么管理什么的。"

"你确定他出去学的确实是那个专业吗？"方圆问。

鲍鸿光母亲狐疑地看了看她："那还能假吗，他还给我看过他的毕业照呢，而且毕业证在这儿，你自己看不就知道了嘛！哦，是不是你英语不太好啊？我也看不懂，不知道上头哪个词是什么意思，要不然，你找英语好的帮你看看。"

方圆摆摆手，表示不需要了，然后拿出手机来，给墙上的那张毕业证拍了一张照片，鲍鸿光母亲在一旁看着，似乎对她的这个举动很欣慰，拍了拍她，对她点点头，说："照下来吧，没事看看对自己也是一个激励，就算你没机会出去读这种美国名校，至少想一想社会上有那么多优秀的人才，也会是提高自己的动力。假如我儿子这一次有惊无险，我可以介绍你们认识一下，让他给你们讲讲他在外面学习和生活的经历，帮你们也开阔一下视野。毕竟你们这一行，平时净是接触一些违法乱纪的坏人，要不然就是大老粗，想认识我们家孩子那种优秀青年，机会也不一定很多。"

　　方圆有些无奈地听着她自说自话了那么多，对她略显敷衍地笑了笑，转头到书桌上去，看到那张优秀国际毕业生的奖状，仔细地观察了一番之后，拿出手机，给这张证书也拍了一张照片，这才走出了书房。

第二十三章　预防针

　　从书房出来，方圆想把自己注意到的事情和戴煦说一下，恰好此时戴煦在厨房里，她便拐了进去，一进厨房门就闻到了一股不太好闻的异味。就在她脚边有一个垃圾桶，敞着口，里面的垃圾袋里倒着一些没有吃完的剩菜残渣，很显然这些剩菜在这儿已经有一段时间了，一股难闻的酸臭。再看看不远处的水槽里，几个盘子、碗凌乱地丢在里头，也没有泡水，碗盘里的汤汁早已经干涸，牢牢地黏在了碗盘上面，看起来脏兮兮的。

　　戴煦正在厨房里左看看，右看看，鲍鸿光父亲跟在他身后，一边小心地尽量不去碰那些东西，免得干扰警察工作，一边又不知道是紧张他们会发现什么能证明儿子遇到不测的线索，还是生怕这些外人在自己家里做什么似的，亦步亦趋地跟着，戴煦留意什么，他也跟着过去瞧瞧，生怕被落下。

　　"你们家当初装修，是包给装修设计公司了，还是自己找人来做的啊？"戴煦这会儿已经从厨房里回到了客厅里头，端详着从客厅到半开放式厨房之间的装饰性玻璃隔断。他的个子比一般人都要高出一截儿来，站直了脑袋几乎有一大半暴露在玻璃隔断上面，所以只好弯下腰来近距离观赏那玻璃上的花纹，"据我所知这种玻璃造价可不低啊，而且还比较易碎，安装起来也挺麻烦的。"

　　"装修一次嘛，就尽量精益求精。我们是找的装修公司，戴警官也要装修房子啊？你要是需要，回头确定我儿子没事的话，我给你找当初他们给我们留的名片。那家公司虽然收费不算便宜，不过活儿干得还是挺漂亮的！"鲍鸿光父亲有些搞不清楚为什么戴煦会对自己儿子家里的装饰这么感兴趣，不过还是顺着他的话随便聊了几句，尽量表现得比较配合且有诚意。

　　戴煦笑着摆摆手："不用了，一听收费不便宜，我就打了退堂鼓了。

我这种工薪阶层，钱得花在刀刃儿上。这种又不结实还贵的玻璃，我还是不考虑了吧。"

鲍鸿光父亲笑了笑，笑容里隐约带着一点优越感。鲍鸿光母亲在一旁听到了，随口接话说道："我看你岁数也不大，家里应该也就你这么一个儿子吧？让你爹妈赞助点儿嘛，老了留钱有什么用，还不都是给孩子的。我就总跟我儿子说，不要委屈自己，我和你爸爸做生意赚钱，为的不就是让你过上好日子吗？咱也不用藏着掖着，大大方方的，找对象姑娘什么的不也喜欢嘛！"

戴煦抓了抓后脑勺，嘿嘿一笑："说得也是，还是你们觉悟高，我爸妈怎么就从来都没给我吃过这种定心丸呢？要不然我也能早点找到女朋友。"

"是啊，现在的人多现实啊，小姑娘也是一样的，你硬件条件不过关，光是人品好，也不能管饱。你看，我们家条件虽然不是什么大富大贵吧，但是以后帮儿子铺垫铺垫还是完全没有问题的，再加上我们家鸿光自己本身也很优秀，所以喜欢他的姑娘还是挺多的。反倒是他眼光有点挑剔，这个看不上，那个也看不上。"鲍鸿光的母亲说这话的时候，语气里带着一种说不出的自豪。

方圆本来想跟戴煦私下里说几句话，可是鲍鸿光的父亲一直跟在戴煦身后，她也只好另找机会，现在居然和鲍鸿光父母讨论起家里面的装修来了，这让她有些搞不懂。方圆觉得戴煦这个人还真是有点怪，你说他不靠谱呢，偏偏又挺聪明，你觉得他聪明，他又偏偏不按套路出牌，做事毫无规律和章法可循，似乎完全是随心情，并且大多数时候还都是一副懒洋洋的状态。当初他神准地找到了死者的骨骸之后，方圆再听林飞歌和马凯私下里讨论说戴煦这个人老不靠谱，她还替戴煦觉得委屈，可是到现在为止戴煦再没有任何其他令人惊艳的举动。这让方圆甚至忍不住怀疑，当初找到死者骨骸的那件事，该不会真的是蒙的吧？

"按你们的说法，其实鲍鸿光的日子一直过得挺滋润的，估计也没吃过什么苦吧？"戴煦并不知道方圆此时此刻脑子里转着什么样的想法，还在一边等其他人结束工作，一边兀自和鲍鸿光父母闲聊着，"我看这屋子里头卫生保持得还算可以，尤其是对一个单身男性来说吧。这算是你们平时教育得好，鲍鸿光生活能力强呢，还是说这种'后勤'方面的事情其实也有其他保障的？"

这话说得不假，房子里除了那几个酒瓶子和厨房水槽里干涸的碗盘以及垃圾之外，就只有一层薄薄的浮灰而已。看得出来，在那些生活垃圾没有被制造出来之前，这里还是有人在维护家里面的卫生环境的。

果不其然，鲍鸿光母亲听了戴煦这么问，便回答说："哦，我儿子雇了个钟点工，一周过来给他打扫三次房子……"

她说到这里，忽然神色一暗，方才闲谈的心情仿佛一瞬间就消失了，变得有些担忧和烦躁起来，她扯了扯鲍鸿光父亲的衣服："儿子到底多长时间没回来过了？照理来说，一周打扫三次，家里不应该这么大的灰尘啊。"

"你先别着急胡思乱想，不是等着DNA的结果呢，那个才是最科学的。钟点工这种事怎么好说，说不定孩子把原来那个人辞掉了呢？那女的给家里做了这么久的钟点工，鸿光也没说把家里钥匙交给她，肯定还是有什么信不过的地方，所以没准儿辞掉了。眼下这个时候快年底了，钟点工不好找，所以就没人打扫呗。咱好好等等结果，别自己吓唬自己。"鲍鸿光父亲安慰着妻子，然后对戴煦说，"对吧戴警官？"

"对，凡事多想积极的可能性也是好的。"戴煦顺着鲍鸿光父亲的话说。

方圆在一旁看了看他，有些欲言又止。戴煦用目光询问她，她却只是摇摇头，什么都没说。戴煦便又重新把注意力转移到鲍鸿光母亲的身上，问："钟点工的联系方式你们有吗？"

"我们没有，不过我帮我儿子收过那个劳务中介的名片。"鲍鸿光母亲往书房的方向走了几步，又停了下来，"你们让我翻我儿子的书桌抽屉吗？"

"我陪你去吧？"方圆对鲍鸿光母亲说，顺便用询问的目光看了看戴煦，见戴煦点了头，就陪着鲍鸿光母亲一起走进了书房，看着她从抽屉里找到了一张A市某劳务中介的业务卡片，上面有一串电话号码。

"差不多了。"等她们从书房出来，汤力也走了过来，对戴煦点点头说。

戴煦也一颔首，扭头问鲍鸿光父亲："你们刚才也在家里四处都看过了，没有什么物品损坏或者遗失的情况吧？"

"没有没有，你们是警察，又不是强盗，我们哪能不放心你们呀。"鲍鸿光父亲连忙摆摆手，没有意识到他对戴煦那个问题的曲解已经暴露了他之前的内心世界，"我看你们的人做事还是挺小心仔细的，所以不怕有什么物品损坏。"

戴煦略显茫然地看着他："我的意思是说，以你们对鲍鸿光住处的了解程度，家里有没有什么值钱的贵重物品遗失的情况。"

鲍鸿光父亲一听这话，顿时闹了个大红脸，尴尬地摆摆手："没有没有，我刚才检查过了，没丢什么少什么，连孩子的手机都在家里扔着呢，都没电了。"

"手机也在家啊……"戴煦咕哝了一句，然后点点头，"那你们就先暂时住在这里吧，等有了进一步的消息，我们第一时间通知你们结果。"

鲍鸿光父母连声答应着，送他们出了门。

到了楼下，戴煦忽然一转身，跟在他身后的方圆冷不防被他突如其来的动作吓了一跳，连忙问："前辈有事儿？"

"跟我说话直呼大名就行了。"戴煦摆摆手，"你方才对我有疑问？"

方圆愣了一下，然后才想起来自己刚才确实是有疑问来着，只不过当着鲍鸿光父母的面不方便说罢了："咱们现在这个案子的死者非常有可能就是鲍鸿光。刚才他爸爸尽说些自我安慰的话去哄他妈妈，他们这么做也很正常，为什么你也帮他一起说呢？假如他妈妈真的那么想了，等到比对结果出来，不会受到很大的打击吗？"

"假如最终的结果真的是鲍鸿光，那不管现在是安慰还是不安慰，会受的打击都是一样的。失去亲人的那种打击，不是提前打打预防针就能减轻的，更何况在结果出来之前，也不是百分之百能确定这个案子里的被害人就一定是鲍鸿光。既然还有一丝希望，干吗早早就给剥夺了呢？"戴煦摊手。

方圆笑了笑，没说话。戴煦扫她一眼："你不同意我的观点？"

"没有。"方圆连忙摇摇头。

戴煦看了看她，叹了口气，有些失望地大步走开了。

第二十四章　太烦人

"怎么了这是？你惹着他啦？"马凯等戴煦走远了，凑到方圆跟前，压低了声音问，"我看那位好像有点儿不是很高兴似的。"

方圆摇摇头，不是她有心隐瞒，不想告诉马凯什么，实在是连她自己都还没有搞清楚状况。方才自己确实没有把自己的真实想法说出来，可是这难道不是对戴煦的一种尊重吗？还是说这个大块头性格就是那么奇怪，非要别人对他的观点表示反对，他才觉得心满意足？

"师父师父，你说，刚才怎么鲍鸿光的父母还有闲心跟咱们聊闲天儿啊？正常来讲，儿子都失去联系了，生死未卜，还疑似刑事案件的被害人，鲍鸿光他爸连尸体都看过了，那得多担心多害怕啊，他俩怎么好像还挺淡定的？"林飞歌好像没有留意到戴煦和方圆之间的对话和状态，从后面跟了上去，和他聊起来。

"你怎么看出来他们淡定的？"戴煦不知道是不是情绪不太好的缘故，说话的时候甚至没有朝林飞歌看一眼，语气很平淡地反问。

"你看，咱们刚才在那儿的时候，鲍鸿光他妈一会儿跟咱们显摆她儿子是哪儿毕业的，一会儿显摆他们家条件有多优越，这哪像是孩子有可能出事了，正紧张兮兮等检验结果的人呐！"林飞歌觉得这个问题简直是显而易见的。

戴煦却摇了摇头："没什么不正常的，现在就紧张兮兮，或者大呼小叫的，正常；现在好像什么事都不会有一样特别平静的也正常。人和人的性格不一样，有的人可能会比较杞人忧天，明明事情还没有到最坏的那一步，就已经表现出了非常大的恐慌，就算事情真的发生了，也不会变得更担心，程度高低也就那个样子了；还有一种人，实际上内心是十分缺乏面对坏消息的勇气的，所以反而会本能地出于一种自我保护的心态，选择逃避现实，自我催眠，不肯接受最坏的结果可能成为现实的这种预想。鲍鸿光的父母现在就有一些这种倾向，看看之前鲍鸿光父亲在法医那边看了尸体之后的反应就能判断出来，其实他心里面怕极了。"

"怪不得一个劲儿地招呼咱们，就好像咱们是去他们家里随便看看似的，弄了半天，归根结底是因为害怕得太厉害，反而假装没事儿一样啊！"林飞歌恍然大悟，"师父你真牛，这都能看出来！"

"你们叫我名字就行了，我又没有去取真经的打算，收三个徒弟干吗？"戴煦不知道是心情调整得比较快，还是被林飞歌夸奖得情绪有所好转，眉头倒没有方才皱得那么紧了，还随口调侃了一句。

"这可是你说的啊！我这个人最实在了，你让我直呼大名我以后可就真这么干了，你可别回头再嫌我没大没小的啊，老戴！"林飞歌倒是放得开，听戴煦这么一说，立刻非常配合地改了口。

戴煦回头一笑，走到车跟前，率先上了车，方圆他们也连忙跟上，都坐好之后，戴煦便开车朝小区出口方向走。

"咱们不用等等汤力前辈？"方圆问。

由于她说的声音并不大，戴煦不知道是没有听见还是不想开口，并没有做出任何反应。林飞歌把身子朝前探过去，看了看他，问："老戴！方圆问你呢！"

"汤力可受不了你们几个叽叽喳喳的，你们还是饶了他吧。"戴煦这才开口。

"那咱们现在这是去哪儿啊？"林飞歌又问。

"去劳务中介，找那个钟点工问问，看看能不能梳理出来鲍鸿光最后被人见到是在什么时候。"

方圆觉得戴煦好像有点不愿意理睬自己，可是为什么呢？她想不通，只不过心里面暗暗地有些不舒服，索性便不再试图开口和戴煦说话，扭脸看向窗外。

劳务中介距离鲍鸿光的住处倒是不远，估计当初鲍鸿光选择到那里去找钟点工，也是出于地理位置的便利。这家劳务中介的门面比较大，两扇对开的玻璃门旁边还有一个落地窗，上半截用来采光，下半截挂着一个LED屏幕，屏幕上滚动着一些招聘信息之类的内容。戴煦把车子停在门口，带着三个实习生一起推门走进去。比较靠门边的一张桌子后头立刻站起来一个年轻女人，她迅速地打量了一下走进来的四个人，判断他们肯定不是来找工作的，便开口问："你好，请问是有什么需要？雇保姆还是雇月嫂，还是要找保洁？"

"我要找个钟点工，"戴煦对她说，然后就在她准备开口介绍之前，摸出证件来放到桌子上，"这个钟点工的雇主出了点事情，我们需要了解一下情况。"

对方一听不是有生意上门，反而还是麻烦事，脸色顿时就有些为难起来。戴煦见她这个表情，把证件拿起来，问："来这儿上班没多久吧？"

年轻女人有些诧异地愣了一下，点点头："是啊，这个月才来的。"

"去把你老板叫来吧，我跟你老板直接说，不给你添麻烦了。"戴煦朝里面示意了一下。这间门面里头还有一个小门，上面挂着个写有"员工专用"的牌子，门是微微敞开着的，能隐约看到里面有和外面差不多的桌椅。

年轻女人对他的理解表示感激，连忙点点头，小声说："对，我还是带你们去跟老板说吧，查雇主资料的事儿我也做不了主，而且我这个月刚来，还连一点业绩都没有呢……那我这就带你们过去。"

女职员带着戴煦他们几个到了那间小办公室的门口，朝里面指了指，自己就又径直回了座位。戴煦敲了几下门，推门走了进去。这家劳务中介的老板是个五十多岁的男人，起初对于有人闯进自己的办公室略显诧异，等看过了戴煦的证件以及听他说明来意之后，虽然情绪并不是特别好，但还是很配合地去替他们拿来了存放雇主合同的档案盒。

"哦，在这儿呢，"他翻找了一会儿，从里面拿出一张表格来，"你们说出了事的那个人是叫鲍鸿光对吧？他倒是没换过钟点工，一直都是同一个人，联系电话在这儿，这个电话是我打，还是你们自己打？"

"要是不麻烦的话，还是你帮我们打一下吧，免得电话里一下子说不清，再把人家吓着。"戴煦想了想，觉得还是这样比较稳妥。

中介老板可能也觉得这话在理，就亲自给对方打了一通电话，没有提警察找人的事情，只说是有点关于雇主的事情需要沟通，让对方过来一趟，对方没有什么异议地答应了。

"她家离这儿也不算远，要不这样吧，你们到门口那边等一下，待会儿她过来了，你们到外面去聊行不行？"中介老板挂断电话之后和戴煦商量道，"你看，现在这年月，做我们这一行的，本身钱就不那么好赚了，万一让上门找保姆的，或者过来想要登记找工作的听到看到，听全了看全了可能还好点，就怕听了个一知半解，回头再以为我们这儿联系的人或者来的雇主不靠谱，不敢来，那就坏了。"

戴煦答应了，把车钥匙递给马凯，让他带着林飞歌和方圆到车里坐着，免得外面冷，他自己则站在中介的门口，等着鲍鸿光家的钟点工过来。

大概过了十几分钟，一个四十多岁，身材瘦小的中年女人裹着一件黑色的羽绒服急急忙忙朝这边走来，天气并不算暖和，她却连帽子都没有戴，耳朵和鼻子都被风给吹得微微发红。戴煦见状，向前迎了几步，对中年女人笑了笑，开口问："赵大姐吧？你是不是在鲍鸿光家里头做钟点工来着？"

"是啊，你咋知道的？"姓赵的中年女人一愣，错愕而又有些防备地看着面前这个拦住自己去路的大高个儿，似乎有些紧张。

她的这种有些害怕的反应让戴煦哭笑不得，笑容里也多了一些无奈，赶忙拿出证件来："赵大姐，我是公安局的，鲍鸿光的家里人联系不上他了，你不是一周到他家里头打扫三次吗？我想问问，你最后一次见到他是什么时候的事儿，最近这几天有没有到他家里头去过，要是最近还见过他，就尽量给我们提供一些情况吧，免得人家家里头爹妈也着急。你说是不是？"

赵大姐没伸手接戴煦的证件，就拿眼睛扫了几眼，两只手从羽绒服口袋里掏出来，轻轻地捂在耳朵上，缓解一下耳朵的寒冷，嘴上略微带着点情绪地说："我最近也没见着他啊，他跟我的合同也快到期了，我本来还想跟中介这边说呢，让他们给我另外找个人家，我可不想给那个姓鲍的收拾卫生了，他太烦人了。"

第二十五章　身份确定

"要不这样，咱们坐车里说吧，车里头有暖风，待会儿了解完情况，我开车把你送家去，你看怎么样？"戴煦留意到了赵大姐的动作，便开口对她说。

赵大姐想了想，觉得这样倒也不错，便答应了，没怎么推托，跟在戴煦身后径直朝车走过去，一开后座的车门，看到了坐在后排的三个人，一愣："哎哟，这怎么还有仨呢？"

林飞歌偷偷地翻了个白眼，显然对于赵大姐的这种表达方式感到有些不满，方圆在一旁偷偷地捏了捏她的手，示意她不要把厌恶情绪表现出来，免得惹恼了赵大姐，万一人家不肯配合调查，他们可就白白折腾了。

"后面说话不方便，你坐前面副驾驶吧。"方圆对赵大姐说。

赵大姐撇了撇嘴，把车门重重地关上，绕到另外一边坐进了副驾驶。戴煦也已经坐了进来，还特意把车里的暖风开大了一点。赵大姐搓了搓手，又搓了搓自己冻得有点僵硬的脸颊，略带着一点抱怨地说："刚才是你们让中介老板给我打的电话啊？电话里也没说清楚，我还以为鲍鸿光要找我什么麻烦呢，我这几天没去他家里头，我之前去了，他不在家，敲门敲不开，我就走了，我也不知道他干啥去了，所以他不打电话给我，我就不去。刚才接到这边电话，还以为他跑到这边来投诉我了呢，你们早说嘛，我紧张得围巾帽子都没顾上戴。"

"我们也正想要问你这件事，你一般是每周的哪三天去鲍鸿光家里面帮他做家务？"戴煦对赵大姐的抱怨没有任何反应，就好像全然不介意她的态度一样。

"我一般是周三、周五还有周日去，周三和周五是晚上去，周日是白天去。"赵大姐撇撇嘴，"他们家防我就好像防贼一样，别的人给别人家做钟点工，一般熟悉了以后，都是给一把钥匙什么的，到时间了自己去收拾，收拾完锁门就走，都是白天里。他家倒好，我都在那儿给他收拾了那么久了，还是不放心，不给我钥匙也行，还得让我晚上去，晚上我打扫完，自己回家都害怕，还得我老公接我。我在那儿打扫的时候，那个鲍鸿光还一直跟着我，我在哪个房间打扫，他就肯定跟过去，我虽然是给人家做钟点工的，但我也是个人，我也是有感觉有自尊心的。他那个样子真是，到期我就不给他做了，哪怕赚得少一点，我也要换个主雇，不想再被人提防着，这么多年头一次遇到这样的，要不是工资谈得还挺满意，我都不会坚持这么长时间。"

"那你是哪天去打扫的时候敲不开门的？"戴煦十分理解地点头，接着问。

可能是戴煦一直很有耐心，有很包容自己的态度，甚至对自己的抱怨和牢骚还表现出了足够的理解。赵大姐的情绪比方才缓和了一些，对戴煦的问题也多了一点耐心，她想了想，说："大概是上周三，我真是敲了好半天的门，确定他没在家，我才走的，后来没去是觉得有点生气，到了我该去打扫的日子，一个招呼都不打就不在家，害我白跑一趟，这也太不尊重我了。所以我也算是赌气吧，后来周五还有周日，他不找我，我就不去，和他杠上了，结果他就一直到现在都没联系过我。他有啥事了吧？咋他家里人都找不着他了呢？"

戴煦无奈地笑笑："这个我也不知道该怎么回答你啊，要是我能回答得上来，我不就能帮他家里头的人把他给找到了吗！"

赵大姐一听也乐了："你这人还挺有意思，说话也不端架子。"

"也不是什么人物，哪轮得着我端架子啊，"戴煦笑着说，"那最后一次你打扫卫生的时候，有没有什么看着不太对劲儿的地方？"

"我没看出来有啥不对劲儿的，他那个人一直就那个德行，牛哄哄的，看人总拿眼角打量，让人心里怪不舒服的，说话连个称呼都没有。你看，你还知道跟我叫个赵大姐呢，那个鲍鸿光比你还小吧，跟我说话一口一个'小赵''小赵'地叫，这是有家教的人能干出来的事儿吗？刚开始去他们家，遇到过一次他爹妈，还跟我显摆，他们儿子喝过洋墨水，我看啊，就那个素质，喝什么墨水也是一肚子的黑水。"赵大姐翻了翻眼睛，对自己的这个雇主可以说是一肚子的不满，"他还动不动就叫人到家里去玩，有时候喝光的啤酒瓶子我就得扔出去好几塑料袋，我真是给他一个人做钟点工，等于同时给几个人收拾烂摊子，到头来连句客气话都听不到。"

"你周日去他家里打扫的时候，他有约了什么人，或者准备约什么人吗？"

"没有，反正我没瞧见，"赵大姐摇头，忽而又好像想起来了什么，"欸，不过他好像在屋里打电话，听那个意思好像是打算约什么人到家里玩似的。"

"他有提到什么名字吗？"

"那倒没有，听口气感觉好像挺熟似的，我也没留意听，谁对他那些破事儿感兴趣啊，听多了他得用眼角一个劲儿瞄我。"赵大姐对鲍鸿光的意见看起来不小，即便戴煦不主动问，她也三句话都离不了鲍鸿光的狂妄和没礼貌。

戴煦默默地盘算了一下，然后发动汽车，一边把车开入车道，一边对赵大姐说："赵大姐，我看你刚才是从那边过来的，家在那个方向吧？折腾你出来一趟，这大冷天儿的，真是挺不好意思，我这就送你回去。"

"那这就没事儿了呗？那行，我就不跟你客气了。"赵大姐对戴煦待物接人的态度十分满意，所以和他说起话来也和气了许多，"你们要是找到他了，能不能帮我跟他说一声，我以后不给他干了，但是最近可是他人不在家，不是我不去给他打扫啊，这部分的钱该他给还得给，少了我可不愿意啊。"

"行，我们要是能找到他，就帮你告诉他。"戴煦点点头，嘴上答应着，不过回答得比较微妙。鲍鸿光作为他们手头这个案子的疑似被害人，恐怕被活着找到的几率不会太大，所以也不大可能需要戴煦他们帮忙转达赵大姐的意思，只不过赵大姐对这些并不知情，所以对戴煦的爽快表示非常满意。

"哦，对了！"眼看着快要到赵大姐家住处的时候，赵大姐忽然一拍大腿，又想起来了什么，"那个鲍鸿光好像有个女朋友。我以前听见过他跟人家打电话。我是过来人了，给小对象打电话，还是给朋友打电话，一听就听得出来。那个女的我没见过，就是听他打电话那个意思，好像也是和他一样，学校里头的什么老师，具体的我就不知道了。我就是忽然想起来这么个事儿，告诉你一声，万一他跑去女的家里头住了，你们不也知道该打听谁，往哪儿找嘛。现在这些年轻小孩儿，没准儿，谈恋爱没几天就能跑一起住去，我岁数大了，我可接受不了。"

"年轻小孩儿也不都这样啊，你这话也说得太绝对了。"林飞歌坐在后排听赵大姐说话觉得不怎么顺耳，便笑嘻嘻地插嘴呛了她一句。

赵大姐扭头打量了她一眼，摆摆手："我说的是二十出头，顶多二十四五岁那些小年轻的，你不信就问问你旁边那两年轻的，他们就算自己不那样，身边同学什么的肯定也有我说那样儿的。我自己孩子也二十多岁，没见过也听过了。"

林飞歌肤色偏暗，相貌略显成熟，一双眼睛很大但是眼珠微微有点往外鼓，看上去不算丑，不过比同龄人似乎略显成熟了那么一点。现在显然是被这个赵大姐错认为是奔着三十去的成熟女性，要不是碍于面子不得不忍下来，她几乎要被气得差一点发作，一旁的马凯更是很不给面子地直接扑哧一声笑了出来。

送走了赵大姐，戴煦又带着三个实习生通过别的途径收集鲍鸿光的有关线索，包括他的银行卡最近有没有被使用过，他有没有用身份证购买过什么车票、机票之类，只可惜，这些都只是略有收获，但是帮助不大。

又过了两天，比对结果出来了，他们从儿童公园的白桦林里挖掘出来的那具尸骨的DNA经过确认，与鲍鸿光父母均具有亲缘关系，这样一来，死者的身份便也就明确下来，果然就是失踪了多日的鲍鸿光。

戴煦没有选择打电话通知，而是带着方圆和马凯驱车直奔鲍鸿光的住处，那里已经排除了是作案现场的可能，现场采集到的指纹也发现属于好几个不同的人，家中的酒瓶已经带回公安局提取DNA样本，所以这几天那里就交给鲍鸿光父母，让他们随意居住。

到达那里的时候，鲍鸿光的父母正在吃饭，鲍鸿光父亲开门看到是戴煦他们来了，神色立刻黯淡下去，有气无力地对饭桌旁的妻子说："是戴警官来了……"

啪——

鲍鸿光母亲手里的筷子从她的手中滑落下去，摔在了地上。

第二十六章　好人缘

方圆被鲍鸿光母亲的反应吓了一跳，还以为她会哭天抢地或者干脆昏厥过去之类的，结果她除了掉了筷子之外，就只是红了眼圈，有些颤抖地从餐桌边站起身来，缓缓地走到沙发上，跌坐下去，一副魂儿都被抽走了的样子。

"进来说吧，这几天我们俩其实心里也多少有点思想准备，就是骨子里还希望有奇迹能发生，最后没想到，到底还是这样了。"鲍鸿光父亲喘了几口气，缓缓地对他们说，然后朝客厅里示意了一下，招呼他们进去坐。

他们到客厅里坐下来，戴煦示意方圆负责记录。尽管看样子鲍鸿光父母已经从他们找上门来就已经猜到了结果，他也还是得把比对结果的具体情况向他们说明一下。说完之后，鲍鸿光的母亲用手掩着嘴，流着眼泪跑到了房间里，砰的一声关上了房门。鲍鸿光父亲叹口气，嗓音有些嘶哑地说："你们有什么要问的就问我吧，她是女人，脆弱，这几天就算再怎么做思想准备，该难受也还是难受。"

戴煦点头表示理解："把你们所了解的关于鲍鸿光的情况说一下吧。"

"我儿子在这边的事，我们知道得不算太多，毕竟隔得远，偶尔我们来看看他，或者他逢年过节的回去看看我们，也不会特意去跟我们说那么多他平时的事情。你们也知道，男孩儿和女孩儿不一样，大了以后更不愿意跟爸妈说自己平时鸡毛蒜皮的那些事情。我们俩也没怎么过问，就是觉得他在外面都能把自己照顾得挺好的，回来就更不是问题了。"鲍鸿光父亲说，"我儿子你们别看他长得不是现在受小姑娘喜欢的那种英俊小生，但是他特别优秀，高中毕业我们就送他出去留学，他比别人念得效率高，学习也好，回来之后，就直接到A市来上班。本来想着工作也稳定了，房子也有了，下一步肯定就是顺顺当当地找个女朋友，结婚过日子，我们老两口也就享乐儿孙福了，结果怎么都想不到，居然最后的结果是让我们白发人送黑发人，唉！"

"照理来说，你们家在那边生活条件各方面都挺不错，那边的城市发展也挺好，为什么鲍鸿光会特别选择了留在A市呢？你们家在这边也没有什么亲戚，就算他不想接你们的班，难道在家乡找一份别的工作不是要更方便一些吗？干吗要一个人待在这边呢？"戴煦又问。

"他就是不喜欢和家里头的亲戚打交道，所以才不愿意回去家里那边的，他跟我们家的那些亲戚相处得不是很好。"鲍鸿光父亲回答得多少有些愤愤不平，"那些亲戚吧，自己也没见过什么世面，家里头也没有我们日子过得宽松，所以就总看我们家这的那的，说三道四，就连我儿子的事情，他们也什么都要刨根问底。我儿子不喜欢，不光他不喜欢，其实我们也不喜欢，这种事谁能喜欢啊！留学回来，他就不想回我们那边，说要躲得远远的，免得那些亲戚烦他。当时好像是他有个留学的同学，家是这边的，所以他就跟人家一起过来这边。那时候我们原本也不舍得让孩子离开身边那么远，还是想让他离我们近一点，哪怕不在当地，也不用非得到A市这边这么远，但是想着万一他在这边没有理想的工作，什么都不合适，那不就回去了吗，就没拦着，没想到他自己还挺能耐，居然自己找到了途径，把工作的事情给解决了。我们也就顺着他，没阻拦。"

"你说鲍鸿光挺有能耐，自己找到了'途径'把工作的事情解决了，你所谓的'途径'指的是什么？"方圆一边做记录，一边把心里面的问题问了出来，说完之后她才意识到，虽然说没有任何规定说他们不可以参加走访时候的询问，不过毕竟现在自己的身份是实习生，这几天戴煦对自己好像也不太理睬似的，自己在他和鲍鸿光父亲对话的时候忽然这么插了一句嘴，不知道会不会又惹他反感。

她连忙抬眼去看戴煦，戴煦并没有看她，也没有流露出任何的好恶情绪，而是把目光继续投向鲍鸿光父亲，好像也在等着他回答方圆的那个疑问呢。

方圆的这个问题似乎让鲍鸿光父亲有些不大舒服，他板着脸，清了清嗓子，说："有些事情不需要说得太直白吧？中国社会无外乎是个人情社会，能力水平肯定是要有的，不过别的方面的东西，比如人际方面，那也是一种能力的体现。"

"你是不是想说人脉？"戴煦好像没有听出鲍鸿光父亲试图委婉地回避那个问题，开口纠正他的用词。

鲍鸿光父亲皱了皱眉头，清清嗓子，不悦地说："是不是又能怎么样呢？现在不是我儿子犯了什么错误，是我儿子被人给害了，你们能不能把关注的重点放在有用的事情上头？怎么还倒盘问起我来了呢！"

"哦，抱歉抱歉，没有照顾到你的情绪，那咱们就还是继续说人际方面的事情吧，鲍鸿光平时人缘儿怎么样？我是说包括以前也好，出国留学期间也好，还有回来之后工作的圈子里，你们多少有没有一点了解？"戴煦非常体贴地立刻改换了话题，随和到了简直一点其他刑警身上能感觉到的气场都没有。

马凯在一旁偷眼瞄了瞄他，嘴角轻轻地向下撇了撇。

"我之前就跟你们说过，我儿子的人缘儿是很好的，家里亲戚因为自己家孩子没有我们家孩子这么出息，有点嫉妒，爱说风凉话，那种不算。我儿子在国外的时候就朋友遍天下，回来以后我听他说，在工作单位好些女孩儿都喜欢他呢，我儿子的性格是那种特别爽快，又大方，从来不小气，再加上又聪明，家境好，学历好，工作也不错，这样的人怎么会人缘儿不好？"鲍鸿光父亲回答。

"你说得也是，想想还真是这么回事儿，能做到这个程度，可能想要人缘不好都难。"戴煦听他这么说，深以为然地跟着直点头，不过他又问，"可是就算是人缘儿特别好的人，身边也难免有关系不大融洽的吧，鲍鸿光有没有这方面的问题？他有没有对你们提起来过，或者说被你们看出来、听出来过？"

"没有，反正我们是没有听说过这一类的事情。"鲍鸿光父亲摇摇头。

"这样啊……"戴煦似乎有点犯难了，"那他当初来这边，不是奔着他一个留学期间认识的同学去的吗？那个人姓什么，叫什么，家里是干什么的，这个你们应该多少知道一些吧？能给鲍鸿光帮那么大的一个忙，俩人交情肯定不浅吧？"

"那不还是主要因为我儿子比较优秀嘛！如果换成是你们，你就算给人家再多的钱，送再多的礼，人家也不会管你们，让你们进去你们也什么都不会！"鲍鸿光父亲似乎觉得戴煦的话里含着贬义，要不然就是丧子之痛在他的内心里转化成了一种没有来由的愤怒情绪，他的语气中开始多了攻击性，眼睛瞪着戴煦他们，说起话来咬牙切齿的。

方圆停下笔，抬起头，皱着眉看了看鲍鸿光父亲，又把目光别开了。

"那这个人的情况你们大概了解多少？他是A市本地人？"戴煦好像自动过滤掉了鲍鸿光父亲那些带有情绪和攻击性的话，继续追问。

这样一来，倒让鲍鸿光父亲的愤怒有些无的放矢了，他悻悻地点点头，说："我听我儿子说起来过，那孩子叫罗齐，家就是这儿的，年纪和我儿子差不多大小。别的我也不知道。"

"哦，好，那我们知道了，"戴煦想了想，觉得好像也没有什么需要进一步询问的，便示意了一下马凯和方圆，自己也站起身来，"你们可以在A市住着，也可以回去，我们不会干涉你们的去留，案子我们会尽一切努力去调查，争取早日水落石出，给你们一个交代。这个房子里鲍鸿光的东西请尽量不要丢弃或者整理掉，包括他的个人银行账户和其他通信工具、账号之类，说不定都会给调查工作提供帮助。"

鲍鸿光父亲点点头，也不想再多说什么，默默地送他们到门口，等三个人刚刚走出门，就砰的一声把大门给关了起来。

"老戴，有句话不知道当说不当说啊……"到了楼下，马凯也学着林飞歌的样子，对戴煦的称呼改了

戴煦挑眉看他，笑着回答说："你都把这个开场白用上了，摆明了是想说，我要是不让你说，你还不得被憋死啊？"

"我不是怕你不乐意听嘛，"马凯晃晃脑袋，"你说你这体格，往哪儿一戳不唬人啊，结果你说刚才，鲍鸿光他爸说话那么冲，你倒好像是面团儿似的，怎么都能忍，怎么都不在乎，就不能霸气一点儿，直接镇住他吗？"

"那种风格不适合我，再说了，他是受害人家属，我只是耳朵不舒服一会儿，他可是刚刚死了最亲的人。我震慑他，这不厚道吧？"戴煦伸手拍了拍马凯的肩，"小子，霸气这种东西不是不可以有，不过得分清楚了场合和对象才行啊。"

第二十七章　假证

马凯听他这话，撇撇嘴，似乎并不是十分认同，倒也没有再说什么。方圆在一旁听了戴煦的话，朝他多看了几眼。

"关于帮鲍鸿光联系到工作的那个罗齐，鲍鸿光的父亲除了告诉咱们了这个人的名字之外，别的就什么都没有提供了。姓罗虽然不是张王李赵那么普遍，但是毕竟也不算是特别稀缺的姓氏，再加上'罗齐'这个名字也比较普通，会不会不那么容易找到？"方圆从方才到现在，最担心的其实就是这个问题。

"天塌下来有个儿高的顶着呢，这种事你担什么心啊？咱们当小兵的，老戴让做什么就做什么，你就别跟着瞎掺和了。"马凯在戴煦开口之前，对方圆说。

起初戴煦没吭声，方圆还以为他可能不太想说话，或者觉得这个问题问得太没有必要，所以不屑于回答，结果他沉默地想了一会儿，说："这倒不是什么问题，整个A市姓罗的人可能不一定太少，但是姓罗，家里面还有那个能耐，可以帮鲍鸿光的忙解决工作问题的，并且家里面的儿子年纪又和鲍鸿光不相上下，还出国留学过，那可就不一定多了。我刚才想了想，一下子也没想到什么比较有名的，回头再查查吧。"

方圆连忙点点头，她虽然是A市人，但是毕竟年轻，在上大学离开这里之前，对于本地新闻之类的内容也并不是十分感兴趣，A市有哪些大小领导，这里面又有没有谁是恰好姓罗的，她也不太清楚，但戴煦说的方向是没错的。这么一想，想要锁定这个罗齐的身份，好像还真不是什么特别困难的事情。这个疑问解决了，她又想到了另外的一个问题，便掏出手机来，调出里面的照片递给戴煦。

"这是鲍鸿光挂在他书房墙壁上的毕业证书，还有放在电脑桌上的优秀国际毕业生荣誉证书，当时不确定被害人到底是不是鲍鸿光本人，当着他爸妈的面我也没好意思说，怕他们听到了不高兴，再跟咱们争执什么。"方圆现在只是当着戴煦的面，没有鲍家人在，所以倒没有什么其他的顾虑，可以说出自己的猜测来，"我怀疑这个鲍鸿光出国可能是出国了，但是学历是假的。"

戴煦接过手机看了看第一张照片上面毕业证书上的内容，又看了看第二张图片上面荣誉证书上的内容，也笑了："这到底是为了图省钱，还是脑子里没算计呢？买都买了，居然两边还不一致。"

"让我也看看，我也看看！"马凯在一旁听得好奇，也凑过来要看，戴煦把方圆的手机递给他，他接过来看了半天，然后挠挠头，有点不太好意思地问，"这上头写的都是什么啊？英语不好，上头单词认不全。"

"毕业证上面写的是金融专业，优秀国际毕业生的荣誉证书上面写的学习专业是建筑……"方圆在两张图片上面给马凯指出来明显不一致的关键词。

马凯恍然大悟："弄了半天，不是海归，是个水货啊？"

"这个好办，查一下就知道了，看看有没有他毕业信息的认证记录。"

"对了，老戴同志，刚才方圆看出来俩证书上头专业名字不一样，我看你拿着也看得有模有样的！"马凯自打对钟翰的怨气儿过了之后，肚子里就没有那么多邪火了，所以和戴煦也经常嘻嘻哈哈地乱开玩笑，"你就承认了吧，方才是不是蒙的？你都从学校里毕业那么多年了，我就不信你英语会那么好！"

"当然不是蒙的了，"戴煦表情特别无辜也特别认真地说，"那俩单词就算我不认识，我也看得出来上头字母根本不一样吧？这还用蒙？"

"嘿嘿，姜还是老的辣，这样居然都可以！不过你装得还真像，不知道的还以为你英语真那么好呢！"马凯听了戴煦的话，笑得更放松了。人可能都有这样的通病，不希望自己是一伙人里面水平最差的那一个，哪怕不是最出挑的，只要不是唯一垫底的就可以保持心理的平衡。

三个人上车，戴煦没着急返回局里，而是直接载着方圆和马凯两个人一起去了鲍鸿光工作的那所初中，把他遇害的确切消息告诉给校方领导。因为鲍鸿光是该校正式有编制的教师，戴煦便在告知完遇害事实之后，没有立刻离开，而是和该校教务科的科长攀谈了一会儿。教务科的科长是一个三十多岁的男人，年纪不大，但是看起来非常精明，说起话来更是礼貌并且滴水不漏。

"你说什么荣誉证书？"教务科长在第一次听到戴煦询问关于鲍鸿光在留学期间被评委过"优秀国际毕业生"方面情况的时候，并没有明白他的意思。

"哦，是这样的，我们从家属那里听说，鲍鸿光不光是留学归来，并且还非常优秀，是他们学校那一年唯一一个获得了优秀国际毕业生称号的人，所以我想问一下，校方有没有因为他的这个荣誉，给他特别安排什么重要工作？"戴煦很有耐心地把自己的问题又向教务科长陈述了一遍。

这一次教务科长听明白了，他笑了笑："这个我不太清楚，可能是鲍鸿光比较谦虚吧，至少从他入职到现在，我是没听他提过什么国际优秀毕业生。说实话，以他的情况，我们聘用他在校任教，这本身就已经是对他给予了最大限度的重视，就算他提供什么荣誉证书，我觉得应该也还是这样吧。"

"哦，我明白了，说得也是，当老师靠的毕竟是真才实学，不是随便拿一张什么纸，上头写着是哪里毕业的，或者是什么优秀就可以的，假如他自己的水平不够，让你们聘请他做教授本身也是挺为难的。"戴煦颇为理解地点点头。

教务科长没想到他会这么说，赶忙摆摆手："我不是这个意思。我的意思是说，通常我们都会比较喜欢使用师范类院校毕业的学生，他们一般适应能力比较强，教学方法也都比较规范，容易走上正轨，所以我们很少招聘非师范类专业出身的毕业生。而且鲍鸿光还是很年轻的，这么年轻不管有没有能力，他都得从一个普通教师开始做起，这个过程是积累也是历练，没有经年累月的工作经验，谁会那么随便地对谁委以重任啊，你们说是不是这么个道理？"

"对，是这个道理。你这么一说我就理解了。"戴煦点点头，表情却仍旧有些困惑地又问，"但是另外一件事又把我给说糊涂了，那按照你方才的那个说法，鲍鸿光到底算是有能力的那种，还是没有能力的那一种啊？"

教务科长整个人都愣住了，他以为自己的回答足够圆滑，结果被戴煦这么一问，倒好像是自己暗中有所指似的，偏偏对方又怎么看都不像是故意在找自己话里头的漏洞，这让他有些不知道该如何应对，照着对方的问题回答似乎过于被动，继续打马虎眼耍太极呢，万一对方又抛回来什么问题，自己可就真的被动了，于是他纠结了一番，最后说："呵呵，这个问题可能就见仁见智了。我虽然是教务科的，不过平时和老师们打交道也都是一些泛泛的工作接触罢了，具体水平怎么样，我没负责考核过，所以恐怕回答不了，而且当初老领导说他有才能，要留他，那我们下面的人也不会有什么意见，可能鲍鸿光确实有他独树一帜的一面吧。"

　　"老领导？现在已经……"

　　"已经半年多了，当时特聘鲍鸿光的事情是老领导一手敲定安排下来的，如果他没退休，可能你们还方便过去询问一下。我听说退休之后，他和老伴儿跟着孩子去了澳洲那边定居，已经不住在国内了。"教务科长一脸爱莫能助的遗憾，不过口气里却听得出来有一种隐隐的如释重负。

　　"你说特聘，就是说鲍鸿光不是统一招考进来的喽？"方圆之前听鲍鸿光父亲的意思就猜到鲍鸿光到这里上班可能并不是那么名正言顺，现在再听教务科长这么说，便很快地抓住了他话里面一个很关键的用词。

　　教务科长点点头："是，当时我们是没有招聘计划的，所以算特聘。特聘的原因你们就别问我了，本来我就不是经手人，了解不多，现在两方的当事人一个退休去国外养老了，一个还出了事，我实在是不好乱讲什么。"

　　"说得对，关于鲍鸿光的事，还是找和他接触比较多的人打听更合适。"戴煦向教务科长道了个谢，"那我们还是去他之前在的那个年级办公室去问问吧。"

第二十八章　小卜

教务科长很客气地把他们几个人送出了办公室，看起来，对于这个烫手的山芋，这位科长也是想要越早推出去越好。

再去年级办公室，这一次戴煦他们可就走得熟门熟路了，到了那边一看，年级主任没在，不知道是有事还是正在上课。那天在场的被称作晓姗的年轻姑娘也不在，倒是当时一度不大想配合的年轻小伙子小俞还在，以及另外几个当时没有见过的其他老师。没见过他们的人看到有陌生人进了办公室，还有些略显茫然，而小俞一看到戴煦又来了，顿时就好像明白过来，主动开口打起招呼来。

"你们又过来啦？可千万别跟我说你们说那个出事的人，真是鲍鸿光！"见戴煦他们二次上门，小俞倒不像上一次那么多顾虑了，反而显得很好奇。

戴煦点点头："是啊，这回可不是疑似了，已经确定了死者就是你们年级的英语老师鲍鸿光，所以这不，我们又来了解情况了，这次可是正式的。"

"真死了呀！咋死的？"小俞原本开口说的话还有点打趣的性质，一听戴煦真的确认了这件事，立刻充满好奇地追问起来，虽然也算不上幸灾乐祸，不过倒是看得出来，他平日里和鲍鸿光的关系应该也没有多融洽就对了。

"这个……"戴煦挠挠头，有些犯难，"不好讲啊，挺吓人的，别吓着你。"

"没事儿，我这个人胆子大着呢。"小俞不死心，继续说服。

戴煦犹豫了一下，说："那我稍微渗透一点儿啊，正常来讲这都是不提倡的，要是领导知道保不齐我就得挨批。鲍鸿光是被人杀了之后肢解分尸的。"

"啊？！肢解分尸啊！"小俞吃了一惊，扭头对一旁的一个脸色有些蜡黄的年轻男子说，"唉，钱正浩，你之前跟我们说什么来着？这种事儿居然也能被你说中，你妈不会是个巫师吧？"

"你们说什么呢？我有啥事儿说中了，而且你开玩笑，别扯上我妈，那么大岁数的人了，你好意思拿她开涮啊？！"被叫作钱正浩的黄脸男子似乎对小俞的调侃有些微微不悦，但是却没发作，依旧半开玩笑似的回应。

方才戴煦一进办公室，小俞就迎上前去打招呼，所以两个人对话的时候声音都不大，这个叫钱正浩的黄脸男子的办公桌又偏偏在办公室里面，所以没有听清楚他们到底在谈论什么。小俞便对他说："这几个人是公安局的，上次主任带他们过来的时候你有课，没在办公室里，可能不知道，快期末了估计别人也都忙，没跟你说。鲍鸿光不是好久都没来上班了吗，他出事儿了，死了，叫人给杀了之后还肢解分尸。啧啧啧，你这算不算梦想成真啊？"

小俞的口气依旧是调侃，然而这话一说出来，办公室里的其他几个人都只是笑了，估计鲍鸿光失踪这么多天，凶多吉少的结果已经是所有人都有心理准备的事，所以没有人因为听到鲍鸿光的死讯而表现出过于震惊，就连小俞开玩笑似的说钱正浩"梦想成真"，似乎也同样没有人觉得存在什么问题，也只是一笑置之，不知道是不是这个玩笑之前就有过什么前期铺垫是戴煦他们不知道的。

别人都不觉得有什么不妥，不代表被调侃的钱正浩本人也是一样的想法，虽然之前的玩笑他的反应还是很平淡，可是听了小俞这句话，他却忽然之间板起了面孔，非常不悦地狠狠瞪了小俞一眼，说："你别胡说八道了，什么梦想成真，你这么说是几个意思，想让人家觉得我怎么着啊？我什么时候说过！"

"你这人，开个玩笑你跟我急什么啊！"小俞被钱正浩这么一说，面子多少有些挂不住，脸色也有些不好看，"说了就敢作敢当，自己说过的话没胆承认？"

"平时说话没深没浅的，大家都是同事一场，在一个办公室里，我这个人心胸宽广，什么都不计较。这种时候我可不能由着你随便乱说，人家警察来调查鲍鸿光的事儿，一条命没了，你张嘴就说我梦想成真，你干脆让他们直接拿手铐把我给铐走算了！"钱正浩一点不肯服软，声调也提高了很多。

"怎么了这是？在走廊里就能听到你们这屋嚷嚷！"正好这个时候，一个三十岁上下，不高不矮，皮肤白净的男人从外面走了进来，一进办公室就直冲小俞和钱正浩摆手，"你们都小点儿声吧，校长就在楼上呢，一会儿保不齐就下来了。要是让他看到你们在这儿吵架，你们肯定得挨批！这大白天的，学生来来回回地都能听见，你们吵得欢，就不想想学生背后会怎么议论？"

"不是，你不知道，钱正浩他——"小俞觉得很委屈，想替自己解释。

那人打断他的话："行啦，不管是他的不是还是你的不是，一人少说一句不就得了吗，有啥事儿私下里解决去，犯不上在这儿嚷嚷！"

"张哥，是这么回事儿，你听我说，咱不吵，咱就心平气和地让你给评评理。我们年级那个鲍鸿光，他好多天没来上班了，联系不上他本人，后来就报警了。现在警察调查了一圈，说确定他死了，连尸体都找到了，是被人杀死分尸的，然后那天你应该也在场吧，咱们学校开教职工大会，钱正浩他当着咱们好多人的面说的……"

"我说什么就是什么啊？那我要是说你不爱吃饭，就爱吃屎，那你也去吃？！什么是玩笑什么不是玩笑你这人是不是分不清楚？"一听小俞还继续往下说，钱正浩有些急了，变得口不择言起来。

小俞被他这么一说，脸涨得通红，眼见着就要回嘴，那个被称作"张哥"的人却一脸诧异地看了看他们，说："啊？鲍鸿光死了？"

"是啊，我刚才不是跟你说了嘛，警察说了，是被人肢解了。"小俞被他这么一打岔，也顾不上对钱正浩回嘴了，先开口对他说。

"肢解？这么狠啊！哎哟……"这个张哥似乎被吓了一跳，然后立刻又问，"这事儿，该不会因为之前那个小卜吧？鲍鸿光就在学校里上个课而已，跟谁能有深仇大恨啊！不过小卜那事儿也过去挺久了吧，按理说不至于啊。"

"这个小卜，是个什么人呢？"戴煦在旁边听他们说了半天，终于插嘴问。

被小俞叫作张哥的男人好像原本根本没注意到办公室里有陌生人似的，听到戴煦说话，吓了一跳，扭头看了看他，又看看他身边跟着的马凯和方圆，见他们都身着便装，分辨不出来身份，便开口问道："你们是干什么的？"

"他们就是警察。这不，为了鲍鸿光的事儿过来的，这都来第二次了。"小俞对这位张哥说，然后才给戴煦他们做介绍，"戴警官，这是我们学校总务科的张哥，张阳朔，平时我们都挺熟的。"

"我就是过来统计一下物资，没什么重要的事儿，我也不知道有警察在你们这儿办正经事儿呢。你看，这事儿闹得，还有你们俩也真是的，有外人在呢，也能吵成那样。"张阳朔有些无奈地对小俞和钱正浩摇摇头，"那你们先聊着吧，我就不在这儿添乱了，物资的事儿，我回头再到你们办公室统计啊。"

"没事儿，不会耽误我们的，顺便我也想问问，你刚才说那个小卜是谁啊？他也是你们这儿的？跟鲍鸿光有什么矛盾？"戴煦哪能就这么放张阳朔走，连忙拦住他，询问起来。

"没没没，我随口那么一说，刚才仔细一想吧，我好像是把事情给记混了！我说那个小卜不是我们这儿的，人家都不是我们这儿的，上哪儿认识鲍鸿光去啊。我这脑袋啊，最近总是搭错神经，不好意思啊，胡言乱语的给你们添乱了。那什么，你们慢慢聊着，我先转一圈去，把别的办公室的先统计上来，不然回头科长该找我了！"张阳朔并不打算和戴煦深谈下去，摆摆手，拍了拍自己手里的一沓表格，一脸歉意地对戴煦点点头，扭头走出了办公室。

张阳朔来的时候，办公室里争吵成一团，现在他一走，这里却静悄悄的一片。一个主动开口说话的人都没有，一片令人尴尬的安静。钱正浩坐在自己的办公桌上，拉开抽屉，认认真真地皱着眉头，好像着急想要找到什么，但又好像永远都找不到，却还死心眼儿地在那个不大的抽屉里不停地翻；而方才还很积极开口的小俞，现在也坐下去低头摆弄起了自己的手机，看样子张阳朔的推托让他们意识到，在这种时候给警方提供线索，极有可能是等同于给自己找麻烦，所以就干脆都沉默着。

戴煦逐个把他们打量了一圈，等了一会儿，发现他们三个人被晾在那里了，这才清清嗓子，说："各位，手里的工作先放一放，我说几句吧。"

第二十九章　趋利避害

　　别看那些人不愿意开口主动说话了，戴煦这么一出声，他们还是立刻把注意力投向了这边，眼巴巴地等着听戴煦到底要说些什么。

　　"我知道大家可能是真的不知情，也可能是忙工作没有闲暇去留意一些跟自己没有关系的事情，或者是不想跟这种麻烦事儿扯上关系，这几种想法不管是哪一种，我都能理解。"戴煦用一种寻常聊家常的口气，不带任何立场和指责态度地对办公室里面的人说，"所以我也不想让大家伙儿觉得为难，那这样的话，我们就不打扰你们工作了。你看，刚才就因为我们在这儿，都耽误你们物资统计了。这是我的名片，我给各位每人留一张，希望你们能够妥善保管。咱们抛开什么唯心的忌讳不去谈，这一次杀害鲍鸿光的凶手，可以说是穷凶极恶，手段极其凶残，具体的情况一来是因为有纪律约束，我就不好详细给你们讲了，二来也是免得给你们造成不必要的心理负担。目前为止我们还不能确定凶手对鲍鸿光这么一个普普通通的中学老师下手，到底是出于个人恩怨，还是对这个职业群体有什么恶意，所以给大家留个名片，也是出于稳妥考虑，假如大家发现了什么让你们觉得不太寻常，而且也不太放心的迹象，请尽管和我们联系。这样做一方面保障你们的安全，另一方面也对我们确定犯罪分子的作案动机会有一定的帮助。我的手机是全天候二十四小时开机的，所以不管什么时候都可以联系到我。"

　　说完，他拿出自己的名片，给在场的每个人都发了一张，并且每个人都是他亲自递到手里面，直到给办公室里的每一个人都发过了名片之后，戴煦才客气地同这些老师们打招呼道别，带着方圆和马凯离开办公室，下楼准备回局里。

　　"唉，一无所获，真让人失望，这些人怎么一个个的那么胆小怕事呢？再怎么说也是身边的同事被人给杀了，他们就不觉得震惊？就不觉得气愤？怎么就连点儿血性都没有啊！除了那个总务科的人没头没脑地说了那么一句，什么小卜还是什么的，还不知道到底有没有依据。别的就什么干货都没有弄到呀，老戴，咱们这一趟算不算白跑了？"下楼上了车，马凯开口抱怨起来。

"假如昨天鲍鸿光还在上班，今天咱们过去通知他被人杀了的事情，估计他的同事肯定会非常震惊的。现在，这人都失踪了那么久了，咱们之前也来调查过一次，估计最坏的结果早就被猜了个遍，对于他们来说，现在不管实际情况是什么样的，也不过都是意料之中的事情。你会对早就猜到结果的事情震惊吗？再说，趋利避害本身就是人的一种本能反应，更何况他们是老师，尤其是初中的老师，面对的正好是一群热血沸腾的青春期少男少女，你觉得他们平时是需要发扬自己的热血精神，还是尽量去保持低调冷静，免得学生被他们的热血情绪感染到，也热血得一发不可收拾？"戴煦反问。

马凯一愣，挠挠头，想了想也笑了："还真是，我想一想，自己上初中那会儿也挺愣头愣脑的，还冲动，要不是在家里有爹妈管着，在学校里头有老师压着，估计脑子一热，多坏的事情都有可能做得出来！对了老戴，你说，那个姓钱的，是不是和鲍鸿光有什么过节啊？我感觉这两人关系好像不怎么样，你觉得从他入手能有调查价值不？"

"有没有价值这种事儿哪能猜得出来，想知道就得试一试。"戴煦回答了马凯的问题之后，从后视镜里瞥了一眼方圆，"方圆，你是什么想法？"

方圆原本在一个人默默地出神，听到戴煦忽然问自己，愣了一下。最近这几天，比起最初来实习的时候，戴煦对自己的态度似乎略微显得疏远了一点。为什么会这样，她也觉得莫名其妙，自认为没有任何地方得罪了这个大个子，所以最初的几天心里面多少也还是有些不舒服的，这两天倒是有些习惯了。

不管怎么样，被人家问到头上了，自然不好不回答，方圆正好也在琢磨这些事情，便开口把想法说了出来："我觉得钱正浩和鲍鸿光之间肯定是有点什么的，但是这条线索我个人认为就算追出来，也未必有多重要。因为太明显了，从刚才的对话内容，还有办公室里其他人的反应就能看出来，就算咱们不知道钱正浩之前到底说过些什么，总之是对鲍鸿光有点攻击性的。说不定是类似于口头诅咒之类，这件事不光是小俞，其他人也都知情，所以方才小俞说出来这件事，其他人也没有谁好奇或者惊讶的，就是因为这样，我才更认为钱正浩可能不是特别重要的线索。我觉得真的要是钱正浩和鲍鸿光之间的矛盾特别严重，严重到了想要杀了对方的程度，谁也不会傻到满世界地去张扬吧，弄得人尽皆知。"

"说不定是之前他和鲍鸿光刚闹矛盾那会儿说过什么狠话，但是说的时候也就是随口说说，没有真的起了杀心，后来慢慢又产生了那种念头也说不定嘛。再说了，你会觉得动机太明显了，不可能，别人也会那么觉得啊，你怎么就知道钱正浩不会抓住了人的这种心理，故意反其道而行之？"马凯还是坚持自己的观点，听到方圆不赞同，似乎有些不太开心，说起话来也有些针锋相对的意思。

戴煦一边开车一边听着他们两个人的对话，等马凯说完，他又看了看方圆的反应，似乎等着她继续说下去。而方圆却对马凯略显敷衍和妥协地笑了笑，说："现在不管是你的看法还是我的看法，都是凭自己的视角去猜的成分比较大。到底是怎么回事，以后慢慢就知道了，也许你是对的也说不定。"

听到她这么说，马凯似乎心里舒服了不少，而戴煦却微微地皱了一下眉头，一句话也不说地继续默默开车。马凯见戴煦没开口，又凑上去问："我和方圆的立场不太一样啊，老戴，你支持哪一边儿？"

"我没看出来你们两个人立场不太一样，我只听到你们当中有一个人没怎么坚持自己的观点就妥协了。"戴煦好像不太愿意回答马凯的那个问题，意兴阑珊地说，"你们想不想打个赌？"

"好啊，打什么赌？赌注是什么？"一听这话，马凯立刻来了精神。

"我刚才给他们办公室里的每一个人都留了名片，咱们就打赌到底有没有人会私下里联系我，给我提供线索，怎么样？"

"所以就是打赌会还是不会喽？"马凯问。

"无所谓，假如觉得会，还愿意猜最有可能联系咱们的是谁，那猜中了就赌注翻倍。"戴煦随口回答说。

"好，那我先说啊，我觉得没戏，你看方才那几个人的反应，连话都不愿意说，生怕跟自己扯上什么关系似的。就别说他们了，别的行当的人，有几个没事儿愿意和咱们这种所谓的'衙门口'扯上关系的呀，收了名片估计也就是碍于面子，不好意思说不要罢了。"马凯迫不及待地说出了自己的观点，"方圆，你呢？"

"我觉得应该会有人打电话吧，"方圆说，"刚才发名片的时候，我一直在一旁留意，那几个人虽然是没有当面配合咱们的工作，但是拿到名片，都仔细收起来了，没有一个随后扔进抽屉或者随手丢在桌上的，这说明他们认为保管好名片是会有用途的。这个用途到底是因为担心自己也会有风险，还是说想要私下里提供线索，我就不敢确定了，也说不定两种想法都有。因为觉得自己可能有风险，所以愿意提供线索，所以我认为有可能，但是不敢猜是谁。"

"老戴，那该你说了，你什么想法？"既然是打赌，就只有立场不同才能成立，所以这一次方圆和自己的观点又不一致，马凯倒是完全不介意。

"我觉得啊，有戏，肯定有戏，百分之百，不会让咱们等太久，不过呢，联系我的时间也不会太早。我还敢说，至少有一个人联系咱们的话，那个人应该就是方才的小俞。"

"不会吧？如果小俞愿意配合，方才就把话直接说出来不就好了。我看他被钱正浩给说了几句之后，明显也是打算缩回去，不想出这个头了呀。"马凯觉得戴煦的想法站不住脚，"老戴，输了的人请客吃大餐吧，看这个架势，我能宰你一顿大的！"

"说到大餐……"戴煦听了马凯的话，下意识地摸了摸肚子，"还真有点儿饿了，咱们先去吃饭吧。"

第三十章　摸鱼

戴煦的提议第一个就得到了马凯的响应。最近他对于戴煦这个半路师父可以说是相当满意，性格随和好说话，大大咧咧不计较，这些还不算，最关键的是，除了最初案子刚落到头上的那几天他们到处跑，一天三顿饭都没个固定时间之外，其余的时候，和戴煦在一起根本就不需要担心不能按时吃饭，需要忍饥挨饿这种事，因为戴煦自己就受不了饿肚子，所以他们工作归工作，该吃饭的时候就吃饭，该休息的时候戴煦也会让他们回去休息。这样既能参与调查，又不耽误吃饭和休息的实习生活，可不是谁都能有那么好运气遇到的。

三个人在学校周边转了半天，也没找到合适的地方，最后只好选定了一家顾客很多的小面馆，在一张前一拨食客刚刚离开，服务员都还没有来得及清理桌面的空桌旁坐了下来。虽然小店环境实在是不怎么样，不过顾客甚多，空气里也弥漫着一股淡淡的食物香味。马凯一坐下就赶忙招呼服务员过来清理桌面，估计是原本就有点饿，现在闻到食物的香味，肚子就已经咕咕叫起来了。服务员还在擦桌子的时候，他就已经先一步琢磨起了菜单来。

"我要一碗麻辣牛肉面，我看那边有一桌上的麻辣牛肉面，上面一层红油，还有好多芝麻，啧啧，看着都觉得特别过瘾！"马凯急吼吼地点过了自己的餐之后，开口问戴煦，"老戴，你要吃啥？"

"我就来个肉末打卤面就行了。"戴煦扫了一眼菜单，随便挑了一个。

"方圆你是不是不吃？"马凯一边作势要把菜单还给服务员，一边问。

方圆一个人坐在马凯和戴煦的对面，听到马凯这么问，她正要点头，发现戴煦也正看着自己，想想之前那次因为节食饿肚子闹胃疼，还被戴煦给发现了的糗事，她硬生生地止住了点头的动作，接过菜单看了看，点了一碗小份的素面。

一顿面的时间不长，因为戴煦和马凯两个饥肠辘辘的大男人吃起面来必然是风卷残云一般。方圆倒是细嚼慢咽，他们两个人都吃完了的时候，她那一碗小份的面也才吃了不到一半，但她还是跟着一起放下筷子。

"不吃了？"戴煦付了钱之后，看看她面前的那个面碗。

方圆点点头："我不太饿，也吃不下了，别耽误后面的事情。"

"老戴，你别问了，现在小姑娘哪有几个不减肥的呀，更何况方圆还是属于需要奋起直追的那种类型。"马凯可能觉得自己说的这番话特别俏皮，不等听的人做什么反应，自己先扑哧一下笑了出来，等他看到方圆的脸色略显尴尬，这才把笑憋了回去，对方圆说，"方圆，我没别的意思啊，绝对好心。而且，说真的，你最近瘦了，都能看出来了，不骗你。你继续努力啊，胜利就在前方啦！"

"我看你不应该来公安局实习，"戴煦瞥一眼马凯，起身往外走，"你应该去那些健身房、减肥中心之类的地方，我看你满脑子关心的都是女孩儿的体重问题，对别的事儿都没见这么上心过。"

"我这不是正处于人生中最灿烂的年华当中嘛，个人问题亟待解决！"马凯已经摸清楚了戴煦的脾气，知道他不是那种特别严厉的人，所以和他说起话来也一直是嬉皮笑脸，根本不当回事儿。

戴煦笑了笑，没再说什么，三个人出门上车，回了公安局。

解决了午饭之后的第一件事，就是根据方圆发现的细节，确认鲍鸿光的学历问题。最近几年出国热升温，经济条件越来越宽裕之后，选择送孩子出去深造的家庭也比原本多了许多。在这样的背景下，也产生了不少挂羊头卖狗肉的冒牌货，诸如一些野鸡大学，甚至是学历造假的。虽然鲍鸿光的父母把自己的儿子夸奖得简直天上有地上无一般，但是基于那两张明显内容不一致的毕业证和荣誉证书，戴煦他们心里面都已经大半认定了鲍鸿光可能是个"水货"。

戴煦把这件事交给了马凯和方圆，还有上午请假，过了午休时间已经赶了回来的林飞歌去做，自己则坐在办公桌前，对着电脑开始埋头忙碌起来。三个人也不知道他到底在忙什么，他们谁都对怎么去查询和验证留学的学历真伪这种事情有些摸不到头脑，也不好意思去问别人，怕显得自己工作能力太弱，只好凑在一起一边商量一边在网上搜索，看看能不能找到相应的门路。很快他们就找到了国家唯一可以查询境外学历是否被认可的官方网站，但是随后就发现，想要通过这个程序进行验证，首先必须要有教育部颁发的认证书，拿到认证书上面的证书编号才能进入系统开始查询，他们手头就只有鲍鸿光证件的照片，没有在他们家中见到任何的认证书之类的东西。

　　想要解决这个问题，就还得打电话联系鲍鸿光的父母，询问鲍鸿光是否办理过相应的留学证明和学历认证，家里有没有这方面的证书文件。鲍鸿光的父母一问三不知，对这些事情根本没有概念，连他们询问的这两样东西长什么样子都不太清楚。没办法，方圆只好从网上找了个样板图，然后发给鲍鸿光的父亲，让他拿着这张图片作为参考，在家里面帮忙找一找。鲍鸿光的父亲答应了。

　　接下来，三个人就只能大眼瞪小眼地等着鲍鸿光的父母反馈消息，这一等就等了好半天。等待的过程中，马凯给林飞歌讲了讲上午去鲍鸿光工作的那所初中的事情，林飞歌听完了，觉得很遗憾，因为自己请假所以错过了去走访这么热闹的事情。她起身去戴煦那边，想跟戴煦攀谈几句，起先看戴煦对着屏幕，手指噼里啪啦不停地敲着键盘，还以为他在忙什么，没敢着急开口，踱到旁边伸头看了一会儿，也没看出他在干什么，又一脸莫名其妙地回来了。

　　"怎么了？你不是想去找老戴说事儿吗？怎么一声没吭就回来了？"马凯看林飞歌的表情有点奇怪，下意识地压低了声音问。

　　林飞歌朝戴煦那边瞄了一眼，冲方圆和马凯勾勾手指，不屑地说："我还以为他这么半天没吭声是忙着呢，弄了半天，人家在网上聊天儿呢！"

　　"不会吧？真的假的？"马凯有一些不相信，"咱们还在这儿忙着呢，他不可能把事情丢给咱们去做，自己跑去偷懒，搞得这么明目张胆吧？"

　　"我骗你有什么好处，你又不给我钱。"林飞歌瞪一眼马凯，对他的质疑显得有些不满，"不信你自己去看看好了，反正人就在那儿坐着呢。"

马凯觉得林飞歌说得有道理，便也轻手轻脚地凑了过去，站到戴煦身后，盯着屏幕看了一会儿，不过他看了一会儿之后，便伸手拍了拍戴煦的椅背，问："老戴，你这是干吗呢？"

戴煦显然是知道他站在自己身后的，头也不回地说："你不是都看到了嘛。"

"我看是看到了，就是有点不敢相信自己的眼睛啊。老戴，上班时间你这可是明目张胆地摸鱼啊！真想不到，看你道貌岸然的样子，这方面居然还是个同道中人！"马凯笑嘻嘻地和戴煦开着玩笑，看了看戴煦电脑屏幕上开着的聊天对话框，撇撇嘴，"聊天多没意思，你玩游戏不？哦，对，工作时间聊聊天还凑合，要是开那么大的界面打游戏，好像就有点太说不过去了。"

"时不时地和比自己年纪小的年轻人聊一聊，有助于赶上时代的脚步，不至于被时代给甩在后头。"戴煦说。

马凯和戴煦你一言我一语地聊着，办公室的电话响了。戴煦瞥了一眼桌上的座机显示屏，见上面的号码是鲍鸿光家的，便对方圆挥了挥手："既然刚才电话是你打的，这回就还是你接吧，有始有终比较好。"

说完，他伸了个懒腰，关掉了电脑上的聊天软件，起身走出了办公室。

方圆倒是不介意接这么个电话，依言拿起听筒，等着鲍鸿光的父母反馈关于认证书的事情。林飞歌等戴煦出了门，撇撇嘴。

"你撇什么嘴啊，对老戴有意见？"马凯注意到，在一旁问道。

"我能有什么意见，也轮不着我有意见不是吗？你和方圆不愿意跟戴煦，还可以死皮赖脸地回自己师父那儿去，好歹那也是安排给他们的任务，他们再不情愿也得接着。我呢？换不换人都是他，想换人也没戏，还得跟着他，跟着个特别能干的，就好像钟翰那种的，甭管人好不好说话，至少还能跟着沾点光，回头结束实习的时候万一能有个什么荣誉表现，以后也好看，跟着这么一位……唉……"

"我倒觉得挺好的，大家都是同道中人，至少谁也不会为难谁嘛。"马凯对戴煦上班摸鱼的事情倒是挺开心的，"我说上一次对咱们俩开溜的

第三十章　摸鱼

· 123 ·

事儿那么关照，感情他自己也是这种人，咱们实习期间就不用担心被人穿小鞋了。"

林飞歌冲马凯挤了个假笑，不想再和他讨论这个问题，正好方圆也挂断电话，她便问："怎么样？"

方圆摇摇头："什么也没找到。"

第三十一章　倒苦水

"这不靠谱的爹妈，果然就只能培养出不怎么靠谱的孩子。"林飞歌撇撇嘴，她因为在电话里被鲍鸿光的父母咒骂了几句，到现在还耿耿于怀。

方圆略显敷衍地笑了笑，她眼下可没有心情去评价鲍鸿光的父母到底靠谱还是不靠谱，现在鲍鸿光的家里面根本找不到他们需要的证件。刚刚那一通电话里面，鲍鸿光的父母又对她表达了一番不满情绪，觉得他们一直绕着鲍鸿光的个人事情转，这根本就是对他们优秀儿子的不尊重。要不是方圆态度一直还算不错，保不齐方才就要在电话里又被上一课了。

这样一来，到底该怎么确认鲍鸿光的学历问题，方圆也没了主意。

等戴煦回来了，她赶忙过去把这边的情况向他说明了一下，希望他能想到更好的途径去加以确认，谁知道戴煦听完之后，只是不太在意地笑了笑，说："这样啊，那这事儿先放一放，你们还记得鲍鸿光父母提供的那个名叫罗齐的人吧！先从他入手吧，找到他，鲍鸿光当初在国外的一些事情就有人提供确切信息了。目前来看，鲍鸿光的学历八成是花钱搞的鬼，买了假证回国来糊弄爹妈了，实际上可能根本就没能进入他说的那所大学就读。"

"你怎么知道八成会是这样？"林飞歌好奇地问。

"不管最近这些年出国的人比原来多了多少，毕竟数量相对来说还是比较少的，所以即便是不同圈子里的人，圈子和圈子之间总有交集。在已知对方是在哪个城市生活的情况下，真想要打听谁的事儿，难度比在国内要小得多。不过这都不是重点，重点在于，从鲍鸿光的穿着打扮，和他父母的讲述来看，此人并不是那种特别低调的性格，并且他也把自己的毕业证很精心地装裱起来高高地挂在墙壁上，这是什么目的？目的就是希望到家里来的人能够看到，这说明他把那件事看成是自己人生的一大亮点，是一种荣耀。一个这么在意这些事情的人，偏偏把更能体现荣誉的'优秀国际毕业生'证书放在了并不那么起眼儿的书桌上，你们不觉得这本身就已经很不合理了吗？"戴煦回答。

"那不是因为上头的专业名头都对不上嘛，他得多傻啊。弄了那么一个不相符的假证回来就已经够缺心眼儿的了，要是再把俩并排挂一起，遇到个英语好的，人家一看，他不就穿帮了嘛！"马凯说。

戴煦打了个响指："没错，就是这样，所以说鲍鸿光对自己的破绽是非常清楚的。我猜他当初弄了那么一个文不对题的优秀毕业生证书，这中间肯定也有什么别的乌龙情况，这个跟咱们没关系，咱们就不讨论了。鲍鸿光哪怕货不对板也要弄一个假的荣誉证书，看来目的就是为了糊弄对外语一窍不通，也不了解外面情况的父母及家人，并没有打算用来糊弄工作单位。还有和毕业证同样至关重要的认证文件，他家里面却压根找不到，这本身就已经说明了他的毕业证有可能根本就不能被拿去做认证，或是没有申请过，当然就不会有记录了。"

"这么说也对。"马凯点点头，觉得戴煦说得有道理。

方圆听戴煦嘴上这么说，心里面却有点犯嘀咕，关于毕业证书和荣誉证书的问题，她承认戴煦说得是有道理的，但是前面他提到什么在国外的华人圈子之间有交集，想要打听谁的事情七拐八拐总能问到，这些话让方圆觉得他肯定还掌握了什么信息。方才他被林飞歌他们看到在聊天软件上面跟别人聊得火热，会不会就是在找人打听这些事呢？假如是的话，那就是在忙工作，刚才林飞歌和马凯误会了他是在摸鱼偷懒，为什么他又不解释呢？

方圆想不通，不自觉地对戴煦有了意见，马凯因为看到戴煦"摸鱼"，就认定了有了同道中人以后日子会好过，戴煦又不澄清，等同于默认了他们的误会。这样的做法在方圆看来是远谈不上负责任的，她没有意识到自己看着戴煦的目光里多了一些说不出的情绪，有一点谴责，也有一些不解。

既然戴煦已经布置了新的工作，三个人就暂时放下鲍鸿光学历的疑问，和戴煦一起调查起那个当初帮助鲍鸿光办理工作的罗齐的具体身份来。林飞歌和马凯负责确定A市有没有姓罗的领导，方圆负责找符合条件的叫罗齐的人，目前A市在职的大大小小的领导里面，并没有什么位置比较显赫的罗姓人士，倒是有一个副县长姓罗，只可惜对方家里只有一个十六岁的女儿，所以很显然这并不是他们要找的人。方圆那边倒是很快就锁定了一个目标。

"这个名叫罗齐的人，今年二十七周岁，原本的户口是在A市的，后来迁走了，不过他的户口是单独的，没有和其他家人在一起，所以不知道是不是咱们要找的那个罗齐。"方圆把自己找到的这个最符合条件的资料递给戴煦。

戴煦看了看上面罗齐户口从A市迁走之后的落户地，对林飞歌说："你查一下，有没有最近这一到两年内原本A市的什么姓罗的领导调任到D市去的。"

林飞歌连忙根据戴煦的提示在网上搜索起相关的新闻，果然发现一年多之前有一个在A市任职过几年的姓罗的市长，被调到D市去担任新职务了，而这位罗市长之前在A市的时候，他主要分管的工作正是文教卫生领域。

这样一来，这个罗齐十有八九就是他们要找的那个人了。

戴煦想办法找到了罗齐的联系电话，打过去，没响几声那边就接听了。当得知打电话的人是A市公安局的刑警，并且联系他的目的是因为鲍鸿光遇害身亡，需要找他的亲朋好友了解情况，对方稍微显得有些惊讶，却并没有表现得太过震惊或者难以置信，只是表示他很忙，假如戴煦需要进一步地了解关于鲍鸿光的问题，可以到D市去找他面谈，他现在手头有很多事情需要处理，没有办法长时间地和戴煦讲电话，然后又给出了他在D市的地址，便率先结束了通话。

虽然说电话里对方没能给出什么特别有价值的信息，不过好歹也是帮他们确定了这个罗齐就是他们要找的那个罗齐，某种意义上来说，这也算是一种收获。同时汤力也带着鲍鸿光的手机通话记录回来了，不过令人失望的是，通话记录这方面并没有找到什么让人振奋的线索，有几个通话次数相对较多的号码，经过了汤力的确认，是几个鲍鸿光任教班级里学生家长的电话。这几个家长得知汤力是要了解关于鲍鸿光的情况，顿时就在电话里跟他吐了一大堆的苦水，纷纷表示，鲍鸿光多次明示暗示地要求自己家的孩子在课余时间找他补习，结果补习的时候又不认真，很敷衍，扯一些没用的闲话，收费还比外面的补习班还贵，如果不去的话，上课的时候就会被他阴阳怪气地找茬儿。并且学生们都知道，鲍鸿光多次在话语里暗示过，自己在学校里是有背景的，没有点儿能耐也进不来这所学校做正式在职的有编制教师，所以让那些学生都明白一点，别和他过不去。家长也没办法，因为曾经有过一个学生，本身就比较调皮，学习成绩不理想，家长不愿意找鲍鸿光补习，就送孩子到校外的补习班去了，结果鲍鸿光知道以后，几乎每堂英语课，他都要找机会逮到那个学生的小动作，然后小题大做把对方赶到门口去罚站。被学校过问过几次之后，虽然不敢公然责罚学生，但也还是让学生站在教室后面的角落里，一站就是一节课。到最后那个学生因为越发厌学，家长不得以给他办理了转学。从此之后其他家长都能忍则忍，就算一肚子的怨气，也不想让自家孩子在学校里面受罪。

"那这么说起来，你今天也差不多算是白跑了一趟。"戴煦有点同情地看了看汤力。汤力是特别好静的人，让他说太多的话和听太多的话，对他来说都不是什么愉快的经历，更何况听了这么多的抱怨和牢骚，还都不能够被当成是破案线索，相比汤力现在看似平静的表情背后，内心也是很崩溃的。

汤力听他这么说，果然叹了口气，点点头："对，通话记录找不到值得关注的联系人，想确定他出事前最后联系过谁这条路恐怕走不通了。"

"也不一定。"方圆在一旁听了半天，终于忍不住开了口。

第三十二章　负责不负责

"你说说。"汤力只是不爱说话，性格实际上和戴煦一样，都属于刑警队里头随和得出了名的，看方圆开了口，便示意她但说无妨。

"鲍鸿光今年只有二十六周岁，年纪不大，现在智能手机普遍以后，年纪小一些的人都更依赖那些可以电脑和手机通用的社交软件来沟通联络，电话和短信用得比原来少了不少。鲍鸿光失踪前的通话没有什么有价值的，有没有可能是因为他平时更多地用那些软件来联络别人呢？"方圆说。

戴煦恍然大悟，笑着对汤力说："还真是这么回事儿，咱们两个都钻了牛角尖，满脑子就记得手机的通话记录，把聊天软件什么的都给忘了个干干净净！"

汤力也有点不好意思地笑了，摇摇头，有些自嘲地说："咱们俩都落伍了，这要是换成唐弘业，估计也能很快就想到。"

"那就让我带人再去一趟鲍鸿光家，看看能不能从他的手机或者是他们家的电脑里面找到什么有用的东西。"戴煦考虑了一下，决定还是自己去鲍鸿光家里。鲍鸿光父母没和汤力打过交道，双方的性格恐怕也不大适合打交道，所以就还是让汤力去做他感觉更舒服的事情好了。

汤力对这种安排自然是不会表示反对的，鲍鸿光的父母有多不好打交道，他没有直接面对过，但还是有所耳闻的，于是也就欣然接受了这样的分工。

"那，你们谁跟我再跑一趟鲍鸿光家？"戴煦问三个实习生。

林飞歌第一个摆手，生怕晚了一步就会被戴煦点名似的："我不去，我真是怕了他们家人了，只要不用我跟他们打交道，你让我去刷厕所我都没意见！"

"我也还是算了吧，看他爸妈那副嘴脸就一肚子气。"马凯也紧跟着林飞歌表示了拒绝，"我也宁可洗厕所！"

"你呢？你是洗厕所还是去鲍鸿光家？"戴煦问方圆。

方圆无所谓地耸了耸肩："要是需要我去，我就去，要是刷厕所两个人不够，那我留下来帮他们俩刷厕所也没关系，都可以。"

"那好吧，你跟我去，你们两个留下来刷厕所。"戴煦一本正经地对三个人说，看林飞歌和马凯一下子垮了肩，这才笑了，对他们俩说，"开玩笑的，没有厕所需要你们去刷。你们俩不爱去，就留下来看看能不能帮上汤力忙吧。"

分工明确之后，戴煦就带着方圆一起出发，驱车再次前往鲍鸿光家。一路上起初两个人谁也没开口，过了一会儿，戴煦忽然开口，对方圆说："你对我是不是有什么看法？"

方圆被他猛然这么一问，略微有些诧异，随后回过神来，摇摇头，笑着说："没有啊，我没有什么看法。"

"不对，我觉得你没诚实地表达自己内心里面的真实想法。"戴煦对方圆的回答显然是不满意的，"太敷衍了，一点诚意都没有。"

"可是我真的对你没有什么看法呀，这就是我的真实想法。"方圆一面笑着继续否认，一面在心里面偷偷犯嘀咕，方才自己确实在他到底有没有真的摸鱼那件事上头略有微词，可是自己也没有流露出什么来，他怎么会知道？难道这个看上去颇有些粗线条的家伙，其实敏锐到了几乎会读心术一样？

方圆的脑海里迅速地闪过自从和戴煦开始打交道以来，他做的一些事，无论怎么看，方圆越想越觉得这个男人根本就是扮猪吃老虎的典范，绝对不像是林飞歌他们认为的那么迷糊不靠谱。

戴煦扭头看了看方圆，对她的好态度和笑脸完全不买账，摇摇头："我原来以为你是那种比较坦诚的人，没想到你也这么虚伪。"

"我谈不上多坦诚，不过也不觉得自己虚伪。可能你对我还是有点误会。"方圆被戴煦说得心里面有些不高兴，还得假装并不在意。

"我不觉得是误会，被人问到还不肯诚实地说出自己的想法，这不是虚伪是什么？我觉得这就是虚伪的表现。"戴煦依旧坚持自己的看法。

方圆被他的语气和神态惹得心里面腾起了一股火，气头一上来，便不假思索地脱口而出："那要是这么说，那你不也是一样虚伪吗，不光虚伪，还不负责。"

这话一说出口，她自己就后悔了，这样一来，她岂不是等同于承认了方才戴煦问的问题。可是不管怎么样，开弓没有回头箭，说出去的话就好比泼出去的水，不可能收得回来。既然说都说了，现在再否认也就没有什么必要了，所以方圆内心里尽管懊恼得不行，嘴上也就没再说什么。

戴煦见她一不小心说走了嘴，吐露了内心里的真实想法，不但没有恼火，反而还笑了，接着盘问起来："你说我不负责，那你倒说说看，我对谁不负责了？"

"刚才林飞歌和马凯都以为你上班时间在电脑前面偷懒开小差，这个你不会没发现吧？"既然都已经暴露了自己的内心想法，方圆也就不打算继续遮掩了，与其一直被人说虚伪，还不如干脆一吐为快。

戴煦皱了皱眉头，似乎有些茫然："这个我倒是没有发现。"

"你发没发现这件事先放下不谈，我并不觉得你方才是在真的偷懒开小差，如果你是在开小差，为什么我们查不到鲍鸿光的留学认证情况之后，你会提到国外的华人圈子大小，彼此之间有没有交集之类的话题？"

"你说得对，我刚才确实是利用网络这个途径去调查了一下关于鲍鸿光在国外的一些事情，不过这个和我'虚伪'还有'不负责'有什么关系？我觉得我对待工作还是挺认真负责的。"戴煦的态度很坦率，并且还大有一些替自己鸣不平的味道。

"你明知道他们误以为你不是在工作，而是偷懒摸鱼，你又不告诉他们，那他们以后如果觉得和你是一路人，所以也放任自己偷懒，不好好工作，那你这不是坑了他们吗？"方圆觉得戴煦那种无辜的态度真是让人生气极了。

戴煦摇摇头，一手扶着方向盘，一手竖起食指冲方圆摇了摇，好像只是摇头都不足以表达他的不认同似的，然后说："这话说得不对。首先，你不能说我明知道他们误会我在工作时偷懒，没凭没据的，这个站不住脚；其次，你们都是二十多岁的成年人了，马上就要大学毕业走上社会，我也不是幼儿园的阿姨，要负责培养你们一个什么样的好习惯，我的责任是保证你们在实习过程中能够有机会去实践，并且确保你们的人身安全不会出问题。至于工作态度这方面的问题，就要看自己的觉悟了，我应该没有监督的必要，你们都有领到实习鉴定表吧？上头关于你们的表现，我们只需要做出最后的总结，并不会去要求，更不会去提醒监督，所以你觉得，这件事情你把责任记在我的头上，公平吗？"

方圆没想到他居然会这样回答自己，她觉得自己并没有冤枉戴煦什么，更没有所谓不公平的评价和对待，可是听他说完之后，不管内心里多么的不甘心，她还是不得不承认，自己好像有一些被他说服了，觉得他讲得还是很有道理的。如果二十多岁的人，该用什么样的态度去面对工作还需要旁人去监督才能做得好，那确实也有些说不过去。

这么一想，方圆就不吭声了，认同戴煦的话是一方面，另外一方面她也不觉得自己之前的看法让戴煦受多大委屈。这男人不止一次明示或者暗示自己不够表里如一，并且对此好像还颇有意见似的，可是明明他自己就是一个表里不一的典范，林飞歌和马凯他们都以为他是个稀里糊涂的非常好说话的人，但是实际上，方圆觉得根本就不是那么一回事儿。

方圆不吭声，戴煦也不吭声，安静了一会儿，他忽然叹了口气，轻声咕哝道："说得也是，我自己都不够坦诚，怎么要求别人坦诚呢？"

"嗯？"方圆没听清他说什么，还以为他在对自己说话，连忙看过去。

戴煦笑了笑，并没有重复方才咕哝的话，而是改口问方圆："想不想知道我之前发现了什么关于鲍鸿光留学期间的事情？"

"想知道。"方圆赶忙点点头。

"你是对的，我几乎可以九成确定这个鲍鸿光确实是个'水货'，剩下的那一成，等回头见过罗齐之后就可以确定了。"戴煦说。

第三十三章　万能的金钱

"从网上查的？"方圆好奇地问，明明她和林飞歌他们也绞尽脑汁地试了很多途径，都查不到，戴煦居然能查出来，可是刚这么一想，她又联想到马凯他们对戴煦的误会，立刻改了口，"你是在网上找到了和鲍鸿光一起留学的同学，跟人家打听出来的？消息可靠吗？"

"问一个人不可靠，问一群人就靠谱一点了，假如是问不同圈子里的一群人，那准确度就高得多啦。"戴煦回答说，"我记得鲍鸿光的爸妈说他们儿子是在哪个城市学习和生活的，所以就搜了一下那里的留学生论坛，在里面找到了当地留学生的聊天群，加了进去，那就找人打听呗。"

"那个聊天群里的人恰好也认识鲍鸿光？鲍鸿光在他们当地的留学生圈子里有那么高的知名度吗？"方圆还以为自己有眼不识泰山，没有看出鲍鸿光居然会是那种名声在外的角色，有些诧异地问。

"那倒不是，那里头不少刚去一年半载的都不认识他，但有那么两三个在那边生活时间比较久的，确实认识鲍鸿光。我还生怕弄错了，和他们确认了好半天，最开始他们也不太愿意搭理我，后来我和他们私聊说明了一下身份和目的，他们才热情起来，愿意和我聊了。"戴煦回答。

"警察的身份，和外面的人打交道的时候也这么好用吗？"

"那倒不是，主要是人都有好奇心嘛，我想从他们那里了解一些事情，他们一样也想要从我这里打听一些他们感兴趣的，比如说鲍鸿光的死因之类的。"

"那你告诉他们了吗？这样会不会不太好？"方圆有点担心。

"告诉还是要多少告诉一点的，你守口如瓶，又凭什么要求别人把他们掌握的信息交换给你呢？我当然是适度地向他们提供的信息。对他们来说，可能也不需要太多的细节，细节都是传播者凭借自己的主观喜好去加工的，有个框架就足够了，不过他们能给我提供的，可是客观的情况，这个再怎么加工，性质也不会有太大变化。"戴煦说，"鲍鸿光的学历是买的，他出去之后根本就没有读过大学，头一年都混迹在语言学校里，结果读了一年，最后还是因为过不了语言关，拿不到学校的录取通知。之后他就花钱买了一个当地出了名的野鸡大学的录取通知，用来办了签证，之后也没有去那所野鸡大学上过课，我看搞不好那种学校也未必真有人给他们讲什么课。这部分是瞎猜的，反正跟咱们关注的重点也没有太大关系，翻过去不谈。"

他摆了摆手，就好像真的打算把什么翻过去似的："总之鲍鸿光因为语言关没过，所以读不了大学，拿着父母给的学费和生活费，在外面混了几年。据说过得挺潇洒的，生活费父母给得一点不小气，学费也用来吃喝玩乐了，所以身边倒是不缺那种前呼后拥一起出去吃吃喝喝的朋友。当然，也有人不喜欢他，说他太张扬，特别肤浅狂妄，总体来说人缘儿算不上好，无非是酒肉朋友多一些罢了。在回国之前，花钱托人做了一张毕业证，还借了别人的衣服拍了照片。后来眼看就要回国了，不知道怎么想的，忽然脑袋一热，非要弄个什么国际优秀毕业生的证书回国，结果那种东西估计平时很少有人花钱去作假，一时半会儿也拿不到，他又等不了，就跟别人借真的证书，扫描过后找人帮忙改上面的字。不巧的是那年的优秀国际毕业生就只有一个人，并且还是建筑系的，他找的那个人估计水平也不怎么样，涉及专业名称的部分下面有学校的官方防伪图案，他们不会改，所以才闹了那么大的一个乌龙，只改了名字，就彩印了一下拿回来糊弄鲍鸿光的爹妈了。这件事后来我又通过别的途径问了别人，其中也包括几个已经回国的人，说法都差不多。唉，谁说熬夜不好的，要不是国外那几个是夜猫子，我可能还没那么顺利就打听到这些情况呢。"

方圆对戴煦最后的那一句感慨完全不知道应该做何反应，印证了鲍鸿光买假证这件事她倒不觉得有什么好惊讶的，那么多破绽的证书，恐怕真的就只能糊弄一下对自己的孩子完全信任，毫不怀疑，偏偏又不懂外语的鲍家父母了。从学校方面教务科长的态度来看，显然对鲍鸿光的履历也是不太当真的。

"也就是说，鲍鸿光在外面，潇洒靠撒钱，交朋友也是靠撒钱，最后买假证回来糊弄爸妈，还是靠撒钱，就连回来之后的工作，八成也是离不开撒钱，鲍鸿光这个人还真是全力以赴地诠释金钱万能啊。"方圆听完之后，就只有这样的感想。

聊着聊着两人也就到了鲍鸿光家了。鲍鸿光父母看到他们两个人又来了，显得并不太高兴，更加谈不上热情不热情的问题，戴煦把他们的来访目的说完，鲍鸿光父亲的脸色反而稍微好看了一点。看起来他们是特别不喜欢有人在儿子出了事情之后对儿子的生平有任何一点质疑的声音，只要不触及这方面的事情，配合其他工作，他们倒不是十分排斥。

戴煦来到鲍鸿光的书房，戴上手套打开了书桌上的那部台式电脑，希望能够在电脑上找到有价值的线索，然而他很快就发现，这台电脑的使用率似乎并不高，电脑里面有大量软件需要更新，版本已经比较陈旧了，并且里面社交软件最后被使用的时间也显示距离现在已经有大半年之久了，原本设定的自动登录因为密码变更所以无法实现，戴煦试了几个诸如鲍鸿光生日之类的常规数字组合，都没有成功，眼下他也没有时间去琢磨怎么破解密码的问题，便暂时作罢了。

"鲍鸿光平时不太用这台电脑吗？"戴煦问站在一旁监督的鲍鸿光父亲。

鲍鸿光父亲想了想，说："刚开始他是说买来用的，结果后来说后悔了，不方便，就又跟我们要钱买了一台笔记本电脑。平时他在家里头用不用这个我也不太知道，我就知道他逢年过节回老家那边的时候，可都是走到哪儿笔记本电脑就跟到哪儿。我俩过来看他的时候，他也没事儿就抱着那个笔记本电脑，应该还是那个电脑比较常用。"

"那能不能让我们也看看那台电脑？"方圆替戴煦问。

鲍鸿光父亲愣了一下，扭头问站在他身后不远处的鲍鸿光母亲："儿子那个小电脑在哪儿呢？你这段时间住这儿有看到吗？"

鲍鸿光母亲摇摇头："没有，我记得以前就放屋子里，好像现在没有了，不知道是我儿子之前借给别人用，还是丢了，遇到这样的事儿，现在你们要是不来问，我根本顾不上这些事。"

"没有了？我知道你们家条件不错，现在这个节骨眼儿确实也不是为了一个笔记本电脑操心的时候，不过这个电脑可能很重要，说不定能给我们带来挺重要的破案线索。"戴煦挠挠头，有些为难地说，"那要不然麻烦你们再找找？"

鲍鸿光父亲看了看妻子，两个人都只稍加犹豫就点头答应了，开始分头在家里面找了起来，戴煦和方圆也不好帮什么忙，就在一旁看着。两个人折腾了一会儿，翻箱倒柜地找了半天，最后都两手空空地回到客厅里。

"没有了，家里能找的地方都找过了，就连厨房我们俩都翻过了，没有。手机也没有了，那个电脑也没有了，之前你们过来的时候我还以为手机在家里，后来才发现那个是我儿子之前淘汰下来的旧手机。他半年多之前刚换了最新款的手机，那个新手机不见了，肯定也是丢了，家里只剩一个没电的旧的。"鲍鸿光父亲摇摇头，似乎有点着急，"那你说那个电脑那么重要，现在找不到了怎么办？那破案的线索不就没了吗？那你们要怎么才能破我儿子这个案啊？"

"你放心，我们肯定会再找别的线索，不会耽误破案的。"戴煦向他保证。

鲍鸿光父亲不大放心地反复叮嘱了半天，戴煦和方圆这才走出了他们的家门，下楼的时候，戴煦的手机响起了短信铃声，他拿出来看了看，忽然笑了，扭过脸，微微低头看着旁边的方圆，问："会唱歌吗？"

"还可以，为什么问这个？"方圆有些莫名其妙。

"要是爱唱歌，待会儿估计你可以过过瘾，"戴煦看看表，"一会儿你给林飞歌和马凯去个信儿，咱们一会儿KTV见！"

第三十四章　神秘兮兮

"KTV？"方圆一愣，有些诧异地看着戴煦。现在虽然按照正常来说算是接近下班时间，可是他们显然还有事要做，怎么会在这种时候跑去KTV呢？于是她便试探着问："是不是那里是鲍鸿光遇害前出现过的地方？"

"这个，我也不知道，得到了那边以后才能打听出来。"戴煦把手机递给方圆，"和鲍鸿光一个年级组的那个小俞老师发短信让咱们到这家KTV去见面，我对A市还没熟悉到那种程度，不知道这家店在哪儿，你知道吗？你要是知道，待会儿我开车的时候你给我指指路。"

方圆顺手接过来手机，看了看上面的短信内容，点点头："我倒是知道这家KTV在哪里，不过为什么那么多地方不挑，非要跑去KTV呢？"

"这个短信是他发给我的，主意也是他自己想出来的，我没办法替他回答。"戴煦摇摇头，拿回手机之后，看看方圆，"倒是你，刚才不是还指责我不够坦诚吗？我记得之前你跟我说你不是A市人，不过林飞歌好像和你的说法不太一样，那这件事上头，到底是你和林飞歌谁比较不坦诚呢？"

方圆以为这个话题已经过去了，没想到他居然还记着，忽然之间在毫无防备的时候被他将了一军，心里面忍不住有些恼火，可是这件事她自己说谎在先，又被人当场捉包，现在也只能是有火也没有地方发泄，只能挤出一个讪讪的笑容，不软不硬地回戴煦一句："那是我的私事，好像和实习关系不大吧？"

原以为戴煦主动提起来这个话题，必然不会这么轻易地放过，没想到他听了自己的回应，只是点点头，说："嗯，说得也是。"

方圆虽然被他这没头没脑的说话方式惹得内心里有点抓狂，倒也很高兴他没有不依不饶地刨根问底。自己家里头的事情，除了学校负责安排实习的带队老师知情，其他人都不知道，她也宁愿这样隐瞒下去。

小俞并没有在短信里直接告知具体的包房号码，戴煦在方圆帮忙指路的情况下没用多久就到了那里，停好车，戴煦打电话给小俞，对方的电话能够拨通，但是始终没有人接听。没有办法，戴煦只好和方圆一起坐在KTV那被装修得金碧辉煌而略显浮夸的大厅里面等着，等着小俞回信儿，也等林飞歌和马凯赶过来。这个时间段，KTV里的客人并不多，大厅里比较冷清，吧台后面的收银员时不时就朝戴煦和方圆这边打量，几次之后，方圆都有点不自在了。

"咱们要不要再打电话问问那个小俞啊？他这么一直不接电话，该不会是个恶作剧吧？正常情况下，谁会选择到这种地方来谈事情？"方圆不放心地问。

戴煦却摇摇头，示意她少安毋躁："你别那么心急，小俞能主动联系咱们，肯定还是想要跟咱们合作的，跟咱们恶作剧，对他一点好处都没有，还有可能惹麻烦，不是吗？所以我觉得他不会那么无聊，至于为什么选这里，目的我能猜个七七八八，怎么都跑不出掩人耳目这个动机。咱们就耐着性子再多等一会儿吧，反正来都来了，一个劲儿打电话催他，反倒容易让对方感觉到压力，万一思来想去，真的来个信儿说要取消见面，那咱们不就亏了嘛。咱不催他，他要真是恶作剧，我就顺便请你们三个唱一会儿歌，放松放松。"

"其实说起来，之前你说打赌，现在看来是你赢了，至少小俞确实主动联系咱们了，输的是马凯，就算是请客，也应该马凯请。"方圆想起之前的那个小小赌约。

戴煦笑着摇摇头："算了，让马凯请客，我是不是就有点太欺负人了，你们几个还是学生呢，等你们毕了业，正式走上工作岗位，到时候要是还能记得我，再请我吃大餐也来得及。"

"可是你到底是怎么猜得这么准的呢？"方圆想一想，觉得很奇怪。

"我不是猜的，是想的。"戴煦纠正她的措辞，"你自己也动动脑子想一想。"

方圆想了一会儿，慢慢地有些明白了，当日在学校里面，小俞显然是有心想要配合他们的调查，说一些什么事情的，并且也已经开了头，只不过还没等说到关键问题，就被其他人那么一打岔，停了下来。之后又因为其他人谨慎怕事的态度，让他也受到了影响，索性闭口不谈了。基于这样的情况，比起那些从头到尾嘴巴就闭得好像蚌壳一样的人，小俞显然会是一个比较好的突破口，所以他先联系戴煦的几率自然就比别人更大一些。另外，在时间问题上，小俞也是那所初中的老师，白天恐怕也有很多授课任务，到了这个时间才有可能清闲下来，抽空出来见见他们。

方圆把自己的分析结论说给戴煦听，戴煦听完之后点点头："差不多就是这么个意思，不过有一点我和你想的不太一样，关于小俞明明后悔了，害怕了，不愿意再和咱们多说之后，为什么他又改变了主意呢？"

"这个……"方圆愣了一下，想了想，摇摇头，"我不知道。"

"他当时是一个没忍住，当着办公室里那么多人的面先开了口，之后虽然什么都没有再说，假如后来他想要讲的那些事情被泄露出去了，你觉得周围的人首先会认为泄密者是哪一个？"戴煦问。

方圆顿时明白过来："对，这样一来，他还不如自己全说出来，化被动为主动，约出来偷偷跟咱们一说，别人什么都没发现就皆大欢喜，要是真被人怪到头上，至少也不会觉得那么冤枉，万一真的给破案提供了帮助，也是好事一桩。"

"是不是好事这个不好说，毕竟咱们没有承诺提供线索会给什么奖金奖励。看样子他和鲍鸿光之间的关系也没有多亲近，我看最主要的就是明明自己及时打住，什么都没说，最后还要白白背黑锅这个原因才是最靠谱的。"戴煦说。

方圆不知道是不是自己的错觉，前几天戴煦对自己的态度莫名其妙地冷了几度，多了原本没有的疏离感，但是就在今天下午，自己在车上忍不住对他说了几句反驳的话，打那以后，他对自己的态度倒好像又好转起来了。虽然感觉确实是这样，但方圆还是有些不敢相信有句老话叫作"伸手不打笑脸人"，只听说过和和气气能换来对方的好态度，哪听说过赔着笑脸，顺着对方的意思会受到冷遇，反倒是一个没忍住，小脾气不小心爆发出来了，却让对方待自己更友善了。

难道真的有传说中的"战争换和平"？还是说戴煦就是那种处处和别人不一样的怪人，越是逆着他，他就越开心？

哪会有这样的人啊！方圆自己都觉得不可思议，下意识地笑了笑，摇摇头，一抬眼发现戴煦正盯着自己，连忙心虚地移开眼睛，生怕被他察觉了自己正在琢磨的这个事实。

又过了一会儿，小俞还是没到，林飞歌和马凯倒是到了。林飞歌兴冲冲地走进KTV的大门，冲戴煦和方圆招招手，大声问："老戴，今天这么好兴致啊！咱先问清楚啊，待会儿唱歌谁请客？干果和果盘随便叫吗？让不让喝酒？今天谁做东，谁有优先点歌权。我提前跟你们打招呼，我这人可是麦霸啊！"

"咱们过来是等人的，鲍鸿光的一个同事，约了咱们到这里见面，可能是要提供什么情况给咱们。"方圆看林飞歌这么兴奋，及时给她泼了盆冷水。

林飞歌听后果然有些失望，悻悻地叹了口气，坐在一旁的沙发椅上。马凯一听是小俞约他们在这里见面，有些吃惊，看了看戴煦，扭头对林飞歌说："完了，我打赌输了，今天唱歌八成得我买单。提前说好啊，可以要一盘瓜子，饮料只能喝矿泉水，果盘什么的就免了吧，我兜里没那么多钱。"

"什么事儿嘛，见个面谈案子的事儿，那就大大方方的好不好，非要约这么个让人误会的地方，搞得神神秘秘的，太浪费感情了！"林飞歌咕哝着抱怨。

"哎，你们说，那个小俞把咱们请到这里来见面，会不会谈完了正经事，顺便请咱们唱个歌什么的？要是那样的话，我可就省了！"马凯笑嘻嘻地问。

戴煦朝门口一指："正主儿来了，要不然你直接问问他本人得了！"

第三十五章　托梦

马凯一扭头，看到小俞从门外走了进来，他当然不会傻乎乎地真跑过去问人家。戴煦起身和小俞打了个招呼，小俞的态度也是异常热情，上前拍拍戴煦，又招呼了其他三个实习生，然后到吧台前，请服务员帮他们安排一间包房。

到了包房里，小俞让服务员拿了几瓶矿泉水过来，然后就开始热络地和他们寒暄起来，说的都是一些看似很亲近的场面话。方圆他们不知道小俞葫芦里卖的什么药，戴煦倒是很配合地跟着他一起聊，一直到服务员把矿泉水送过来，又出了包房关上门，小俞才停下方才的假亲热。

"不好意思啊，我临要出来的时候，被一个老师拉住了，非要跟我商量调课的事儿，我也不好说我着急出来见你们，所以就被耽误了一会儿。"小俞先把自己姗姗来迟的理由解释了一遍，看样子是不希望戴煦他们对他有意见。

"我把音乐关掉吧？"方圆坐在点唱机旁边，想要听清坐在对面沙发上的小俞的讲话声略微有些吃力，于是她便打算打开静音功能。

小俞一听，连忙起身作势要拦住她："你别关！稍微把音量调小一点就行了，要是关掉的话，我不是白白选了这儿嘛！"

"那么多可以安安静静聊天说话的地方你不选，干吗选这儿啊？"林飞歌也和方圆一样，对小俞选在KTV里谈事情感到十分费解。

小俞看了看她，似乎对这个女警还没有自己深思熟虑、计划周全感到有些失望："你们不知道什么叫隔墙有耳吗！只有KTV这种地方，才最不用担心隔墙有耳，你们听，别的包房里唱得鬼哭狼嚎的，咱们说什么都不用担心被别人听到，而且，我来KTV怎么可能是见警察，肯定是会朋友嘛，对吧？"

"你在学校里头不会是教《孙子兵法》的吧？"戴煦和他开了个

玩笑。

"过奖过奖，我是教代数的。"小俞谦虚地摆摆手，然后直奔主题说，"之前我在单位不是跟你们提到了一点儿嘛，就是关于我们年级组那个钱正浩的事儿，你们应该还有印象吧？我觉得这事儿有古怪，太不对劲儿了，思来想去，觉得还是有必要找你们反映一下，这要真是有什么枝枝杈杈的事情再弄出来，结果就是因为没有人把钱正浩那件事跟你们说，那这责任可就太大了。"

"那天你是提了一点，不过说得太含糊，我们也没有太深的印象。"戴煦点头表示认同小俞的说法，"你再详细跟我们说说吧。"

"我们年级组那个钱正浩，你们不是都看到了嘛，一张脸蜡黄蜡黄的那个，他以前和鲍鸿光没事儿俩人就互相你损我几句，我损你几句，互相拆台。你说是开玩笑吧，有时候俩人还脸红脖子粗的，你说他们俩真的关系不好吧，有时候又觉得就是嘴贱开玩笑，反正我们是一直没搞懂他们俩。后来鲍鸿光不是忽然之间没来上班嘛，大概是鲍鸿光无故不来上班的第三天，我们学校开教职工大会，所有人都得去阶梯会议室。我们没课的就去得比较早，坐那儿没什么事儿，就闲聊呗，然后钱正浩跟我们说，说他做梦了，梦见鲍鸿光被人给杀了，当时他讲得那叫一个绘声绘色，我们也没太当回事儿。结果你们来了，我心里就咯噔一下，没想到后来，鲍鸿光还真死了，这才觉得心里头毛毛的，不太舒服。"小俞说着，用手搓了搓自己的手臂，好像是想要从上面拂去鸡皮疙瘩似的。

"具体说说，你不是说钱正浩讲得绘声绘色嘛？能把你吓成这样，肯定是有什么特别的吧？"戴煦一边扭开一瓶水，一边饶有兴趣地问。

"就是因为他说得特别有鼻子有眼儿，我才会觉得这事儿不对劲儿。"小俞赶忙点点头，"他说啊，他梦见鲍鸿光被人给杀了，不光人被杀了，还被人给分了尸，身上的肉都被割成一片一片的，最后只剩个骨头架子了……钱正浩还说鲍鸿光在梦里头跟他说自己特别冷，天寒地冻的，身上的肉还被割光了，就剩下一把骨头在外面挨冻，实在是太苦了，求钱正浩看在同事一场的面上帮帮他。"

小俞讲到这里，在一旁默默听他讲述的林飞歌和方圆都忍不住打了个寒战，就算没有鲍鸿光的事情在先，光是听钱正浩讲给小俞他们听的这个梦，就已经怪惊悚吓人的了。偏偏钱正浩提到的梦里面鲍鸿光被人杀害的细节，居然和鲍鸿光遇到的实际情况相差无几，这很让人费解。

"他当初是当着很多人的面讲的？一点都没有避讳？"戴煦比两个年轻姑娘的胆子自然是要大一些，所以没有被吓得面容失色，却也还是有些诧异地挑起眉毛，"别人什么反应？后来是什么时候他开始不提这件事的？"

"什么反应……"小俞回忆了一下，"刚开始肯定是开玩笑呗。有的人跟他说，钱正浩你可真够狠的，不就平时和鲍鸿光有点不对付嘛，做噩梦把人家给梦死了也就够了，手段居然还这么凶残！还有人逗他，说你们俩平时关系也不怎么样，就算是鲍鸿光真的出了什么事儿，托梦也轮不着你吧？钱正浩一开始也和他们开玩笑，说保不齐是鲍鸿光死了以后才良心发现，明白他钱正浩是个好人，所以只好向他求助了呢。就你们去我们学校打听之前，别人还提过，说鲍鸿光这么多天没出现，学校都报案了也没找到人，不会是真被钱正浩给预言到了吧。钱正浩当时还说，要是真说中了，他就去买彩票，然后买鞭炮庆祝一下，后来你们去过之后，他就不提这件事了。那天我就随口那么一提，他过后跟我发了好大的脾气，真是没见过这样的人，敢说不敢认，真是个怂包蛋！"

"那他给你们讲梦的时候，有没有提到他梦见鲍鸿光被杀了以后，人，不对，是尸体在哪里？"方圆试探着开口问了小俞一个问题。

小俞被她的问题给问乐了："你这话说得，他要是连这个都能说出来，我干脆直接去你们公安局举报他得了！"

说完，他忽然觉得方圆的这个问题似乎代表着什么，连忙问："不会刚才我说的那些都中了吧？鲍鸿光真死得那么惨？"

戴煦闻言也笑了，说："你觉得你们单位的钱正浩，不仅是个老师，还是个巫师？"

"我觉得像，哪有那么巧的事儿啊？"小俞一看戴煦是这样的态度，松了一口气，"不过就这样也已经够吓人的了，那天你们走了之后，我们单位还有人偷偷议论呢，说怎么就那么巧，钱正浩说鲍鸿光死了，结果鲍鸿光还真死了。不过后来他们也说，这要真是钱正浩干的好事儿，他不至于那么没脑子到处张扬吧。所以我一听，觉得也是这么个道理，就没太当回事儿，过来跟你们说一声，也是单纯为了不耽误你们调查。"

"是啊，谢谢你这么替我们着想，要是每个人都有你这样的觉悟，我们的工作可就轻松多了。"戴煦立刻顺着他的话向他道起谢来。

小俞被戴煦这么一称赞，有点不好意思地摆摆手，说："我这个人就是直肠子，有什么说什么，不像他们那些人，一肚子弯弯绕。当时钱正浩说这些话的时候，明明办公室里好几个人都在场，不光我们年级的，还有别的年级早到的、总务科的，好多人都听到他在那儿讲得眉飞色舞。结果你们过去一打听，这帮人又都不承认了，一个个躲躲闪闪，反倒显得我好像存心想要坑钱正浩似的，这叫什么事儿啊！"

"公道自在人心，你的用心我们能理解。"戴煦对他点点头，安慰地说，顺便又问，"钱正浩这个人平时多梦吗？"

"这我上哪儿知道去啊？我又不是他肚子里的蛔虫，我怎么知道他平时做不做梦，都做些什么梦？"小俞被戴煦问得哭笑不得。

"瞧我，这话说得确实有问题，我的意思是，平时钱正浩也会没什么事儿就跟其他人讲自己都做了什么梦之类的吗？"戴煦赶忙改口。

小俞明白了他的意思，摇摇头："那倒是不会，至少我没怎么听钱正浩说过，这次也不知道是怎么想起来的，就忽然说起自己做的梦了，要不是说得玄之又玄，还说什么托梦，我也不会印象那么深。"

凶案追击之梦魇

第三十六章　家境悬殊

"钱正浩家里头的条件不太好吧？"戴煦问小俞。

小俞愣了一下："你怎么知道这事儿？你们之前调查过他？"

"没有，就是随便一猜，鲍鸿光不是家里头条件挺殷实的嘛，你说平时他们两个小摩擦不少，所以就随便问一句。"戴煦说。

小俞有些惊讶地看着他："那你猜得还真够准的，我们私下里还说呢，钱正浩一直和鲍鸿光不和，是不是因为仇富啊。我们虽然不知道鲍鸿光家里是个什么家底，有多少钱，但是他平时做派摆在那儿呢，一看就知道不是什么清苦人家出来的孩子。再加上我们私下里也都听说了，鲍鸿光到我们这儿来，好像多少有点背景，反正就连我们年级主任对他都比对别人客气一点儿。钱正浩家里头条件不好，不是本地的，父母好像收入都不多，他自己在这边，工资拿到手还得寄回家去一部分，剩下的留着吃饭买衣服什么的，日子过得紧巴巴的。别说是抽烟、下馆子、打游戏了，他平时都是去学校食堂吃饭，就这样，还连肉菜都不舍得吃呢。夏天就吃素菜，冬天有时候干脆就吃方便面配馒头榨菜，要不你们看，那一张脸蜡黄蜡黄的，摆明了是营养跟不上。他为了省钱，还住在学校免费提供的宿舍里头，所以平时他说话不好听什么的，我们都尽量让着他，觉得他也怪不容易的。哦，对了，他上一批本来应该能轮到落实编制的，结果不知道为什么，名单上没有他，他当时还找我们年级主任，让我们主任帮他一起去跟学校反映。主任劝他不要太浮躁，机会总会有的，他气得在办公室里找了好几天的茬儿发邪火。"

"你说的落实编制那一次，鲍鸿光是不是在那一批得到编制的？"戴煦问。

小俞点点头："是，就是那一批，按说钱正浩还比鲍鸿光早来呢。"

"钱正浩是教什么科目的啊？"马凯在一旁插嘴问。

"和鲍鸿光一样，都是教英语的，而且钱正浩还是个正儿八经重点师范大学毕业的，硕士，学历挺好的，水平也不错，难怪会那么不平衡。"

听小俞这么说，戴煦便有些奇怪地说："鲍鸿光不是国外的名牌大学回来的嘛，就算不是师范学校毕业的，水平应该也不会太差吧？"

小俞脸上的笑容别有深意："这我可就说不好了，我一个教代数的，哪知道人家英语老师水平高低啊，反正……听说是没有钱正浩好，所以钱正浩有事儿没事儿的，也没少在鲍鸿光的教学水平上找茬儿。"

"听着感觉鲍鸿光的心眼儿也不算大啊。"马凯听了之后，随口感慨。

小俞撇撇嘴："这种事儿，就是没摊到自己头上，都站着说话不腰疼。这要是换成我，我估计心眼儿也大不到哪里去，大家都兢兢业业地上班，结果有的人就跟乘了电梯一样，这让人怎么平衡得了啊。"

"这个比喻还挺生动的，你当初没去学中文，是中文系损失了。"戴煦像是和小俞开玩笑，又像是真心在称赞他似的说，"那鲍鸿光和钱正浩他们两个人在你们学校里头的人缘儿怎么样？谁更好一点？"

"俩人都不算太好，不过非要从他们当中选一个的话……"小俞盘算了半天，然后说，"那还是鲍鸿光的人缘儿好一些。怎么说呢，他那个人吧，平时说话水分特别大，尤其爱吹牛，吹牛就吹牛呗，他还得处处压别人一头，这才觉得舒服。所以有的人就不太待见这个，但话说回来，除了爱吹牛爱显摆，鲍鸿光别的倒也没有特别不好相处的地方，至少在钱这方面，他特别大方，夏天动不动就请全办公室的人吃冰淇淋，冬天请所有人集体出去涮火锅，你们说，就这样，他的人缘就算不是特别好，又能坏到哪里去呢？"

"所以钱正浩之所以没有鲍鸿光人缘好，就主要是因为他缺钱，没有经常招待大伙儿，收买人心吗？"方圆问。

"话也不是这么说的，这么说不就变了味儿了嘛？"小俞不太愿意接受方圆的这种表达，听起来就好像是他本人也成了势利眼，"钱正浩经济上确实不宽裕，但是他本人确实也挺抠门儿的，假如说你舍不得给别人买，最起码也可以不吃别人喝别人的，对不对？但是他不是，鲍鸿光也好，或者别人也好，买东西他也吃，请客他也去，吃完一抹嘴，还不领情，那这是不是就有点说不过去了？他总是一副'你们比我有钱，请我吃点喝点都是应该的，谁让你们有我没有呢'的态度，这样别人怎么会受得了。另外就是，他自尊心还特别脆弱，别人说什么话，他都能捕风捉影地联想到自己身上，觉得别人攻击他了，然后就得反击，嘴巴上头一点亏都不能吃。那天在办公室里头的事儿，你们不也看到了嘛，他一贯就那个德行！"

"也就是说，比起又抠门儿又小心眼儿的人，其实大家还是更喜欢那种有口无心又舍得花钱的冤大头。"戴煦点点头，随声附和了一句。

这话也不算好听，不过小俞没办法反驳，只好选择不作声。

"哦，对了，还没问你，你们学校的教师宿舍，是和学生宿舍在同一栋楼里面吗？"一阵略显尴尬的沉默之后，戴煦又重新找到了话题。

"不是，学生宿舍学生都不够住，我们学校这两年一直打算要返修加高宿舍楼呢，改善一下住宿环境，因为也没几个老师住校，所以说的教师宿舍，其实就是办公楼的顶楼，放物资库房那一层有几间空的办公室。学校给改了改，就当宿舍用了，一人一间，走廊里有一个卫生间，一个水房，所以一般都是男老师住，没有女老师住那儿，太不方便了。"小俞回答说，"其实男老师也没有什么人愿意住那儿，条件太差了，冬天冷夏天热，所以但凡条件过得去的，都出去租房子住了。好像……如果我没记错的话，现在就剩下两个人还住在那里，一个是钱正浩，还有一个是我们学校一个四十多岁刚离婚没多久，净身出户的男老师。估计那个离婚的老师，再缓一缓，也得自己出去找房子，这里头就钱正浩是打定主意要住到学校不让他住为止了。"

"办公楼啊，是不是就是你们学校里头那个贴着红色墙面的楼？大概有七层的样子？"戴煦努力回忆着。

小俞听他这么一问，忽然之间警惕起来："你们该不会打算这几天就跑去找钱正浩，和他当面对质吧？这可不行啊，你们得给我打个保证，不会马上就跑去找钱正浩核实这些事儿。你们要是就这么去找钱正浩，他绝对觉得这里头有我的'功劳'，那你们可就把我给坑了！我也仔细回忆过，发现自从你们那天走了以后，他就再不提梦的事儿了，肯定是觉得鲍鸿光保不齐是真出了事儿，特别紧张，那天我才随口开了一句玩笑，他就跟我急成那样，你们要是把我出卖了，那他不得恨死我啊！"

"这个你放心，我不会做背信弃义的事情的。你肯过来配合我们工作，我们怎么会那么不讲义气转头就出卖你呢？这事儿我心里有数，会找个合适的时机，不会让你左右为难的。"戴煦郑重地对小俞保证说。

小俞这才松了一口气，扭开矿泉水瓶盖，咕咚咕咚地灌了几口，看样子他确实对钱正浩的反应很是担心。

"钱正浩这个人，那么厉害吗？"方圆看出了这一点。

小俞摆摆手："不是厉不厉害的问题，我们是一个办公室的同事，抬头不见低头见，太尴尬了彼此都难受。再者说，要是他光是嘴巴上不饶人也就罢了，大不了我把耳朵塞起来，可是现在鲍鸿光刚出了事……连你们警察都不知道这件事到底跟谁有关系，这个节骨眼儿上，我可不想得罪谁。有的新闻报道多吓人啊，动不动就因为什么事儿得罪了谁，一点小事而已，就灭了人家满门，所以还是小心一点吧，你们说是不是？"

第三十七章　小摩擦

　　"凡事多小心是对的，不过也不用自己吓唬自己，越是被新闻媒体大肆渲染，报道得特别耸人听闻的，其实发生的概率越小。"戴煦看小俞确实紧张得厉害，赶忙安慰他，希望他不要有太重的思想负担，"那学校里现在还有其他没有落实编制的老师吗？还是说钱正浩是唯一没有落实编制的人？"

　　"钱正浩也没有那么惨，不是唯一没有落实编制的，我们学校还有一堆人眼巴巴地等着编制呢，"小俞叹了口气，有些庆幸地说，"要不人家说呢，要么生得好，要么生得早。我是比钱正浩早了将近两年被招进来的，那会儿还是有几个编制招几个人呢，没那么多老师。工作是辛苦了一点，但是也算是忙得过来，没有什么招架不住的。结果就钱正浩他们那一批开始，学校就接二连三招聘了好多人进来，其实根本就没有那么多编制，所以都是算外聘性质，一个个的都只能眼巴巴地熬着，等着。等退休一个老教师，就腾出一个编制来，或者上头给特批几个算几个，不光是教师，就连别的部门也一样，什么行政、后勤，根本用不着那么多人的地方都添新人了。我们教学这边，原来一个老师平均得教四五个班的课，有的比这还多，是挺累的。结果现在这么一折腾，一个老师也就能讲两个班的课，所以谁都希望能摊上个重点班，出成绩。我们看着是轻松了，实际上工作压力比原来还大，尤其没编制的，更希望赶紧做出成绩争取转正呢。等到鲍鸿光那会儿，其实都已经超饱和了，不知道他到底什么来路，还是把他塞了进来，结果他还先得了编制。"

　　"你说的这些被额外招进来的人，都是你们那位老校长没有退休前的事？"戴煦听他说完之后，稍加沉思，开口问。

　　小俞连忙点头，称赞说："你们警察还真不是白当的啊！这反应也太快了！是啊，打从那个老校长退休到现在，我们一个新老师都没招过了。"

"那现在没编制的大概还有多少人？还有没有其他人也和钱正浩一样，本来应该转正，结果因为某些原因，没有转正的？"戴煦问。

"那当然有了，那么多没转正的人里头，不少都是和钱正浩差不多的，具体都有谁，我一下子也说不上来，挺多的。"

"哦，这样啊……"戴煦点点头，一副若有所思的样子，"对了，还有一件事，我也想征求一下你的意见，就像刚才说的，我们肯定不会给你添麻烦，所以，我们想去学校的教师宿舍看看，你说怎么样才能既达到这个目的，又不让你为难呢？这个我们必须要征求一下你的意见才行。"

"这个……"小俞也犹豫起来，一方面戴煦提出来的是正常的工作需要，并且还很为他着想地主动征求他的意见，他没有立场表示反对；另外一方面，到底怎么才能确保自己置身事外，不会被钱正浩怀疑，这对于他而言也是一个很重要的问题。于是左思右想之后，他忽然想到了主意，一拍大腿，对戴煦说："哎！你别说，我还真想起来一件事儿，这个理由你们能用上，还不用担心我会不会被牵扯进去。鲍鸿光刚到学校来上班的时候，他买的房子刚装修完，正放着散散味儿，没办法过去住，然后听说学校给安排住宿，他就想临时在学校住一段时间。结果到了学校的宿舍里头，也就住了三四天，就嫌不舒服，自己跑出去租了个房子。你们要是想去，这个借口倒是挺好的，你们说呢？"

"没错，这个办法确实挺好，唉，这事儿还多亏了你，还帮我们出谋划策。这个案子要是能破，这里面绝对有你很大的功劳啊！"戴煦对小俞丝毫不吝啬夸赞之词。

小俞被他称赞得多少有点不好意思，夸奖的话，恐怕没有人会不爱听，所以小俞的心情也很好。几个人又聊了一会儿其他事情，他中间甚至主动张罗着叫服务生进来加点果盘零食之类，不过都被戴煦拦住了。

"不用，你今天能抽时间过来配合我们工作，我们就很感谢了，绝对不能再让你破费。"戴煦态度坚决地说。

"就是，我们不拿人民一针一线！"马凯在一旁插嘴逗乐似的说。

小俞便恭敬不如从命，和他们随意聊了几句，这时候方圆忽然想起早先在学校里的时候，那个从总务科过来统计物资的名叫张阳朔的人曾经提到过一个名叫小卜的人，便问："那个叫张阳朔的人提到一个叫小卜的人，这个小卜是什么人呢？是你们同事吗？"

小俞听她这么一问，笑得有点僵硬，说："小卜以前是，现在不是了，他叫卜文星，以前在我们学校教体育。他比钱正浩早一点点来的，如果我没记错的话，也没有编制。他和鲍鸿光倒是有点摩擦，这个不是张阳朔讲，几乎学校里没谁不知道的。不过那事儿都过去挺长时间了，那时候鲍鸿光才刚来没多久，我觉得这两件事应该没有什么关系，应该是张阳朔想太多了。"

"你说的摩擦，具体是指什么事情呢？"

"就是一点误会，卜文星刚毕业就到我们学校，然后他女朋友，比他小两届，还在校呢，估计时间比较多，没事儿就跑来找卜文星。有时候卜文星上课，她就在办公室里坐着等。一来二去的，那个小姑娘就和鲍鸿光搭上话了，后来鲍鸿光也不知道是没搞清楚情况还是根本不顾及，居然追那个小姑娘，还被卜文星给发现了。卜文星那个人脾气有点爆，知道之后，据说是先到女方的学校去，当着好多人的面抽了那个小姑娘几个耳光，然后就跑回学校这边，说什么也要揍鲍鸿光。可把鲍鸿光吓得够呛，幸亏学校保安拦着，还打电话报了警，警察过来调解了半天，鲍鸿光就跟着人家一起走了，躲了好几天没敢来。再后来卜文星就被叫去谈话，之后就辞职了。"

"这还算小摩擦啊？"林飞歌听了觉得小俞说得太过于轻描淡写。

小俞讪笑着回答说："那不是没打着嘛，就是有惊无险地闹了一通，这不就算是小摩擦了嘛。而且这件事其实归根结底，还是那个女的不是东西，鲍鸿光那么做确实不地道，但是她也是不洁身自好，居然还跟鲍鸿光勾勾搭搭的。卜文星估计打了她几个耳光之后，气也就出了一大半了。"

戴煦听完他说的话，不急不忙问了一个听起来略显八卦的问题："那他们两个，我是说那个女的和鲍鸿光，到底发展到了什么程度被发现的呢？"

"这个谁知道呢，"小俞摇头，"估计肯定不只是发发短信、打打电话吧，反正要是按照咱们正常男人的思维方式，能气成那样，估计八成是自己女朋友和别人不光勾搭，而且还发生了什么实质的内容了。不过卜文星本来就是个急脾气，上体育课对学生生起气来也是跟炸药包似的，所以这事儿放到他身上，我觉得还真不好按照普通人的程度去乱估计了。"

戴煦听完之后，表示理解地点点头，几个人又围绕着学校里的其他事情打听了一些，包括卜文星辞职后的去向，小俞也说不上来，只知道在初中附近的一个少儿舞蹈学校看到过卜文星当年的那个前女友，对方好像是在那里当了舞蹈老师，教小朋友跳舞。过了一会儿，小俞开始时不时地看看手表，有点想要离开的意思，但是看戴煦他们都没有这个打算，有点不知所措。

戴煦看出他的意图，也看了看手表，然后对小俞说："你明天还得上课吧？要不这样，你先走，按理来说我应该负责把你送回去，不过这样恐怕容易对你造成不好的影响，所以我们就多留一会儿，跟你离开的时间拉开一点距离，这样就比较保险了。"

"你这人可真够意思！以后咱们就是朋友了，虽然我就是个老师，也没有什么能耐，要是有什么事儿需要我，你就开口啊！"小俞很开心，连忙对戴煦说，然后也不多逗留，穿上外套，和其余三个人也简单打了招呼，一个人先离开了。

第三十八章　有所保留

　　"这人可真行，就真这么走了啊？"林飞歌等小俞走出包房，跟出去伸头看了看，见他径直越过大厅朝大门口走去，这才缩回脑袋，满腹怨气地对戴煦说，"老戴你也真是的，替他考虑那么多干吗啊，说得好听，有事儿找他，回头你要是找他给你亲戚孩子补习数学，你看他收不收你钱！刚才就应该咱们和他一起走，我看他交不交包房费！"

　　"刚才我要是跟他一起离开，你们三个还能有机会唱歌吗？"戴煦说完看到其他三个人有些诧异地看着自己，便笑了，"来都来了，要是不让你们几个好好地放松一下再回去，岂不是显得我太没人性了！"

　　"真的假的？！你没开玩笑吧？"林飞歌吃惊地睁大了眼睛问。

　　"就是啊，你可别跟我们开玩笑，我们当真了之后再让我们失望，那可就太残忍了啊！"马凯嘴上这么说着，行动上已经先一步，一屁股坐在了点唱机旁边。

　　"当然是说真的了，"戴煦又看了看时间，"都已经这个时候了，就算不在这里，也没有什么其他能做的工作。咱们答应了小俞，不会让他为难，所以不能立刻到教师宿舍找钱正浩。想找其他老师单独了解情况呢，也得排在钱正浩之后，他们才方便开口。那个罗齐不在本地，卜文星人在哪里，以及他那个叫冯思彤的前女友，咱们也都没办法现在就立刻着手，这样的话，要么收工让你们早点回家休息，要么就让你们在这儿放松一会儿。"

　　"老戴你可真够意思！整个刑警队我就看你最好！"林飞歌嘴上夸奖着戴煦，人已经坐在点唱机跟前，开始挑选自己喜欢的歌了，看得出来，方才她在等戴煦和小俞谈正经事的时候，已经惦记着要一展歌喉了。

　　马凯则扫了一眼桌上的矿泉水："老戴，咱们就这么一人半瓶矿泉水润着嗓子干嚎，是不是有点儿单调啊？"

"除了不许喝酒，其他你们随意。"戴煦慷慨地说。

马凯欢呼一声，立刻按了服务铃，叫服务员进来点了几碟干果之类的零食。

方圆也没有想到戴煦居然这么开明，对她来说，大家一起留下来热闹一会儿当然是再好不过的事。林飞歌和马凯结束了工作回到家里，有热饭热菜，爸爸妈妈，还有自己舒舒服服的小房间，而她则要一个人回公安局，找一间自己方便过夜的值班室，一个人静悄悄地待着。有时候看看书，有时候就仰面躺在谈不上任何舒适感的值班床上面，盯着天花板发呆，一直到睡意来袭为止，像现在这样一群人聚在一起放松K歌，对她来说是一种变相的福利。

林飞歌点好了歌，拿着麦克风像打了鸡血一样在包房中又唱又跳，还顺手把房间里的光线调成了幽暗中闪烁着无数彩色光点的模式。马凯点过了干果零食，一会儿叫方圆一起点歌，一会儿又跑过去和林飞歌抢麦克风，忙得不亦乐乎。方圆被林飞歌拉着一起合唱了一首歌之后，便坐在一旁，抓了一把瓜子，一边吃一边看着林飞歌和马凯两个人又唱又闹，不时地还会被林飞歌塞过来麦克风，跟着唱几句，就算轮不到自己唱歌，在这种气氛下，心情也很不错。

不过，方圆总觉得自己在唱歌或者点歌的时候，背后始终有双眼睛追着自己，她偷偷看向坐在沙发最远一侧的戴煦，他的脸都被隐没在了阴影中，只有斑斑驳驳的彩灯亮点时不时地闪过，看不清楚他的视线是落在哪里。

"咦？我发现啊，这么半天，有一位老同志可一直都保持沉默啊，太安静了！"林飞歌过够了瘾，这才留意到今天做东的戴煦始终都没有开过口，一直安安静静在一旁坐着，便拿着麦克风点起兵来，"老戴同志，给咱们来一首吧！"

戴煦没吭声，马凯也抓起另外一支麦克风，一激动倒把当初军训时拉歌的口号给想起来了，大声说："一二三四五，我们等得好辛苦！一二三四五六七，我们等得好心急！时间宝贵，不唱不对！老戴，让你唱，你就唱，扭扭捏捏不像样，活像一个——"

"大姑娘！"林飞歌非常配合地接了下句。

结果两个人起了半天哄，戴煦那边居然一点反应都没有。

"师父啊，你要是不想唱就不唱，好歹说一声嘛，闷声不语的这算是怎么回事儿啊！"林飞歌一边嘴上抱怨着戴煦，一边按了墙壁上的开关，包房里的光线重新明亮起来，三个人再朝沙发上一看，不禁齐齐失笑。

这么半天，面对马凯一串一串的拉歌口号，戴煦之所以能够保持淡定，一言不发，原来是因为他不知道什么时候，两条胳膊环抱在胸前，微微垂着头，坐在沙发一角睡着了。

方圆没想到在这么吵闹的环境下，他居然也会睡着，一来觉得有些好笑，二来也认为自己方才一定是错觉。

他们三个人这么一笑，倒把方才还沉沉睡着的戴煦给惊醒了，他睁开眼睛，大手揉了揉自己的脸，一抬头见三个人都盯着自己发笑，背后大屏幕上头的歌词字幕兀自走着，便奇怪地问："你们都看着我干吗？怎么不唱了？那咱们撤？"

"别啊，谁说我们不唱了，我们是忽然想到今天做东的人还没给我们献歌一曲呢，结果我们这边拉歌拉得欢，你居然在那边偷偷睡着了！我们三个人唱歌有那么催眠吗？"林飞歌一边埋怨一边走过来把手里的麦克风就往戴煦手里塞，"现在醒都醒了，那就给我们唱一首呗！让我们也见识见识你的歌喉！"

"不行不行，那可不行！"戴煦连忙摆手，说什么都不接林飞歌递过来的麦克风，"你让我再给你们叫个果盘都可以，唱歌绝对不行。"

"你这是有所保留哦！这可不够意思！哦，或者……难道师父你是传说中的音痴？"林飞歌见他这个反应，扑哧一声笑了。

"好钢要用在刀刃儿上，一般我是不会随便唱歌的，但凡唱，那就得把听歌的人直接拿下才行。"戴煦笑着回答，并没有承认自己唱歌走音这件事。

"言外之意就是别人唱歌要钱，你唱歌要命呗？"马凯在一旁和林飞歌一起开玩笑，"那老戴你的杀手锏还是暂时留一留吧，我们仨还都很年轻！"

玩笑开够了，方才中断的歌声就又恢复了，方圆坐在点唱机旁边，偷眼看了看正在一旁剥花生的戴煦，心里多少觉得有点遗憾，他的嗓音听起来那么浑厚有磁性，本来以为唱歌一定会很好听，没想到居然五音不全。

又唱了一会儿，唱歌的瘾也过了，时间也不早了，几个人拿好自己的东西，戴煦去交过包房费，走出KTV的大门。戴煦指了指停在路边的车："走吧，上车，时候也不早了，我挨个把你们送回去。"

"不用不用，我打车回去就行。"方圆一听这话，赶忙谢绝。

林飞歌却一把拉住她，说："这时候你就别客气啦，都这个时间了，打出租车，万一遇到不靠谱的事情，就算有惊无险，不也犯不上受那个惊吓嘛！反正我肯定得坐老戴的车，我要是这个时间打车回去，我爸妈肯定得说我！所以反正送我也是送，干脆你们两个就都借我的光好了！"

"是啊，方圆，你这个时候就别客气了，"马凯也在一旁帮腔，然后还不忘挤对林飞歌一句，"林飞歌你也别在这儿卖面子啊，送我们回去，我们也是谢谢老戴，干吗要借你的光啊，车也不是你的，汽油也不是你爸给报销！"

"废话！这是我亲师父啊！"林飞歌豪气地一拍身旁站着的戴煦，"你们俩要是不服气，找你们自己师父去呀！让那个汤力还有钟翰过来接你们嘛！"

"算你狠！"马凯被林飞歌说得无言以对，只好装模作样地指了指她，率先上了车。林飞歌也不甘示弱地拉着方圆一起坐了上去。方圆虽然心里面有万般的无奈，在这种情况下却也没办法再推三阻四，否则会让人起了疑心，就只能硬着头皮上车，心里盘算着怎么才能不惹别人怀疑。

"那咱们按什么顺序走啊？方圆、马凯，咱们把家里地址都说出来，让老戴找个方便的路线送咱们吧！"林飞歌坐稳当后就张罗起来。

方圆心里正纠结，戴煦已经开了口。

"不用了，"他从后视镜里看了看后排的三个人，"林飞歌都说了，我是她亲师父，那我就先送自己的亲徒弟好了。"

第三十九章　尾随

　　方圆闻言，悄悄松了一口气，只要林飞歌先到，只剩下马凯就好办了，马凯毕竟是个男生，嘴巴有些烦人是一方面，但他和大多数男生一样，比较粗线条，对很多细节上面的事情不会在意太多，待会儿自己大不了随口编一个附近的小区，估计就可以应付过去了。

　　林飞歌当然也很高兴，大声称赞戴煦够意思，马凯忍不住又和她你一言我一语地斗了一阵子嘴，一路上热热闹闹地说笑着，很快就到了林飞歌家。林飞歌和其他人挥别，一溜小跑上了楼，据她在车上的说法，今天晚上这个时间回去，都已经算是严重破戒了，要不是因为她谎称是为了调查案子，她爸妈绝对不可能同意她下了班不回家，和同学出去唱歌玩到这么晚。

　　"林飞歌的爸妈管得还真是够多的，这都二十多岁的人了，至于吗！再说了，就林飞歌那个长相……"马凯在戴煦开车离开之后，随口调侃道。

　　方圆在一旁瞥了他一眼："你这话我可告诉林飞歌了啊！"

　　"别别别！方圆，玩笑，就是开个玩笑，你可别坑我啊！林飞歌那人你又不是不知道，疯起来没边儿，一点分寸都没有。我就是那么随口一说，你别告密啊！"马凯一听这话，赶忙讨饶，顺便飞快地转换话题，半讨好似的说，"方圆，你看，你爸妈就很开明，你下班在外面玩一会儿再回去，他们也没一遍一遍地夺命追魂call！我觉得这才好呢，我们都那么大了，总不能弄根绳天天拴在自己裤腰带上面走哪儿带哪儿，对吧？"

　　方圆知道马凯这一次主观上肯定是没有恶意的，只不过不巧，这番话偏偏就触到了自己的伤口上，她只好勉强地笑了笑，说："这个不好说，每家都有每家的教育方法和相处模式，没有什么对错。"

　　"瞧瞧咱方圆这觉悟，就是高！这要是能再瘦点儿，得多少男的排队追你啊！"马凯笑嘻嘻地搭腔，同时又不忘拿身材说事儿，调侃方圆几句。

果然，就知道这人没救，说话不出三句就得破功，故态复萌。方圆瞪马凯一眼，决定不理他，本来今天心情还挺不错的，不想因为他又惹一肚子气。

戴煦从后视镜里看了看后排座上的两个人，也没有开口，没过一会儿马凯家就到了。马凯和戴煦、方圆打了招呼，下车径直回家了。

"就剩你了，坐到前排来吧。"戴煦从镜子里看了看方圆，伸手拍了拍旁边副驾驶的座位，示意她换到前面去坐。

方圆起初觉得没有必要特意换一下位置，反正马凯家住的这一个区域距离公安局也不算特别远。但是戴煦说完，她也觉得似乎还是挪过去比较好，不然的话，人家好心开车送自己，自己坐在后排倒好像是等着被送回家的领导似的，这种姿态确实不大礼貌，便顺从地从后排坐到了副驾驶上。

"你家住在哪个小区？"之前林飞歌和马凯在车上的时候，戴煦一直没有问方圆家的住址，现在只剩下她一个人的时候才开口。

方圆觉得自己的运气还是不错的，戴煦对自己的情况知之甚少，只对他一个人撒谎好过当着林飞歌和马凯的面撒谎，至少这样她就不用花费那么多的口舌去解释或圆谎，继续拿什么在附近租房子方便实习这样的理由来搪塞。

于是她随口说了一个距离公安局只隔着一个十字路口，步行大概也就只需要十分钟的居民小区，这样一来，戴煦把自己送到那里，等他离开了再走回公安局去也不需要花费太久时间。

"你家住那里？那还真是挺方便的，感觉就像为了你回来实习，特意安排的一样啊。"戴煦听方圆说完了住址，略微有些惊讶地说。

方圆也不知道该怎么回应比较好，便讪笑着说："就是凑巧罢了。"

好在戴煦就只是随口那么一说，并没有在这个问题上大做文章的意思，听了方圆这样的回应，只是笑了笑，没有再说什么，开车朝她说的那个小区开去，没用多久就到达了目的地。

"靠路边停就行，我自己走进去没关系的。"方圆在眼看就到那个小区门口的时候，指了指路边的空位，对戴煦说。她希望戴煦能让自己在那里下车，这样估计不等走到小区门口，戴煦的车子早已经开得没有影儿了，自己正好就可以改变路线，步行回公安局去。

"那怎么行，都这个时间了，你们家住的这个小区几乎等同于开放式的，随便什么人都可以出出进进，我还是把你送到楼下吧。"谁知道，戴煦的打算却和方圆不大一样，并且听口气态度还挺坚决的。

方圆心里面暗暗有些抓狂，但是又不好说什么，只能硬着头皮向戴煦道谢，眼巴巴地看着他开车径直进了那个小区的大门口，自己还得随手帮他指点路线，以便他能够把车停在"方圆家"楼下。

在随手指了几下之后，戴煦把车停在了一栋楼的单元门前面，问方圆："是这儿啊？那你下去吧，我等你进门再走。"

不会吧？！方圆心里大叫不好，对戴煦摆摆手说："不用，别麻烦了，时候也不早了，你就直接回去，我上楼就到家了，肯定没事儿的。"

"那不行，都已经到这儿了，做事没道理虎头蛇尾，你说是不是？"戴煦想都不想就否定了方圆的提议，对她点点头，"走吧，我看着呢，没事儿的。"

你不看就没事，你看着事情就麻烦了。方圆在心里面偷偷地想，悄悄叹了口气，下了车，走到单元门的门口，伸手拉了一下，那扇看起来不怎么靠谱的防盗单元门，居然锁得很牢靠。

"怎么了？怎么不开门进去？"戴煦降下车窗开口问。

"我忘带大门钥匙了，没事，我……按门铃就行了。"方圆回答，看戴煦真的打算等到自己进去之后才离开，只好硬着头皮随便按了一个门牌号，等对方来应门，她略带歉意地对那头说，"你好，实在不好意思，我忘带大门钥匙了，能不能麻烦你帮我开一下门？"

门铃那头显然是不大高兴的，嘟嘟囔囔说了几句抱怨的话，不过还是按下了开锁键，那扇破破旧旧的防盗门咔嗒一声就开了，方圆赶忙道谢，然后扭头对坐在车里的戴煦摆摆手，钻进了防盗门里。

防盗门重重关上以后，方圆站在门里，竖着耳朵听外面的动静，生怕戴煦还没离开，自己就冒冒失失跑了出去。等了差不多五分钟，门外才传来车子移动的声音，一直到车声渐行渐远，门外重归寂静，方圆才轻手轻脚打开门锁，伸头出去看了看。门外空空荡荡，只有黑漆漆的夜色，她松了口气，走出单元门，快步朝小区门口走，直奔公安局而去，到了这个时间，路上的行人已经不多了，尤其这附近又没有什么热闹的商业中心。方圆走着走着，心里面还真的有点打鼓，于是脚步也悄悄加快了许多，用几乎小跑的速度急速走回了公安局。由于她走得急，一心想赶快回到公安局，并没有留意到在自己身后不远处，有一辆车一直慢慢地跟着。不远不近，保持着既能把方圆锁定在视线范围之内，又不会因为跟太近而被方圆发现的距离。

一直到方圆拐进公安局的院门，走进楼里，那辆车才缓缓地拐进了公安局的院子，稳稳停在靠近门口的一个空车位上。

方圆之前已经查过了值班表，今天晚上有一个刑警队内勤的女警值班，她可以和对方同住一间值班室。回到公安局，她拿了自己的东西到值班室去，和对方打了个招呼，拿起脸盆，接了热水，正朝值班室走，忽然听到身后有人叫她的名字，那声音听起来耳熟到让她有点心惊肉跳，站定下来，回头一看，果然不是别人，正是自己以为早就应该开车回家的戴煦。

戴煦还是方才的那身衣服，车钥匙攥在手里，站在楼梯口，一动不动盯着方圆。在这里看到方圆，他的脸上似乎并没有特别惊讶的神情，只是略微挑了挑眉，上下打量了一下已经脱去外套，穿着单衣，手里还端着一盆温水的方圆。然后才开口说："你不是回家了吗？怎么又跑回来了？"

方圆哑然，看看自己手里面的盆，觉得嗓子眼儿有点发干，这下自己都有些解释不清楚了，难不成，才和戴煦认识这么几天，就要因为说谎被他连续抓包两次？那样的话，自己估计在戴煦那里以后都别指望有什么好印象和信誉度了吧？

第四十章　解围

"是我把她约过来的呀！"

正在方圆不知道该怎么解释的时候，她的肩膀上多了一条胳膊，今天晚上和她同住一间值班室的那位内勤女警不知道什么时候出来了，听到戴煦和方圆的对话，走过来亲昵地搭着方圆的肩头，笑眯眯地对戴煦说，"怎么啦？我一个人值班无聊，找人给自己做伴，你有意见吗？你别跟我说这个是你的小徒弟啊？"

"原来你是被倪然叫回来的啊，"戴煦好像恍然大悟似的，看了一眼方圆，虽然用了疑问的口气，却显然没有指望她真的作答，而是很快把目光又转移到了倪然的身上，"她算是我代管的，钟翰那个人，你是知道的，最近公事私事都挺忙，又要查案子，又正好是热恋中。我就只好牺牲一下，帮帮他了。"

他话刚说完，方圆就觉得倪然原本随意搭在自己肩头上的手忽然握紧了一点，不过就只有那么一瞬间而已，那只手就又恢复了之前的力道。倪然也轻笑着摇摇头，对戴煦说："钟翰这人还真不地道，哪有自己偷懒让他朋友替他接包袱的呀。案子我听说都已经快有眉目了，他那么能干，居然没有闲工夫带实习生，总不会是私生活搞不定，后院起火吧？"

方圆原本和这名女警只打过几次照面，谈不上熟悉，以前对她的印象停留在漂亮、干练的层面上，可是她现在却觉得心里面有些别扭。先不说这个倪然说起钟翰来，口气里隐隐地带着一种幸灾乐祸的期待感，毕竟钟翰和她到底关系好不好，有过什么样的过节，这些方圆都不太清楚，所以也就不大好乱下结论。但就单说方才关于钟翰让戴煦帮忙带自己实习的这件事，自己和倪然素昧平生，在此之前连话都没怎么说过，方才她还帮自己解了围，方圆心里刚刚萌生出来一点感激之情，一转头自己又成了这位美女口中的"包袱"，恐怕换成是谁，心情都会有些复杂吧。

"这个嘛……他家里头起没起火，这个得问消防。"戴煦随口开了个玩笑，又提议，"要不改天你自己问问他？当事人的答复肯定是最准确的了。"

"不用了吧，我怕有的人再把我的好心当了驴肝肺，"倪然的口气听起来颇有些委屈似的，一边说，一边又睨了一眼身边的方圆，再看戴煦的时候，眼神里面多了几分探究，"你这么晚了跑来又是干吗？该不会就是为了找这个小师妹吧？"

"当然不是啦，都要回家了忽然想起来白天工作上的事情还没处理完，就赶紧折回来了，不过既然正好方圆也在这儿，那我就顺便抓个壮丁好了。"戴煦想了想，冲方圆勾勾手指，"方圆，你来办公室帮我一个忙，咱们速战速决，都早点休息。"

这种情况下方圆当然没有拒绝的余地，点点头，把手里的水盆递给身旁的倪然，向倪然道了谢，跟着戴煦去刑警队办公室。倪然站在走廊里，一脸玩味地看着戴煦和方圆走远，这才端着那盆水，转身回值班室。

"唉……"戴煦一边掏钥匙开门，一边朝走廊另一头扫了一眼，轻轻叹了口气，似乎有些发愁似的。

方圆跟在他身后，听他叹气，便问："怎么了？"

"没什么，就是忽然觉得我可能要被钟翰拖累了，"戴煦无奈地摇摇头，"这小子的性格就是锋芒外露，还不怕得罪人，我这个'盟友'的身份，恐怕也要借他的光了。就是不知道我这种'从犯'值不值得人家花那么多心思去算计。事情看来比我以为的还要费神，不好办哪。"

方圆觉得戴煦说出来的每一个字自己都懂，可是连在一起却又完全搞不清楚他到底在感慨些什么，似乎是和钟翰有关，又似乎是在担心他个人的私事，那个"人家"是谁，让他费神的不好办的事又是什么事，这些方圆一概不知。她虽然好奇，但也明白自己与戴煦认识的时间还很短，实在是没有立场去刨根问底，这种最起码的分寸，她还是懂的。

戴煦自顾自地发了几句感慨，打开门走进办公室，转过身，看到方圆一脸的好奇，便笑着对她说："听着觉得挺迷糊的吧？以后你说不定就能明白了，眼下我还真没法儿给你解释整件事的来龙去脉，太复杂了。"

方圆除了笑一笑，也不知道自己能说什么，自己就是一个局外人，反正都是些和自己没有关系的事情。她一时好奇，也没有打算真的去深挖。

　　"咱们白天的事情还有什么没有处理完的吗？"

　　"其实也不算是白天没有处理完，"戴煦抓抓自己的后脑勺，有点不好意思似的，"回家闲着也是闲着，想过来查一查卜文星和他前女友冯思彤的情况，这不正好遇到你了嘛，就把你一起叫过来。你要是觉得累了，随时可以回去休息。我就是觉得过来忙点工作的事，会比在值班室里头和倪然大眼瞪小眼，或者没话找话地瞎聊更有意思一点。"

　　末了，他又没头没脑地追加了一句："你们俩不是一类人。"

　　方圆也不知道倪然到底算是哪一类人，不过从外貌来看，显然两个人的差异还是很明显的。当然，戴煦所谓的不是一类人，指的一定是性格方面。

　　方圆按照戴煦的安排，开始着手收集起卜文星和冯思彤的个人基本信息，而戴煦则开始浏览起各个人气比较旺的社交网站及社交应用程序，只不过他的关注重点始终都围绕着卜文星和冯思彤这两个名字展开。卜文星还好，因为这个特殊的姓氏，只要是需要实名注册的网站，都不难确定出哪一个是他们要找的目标对象，不过冯思彤就让戴煦多费了不少的时间。

　　两个人各忙各的，谁都没有开口说几句话，等到戴煦手头的事情告一段落，打算稍微休息一下的时候，抬头看方圆，见她已经不知道什么时候伏在办公桌上睡着了。她的身子略显瑟缩，似乎在睡梦中感觉到了几丝凉意。戴煦默默起身，从椅背上拿起自己的外套，走到方圆跟前，轻手轻脚地盖在她身上，然后又一言不发踱回到了自己的桌旁，伸了个懒腰，继续方才没有做完的事情。

　　方圆是在胳膊一阵刺刺麻麻的不适感中醒过来的，周身暖融融的，要不是胳膊发麻，估计她还能睡得更香甜。她花了几秒钟的时间才意识到自己身在何处，脑子彻底清醒过来，连忙坐起身来，一面揉着发麻的胳膊，一面看戴煦在做什么，见他还在闷头忙着，这才松了一口气。尔后，她后知后觉地意识到自己肩上的分量来自于戴煦的外套，这让她多少有点难为情，连忙站起来，把外套还给戴煦。戴煦的个子比方圆高很多，他的中长款外套披在方圆的身上，简直就是一件长大衣。

"一不小心睡着了……"方圆把大衣重新搭在椅背上，有些不好意思地对戴煦笑了笑说。

戴煦抬起头，看到她，愣了一下，又把大衣拿起来塞到方圆手里："醒啦？衣服你先披着，刚睡醒，免得着凉。"

说完，他揉了揉脸："我其实也刚醒，估计白天还是太累了，看着看着网页，一不小心睡着了都没发现。"

方圆确实觉得有些凉意，接过大衣又披在了身上，方才那种令人安心的温度又重新笼罩在周围。听戴煦说他方才也一不小心睡着了，只不过比自己早醒了那么一会儿，方圆心里面的内疚感顿时减轻了许多，不觉得那么过意不去了。

"卜文星和冯思彤的资料，找得怎么样了？"戴煦问。

"哦哦，弄好了，我拿给你。"方圆回过神来，连忙应着声，转身去拿材料。

戴煦看着她几乎整个被隐藏在大衣里面的背影，忽然无声地笑了。

第四十一章　出差

"我查到的就只有这么多，不算是很详细。"方圆拿了自己方才的劳动成果之后，又折返回戴煦的桌旁，拉了一把椅子坐下来，"卜文星也不是A市本地人，是上大学以后才到这边学习和工作的，在从鲍鸿光工作的那所初中离职之后，他又换过几次工作，现在是在A市的一所小学里面做体育老师。最主要的是，这个卜文星，脾气确实不大好，之前小俞跟咱们提供的关于他差一点打了鲍鸿光那件事，如果算是空口无凭的话，那他之前因为和别人打架，被行政拘留，这件事可就是有凭有据。目前只知道是因为口角引发的打架斗殴，具体是什么引发了口角，现在我还没有查到，可能得具体到经办单位去问问。卜文星那个叫冯思彤的前女友倒是没什么太值得关注的，一张白纸一样，没有不良记录。"

"冯思彤的生活看起来倒不像是一张白纸似的那么单调。"戴煦勾勾手，示意方圆到自己旁边来，又指了指自己面前的电脑屏幕，让方圆自己看。

方圆拉着椅子挪过去，发现戴煦的电脑上面开了很多网页，都是一些不一样的社交网站，从上面的照片和资料内容来看，应该是卜文星和冯思彤两个人的，有的页面停留在相册，有的则停留在一些类似于日志或者状态之类的东西上。方圆明白戴煦让自己浏览一遍的目的无非是待会儿给自己阐述重点的时候会比较容易理解罢了。浏览过之后，方圆基本上可以得出一个最粗浅的结论，那就是卜文星在网上也是一个比较火爆的人，身材比较结实健壮，面容普通，不算丑，也绝对算不上英俊，因此他的社交账号人气平平，基本上都是他自己时不时地发一些感慨或者发泄一下不满情绪，回应的人并不多。另一边的冯思彤情况就不一样了，冯思彤的相貌比较清丽，最重要的是作为一个舞蹈专业出身的姑娘，她的穿着、气质以及身材都十分可圈可点，并且也和很多年轻漂亮的姑娘一样，她十分热衷于发大量漂亮的自拍照到网上，配上一些感慨心情或者描述生活瞬间的文字，几乎每一张照片下面都有很多人的回复，其中当然是男性居多，回复的内容也多为溢美之词。

"从社交网站上的这些状态、照片还有和别人的互动情况来看，卜文星在从原本上班的学校离职后，生活状况，尤其是近况，好像不是特别顺心。他的账号经常会发布一些比较消极甚至是暴躁的内容。由此可见，他是那种暴躁易怒并且情绪很不稳定，没有很好的情绪自控能力的人。这样的性格其实是很可怕的，在盛怒之下会做出一些自己都没有办法预料和控制的行为。"戴煦等方圆把目光从电脑屏幕上移向自己，知道她大致地浏览过了，便对她说起自己的发现和估计，"冯思彤那边你也看到了，人气比较高，比较受欢迎，尤其是比较受广大男青年们的欢迎，并且她本人也是那种非常懂得怎么经营自己的人气，怎么让自己变得更受欢迎的类型。不管是文字还是图片，很讨巧地展现了自己活泼、温柔、美丽甚至脆弱的不同面貌，而这些无一例外都是能够博得异性的好感，甚至能够唤起男人的保护欲的东西。现实生活中咱们先姑且不论，毕竟没有实际调查了解过之前，咱们也没有发言权，不好凭空乱猜，只能说她的网络追随者确实不少。她对这些追随者的大献殷勤，应该是比较享受的。我留意了一下，没见她对谁特别亲昵，不过每一个对她说话有些暧昧的人，她也都没有显得很疏离，分寸拿捏得很巧妙。"

"你的意思是说，她在这方面是比较老到的吗？"方圆问。

戴煦点点头："这么说也可以，之所以精于此道，归根结底在于她本身就热衷这种众星捧月一样的感觉，所以才会不断往这个方向去努力，学习让自己被更多异性青睐的社交技巧，没有哪个万人迷真的是天生就有那种魅力的，都是自己努力'修炼'的结果。这方面你看看钟翰就知道了，哦，对，他最近忙，可能你还没有机会和他打交道，等以后有机会你就会发现我说得没错，估计冯思彤也是一样。只不过呢，她的私生活到底怎么样，跟咱们关系也不大，没有必要深挖，我们只需要印证一下她到底是不是那种对感情忠诚度不太高的人，有没有可能当初真的导致了卜文星和鲍鸿光之间的交恶，这就足够了。"

方圆通过这段时间的相处，已经发现了其实戴煦和钟翰应该是那种虽然嘴巴上好像是在数落对方，但实际上交情非常好的朋友。

"卜文星和冯思彤这边不算急，卜文星那边的摸底可以交给汤力，只要不需要太费口舌，他是不会介意的，"戴煦盘算着接下来的工作计划，"咱们这边，冯思彤最好是咱们自己解决，让汤力去不是好主意。处理完冯思彤这边的话，咱们差不多就得出差去一趟外地了，你得先征求一下家里人的意思吧？对于出差这方面，没有强制的要求，毕竟你们只是实习阶段，如果有什么困难也可以不去的。"

"哦，没有困难，我可以去。"方圆不假思索地回答。

"你确定不用先和家里打个招呼吗？"戴煦也愣了一下，询问她的时候，眼神里多了一些探究的神色，又似乎已经有了答案似的。

方圆意识到自己回答太过果断，这才又改口说："不是，我是要和家里面打招呼的，但我知道肯定没有问题，我家里人都很支持我工作。"

戴煦没有再说什么，点点头，看了看手表，笑着说："哟，都这个点儿了，怪不得困得厉害，你瞧瞧，倪然找你过来做伴，结果我倒把你给拉过来帮了这么长时间的忙，估计倪然得恨死我了！那你赶紧回去休息吧，今天辛苦了！"

"没关系，应该的，而且我也没做什么，方才还睡着了。"方圆意识到戴煦的外套还在自己身上披着，连忙把衣服脱下来还给他，"那你也赶快回去休息吧！"

"太晚了，折腾回去，又得耽误不少时间，"戴煦接过外套，"我也随便找个值班室对付半宿得了。"

说完，他关了电脑，收拾好桌面上的东西，和方圆一起离开办公室，送方圆到她今天晚上住的值班室门口，这才转身离开。

方圆蹑手蹑脚进了值班室，倪然已经睡着了，侧着身子，面对着墙壁，呼吸平稳。方圆轻轻地关了灯，衣服也没换，和衣而卧躺在另外一张值班床上，闭着眼睛准备入睡。

戴煦今天好心把自己特意送回去，自己还变着法地搪塞他的关心，一想到这个，方圆的心里忽然有些过意不去起来，可是一想到让别人知道自己现在的境遇，以及那些同情的目光，她的心里就又觉得异常憋闷。

算了，走一步算一步吧，说不定能一直坚持到实习结束！方圆自我安慰地想，在黑暗中叹了一口气。

第四十一章　误认

第二天一早，方圆照旧早早地起了床，收拾好自己的个人物品之后，就提前到办公室里。刚把桌子擦好，戴煦也来了，手里还拿着几份打包回来的早点，他拿了一份递给方圆，示意她不要忙了，先吃了早饭再说，自己也挑了一份，余下的放在办公桌上面。

"买了这么多呀？"方圆一边从自己的那一份里捏出一个热乎乎的包子，一边扫一眼桌上剩下的好几份早点，随口说。

戴煦有点不好意思地笑了笑，说："我饭量大，自己就得吃两份，剩下的，待会儿那两个家伙到了也有份，别人谁要是没来得及吃早饭，也有的吃。"

果不其然，过了一会儿，唐弘业来了，刚一进办公室就使劲儿地吸着鼻子，问："吃什么呢？够香的！还有没有了？给我也留点儿！"

"有，这儿呢。"戴煦指指桌上的早点。

唐弘业也不和他客气，兴高采烈地拿了一份，坐在旁边的位子上吃起来。他看了看方圆，似乎对这个姑娘有些记不清楚是谁，想了一会儿才忽然打个响指，问："你是不是那个分给钟翰实习的小师妹？"

方圆对他点点头，唐弘业对她笑了笑，说："那你算是因祸得福了，跟着戴煦肯定比跟着钟翰日子过得舒服，而且你要是跟我们那边，这几天估计得累趴下，刚开始实习就遇到这么大的案子，肯定吃不消。"

"最近那么忙啊？进度怎么样了？"戴煦问。

"这回可真的快了！马上就能有眉目。钟翰前两天跟我和小凡重新梳理了一下思路，之前我们被误导了，先入为主地把那个案子当成了同一个人作案的连环杀人案，所以才钻进了死胡同，现在都梳理清楚了，最后结案也就是时间问题罢了。"唐弘业显然对钟翰充满了信心，说起来也底气十足。

闲聊了几句，唐弘业吃完了早饭就又忙着去做他自己的工作了，林飞歌和马凯来了之后，戴煦不急不忙地招呼他们吃过了东西，然后才带着三个人出发，准备去之前小俞提供的那个舞蹈学校，找卜文星的前女友冯思彤。

路上，戴煦把需要出差的事情和马凯、林飞歌也都说了一遍，戴煦并没要求他们必须参加，马凯当即表示自己没有问题，而林飞歌迟疑了一下，有些不太好意思地表示，自己可能得先和父母打声招呼，做做他们的思想工作，因为他们本身就不是特别支持林飞歌当警察，所以出差什么的就更加不赞成了。

"没关系，那就暂时定下来是我们三个过去，你父母有他们的考虑也是正常的，做子女的就多体谅吧。想当初我要做这一行，也没少和家里人过招，你们女孩子承受的压力更大。"戴煦对此倒是比较理解。

林飞歌见他这么说，也稍微松了一口气，没有之前那么为难了，并且嘴里也不忘嘟嘟嚷嚷抱怨几句自己都这么大了，父母还处处都要干涉过问，让她觉得比较烦恼之类的话。马凯在一旁连声附和，显然也是有同感的。

方圆坐在一旁，有些出神，这方面的困扰她倒是从来都没有过，就算是过去，自己想要做什么，想要考什么学校，学什么专业，将来希望从事什么样的工作，父母也都完全没有干涉过。一直以来，她都以为那是一种开明的表现，是父母对自己所做决定的尊重和支持，然而现在时过境迁，回过头来看，她才猛然意识到，其实并不是支持，只是没有放在心上罢了。

戴煦一面开车，一面听着林飞歌和马凯你一句我一句地控诉对父母干涉自己的种种不满，目光不时地朝一直没有开口的方圆看，等林飞歌和马凯的议论稍微告一段落之后，开口岔开话题，半开玩笑地说："待会儿见到冯思彤，她恐怕不太会乐意配合咱们的询问，你们看我怎么说，然后见机行事，考验你们几个够不够机灵的时候到了。"

"我肯定没问题！"马凯拍拍胸脯，非常有信心地表示。

林飞歌斜他一眼："就仗着吹牛不上税吧，你不是没问题，你本身就是问题！"

"去去去，你才是问题呢，咱们仨人里头，我和方圆都属于机灵的，唯独你，你就是某种国家级珍稀猛兽的代言人！"马凯被林飞歌挤对了，立刻开口反击，顺便还不忘拉上方圆做盟友。

林飞歌最初没有明白他的意思，过了一会儿才猛然间明白过来，抬手就往马凯的身上招呼，嘴里还骂着："你才是虎呢！你才是虎呢！"

"你看你看，越说你就越配合！你现在不光是虎了，而且还是雌性的！"马凯倒不真在乎挨林飞歌的那几下子，一边躲一边嘴里还不算完。

林飞歌作势还要打他，方圆轻轻地在旁边点了点她的侧腰，她这才回过神来，意识到自己和马凯打闹得有点凶了，赶忙收敛回来，狠狠地瞪一眼马凯，不理他了。刚才闹哄哄的车里顿时就安静下来。

很快他们就到了冯思彤上班的那所少儿舞蹈学校。所谓的舞蹈学校，其实只是一个小区外围的二层门市，专门接收有学习舞蹈意向的小朋友。从门口的巨幅海报来看，这里的学生年龄普遍集中在三到六岁的样子。

戴煦把车停在了装修成粉红色拱门的学校正门口，因为是上午的缘故，又不是周末，这里显得有些冷清，就连一楼大厅里原本应该守在那儿的前台都不知道跑到哪里去了，楼上隐约地传来了欢快的儿童歌曲，估计是有人在练习或者排舞。戴煦走进去，站在大厅中间朝一楼走廊里张望了一会儿，一个人也没有。

"这儿的话……我上去找人可能不太方便吧？"戴煦等了半天都没见有人出来，有些犹豫地对身后的三个实习生说。

"没事儿，跑腿的活儿就尽管交给我好了！"马凯说完之后，自己才意识到戴煦指的不方便是什么，讪笑着改口，"哦……我也不太方便。"

"那我去吧。"方圆意识到他们担心的是这种地方可能平时很少有男性造访，尤其是这个人很少的时间段，楼上可能都是些女老师，他们两个谁去都不大方便，只有她和林飞歌比较适合，林飞歌没主动开口，那自己就应下来吧。

林飞歌这时候连忙拦住她，笑嘻嘻地说："让你楼上楼下地跑来跑去那么辛苦，我得多心疼呀，还是我去吧，我效率比较高，快去快回。"

就好像为了印证自己的话一样，戴煦正要开口对她交代几句，林飞歌就已经一溜烟儿跑上楼去了。

凶案追击之梦魇

"这还是个急性子！"戴煦无奈地摊手，"本来还想告诉她上去之后怎么跟人家说，现在只能看她自己的发挥了。"

过了两三分钟，楼上传来的脚步声由远及近，很快他们就看到了林飞歌一马当先地走在前面，面无表情，看上去略显严肃，和她平时嘻嘻哈哈东拉西扯的形象差距有点大。而她身后则跟着一个漂亮姑娘，身高大概在165厘米，身材苗条，姿态挺拔轻盈，身上穿着一套舞蹈服，头发盘在脑后，看起来很有气质。

"冯思彤对吧？"戴煦向前走了几步，同林飞歌身后的姑娘打招呼。

那姑娘愣了一下，有些狐疑地打量了一下面前这个大块头的男人，问："你是学生家长？还是要给孩子报班儿的？"

"都不是。"戴煦拿出自己的证件，让冯思彤看过，"想找你了解一点情况。"

冯思彤皱起眉头，她看了看已经站到方圆身边的林飞歌，意识到她是同戴煦他们一起来的："你不是昨天晚上那个学生家长，过来取孩子忘了拿的衣服的吗？"

"我又没说我是，是你自己误会了而已。"林飞歌瞥她一眼，有点没好气地说。

方圆现在才明白了为什么她的表情那么难看，原来是被人误以为是孩子家长，关于相貌比实际年龄成熟的这件事，可一直都是林飞歌的痛处呢。

"那，你要找我问什么啊？"尽管确实是冯思彤自己先入为主地误认了林飞歌，但是林飞歌没有解释，还把自己给骗了出来这件事还是让冯思彤有些不大高兴，两条修得很漂亮的眉毛皱了起来，一脸不情愿的样子。

"我们想和你谈谈你前男友卜文星的事。"戴煦说。

第四十二章　策略

"你们有毛病吧？"冯思彤一听到卜文星的名字，顿时就变了脸色，两条好看的眉毛皱得紧紧的，额头中间隆起了一个"北"字，"我们俩都分手那么久了，根本一点联系都没有，他的什么事情都和我没关系，我也不清楚他的事儿，找我问什么呀？你们走吧！找别人去吧！我没有什么可跟你们说的。"

"哦，那实在是太对不起了，来打扰你，"戴煦丝毫没有因为冯思彤的态度而面露不悦，反而还一脸过意不去似的，连忙点头表示理解，"是我们欠考虑了，来找你之前也没有设身处地地站在你的角度去考虑问题，忽略了你的感受。确实，被警察找上门问前男友的事情本来就不是太让人愉快，更何况你们两个当初分手还是因为你一时糊涂和别人……哦对不起对不起，我不应该提这个，那这样的话我们就不打扰了，你该忙什么忙什么去吧，我们这就走。"

说完他倒也没有像口头上说的那样真的扭头就走，而是不紧不慢地转身，然后招呼方圆他们三个人，一副摆明了在给冯思彤时间去反驳的架势。

冯思彤并没有察觉戴煦的意图，但是她显然是无法淡然接受戴煦方才的说辞，现在又看戴煦他们作势要走，连忙趁他们没走之前开口反驳，替自己正名："当初的事情根本就不是你们说的那样。你们别道听途说就什么都当真，你们这是对我人格的侮辱你们知道吗？我们两个之间的事情根本就和别人一点关系都没有，完全是卜文星那个人自己的性格有问题，成天疑神疑鬼，怀疑这个怀疑那个，不满这个看不上那个的！我身边但凡有个异性，他就觉得我跟人家有什么关系，我跟他们明明就只是普通朋友而已。卜文星那个人，恨不得我身边就连蚊子都是母的，公的都不能围着我飞！"

"严格来说，公蚊子是靠吸食花蜜之类的东西活的，不需要吸血，所以也没有必要围着你飞……"戴煦听她说到这里，一本正经地接了一句。

冯思彤估计是一下子忘了掩饰，诧异地听完了他近乎于捣乱的玩笑话后，当场翻了一个白眼，而旁边的马凯他们也差一点忍不住笑了出来。

"你明白我的意思就行了，当初我们分手都是他一个人小题大做，发神经，所以分手了。过去的事情我也懒得逢人就讲，分手之后的事情你们也别问我，问了也白问，我这辈子都不想再见到那个人渣。"冯思彤没好气地说。

方圆最初还有些没有搞清楚戴煦的意图，不过现在她已经明白过来了，见冯思彤这么说，便见缝插针地故意对冯思彤说："你脾气可真好，就那么便宜了你前男友。假如我是你，当初被自己前男友当众打了一顿，就算不像你说的那样是他委屈了你，我都会忍不了这口气，肯定说什么也得追究他的责任！"

"你说什么呢？！"冯思彤一听方圆的话，顿时脸色就变得一阵红一阵白，表情有些慌张，又有些尴尬。她的眼睛本能地朝楼上瞥了一眼，再开口的时候声音不自觉地降低了许多，"你们根本就不知道怎么回事儿，不要乱说好不好？！你们是不是去找过卜文星了？他是不是跟你们胡说八道了什么？我跟你们讲，他的鬼话你们根本就不要相信，他到底跟你们都说了些什么？敢不敢告诉我？"

"我要是知道他能跟我们说什么，那倒也没有什么不敢告诉你的。"戴煦有些爱莫能助地摇摇头，"关键是我们还没见过卜文星呢。"

"不对！不可能！你们就骗我吧，你们肯定是已经和他见过面了，除了他谁还会那么不害臊地说当年的那些破事儿啊。这都过去多长时间了，他还有完没完！他不嫌恶心，我还嫌恶心呢！到处败坏我名声！"冯思彤气愤地说。

"不不不，你确实误会了，我们没有去找过卜文星。"戴煦继续解释。

冯思彤一摆手："你别替他遮掩了，你爱说有就有，说没有就没有，反正我心里头有数，承不承认不重要。我跟你们说，当初我跟他学校那个男的，真的是一点关系都没有，我现在连他的名字都快想不起来了。"

"他的名字是叫鲍鸿光吧？"戴煦听了之后，很认真地提醒冯思彤。

　　冯思彤伸手一指他："你看，还撒谎说没听卜文星说过那些造谣我的话，你要没听他说过，上哪儿知道那个男的叫什么去啊！我跟你们说，我和那个人真的是一点关系都没有，不过就是互相交换了一下联系方式，交个朋友罢了，没事的时候发个问候短信打个招呼之类，顶多就是我过生日，他买个礼物送给我什么的，这也没什么的，对吧？就算我不想和卜文星在一起了，那个男的也不是我的菜，你们觉得我会是那种随便是个男人我就会喜欢得不得了，巴巴儿地想要跟人家好的类型吗？说实话，想追我的男的多了去了，从我们这儿门口开始排队，保不齐得排到街口去。我行情没那么不好，真的。"

　　"是是，你说得没错，确实是这么回事儿。"戴煦一本正经地点点头。

　　偏偏冯思彤却对他如此诚恳的态度并不买账，反而更加不悦，甚至有点着急起来："你是不是根本不相信我啊？你们怎么能这样呢，他说什么就是什么，我说什么你们就这么敷衍我呀？我跟你们说，我不知道卜文星在你们面前到底装得有多正常，实际上他就是个精神病！绝对的！我当初跟他在一起的时候，别人不知道，我可清楚得很。卜文星发起神经来，一点儿防备都没有，平时感觉特别正常，好好的，结果一旦遇到一点儿芝麻绿豆大的小事儿，他可能就一个不顺心，忽然大发雷霆起来，拦都拦不住，简直能吓死人。我记得有一次，我们俩约好了一起吃饭，当时他还没毕业呢，我们都在学校里头，他说先跟人家打一会儿篮球。我按照约好的时间过去找他，结果看见他正跟人打架呢！旁边一群劝架的，他朋友在一旁喊他，说你女朋友来了，你快别打了。你们猜他说什么？他说现在谁拦着他，他就打死谁！后来好不容易被拉开了，他把人家打得不轻，自己也鼻青脸肿的，饭也别吃了，我还得陪着他去校医院看看。我当时也挺害怕的，没敢立刻就问，后来等他没事儿了，才问他到底是怎么一回事儿，为什么好端端的能打起来。结果他说，和他一起打球那个人，专门给他犯规，肯定是看他不顺眼，处处针对他，所以他就给人家一点教训！你们说哪有这样儿的啊，他跟人家都不认识，人家吃饱了撑的，会针对他？"

　　冯思彤对卜文星可以说真的是一肚子的怨气，说起话来气势汹汹，和她那看起来温婉漂亮的形象截然不同。而她在眼下的这种情绪下，也已经全然把形象抛在了脑后，或者说她已经认定了，名誉如果没有得到维护，外表的形象是好是坏，也就没有那么大的意义了。

"照你这么说，那卜文星的性格还真是有点不太稳定啊。"戴煦听她说完，忙不迭地点头，表示冯思彤对卜文星的个性问题总结得很到位，顺便又询问她，"听说卜文星有过一次被拘留的事？那次是因为什么？也是这种类型的事情？"

"哦！你说那次啊！"冯思彤在戴煦的提醒下，想起了卜文星被拘留的事，冷笑着说，"那次的事情说出来就更让人笑掉大牙了，我都替挨打的那个人觉得冤。那时卜文星已经毕业了，我还没毕业呢，他家里人都不在本地，本来那天他说跟人家出去玩，不来找我，我也没当回事儿，也跟朋友出去了，结果晚上他打电话给我，说出事了，让我给他送点钱去先交了罚款，可能还得被拘留。我最开始的时候还以为他是恶作剧，跟我开玩笑呢，没想到居然是真的。到了最后我才知道，他那天跟几个人出去打牌，结果有个人输了钱没给他，大概就十块八块的，那个人不想给，他嫌人家赖账，结果就打起来了，别人打电话报警，110来了之后他还在那儿打呢，抓了个正着，连狡辩都不用，直接就给带走了。所以你们看，他就是这么一个人，我跟他在一起那么久，说白了就是我傻，心眼儿好，还念旧，没想到他一点都不珍惜，疑神疑鬼，怀疑这怀疑那，对我那么不好，分手这么久了还在外面到处败坏我的名声！"

第四十四章　硬着头皮

"那你们分手之后，就一次都没有联络过了吗？"听冯思彤抱怨了半天卜文星的种种不是，也得知了卜文星当初被处以行政拘留的原因，虽然到底是不是这么回事还有待进一步确认，但至少和冯思彤对话到现在，也算是有所收获，马凯又向她再次确认。

"当然没有了！"冯思彤仿佛受到了很大的侮辱似的，立刻就予以确认，"我根本没有必要联系他。他也从来都没有主动联系过我，所以就不了了之了。我可没那么想不开，他不找我，我还主动去招惹他。不过话说回来，我和他那个同事，当时因为卜文星，也算是受了不小的委屈，他自己不管嘴上怎么颠倒黑白，心里头肯定是清清楚楚的，谁愧对了谁他知道。换成我是他的话，我可能也不太好意思跟自己前女友联系。看在我们俩在一起的时候，大部分时间他对我其实还算不错，我才没有想过追究他的责任。"

"没看出来，年纪轻轻的，你居然这么深明大义，太难能可贵了。"戴煦不遗余力地夸奖着冯思彤，如果不是他的表情极其真诚，恐怕别人都会以为他是在讽刺对方呢，"其实你也不用有什么顾虑，人情归人情，人身伤害归人身伤害，假如你要是有什么担心，所以不敢维护自己的权益，需要帮忙的话，尽管告诉我们。我们会公正对待，需要追究卜文星的责任那就一追到底。"

"其实……哎呀，有人能理解我，信任我，我就挺满意了，别的我也没有什么太大的追求。而且过去的事就过去吧，人得向前走，向前看，你说是不是？我这人心胸还是比较宽的，不和他一般见识，也不想好端端的，再把之前结痂的伤口掀起来再流一回血，真的没有那个必要，算了吧。你们的好意我心领了。"冯思彤眼神闪烁，极力地推辞戴煦提出来的维权问题。

戴煦看她这么表了态，便也顺着她的意思，点点头，不再提这些，向冯思彤再次诚恳地道了谢，带着方圆他们离开了舞蹈学校。

"那个鲍鸿光的父母啊，可真是把他们的儿子教育得够好的，这一举一动，严格符合爹妈的谆谆教诲！"上了车，林飞歌一脸讽刺的表情，感慨地说，"你们方才注意到了没有，那个冯思彤轻描淡写地说什么鲍鸿光当初和她只是普通朋友关系，互换个电话号码，偶尔发个祝福，发个短信什么的，生日还送个小礼物，切！说出来骗谁啊！一看她那个面相就知道是那种特别现实，特别会利用自己外貌上的优势捞好处的女人，一点儿小礼物她会动心吗！再说了，谁普通朋友没事儿互相送礼物啊，尤其还是异性！归根结底，还不是鲍鸿光遵照着他爹妈的教育方针，遇到未婚的适龄异性，都给人家展示他们家的经济实力，增加所谓的择偶竞争力！再说了，你们听冯思彤的那个措辞，她和鲍鸿光都受了卜文星的委屈，啧啧，一开口就已经顺手帮鲍鸿光给开脱了。老戴方才关于鲍鸿光出事儿死了的事一个字儿都没提，她肯定不知道，这么替鲍鸿光说话，摆明了是得了人家的好处了，现在拿人家手短，可不得多维护维护嘛！"

"就是鲍鸿光这种有事儿没事儿拿钱出来显摆的人多了，才把一些女的那个贪心啊，都给勾起来了。像我们这种一表人才但是囊中羞涩的有为青年，真是被害惨了啊！你看就鲍鸿光那个形象，好歹冯思彤还愿意跟他交换号码，联系联系，做个普通朋友，这要是换成我，估计她连看都不会多看我一眼！"马凯方才从头到尾没有被冯思彤这个漂亮姑娘正眼瞧过，即便他对冯思彤完全没有什么别的想法，也还是因为年轻的缘故，感觉到自尊心受到了极大伤害，"我觉得林飞歌说得一点儿都没错，没从人家那儿得了好处，或者不图人家点儿什么，她干吗这种时候还帮着鲍鸿光说话啊，完全可以说自己特别无辜，当鲍鸿光是朋友，鲍鸿光怎么想的她不清楚，这多合理，何必多此一举地把自己和鲍鸿光拴在一根绳子上呢！再说了，什么大人有大量啊，你看咱们一去，刚一开口提到卜文星的时候，她那个气急败坏的样子，哪像是不想计较的样子啊，分明就是心里头还恨得牙痒痒呢。后来说那些话，无非是自己理亏心虚，怕老戴真的去管闲事，帮她维护权益，到时候她怎么面对卜文星啊，双方一见面一对峙，不就什么都穿帮了嘛！"

"你怎么说？有什么想法没有？"马凯和林飞歌都发完了感慨，戴煦从后视镜里看了看没急着开口的方圆。

"我也觉得冯思彤和鲍鸿光之间的关系，肯定不是她嘴上说的那么单纯，"方圆这件事上的看法和林飞歌、马凯并没有出入，但是视角却不大一样，"最初咱们谁都没说挨打的事情，只是说她和别人关系暧昧，导致了卜文星大发雷霆以及两个人感情破裂分手，她极力否认和别人关系曾经暧昧不清过，一直在撇清这件事。但是我后来帮忙诈她的时候，说卜文星因为那件事打了她，冯思彤却一句话都没有否认过这一点。假如她否认和鲍鸿光关系有暧昧是出于自己的面子考虑，那比起偷偷摸摸地勾搭鲍鸿光，当着别人的面，被卜文星在公共场所打耳光，这才是更没面子的事情吧？为什么偏偏前一件事她努力否认，后一件事却一句否认的话都没敢说？我觉得是因为她自己心虚，很清楚卜文星当初为什么会情绪失控，对她动了手，所以她不想在这件事上和咱们多费口舌，以免咱们跟她刨根问底地没完没了，只好故作大度。这一点从她说到的另外一方面也能够得出同样结论来，冯思彤不是说了吗，那件事之前，虽然卜文星的性格很不稳定，非常容易暴怒，但是对她还是不错的。那两个人在一起那么长时间，卜文星的情绪暴躁都没有体现在恋爱相处这些事情上，为什么最后却是以动手打了女朋友才分手的，原因就算她瞒着不说，咱们也能猜出来了。"

"没错，方圆说得对，林飞歌，你看看，这就是差距，你就会盯着钱看，瞧方圆说的，多有理有据！"马凯冲林飞歌一挑眉毛，"你跟方圆学着点儿吧！"

"要学你学，咱们三个人里就你脑子最臭，我和方圆齐头并进，共同进步就可以了！"林飞歌伸手挽住方圆的胳膊，冲马凯翻了个大大的白眼。

方圆对他们两个人的斗嘴说不上习以为常，但也已经惯性地避开，不参与进去。马凯是出了名的臭嘴，而林飞歌又似乎是属于那种没遮没拦、没心没肺的性格，一旦斗起嘴来忘了形，都容易口不择言，面对他们俩，方圆总是尽量选择一个置身事外、明哲保身的态度。

"那咱们现在要去找卜文星吗？"她不想被当作参照物，让林飞歌和马凯拿来攻击对方，索性问戴煦，趁机打断他们两个人的斗嘴。

"唔，这个倒是不急。"戴煦回答，"卜文星就在本地，怎么都方便，我觉得还是应该先去找D市的罗齐。虽然鲍鸿光在A市没有太多的亲友，主要是和工作单位里的同事打交道，但是也不能完全不考虑其他的社交圈子。他在回国之前，有没有和什么同学或者认识人有过矛盾，回国之后有没有继续保持往来，这些可能没有谁比罗齐更有发言权。假如没有什么值得注意的人，那咱们就可以百分之百放心地把关注重点集中在A市这边了。待会儿我先送林飞歌回公安局。林飞歌，你就照常在办公室，听汤力的安排吧，其他人，你们一会儿先去收拾一下出差需要带的个人物品，去D市的车票我来负责，具体时间我通知你们，到时候咱们三个人在火车站碰头。"

　　"好，我没问题。"马凯第一个爽快地回答。

　　方圆也点头示意自己也是一样。

　　林飞歌倒是咬着半片下嘴唇，一脸为难的样子。戴煦看到了，问："怎么了？"

　　"师父，我也想跟你们去，要不就我一人不去，怪别扭的！"林飞歌纠结了半天，"要不然这样行不行，我再回去做做我爸妈的思想工作，反正D市也不算太远，而且还有方圆一起，说不定他们不会太反对呢！"

　　"那好吧，就这么定了。"戴煦点点头，把车朝公安局方向开去。

第四十五章　打探

依照他们之前的计划，戴煦把他们送到了公安局门口，自己就开车离开了。马凯和林飞歌到楼上简单地整理了一下自己里的个人物品，便也各自回家去准备出差用品。方圆这方面倒不需要花费多少精力，因为知道需要住在值班室里，她打从学校里过来的时候，就只带了一些很简单的个人用品和几身换洗用的贴身衣物。她拿了一个斜挎包，在里面放了一身睡衣以及旅行牙具，然后就百无聊赖地等着戴煦通知具体的碰面时间。大概过了半个多小时，戴煦给方圆打了个电话，说车票已经买好了，发车时间是晚饭之后，他自己还要和汤力一起办点别的事情，让方圆通知林飞歌和马凯，傍晚碰头就可以了，这期间他们可以自行活动。方圆把这件事转达给马凯和林飞歌，马凯答应得很开心，一下午的自由时间，估计可以让他好好地过一过憋了好几天的游戏瘾，而林飞歌接到电话的时候显得情绪并不太好，估计是正和父母商量出差的事情呢。刑警队里的其他人都在忙，听说钟翰他们那边的案子终于要尘埃落定了，因此唐弘业他们一天到晚地忙在外面，见不到人。方圆干脆就拿了一本书，坐在桌前认认真真地翻阅着，打算等时间差不多了就出发。

"小美女，看什么呢，这么入迷？"

方圆听到有人在和自己说话，赶忙抬起头，发现是倪然师姐来了，此时此刻正笑眯眯地坐在自己对面，兴致盎然地打量着自己呢，对于"小美女"这样的称呼，方圆觉得有点不太自在，便有些羞涩地对倪然一笑，说："师姐好，我随便翻翻书，你有事？"

"哦，我没什么事儿，今天下午没事，就想过来看看有没有人陪我说说话，咱们俩还真有缘分啊！"倪然态度亲切地对方圆说。

方圆笑了笑，她的个性不算内向，但是多少有点慢热，对于刚刚认识没多久的人，比如倪然这种，会有一种不知道该如何打开话题的感觉。

好在倪然并不需要方圆来主动寻找话题，她似乎对方圆很感兴趣似的，问道："你家是哪里人啊？听你说话好像口音不太重，猜不出来，不是A市的吧？"

"我是A市的。"方圆稍加迟疑，最后还是决定实话实说。之前对戴煦说了谎，结果被林飞歌无意之中揭穿了，这件事已经让方圆觉得很尴尬，并且她也从中吸取了教训不打算在这种小事上面加以粉饰，免得到处都是破绽，会让自己变得很狼狈。

倪然似乎有些惊讶："那是不是家很远啊？要不然的话，怎么家在本地，还每天都住在值班室里头啊？"

方圆顺水推舟地点了点头，说："对，住得比较远，所以来回不太方便。"

"哦，是这样啊，那还真让人意外，我还以为你和戴煦可能是一个地方的人呢，你们之前认识吗？"倪然先是点了点头，然后又问。

方圆摇头："不认识，到这里之后才认识的。"

"哦……这样啊。"倪然若有所思，"我看钟翰那么多人谁都不找，偏偏就把你交给戴煦负责了，还以为是因为你们认识的缘故呢。我看戴煦对你挺关心的样子，没想到你以前跟他居然不认识啊，从来都没见过面？"

"应该是没有吧。"方圆觉得这话听起来略微有些别扭，"戴煦前辈人很好，对我们三个实习生一直都挺照顾的，我们遇到他觉得很幸运。"

"这倒是，你没跟着钟翰，被塞给了戴煦，确实是挺幸运的，不然日子恐怕不会太好过呢。"倪然颇有感触地点点头，随声附和地说。

她这么一说，倒好像方圆方才的话变成了另外一层含义，方圆赶忙解释说："我不是那个意思，我相信就算是跟着钟翰前辈，我也会学到不少东西。"

"你这小姑娘，还挺谨慎的，小小年纪就这么周全。"倪然对方圆笑笑，"不用怕，这儿就咱们俩，别人不会知道的。"

"不是的，我真的是那么想的……"方圆觉得自己的意思彻底被曲解了。

倪然看着她，扑哧一声笑了出来："你这妹妹还真是够认真的，我是逗你的。"

方圆讪笑着，也不知道该怎么回应，她觉得倪然是在试探自己，想要套出什么话来，可是想来想去，自己一个小小的实习生，又才来没有多久，她有必要这么拐弯抹角地找自己套话吗？这真是令人费解。

好不容易，倪然坐在那里漫无目的地东拉西扯了一会儿，起身离开了，方圆才稍稍松了一口气，重新把注意力集中在书本上，等到时间差不多了，就出发坐车去火车站与戴煦他们碰头。到了车站附近，她打电话问戴煦具体位置，被告知他正在附近的一家快餐店里呢，于是方圆便直奔那里。还没等进门就看到了坐在玻璃窗边的戴煦，他正用一只手拿着个汉堡，吃得很香，一脸满足的样子，隔着玻璃看到方圆来了，还热情地冲她招了招手。

第四十六章　不说破

方圆走进去，在戴煦对面的空位子上坐下来。

"你来得正好，中午几点吃的饭？我这刚买的，还没凉呢，你一起吃点吧。"戴煦把面前的托盘朝方圆这边推了推，里面放着好几样包装还没有拆开的饮料和食物，虽然戴煦的饭量一向可观，不过也绝对吃不了这么多，估计是提前买好了，留着他们几个来了以后一起分享的。

自从上次被戴煦不软不硬地批评了一回之后，方圆也不敢当着他的面硬生生地饿肚子节食了，加上中午她就随便对付了一个小面包，现在也确实饿了。从托盘里挑了一个，一边吃，一边把下午倪然去办公室里找自己聊天的事情和戴煦说了一下，虽然这不是工作中的事，但方圆觉得倪然拐弯抹角的，其实是在打听戴煦的事情似的，自己不好妄加揣测，但至少可以实事求是地把大致的聊天内容说一下，让戴煦心里有个数。

戴煦刚一听说倪然去找过方圆，稍微愣了一下，不动声色地听方圆讲完，然后不大在意地笑了笑，说："她那个人成天就喜欢东打听西打听的，没事儿。"

方圆点点头，反正她只是把今天的事情说给戴煦听，算是提醒他，假如他不介意，那自己也就没有什么好操心的了。

第二个到达这里的人是马凯，他倒是不客气，到这里屁股还没碰到椅子，手就已经伸到托盘里去了，狼吞虎咽地吃了一个汉堡之后，又一口气灌下半杯饮料，然后才满足地出了一口气，摸摸肚皮，说："哎呀，饿死我了，我要是再慢点到，估计就饿昏在半路上啦！"

"你就一直在外面……"方圆差一点把上网两个字说出来，考虑到戴煦还在场，便硬生生地刹了闸，没有说下去。

"是啊，难得老戴给放假嘛，当然得去好好地玩一会儿。开始实习以后我都没什么时间练级了！"方圆帮他考虑着，马凯自己倒是无所顾忌，张口就说，顺便还冲戴煦挤眉弄眼，好像在和同道中人交流心得似的。

方圆有些无奈地看了看他，马凯还当戴煦是那个上班摸鱼的同类呢，只有自己知道这个看起来粗枝大叶的男人实际上心里是多么有数儿。原本自己也怪他不负责，但是那天他说明他的观点和立场之后，自己竟然也觉得无从反驳。

"林飞歌来不来了？"等了一会儿，方圆看了看时间，外面天色已经黑下来了，虽然距离列车检票的时间还很充足，但是林飞歌迟迟没有过来还是有些不放心。

马凯摆摆手："你别担心，我来的时候她给我打电话了，说让咱们等着她，她肯定要来的。听那个调调，估计在家里头和父母沟通不怎么愉快。"

戴煦也笑了笑："父母担心孩子也是人之常情，既然她说来了，那咱们就等着呗，在这儿等不是正好嘛，又吃又喝，还暖和。"

"更重要的是，还是老戴请客！"马凯附和着说。

大概晚上七点多，林飞歌终于来了，并且是被她父母开车送过来的。林飞歌的妈妈送她下车，从后备厢里拿出来一个小旅行箱。林飞歌一脸不情愿地接了过来，一扭头看到路边快餐店的落地窗里坐着戴煦他们三个人。马凯朝林飞歌招招手，林飞歌估计心情不太好，冲他比画了一个打人的手势，一旁的林飞歌妈妈立刻拉住她，又在路边说了几句，隔着玻璃他们听不清说了些什么，不过从林飞歌不愉快的表情来看，估计应该是批评而不是表扬。

"我总算是出来了，再撑一会儿我都得窒息！"林飞歌好不容易打发了她的父母回去，自己拖着行李箱进了快餐店，一屁股坐在戴煦旁边的空位子上，嘟着嘴一脸不高兴地开口抱怨起来，"你们都不知道，这要不是我拦着，我妈还想进来和老戴交代几句呢，我的天哪！我这又不是小学生春游，真是太丢人了，什么都要管，刚才还说我这么大个人了，一点都不斯文，举止太粗鲁，又拎着耳朵唠叨了我半天，要不是我骗他们说马上就该检票了，估计到现在我都进不来这个门儿！"

"还是父母了解自己的孩子啊，你说你刚才，当着你爹妈的面儿还敢冲我比画，不挨说还能跑了你？"马凯落井下石。

林飞歌白他一眼："我这叫不拘小节好不好！豪放派！跟粗鲁那是两回事儿，姐天生就是一个汉子，你可别随便挑战我的权威！"

果然，只要马凯和林飞歌两个人在场，气氛就不会冷清。

玩笑也开够了，戴煦问林飞歌用不用吃点东西，林飞歌表示不需要了，自己在家里吃饱喝足之后，才被父母放行的，于是四个人又坐了一会儿，就各自拿着行李进站了。马凯和方圆的东西都很简单，只有一个小小的旅行包，戴煦自己也是一样，只有林飞歌不仅拉着一个旅行箱，并且看起来似乎还不轻的样子。进站之后，车站里面很多人，箱子没有办法在地上被拉着到处走，戴煦就干脆一并把林飞歌的箱子和方圆的包都接了过去，一个提在手里，一个斜挎在身上。

"你带的东西可够少的。"马凯走在戴煦旁边，刚好看到被戴煦背在身上的那个小背包，包本来就不大，看起来还有点瘪瘪的。

"就在省内，我觉得应该不需要太久，所以没带那么多东西。"方圆说。

林飞歌挽着她的胳膊，说："没事儿，你要是缺什么少什么，就用我的，我跟你讲，我都服了我妈了，从睡衣睡裤，到床单枕巾，再到拖鞋，她都给我带起了！她还给我装了一大堆治疗腹泻的药，退烧的药，说是怕出差的时候万一水土不服，或者受个风寒什么的，病倒在外面又买不到药那可怎么办。我的天哪，她怎么就不想想，一共就一夜的火车，能有多远！就那么两天工夫，带那么多东西我看倒成了负担了。"

方圆笑着听她抱怨，嘴上没说，心里却觉得有些感慨，以前都说婚姻像是围城，里面的人想出来，外面的人想进去，现在看来，就连亲情也是如此，得到了太多无微不至呵护关怀的人，觉得简直要被亲情淹没到窒息，失去了自己的空间，而她现在却觉得，那种被人过度关怀的负担，其实也是很令人羡慕的。

上了车，因为开车时间比较晚，等四个人各自安顿好，车厢里的照明灯也熄灭了，又过了一会儿，此起彼伏的鼾声便逐渐响了起来。方圆躺在自己的铺位上面，看着上铺的铺板出神，完全睡不着，没过多久，在她下铺的马凯也发出了轻微的鼾声，似乎睡得很香。方圆翻了个身，微微抬了抬头，看了看自己斜下方的林飞歌，借着夜灯的光线，她可以看到林飞歌的呼吸深长而缓慢。

"睡不着？"对面铺位上的戴煦发现了方圆的小动作，便轻声问。

方圆点点头，随即意识到戴煦可能看不清楚自己的动作，便也小声地应了一声，说："我有认床的毛病，换个新地方就睡不着，以前坐卧铺车的时候总这样。你怎么也没睡？你睡眠不好吗？"

虽然她总是能看到戴煦闭眼小憩，不过也不排除他有那种神经衰弱的毛病，白天容易犯困，到了晚上反而精神得睡不着。

"我啊，睡眠好，就是今天下午睡多了，所以现在反倒没有睡意了。"戴煦回答，然后他沉默了一会儿，忽然轻轻地叹了口气，问，"那你打从实习到现在，估计一个好觉都没睡过吧？"

方圆一愣，努力地想看清楚戴煦的表情。但是戴煦并没有看她，因为身高的缘故，他的头紧紧地顶在车厢壁上，两只手枕在脑下，仰面对着上铺的铺板，过了半晌，才叹了口气，抓抓脑袋，小声说："这么下去也不行啊，得想办法解决一下。"

方圆抿了抿嘴，假如现在的光线足够明亮，可能戴煦会看到她的眼睛里闪烁着感激的光亮。她知道了，其实自己撒的谎，戴煦早就已经看穿了，对于自己的情况，他也心知肚明，但是却没有拆穿，这么做的目的，可能是不希望自己尴尬或者难堪吧。

"我没事儿，慢慢地，估计就好了，前辈，谢谢你。"她对戴煦说。

第四十七章　去留

　　"不用客气。"戴煦的语气似乎带着一点欲言又止的味道，但是他并没有马上说什么，而是在黑暗中静默了一会儿，才终于试探着再次开口，轻声问，"等到实习结束之后，你有什么打算？回来A市？还是另外有什么安排？"

　　"我没想过这个问题，"方圆的声音里面有连她自己都没有意识到的苦涩，"无所谓吧，反正去哪里对我来说都差不多，也没什么目标，顺其自然，不强求。"

　　戴煦没有再说一句话，两个人就这么各自沉默着。方圆不知道戴煦后来睡没睡着，她迷迷糊糊地时醒时睡，一直到车窗外开始有霞光透进来，列车员也过来招呼快要到站的人，其中也包括他们几个。方圆便先轻手轻脚地爬下了卧铺，轻声招呼还迷迷糊糊睡不醒的林飞歌。戴煦也很快从上面下来，帮忙叫醒了马凯，四个人穿戴整齐，下了火车。

　　列车到达D市比较早，四个人找了个早点铺子，坐下来吃东西。方圆这一夜睡得比平时还要不好，没精打采的，林飞歌和马凯都还有些睡意未散，懒洋洋的样子，就连戴煦，好像也没有平时精神。四个人安静地吃完了早点，拦了一辆出租车，报了之前罗齐留的地址，过了一会儿，司机就把他们载到了一个写字楼的大门前。下了车，戴煦看着面前的这栋写字楼有点发愣。

　　这栋楼足有二十层高，从大门口挂着的指示牌上面可以看到里面大大小小的各种公司，加在一起差不多有二十家了，偏偏当初罗齐就只说了这个大厦，让他们过来找他，到底他在哪一层的什么公司，却没有明确告知。

　　戴煦只好拿出手机来，联系罗齐，可是电话虽然是通着的，却没有人接听，反反复复重拨了很多次，都是一样。

没有办法，戴煦只好跑到写字楼一楼大厅里面，找值班保安询问，可是保安也不可能认得全这栋楼里面的人，即便是各个公司的考勤机都在大厅里面，但是保安却没有权限去查看那些职员的个人信息，只能表示爱莫能助。不过因为戴煦的职业比较特殊，保安允许他做一个登记，领一张乘电梯的磁卡，可以逐层到每一个公司去询问，看看能不能确定罗齐到底在哪里。

因为马凯他们三个只是实习生，并没有任何能够证明自己身份的官方证件，分头行动节约时间精力的这种想法必然行不通，戴煦把他们留在大厅里，让他们在休息区等着，自己乘电梯上楼，开始了碰运气一样的询问和打听。

大概过了二十多分钟，方圆的手机震动了一下，她拿出手机来，看到是戴煦发来的一条短信，说找到了罗齐的公司，并且得知他去了外地办事，如果没有什么特殊情况的话，第二天上午就能回来。既然罗齐不在，戴煦就打算让方圆她们几个也上楼去，先从侧面了解一下罗齐的情况。

"老戴也是的，怎么来之前也不打听清楚啊，要是早知道罗齐不在，咱们何必昨天晚上坐车跑来，等他回来再来多好，现在说是他明天回来，万一他明天又放鸽子不回来了，咱们难道还在这儿常驻啊？"上楼的时候马凯有些抱怨。

"你胡说八道什么呢，当初也没谁逼着你非来不可，不是你自己没等怎么着就特别积极地蹦着高儿要来的嘛！"林飞歌冲马凯翻了个白眼。

方圆说话没有林飞歌那么冲，至少没招她没惹她的时候，她轻易不会那么犀利地同别人说话，所以她只是把事实陈述给了他们听："你们可能是昨天没有注意，之前戴煦打了好多次罗齐的电话，他根本不接，之前第一次联系的时候他就在电话里头说的，说想要问他那些事，就得过来找他，他是不会接咱们电话的。我猜他有可能把戴煦的手机拖进黑名单了。"

"那也不能那么死心眼儿啊，换办公室座机打，用别人手机打。"马凯说。

方圆摇摇头："他既然都打定主意不理咱们，就算你换一万个号码，他接起来也可以立刻就挂断不是吗？如果还有电话沟通的可能，他又何必屏蔽了戴煦的号码呢？所以你说的那种办法，看起来有用，实际上解决不了问题。"

"怪不得这次出差来D市，老戴这么着急，原来是怕罗齐这小子不牢靠啊！"林飞歌有点明白了，点点头。马凯也没有再说什么。

到了戴煦通知他们的楼层，这一层就只有一家公司而已，和戴煦碰了面之后他们几个人得知，罗齐并非是在这家公司上班，而是这家公司归根结底就是属于他的，他是这里的老板。这一次出门办事也并非为了公事，而是他在外地的朋友庆祝生日，广发英雄帖，所以他也跟着过去凑热闹了。

看样子这也是一个财大气粗，无所顾忌的类型，方圆在心里暗暗地想。

戴煦让林飞歌和马凯一组，自己带着方圆，在公司里面找了几个人聊了聊，有的是普通职员，也有担任中层主管职务的人，不过收获并不算多，戴煦也没有在这里逗留太久的打算，在确定不会有太大收获之后就带着他们离开了。

"那咱们现在怎么办啊？"下了楼，马凯问戴煦。

"先从别的途径了解了解罗齐的个人情况，查一下他近期有没有到A市去过，今天晚上就只能在这儿找个地方住下了，等明天再去找罗齐。"戴煦说。

林飞歌多少还有点担心："那假如他明天还不回来呢？或者说回来了，但听他公司的人说了以后就躲起来，那怎么办？"

"不会的，咱们不给他那个机会。"戴煦对这件事并不担心，"明天早上起来，咱们就去机场亲自接他，这样他就没办法得到消息后假装没回来了。"

"你怎么知道他明天是几点的飞机回来？"

"哦，刚才去找他助理的时候，看到他助理的台历上写着明天早上去接机的时间，那个助理是为罗齐一个人服务的，相当于秘书，就连办公室都是在罗齐的外间，这样的一个人，应该不太可能恰好也是在明天，不是去接罗齐，而是接别人吧？"戴煦回答。

"我和马凯去问的净是公司里的小职员，他们对罗齐的事知道得都不多，有的人说罗齐应酬特别多，总有朋友找他，除了这个就说不出什么来了。"林飞歌对这个收获感到有些失望。

"哦，我们这边也差不多，不过可以肯定的是，他们确实没见过鲍鸿光，我让方圆给他们看过照片，他们都没有印象，就连楼层保洁的阿姨我刚才都问过了，她说自己对这层经常出入的人都有印象，但绝对没见过鲍鸿光。"戴煦笑着说，"看来罗齐当初虽然肯帮鲍鸿光办工作的事情，俩人除此之外倒也不算亲近。只不过就是不知道，他们俩是原本就交情不够深呢，还是后来因为什么翻脸了。"

随后的时间，戴煦载着三个实习生来到了D市当地的公安局，请求他们帮自己查一下罗齐的情况。目前汤力还在A市那边反复筛查鲍鸿光家所在小区的各个出入口的监控录像，希望能够找到什么可疑的人，借此判断出鲍鸿光遇害之前最后是和什么人在一起，看看能不能找到真正的凶案现场。在汤力有所发现之前，可能对鲍鸿光下手的，有可能是他在A市的熟人、同事，也同样有可能是过去认识的其他熟人，尤其像是罗齐这种，和鲍鸿光过去就认识，原本就在A市生活了很多年，对A市的路线非常熟悉的人，就更加值得关注了。

第四十八章　小道消息

在人生地不熟的D市跑了一天，几个人算是大略了解到罗齐的一些基本信息。罗齐在跟随他父亲迁移到了D市之后，很快就置办了房产，注册了公司，注册金额还不少，虽然名义上说是和几个朋友凑钱合办的，但是实际上几乎所有人都很清楚，那家公司分明就是罗齐一个人在管理。对外的说法无非是用来避免一些非议，至于非议是什么，所有人都心知肚明，只不过有些事不好妄自揣测，况且还是和他们正在处理的案子并无关联，所以也就不去理会了。

罗齐的阔绰是很多人都有目共睹的，无论是公司的排场，还是在D市他个人名下的楼盘住房，并且听说他还和一个朋友合伙在D市开了一家消费档次不低的西餐馆，只不过他只负责出资和分红，并不参与经营。

可以说，罗齐在D市的日子过得是非常精英，并且一切都顺风顺水，他父亲的仕途也很平顺，怎么看都不觉得罗齐有任何理由怨恨谁或者报复谁。

忙到了傍晚上，几个人才想起来需要找个地方落脚过夜，由于出差的经费有限，戴煦又是带着三个实习生一起出来的。想要住得舒服又体面，并且还价廉物美，恐怕是不可能的，于是在几经周折之后，四个人入住了一家宾馆，这家宾馆虽然名字叫作宾馆，但实际上不过是比旅店看起来稍微正规那么一点点而已。据说这里的前身是一家国营旅社，后来因为支撑不下去，才转给个人的。

交过了住宿费，服务员给了戴煦他们两把钥匙，一共两间房，一间戴煦和马凯住，一间林飞歌和方圆住。两间房距离不太远，虽然说楼房有些老旧，地毯基本上已经看不出原本是什么花色了，但好在每个房间里都有一个小小的卫生间，可以简单地冲个热水澡之类。

方圆现在迫不及待地想要好好地洗个澡，自打住在了值班室，又加上最近特别忙，她几乎没有好好地到外面洗过一个舒服澡，在火车上辗转反侧了一夜，现在她觉得自己特别需要清洗一下，让自己身上的毛孔重新得以呼吸顺畅。

于是进了房间，她和林飞歌打了个招呼，就拿上洗漱用品进了小卫生间。这卫生间实在是够狭窄的，在他们入住之前显然已经被打扫过，只不过仅靠排风扇无法保证空气循环畅通，因此略微有一些闷闷的潮味儿。她也顾不了那么多，拿起垂在地上的淋浴头，打开水龙头，调试了一下水温，不太热，确切地说还有点凉，但是聊胜于无。方圆一咬牙，还是把淋浴头举过头顶，舒舒服服地洗个热水澡的愿望恐怕是实现不了了，她现在只能给自己洗一个战斗澡。

洗完澡出去，方圆惊讶地发现，自己从钻进浴室到现在，时间已经过去了二十分钟，可是林飞歌居然依然像是刚进门的时候一样，站在自己的旅行箱旁边，一动没动，一脸为难的表情，正盯着靠门边的那张床发呆呢。

"怎么了？一直站着，你今天不累啊？"方圆不知道她这是什么状况。

林飞歌指了指那张床："发愁呢，我妈是给我带了自己家的床单枕巾那些东西，可是……那张床摸起来感觉潮乎乎的……"

方圆走过去，伸手摸了摸，被褥确实都透着潮气。

"可能是这间房在一楼，这屋里的供热又不太好，你看，就那么小小的一组暖气而已，这张床离得还远，所以就会有些潮。"她对林飞歌解释。

"唉……"林飞歌重重地叹了一口气，"这可让人怎么睡啊！你别看我，好像皮糙肉厚似的，其实我皮肤可敏感了，要是睡在潮乎乎的床上，很容易就起疹子，特别难受。方才我要是早一步发现就好了，趁你进去洗澡之前，咱们还能跟服务员说说，让她给咱们换个房间，现在你都用过浴室了，估计想换房间也不太可能，要不然我坐椅子上，腿搭在床上睡一宿，你觉得怎么样？"

"那怎么能行呢，除非你明天不打算出去办正经事了。"方圆当然不会赞同林飞歌那种不靠谱的提议，她走到另外一张床旁边，伸手摸了摸，发现那张床可能是离暖气比较近的缘故，倒不像门边这张床摸起来那么潮湿，姑且不去评价床单的新旧和洁净程度，至少睡上去会比那张潮乎乎的舒服得多。于是她对林飞歌说："这样，你睡这边这张床，这张床没那么潮，我睡那边，我对潮气没有那么敏感，没关系的。"

"那可不行，那可不行！那不成了我欺负你了嘛！这事儿我可不能干。"林飞歌一听，想都没想就表示了反对，又提议说，"要不咱们俩挤一挤，一起睡？"

"还是不了吧，这床也就一米宽，一个人睡没问题，两个人睡可就太挤了，要是贺宁在这儿跟你挤挤说不定还可行，我就不适合了。"方圆苦笑着摆摆手，顺口调侃了一下自己那个苗条的好闺密贺宁，大家都是同学，和林飞歌谈不上熟悉，但彼此至少是认识的，"就按我说的住吧，你快去洗一洗，水稍微有一点凉，可以凑合用用，然后差不多咱们就该睡了，明天一大早还得去机场堵那个罗齐呢。"

"我带了湿巾，擦擦就行了，我看那个卫生间要是洗澡的话，都不好说能不能转开身儿。"林飞歌摇摇头，一边说一边打开自己的旅行箱，从里面拿了床单和枕巾出来，开始铺床，"你困了？我还精神着呢，咱俩聊聊天儿吧。实习都这么多天了，你觉得刑警队这些人怎么样？"

"我除了戴煦和汤力他们两个人，也没和别人打过什么交道，你让我说，我也说不出来什么呀。"方圆摇头，严格说起，自己连汤力是个什么样的人都说不出来，只知道他惜字如金，更不要说其他人了。

"哎呀，那看来我有必要给你扫扫盲，给你提供一点内幕消息了！"林飞歌一听方圆对刑警队里的人和事一概不知，顿时来了精神，铺好了床单之后，脱了鞋盘腿坐在床上，面对着方圆，眉飞色舞地开了口，"你知不知道，那个帅哥钟翰，他其实和那个不怎么起眼儿的师姐顾小凡是一对儿！"

"哦，是吗？"方圆尽量让自己表现得好奇似的，钟翰和谁是一对儿，其实她根本就不太关心，只是假如她对此表现得过于意兴阑珊，可能会伤害林飞歌的感受，"怪不得他们两个在一起办案子。"

"不不不，我听说啊，他们是因为在一起办案子时间久了，所以才日久生情的。哎呀，你说这事儿还真是说不准啊，原来近水楼台什么的，居然真的会发生。怎么我就没遇到那样的好事儿呢！"林飞歌挪了挪身子，调整了一下坐姿，上半身微微向前倾斜，迫不及待想要分享信息似的，"而且你知道吗，据小道消息，当初还是钟翰横刀夺爱来着，要不然那个顾小凡就和刑警队名叫高轩的人在一起了。那个高轩说起来就更有意思了，虽然也挺帅的，居然是个花心大萝卜，而且还是脚踩两只船被当场抓包的那种！哦哦，对了，还有哦，据说当时刑警队不知道是哪个女的，因为追钟翰，结果钟翰甩都不甩她，可伤自尊了，而且女的好像还比那个顾小凡好看，我回头可得好好打听打听，到底是谁这么倒霉。对，还有老戴，谁能想到他长那么大一个块头，性格其实那么温柔好说话！你看他不管是跟咱们还是调查对象，跟谁都那么随和！"

　　方圆笑着点点头，心里面暗暗地想，戴煦那哪里是温柔啊，就算非要用这两个字，也要叫作"温柔一刀"。最初自己也没有察觉，可是相处得越久，越是留意就越清楚，这男人乍看好像是一个好好先生，得过且过，甚至有些迷迷糊糊的，但实际上，他才是真正的绵里藏针，比起气场强大，作风犀利的钟翰来，他不容易激起人的防范心理，反而更不好对付。

第四十九章　堵个正着

　　当然，这种想法她是不会轻易说出来的，这只是自己的主观感受而已，也不一定就准确，说出来传到别人的耳朵里，搞不好倒像是在说戴煦阴险狡诈似的，那可就不好了，再说林飞歌对戴煦的评价还是挺正面的，自己就更没必要说什么了。于是方圆听着林飞歌的小道消息，一边在心里面暗暗感慨，人和人的性格还真是不一样，自己和林飞歌一起实习，眼下除了每天朝夕相处的戴煦之外，她对其他人都只停留在面熟的程度，而林飞歌却已经把这些人的私事都打听了个一清二楚。这么做到底好不好，方圆也不好评价什么，她只觉得，假如林飞歌把这个能耐放在以后的工作上头，那也算是前途无量了。

　　林飞歌聊得有些犯困，两个人关了灯躺下之后，林飞歌很快就进入了梦乡，不时地还会发出几声梦中的咕哝声，方圆却辗转反侧，怎么都睡不好。这张床确实是有够潮湿的，无论是盖在身上的被子还是身下的床单，都有一种黏黏的触感，让人觉得很不好受，枕头里散发出来的淡淡的霉味让方圆几乎没有办法侧着身子躺着。她在黑暗中看了看对面床上睡得好像很舒服的林飞歌，心里暗暗地想，如果以后还需要出差的话，自己也有必要准备一条小床单和枕巾。

　　就这么过了一夜，第二天一早，天还没亮呢，戴煦的电话就打了过来，让她们两个抓紧时间起床穿戴整齐，该是时候出发去机场了。

　　不知道是不是一夜没有睡好的缘故，方圆爬起来，觉得自己的脑袋昏昏沉沉的，就好像是一团糨糊，她到卫生间用凉水洗了把脸，被冰凉的自来水一刺激，倒是比最初清醒了许多。

　　林飞歌也没精神，不过她的没精神和马凯一样，都是因为起太早的缘故，还睡意蒙眬着。戴煦倒是挺精神，带着他们离开小宾馆，出去拦了一辆出租车，和一听说要去机场就漫天要价的出租车司机讨价还价了半天，最后才上车朝机场方向出发。三个实习生坐上出租车之后没多久就都睡着了，等到再被叫醒的时候，车子已经停在了机场的接机大厅门口了。

D市不是什么大城市，这个机场还是前几年为了振兴省内的旅游业，所以才拨款建成的，规模不大，即便是国内航线，也没有很多。接机大厅的出口就只有一个，一大早就只有那么冷冷清清的几个人在等着接机，其中还不乏在这里趴活儿的的哥。戴煦一看这个场面，也挺高兴，至少人少就不用担心被人挡住了视线或者妨碍了行动，导致不能成功地在机场截住罗齐。毕竟从之前的情况来看，戴煦也不敢说这个罗齐到底是架子端得大，还是存心找借口推托，所以也不能掉以轻心。

等了将近半个小时之后，出口处远远能看到有人开始朝这边走了过来，按照时间推算，应该是罗齐乘坐的那趟班机抵达了。乘客们开始陆陆续续地出来，戴煦他们几个都伸长了脖子仔细地留意着每一个从通道口走出来的人，下飞机的人从星星点点的几个，逐渐变成了热热闹闹的一群，然后又逐渐稀疏起来，林飞歌和马凯都有些耐不住性子了。

"老戴，你昨天看到的那个接机信息到底对不对啊？会不会人家助理根本就不是接罗齐，咱们给搞乌龙了啊？"林飞歌心里不踏实地问。

戴煦想了半天，口气有点含糊地说："这个……应该不能吧。"

"这怎么还应该呢？"马凯嘀咕着，"D市什么破地方啊，机场里头连空调都不行，我这辈子第一次见到这么小的机场，也第一次遇到比火车站还冷的接机大厅！起了这么大早跑到这里来挨冻，要是接不到罗齐，那可就赔了！"

"人和人的性格不一样，有的人性子急，上飞机下飞机，或者坐车什么的，哪怕是凭号入座也还是着急，上去要最先上，下来也要抢着最先下，但是有些人的性格没有那么急，可能不愿意和别人争着抢着往外走，宁愿慢一点避开人流量密集的时候，这都是说不定的事儿。"戴煦安慰马凯。

马凯撇撇嘴，没有吭声，继续伸长脖子等着看罗齐到底会不会出现。

好在罗齐最终还是出现在了通道里，被戴煦一眼认了出来。他本人和照片上面出入并不大，虽然年纪比鲍鸿光还要大一岁，看上去倒是显得比他还要略年轻几岁似的。罗齐长得并没有太多可圈可点的地方，不过眼下这个季节，在出口处等着的几个人都穿着厚厚的大衣或者外套的时候，他身上却只穿了一件黑色中长款薄风衣，真可以说是要风度不要温度了。

罗齐一走出来，等在另一侧的一个陌生年轻男子也动了动，似乎准备迎上前去，戴煦抢先他一步，在他还没有动起来之前就已经举起手来，冲罗齐挥了挥，就好像和罗齐很熟悉似的和他打招呼："罗齐你好，听说你今天回来，我们特意到机场来接你来了！"

罗齐的注意力自然就被他这个举止看似熟悉但实际上却是彻头彻尾的陌生人吸引过来，停下脚步，站在原地上下打量了戴煦一番，又看了看他身边的其他三个人，确定其中没有一个是认识的，便问："接我？你们是……"

戴煦拿出自己的证件，但只是拿在手里，让罗齐能看到上面的标志而已，并没有真的亮出来："之前我们通过电话，你说如果想和你了解情况，最好就到D市这边来一趟，所以我们就过来了。要是方便的话，我们到你公司去聊聊？"

罗齐起初有些诧异，等听完了戴煦的话心里就全明白了，他似乎对戴煦没有高调地亮明身份这件事很满意，略加思索，便摇了摇头："算了，公司那地方，还是不讨论我的私事比较好。这样吧，地方我选，既然你们大老远地跑来D市这个小破地方找我，我也不能让你们什么都没打听着就走，是不是？"

说完，他冲旁边已经等了半天的年轻小伙子招招手，示意他到跟前来，然后从随身背包里拿出钱夹，从里面抽出二百块钱递给对方，说："小王，你把车钥匙给我吧，自己坐出租车还是坐大巴回去，随便你，我还有点别的事。"

被称作小王的年轻人连忙点点头，拿出车钥匙交给罗齐，向他交代了一下车子在停车场大概什么位置，之后又推辞不肯要罗齐给的车费，罗齐硬塞给他，冲他摆摆手，小王这才不太好意思地拿了钱，独自离开了。

戴煦他们四个人跟着罗齐来到停车场，找到了停在那里的一辆价格不菲的名牌越野车。上车之后，罗齐熟门熟路地发动汽车，把车子开出了停车场。

"你还特意给自己的专车雇了个司机啊？"林飞歌虽然和罗齐是第一

次见面，不过她的性格好像从来就不知道什么是认生似的，好奇心一上来就忍不住了，开口就问，"我看你那个公司也没有多大规模，特意雇个司机多浪费啊！"

"哦，你说那个小王啊？他是司机，不过不是我的司机，是我爸的。我让他帮我把车开过来而已。你想多了。"罗齐从后视镜瞥了一眼林飞歌，对她的询问说不上是不悦还是不耐烦，虽然开口回答了，语气却带着一种居高临下的味道，说完之后，他又像是忽然考虑到了什么，停顿一会儿之后才补充说，"不过我和小王私交还是挺不错的，他这次算是个人帮我的忙而已。"

罗齐的父亲是做什么的，戴煦他们之前摸底的时候已经了解得很清楚了。罗齐这样算不算大树底下好乘凉，他们也不想多加评论，很多事情都是心知肚明的，说开了反倒会让后面的话题没有办法继续下去。所以眼见着林飞歌又想问什么的时候，戴煦先一步开了口，问："咱们不去你公司的话，这是去你家？"

"不好意思，我不太习惯带生人到家里去，不过你放心，我这个人呢，喜欢广交天下贤士。虽然咱们打交道的原因有点尴尬，不过遇到就是缘分，你们来我也不能让你们空跑一趟，就当交个朋友吧。今天我挑个地方，肯定会把你们招待好的。"罗齐说。

第五十章　小跟班

对罗齐的话，戴煦就只是付之一笑，没有做任何回应，罗齐开着车回到D市的市区，经过了一番七拐八拐的路线，最后停在了一家店的门口。几个人下车一看，原来是一家咖啡馆，这间店的店门不算宽，但是却很高，圆弧形的大门似乎是包铜的，造型颇有些欧式复古风格，门上面有很多凸起的繁复花瓣。

罗齐看看时间，满意地点点头："时间赶得刚刚好，他们这个时候应该刚开门，原本我是想出门回来，挺疲劳的，下了飞机找个地方吃点早餐，然后回家去休息休息，不过既然你们来找我了，估计我也没那么快能回去睡觉，这样恐怕就会需要喝杯咖啡提提神什么的。这家的咖啡我很喜欢，咖啡豆品质很高，烘焙的度掌握得也刚刚好，你们一会儿尝尝就知道了。哦，还有他们家的烤芝士三明治，刚刚出锅的时候，里面的奶酪还没有凝固，外面的面包煎得又松脆，也很不错。"

说着他就一马当先地走在前面，戴煦跟在他身后，林飞歌在确定罗齐看不到她的时候，对方圆撇撇嘴，没有出声地做了一个口型。方圆看得出来，不是什么好话，大概是罗齐语气里的那种优越感和傲慢，以及他对自己餐饮比较考究的强调，都让林飞歌有些受不了，但又不能表现出来，只好背后偷偷地泄愤。

方圆也不喜欢罗齐的这种调调，那种大少爷一样的倨傲和狂妄，以及从细节就能看出来比较奢侈的生活方式，不过她倒没有反感到这种程度。这一类人之所以会养成现在的这种言行举止，一半归因于家里面的娇宠和纵容，还有另外一半也是因为他们身边围绕的，不是因为他们出手阔绰所以拼命巴结的，就是希望通过与他们结交讨好他们有权有势的父母的。总而言之罗齐和他的同类们，不管走到哪里，接收到的都是各种赞扬。没有人会质疑他们，没有人会否定他们，没有人会指责他们不够礼貌不够谦虚，所以他们就习惯了排场，习惯了大手大脚，习惯了有人伺候着，也意识不到自己的居高临下到底会不会不合适。

这种人她以前也遇到过一个，再看罗齐，也就见怪不怪了。

几个人跟着罗齐走进了这家咖啡店，店内的装修风格和外面一样，都是复古的欧式风情，所有本来可以起到照明作用的窗子都被墙面装饰给遮挡起来，室内的光线完全依赖于棚顶垂下来的复古吊灯，就连灯泡都是一水儿的黄色光线，让整个咖啡馆的光线氛围虽然比较柔和，却也略显幽暗。

店里的服务员对罗齐很熟悉，见到他立刻很热情地和他打招呼。罗齐同他们点点头，径直走向了距离门口最远的一侧，挑了一张桌子，坐了下来，然后指了指桌上立着的塑料牌子，说："他们这里选项不算多，不过各个都比较经典，你们随意吧，尽管点。大家相遇就是有缘，交个朋友，我请客。"

然后他对过来为他们点餐的服务员说："我还是老样子，他们几个点什么，从我的会员账户里面划就行了。"

服务员点点头，熟练地把罗齐惯常点的东西记了下来，然后把目光投向戴煦他们。林飞歌估计也没想到这家咖啡馆里面的环境居然会是这么考究，坐在触感细腻的真皮沙发上面，倒没有了方才对罗齐的那股子怨气，原本盯着餐牌默默地研究着，听了罗齐的话，便又忍不住多看了他几眼。

戴煦却冲服务员摆摆手，说："你把账单分开吧，我们四个人的我单独付。"

"不用这么客气，一顿早饭而已。"罗齐轻飘飘地说，"我请就好了。你们特意过来，我要是让你们迁就我来这里吃东西，结果还让你们破费，那怎么行？"

"不行不行，我们也是有纪律要求的。"戴煦难得拿出这么认真的态度来，一本正经地再次拒绝了罗齐。

罗齐见他这么说，也不好再坚持，耸耸肩，对服务员说："照他说的办吧。"

戴煦最先选择了要吃的东西，他按照罗齐的推荐，要了一杯咖啡和一份烤芝士三明治。林飞歌他们三个人也分别点了自己想吃的东西。方圆看着那块印着简餐和饮品的塑料牌，对上面的价格有些偷偷咋舌，想到他们被罗齐带到这样的场所，喝东西的花销恐怕是没有办法解决在旅差费里的，这样一来，就得让戴煦自掏腰包。他也不过是工薪阶层，平时穿着打扮都很普通随意，看起来好像也比较简朴的样子，趁机宰他一刀的事情，方圆可做不出来，斟酌了一番，最后只点了一杯相对而言最便宜的咖啡，和一份简餐里价格最低的烤吐司。

这里的咖啡和简餐都要现做，在等待的时候，服务员先给他们端了几杯热水，水杯里漂着柠檬，随着热气散发出淡淡的香味。戴煦把玩着玻璃杯，没有急着开口，罗齐也是一样，在服务员走来走去的时候，他们都不想直奔今天见面的中心话题，毕竟这个话题远远谈不上令人愉悦，甚至还会引人遐想，惹出一些无端的猜测来。

一直等到五个人的咖啡和简餐都端上来了，他们都默默地吃了一会儿，戴煦随口和罗齐攀谈了一句与主题无关的话，等到确定服务员不需要再过来之后，戴煦才把话题引向了死者鲍鸿光："听说在留学期间，你和鲍鸿光关系不错？"

罗齐喝一口咖啡，不紧不慢地咽下肚，拿纸巾沾了沾嘴角，有些轻蔑地一笑，反问戴煦："这话你听谁说的啊？那人估计视力不太好吧？"

"你的意思是说，其实你和鲍鸿光不熟？"戴煦以为他是想要推诿。

罗齐摇摇头："那倒不至于，我和他还算挺熟的，不过熟归熟，不代表关系不错。其实认识我们的人，但凡长眼睛，估计都不可能说出我跟他关系不错这种话来。他对我来说，就是个小跟班儿罢了。"

"你能具体帮我们解释解释，'小跟班'这个角色在你这里是怎么定位的吗？"戴煦似乎有些费解，"毕竟在我的认知里面，能让一个人总跟着自己，关系肯定不会太差，他又是你小跟班，你又说你们不是那种关系不错的交情，这我可就有点糊涂了！"

"怎么说呢，我没说我跟他关系很差，只是……我这么说你们可能会觉得我太狂妄。鲍鸿光他还真就不配和我为伍，我让他跟着我，说白了也是觉得他怪可怜的，不是和他合得来。"罗齐略带着一点不屑地说，"他那个人，英语不好，也没见过太大的世面，唯一的优点就是经济方面还行，玩得起。别人要么是那种老实巴交地学习，不爱玩的，要么是比我条件更好，见过更大世面的，人家那种根本瞧不上他，所以我也就是觉得他怪可怜的，所以才带着他而已。就他的那个见识、眼界和眼光，真够不上和我做朋友。"

"哦，这样啊，我听说鲍鸿光好像出去了那么多年，就一直靠买假的在读证明蒙混生活，实际上连语言要求都没有达到过？"戴煦没有对罗齐的说法做任何质疑或者评价，而是顺着罗齐继续问起来。

罗齐笑了笑："老实跟你们说，现在出国的人太多了，我是那种不上不下凑合过得去的类型，当然，人家有很多好好学习，成天泡在图书馆里的，那种人也不和我们混在一个圈子里，和我平时玩的人里头，像鲍鸿光这种类型的，真见过。我只能说，鲍鸿光肯定不是出国的人里面英语最烂的，也不是第一个买假学历，更不会是最后一个，无非是爹妈心里跟开花儿了似的，非要送出去，结果自己孩子也没那个心思，所以就玩够了买一个回去糊弄家里老的呗。"

"你在那边朋友肯定不少吧？"戴煦的话里也听不出来褒贬，"那你身边的其他朋友和鲍鸿光相处得怎么样？"

"跟我差不多，反正我身边圈子里，没听说谁真拿鲍鸿光当朋友的，也就看我的面子吧，回来之后基本上就没见他们谁还和鲍鸿光来往的。鲍鸿光那人，当不当他是朋友是一回事，单纯一起出去玩什么的也还可以，至少出手大方，每次追小姑娘都舍得花钱，去酒吧请大伙喝酒，也是挺豪爽的，冲这个也不至于有人不愿意带着他，不是吗？"罗齐说完，露出了一抹有些坏坏的笑容。

第五十一章　量入为出

　　"据我们的了解，鲍鸿光在出事之前应该是单身。"戴煦似乎被罗齐说得有些茫然了，"你说他'每次'追求姑娘都很舍得花钱，怎么个舍得法呢？追了那么多次，有没有成功的时候？"

　　罗齐一听这话，原本脸上嘲讽的笑容变成了饶有兴致的笑意，他仔细看了看戴煦，调侃似的说："我还以为你们警察都是要么一本正经，特别严肃，要么就是特别凶，看别人一眼别人都得肝儿颤的那种，没想到你好奇心也挺重嘛！"

　　戴煦摆摆手："哎，别那么说嘛，我们也不是施瓦辛格演的那种终结者，大家都是凡夫俗子，一样困了要睡觉，饿了要吃饭，只是职业不一样而已，别人有的七情六欲我们也有，别人有的好坏习惯，恶趣味什么的，我们也是一样嘛！"

　　"说得也对，我就喜欢跟你这种性格的人打交道，接地气儿！"罗齐哈哈一笑，不知道是因为戴煦的态度还是因为戴煦的问题，倒也没有像方才一样把架子端得那么足了，"你要问我鲍鸿光那小子到底追过多少小姑娘，我可说不上来，因为太多了。他……怎么说呢，别人好歹是有个特定的喜欢的类型，比如有的人可能就喜欢娇小可爱的，有的喜欢文静的，有的就喜欢身材前凸后翘特别火辣的。他呢，就那么两个条件，第一对方是女的，第二对方长得好看，没别的了，所以只要是大伙儿一起出去的时候，几乎都能看到他在跟小姑娘献殷勤，一般要是对方买账呢，这事儿就能坚持一段时间，要是不买账呢，下次他就又换人，对别人献殷勤去了。那种所谓买账的，也就是得了好处之后见好就收了，反正据我所知，他追了不知道多少个女孩儿，没有一个真正成功的。"

　　"那这运气也太差了吧！"马凯难以置信地说，"追那么多居然一个都没成？这得背成什么样啊！"

"这跟运气关系也不大，主要是他……情商有点问题。"罗齐斟酌了一下自己的措辞，"我给你们举一个让我印象最深刻的例子吧！有一次，我们包了当地的一个华人KTV，约了一群朋友，去那里唱唱歌，喝喝酒，消遣消遣。当时约了一个女孩儿，正好就是鲍鸿光当时惦记的，他还跟我说，要好好地拾掇拾掇自己，来个闪亮登场，我也没太当回事儿，结果，那天晚上他还真是闪亮登场了。我的天哪，到现在我想起来，都觉得简直太奇葩了！"

罗齐一条胳膊支在沙发扶手上面，用手扶额，慢慢地摇着头，一脸哭笑不得的样子，摆明了是在渲染自己当时的震惊程度顺便卖卖关子，吊吊胃口。而他的这一举动，也得到了预期的效果，马凯和林飞歌很明显都被他给勾起了好奇心。

"他是怎么闪亮登场的？打扮得很夸张吗？"林飞歌问，一边问一边把身子坐直，上半身微微向前倾斜着，脖子伸得长长的，迫不及待地等着听下文。

罗齐见自己的目的达到了，便见好就收地说："这件事我印象太深了，所以过去好几年了我也还记得清清楚楚。那天他一进去，我们所有人都傻了，别的人都是穿着休闲的衣服，或者是走雅痞风格的打扮，他呢，跑去租了一套衣服，一套仿制的猫王演出服！你们能想象吗？鲍鸿光长什么样你们肯定知道了，本身就黑，穿了一身雪白雪白的演出服，上头还打了很多银色的铆钉，下身那条白裤子，大腿紧紧的，感觉随时随地有可能把裤子给撑破了，膝盖以下呢，居然是个大喇叭形！裤子上也有好多那种铆钉。哦对了，他那个上衣，还是个立领的，后背上还有一个小斗篷一样的东西，头发也用啫喱抓得好像是刺猬一样，还洒了闪粉，我的天，你们就自己想象吧！"

方圆虽然不太喜欢罗齐的言谈举止，不过按照他的描述在脑子里重现了一下鲍鸿光的那张脸，那副身材，配上罗齐描述中的那身猫王演出服，那画面确实是换成谁都会忍不住皱眉头的，当然，前提是罗齐说的是事实，没有夸大加工。

"我的天哪，他是去追姑娘去了还是吓人去了？"林飞歌一副马上就要吐血的样子，一个劲儿地摇头，"这也太夸张了吧！这样能追上姑娘才怪呢！"

"所以我才说嘛，除非是想从他那儿得点好处的，一般打从最开始就直接封门儿了，告诉他绝对没戏。那种想要得好处的也无非是明示加暗示，得着自己想要的东西了，就一挥手，拜拜，不陪他玩儿了。"罗齐的表情看起来是一脸的惋惜，可是语气上却完全感觉不到这种情绪，"回国后的事儿我就不知道了，跟他也没怎么再打交道，不过我可以很负责任地跟你们说，在外面的那几年，鲍鸿光除了砸钱追姑娘，女朋友是一个都没有谈到过。"

"那他追过这么多人，每一个都还挺舍得花钱，在这方面损失也是够大的。"戴煦好像并不太在意鲍鸿光的情路到底是不是坎坷，而是在意起经济方面来。

罗齐摆摆手："那倒不会，鲍鸿光就是情商低了一点，我可没说他智商低，后来他也发现自己是屡战屡败型的，所以也吸取教训了，在之后追女孩儿的时候，就也知道长记性了，学着量入为出，哦不对，这么说也不确切，要是非得确切地说，那他终于懂得考虑投资回报率的问题了。鲍鸿光后来就也贼了，不给花大钱，都只买小玩意儿逗姑娘开心。你要跟他好呢，他就对你更大方，你要是一直吊着他呢，他就撤了。所以说啊，这世界上哪有真正的傻子啊。"

"这话说得对，次数多了，就算是条件反射，估计也都学乖了。"戴煦点点头，"不过这么说的话，鲍鸿光肯定不是那种容易得罪人的性格，我这么说没错吧？当然，除非他追了不该追的姑娘，得罪了人家的男朋友什么的。"

"他倒是敢才算啊！"罗齐嗤笑了一声，"说实话啊，就当时他混在我们那个圈子里的时候，除了我，也没谁正眼儿瞧他。我身边那些朋友的女朋友或者正在追的姑娘，一来鲍鸿光没有那个胆量追，二来那些女生也不可能瞧得上他，这个是实话来着，所以他也挺自觉，没自讨没趣过。"

"哎哟，要是这么说起来的话，那鲍鸿光平时过得挺自卑的啊！明知道身边的人都不怎么瞧得上他，还得硬着头皮往中间挤，何苦呢！"戴煦好像颇有些不理解鲍鸿光为什么要这样，有些感慨地摇摇头。

"话也不是这么说的，他在我们面前是有点自卑，那没办法，我身边的朋友不管是哪方面的条件，就没有他能比得上的，不自卑能行吗？"罗齐自负地说，"但是我得声明，他可不自卑。你们这么说是没见过他和别人在一起什么样儿，我见过那么一次两次，遇到那种家里头没什么钱，勒紧了裤腰带出国的，鲍鸿光也牛着呢，看人家那眼神儿，说话那个态度，完全就不是同一个人。怎么说呢，其实我觉得他这种人挺悲哀，条件不如他的，老实巴交好好学习不爱玩的，他看不起人家；等到我身边那些条件都不错的呢，人家又看不起他，觉得他没见识，家底也不太行，品味就更不用提了，就是个土包子罢了。弄来弄去，他就和蝙蝠一样，说兽不是兽，说鸟不是鸟，哪头都不太想要他。"

"那何苦呢，我要是他，宁可做鸡头，也不做凤尾，一直被人挤对来挤对去，还得被笑话，多难受啊！"林飞歌撇撇嘴。

"你这么说，说明你的心理还不够成熟，"罗齐摇摇头，"你以为他真的是个傻子吗？我刚才说了，他情商不高，但是不代表他智商低啊，对不对？他心里清楚着呢，和什么人在一起对自己有好处，跟不如他的那些人在一起的话，他顶多是面子上好受一点，和我们在一起，他能得着实惠，要不然就凭他，你们以为他是怎么找到那份工作的？"

第五十二章　不问真假

罗齐这么一说，倒让在场的四个人都不由自主地愣了一下，谁也没有想到，居然在没有被问到的情况下，他会那么主动地自己先说起了鲍鸿光工作的事情。

罗齐也注意到了他们诧异的神情，便笑了笑，摆摆手，说："你们不用那么惊讶，我这个人呢，就是玩心重了一点，脑袋还算够用，大学问搞不了，正常和人打交道还是没什么问题的。你们都能找到我，肯定是该做的功课都做完了才来的，我要是遮遮掩掩地说那事儿跟我没关系，估计你们也不能信，是不是？何必呢，还不如坦坦荡荡的，这样比较简单。"

"其实你要是一开始肯接电话，我们都不用过来占用你的时间，这样更简单吧。"林飞歌多少还有些埋怨因为罗齐的缘故，她不得不住在一家小宾馆里，因此听他话说得那么漂亮，忍不住抱怨了一句。

罗齐倒一点也没有因为被她给戳穿了而感到窘迫，只是耸耸肩，说："这个嘛，我这个人虽然还是挺随和的，但是多少也有点自己的小个性，我不喜欢被人隔着电话质问。我就喜欢面对面大家显得比较坦诚，而且投缘的话，以后咱就是朋友，打电话那可做不到。"

"有句话，当然，就是我个人的一点主观感受啊，也不知道当讲不当讲，说出来恐怕你不一定会觉得顺耳……"戴煦开了口，尔后似乎又有些犹豫。

罗齐了然一笑："没事儿，我都说了，你这个人和我投脾气，你这个朋友我交了，有什么你就说，反正都已经开了头了，不说出来不是更难受吗？"

"我是觉得啊，"戴煦挠挠头，"好像从一开始我们联系你，跟你说鲍鸿光的事儿，一直到现在，你对他遇害身亡的这件事，好像都没有多惊讶。"

"哦，这事儿啊，那是事实，我有什么好不高兴的。你们告诉我他死了，这我确实有点意外，这事儿我要是意料之内，那问题可就严重了，你说是不是？"罗齐不太在意，并没有表现出丝毫的不悦，"意外是意外，惊讶是惊讶，这两种反应不是同一个性质，你们肯定是明白的吧？惊讶那得是我觉得这种事儿绝对不应该也不可能发生，意外嘛，就还有一层情理之中的意思，咱们就当说个掏心窝子的话吧，鲍鸿光这个人，情商不高，最直观的体现就是不会说话，嘴巴特别擅长得罪人，就算是开玩笑，都找不到恰当的点，总和别人开那种不合时宜的玩笑，惹人讨厌。不光这样，他自己还是个势利眼，比他强的他就巴结，要多狗腿子就有多狗腿子，遇到不如他的，他还挺傲，看人都是斜楞个眼睛看，你们说，就这还能有个好？所以啊，这要是你们找我，跟我说鲍鸿光因为得罪了别人，被人打得都快生活不能自理了，这我信，但是被人直接给弄死了，这确实有点意外，照理来说，不至于这么狠才对。"

"我觉得你对鲍鸿光好像并不是特别喜欢，评价起他来，几乎找不到什么正面的描述，那既然这样，你还干吗要让他跟在你身后，充当你的小跟班呢？"方圆听他说完之后，忍不住问。

"这有什么冲突？"方圆的问题似乎有些让罗齐脸上有些不舒服了，他的脸色微微阴沉了一点点，略带着一点不屑地说，"假如我养了一条狗，那肯定是图好玩儿，不是指望着这条狗有多聪明，不是吗？我从一开始就强调了，他就是我身后的一个小跟班儿罢了，我根本就没拿他当过朋友，所以我看得起他看不起他，喜欢他不喜欢他，这有什么关系？再说了，谁还没有点虚荣心啊，我不喜欢鲍鸿光这个人本身，但是我喜欢自己身后有狗腿子、小跟班儿的感觉，喜欢带着他出去玩，反正我也不图什么。我身边的朋友也都知道鲍鸿光是自己巴巴儿地跟在我后面，想要进圈子里来的，跟我一点关系都没有。我也一点损失都没有，这有什么问题吗？"

"嗯，确实是没有。"戴煦点点头，"而且说起来，你对自己的这个小跟班，也算是够意思了，就算你不喜欢他，但关键时刻，你还是挺照顾他，要不是你帮忙，他根本不可能凭他的真实水平得到那份工作。我听说，那所中学可不怎么好进去啊，尤其是鲍鸿光那种情况，当初为了帮他这个忙，你也没少费心吧？对一个小跟班儿都这么讲义气，和你做朋友倒是一件挺好的事儿。"

罗齐的脸微微有些泛红，他的表情还是维持着方才的淡定，但如果仔细留意的话，不难看出他眼神的闪烁。

"这个……我也不想装什么好人，说我那么做是为了朋友义气，我说了没有当他是朋友，那就肯定没有。这世界上，无利不起早，我也是个做生意的生意人，利益至上，这个是一定的。所以我也可以很坦白地跟你们说，我帮他那个忙，也不是白忙的，首先需要打点的，不管大大小小，那也都是鲍鸿光自掏腰包，我是一点都不会替他担着的。其次，我帮他的忙，说白了，用的也是我们家老爷子的面子，我年纪轻轻，谁会真的把我当回事？我们家老爷子的面子是好用，但是用了面子不用还的吗？人情，都是有来有往，所以这次我用了我们家老爷子的面子替他去联系，他也肯定要给我还人情的酬劳，等价交换，公平。"

"确实，这种事，肯定要用到很大的面子才能解决呢。"戴煦点点头，"虽说你强调公平、等价交换什么的，说得轻描淡写，但是我觉得办起来肯定不是那么容易的，这中间也费了不少的力气吧？毕竟那个中学当时都已经是超饱和的状态了，没有编制的老师一大群，那种时候能让鲍鸿光进去，还抢在别人前面得到了编制，这可不是一般的能量啊！"

"这个就看怎么说了。"罗齐并不想和他们多谈论这个话题，所以态度自然而然地也就冷淡了许多，他放下原本端在手里的咖啡杯，身子朝后，靠在椅背上，"事情的难易程度到底算高还是算低，这东西没有一个统一的标准来判断。可能对有的人来说，登天也很难，这辈子想都不用想，但是对于有的人来说，却易如反掌。"

"话是这么说，没错，不过……鲍鸿光的条件也确实是太不乐观了，个人水平怎么样都先不说，毕竟他的学历方面……"戴煦稍微停顿了一下，然后问罗齐，"你对他学历的事情是知道的，对吧？"

罗齐最初似乎是想要否认的，但是转念一想，方才几个人在闲聊的过程中，自己好像确实是对鲍鸿光的学历问题，以及其他类似鲍鸿光的人侃侃而谈了一番，现在再想要否认，恐怕已经是来不及了。他只好清了清嗓子，说："这个怎么说呢，其实他那些真真假假，假假真真的，和我也没有实质的关系，毕竟又不是我要用他。假如他要是想去我公司工作，那我肯定是不要他的，他去那个初中，是那个学校要聘他，我只是负责帮他牵个头，其他的事情我一概不过问的，反正人家要证件，鲍鸿光当时也拿得出来证件，这不就可以了。到底是真的还是假的，那些是用人单位自己去判断去验证的，和我没有任何关系，我也不会为这件事去打包票或者是承担什么责任，你们不用用这件事来暗示我什么。"

"哦，没有没有，你误会了！"戴煦一听这话，连忙摆摆手，"其实是这么回事儿，我就是听说鲍鸿光进了学校之后，教学水平让他的同事也好，学生家长也好，都有不小的微词，所以我想问问，据你所知，他有没有因为这方面惹了什么麻烦？"

"没有，不瞒你说，我当初就跟鲍鸿光说过了，那件事，我帮他牵了头之后，就再也不过问了，搞得定还是搞不定，都是他一个人的事，我到D市这边来，就和他没有再联系过，如果你们不找我，我这辈子都不会知道鲍鸿光死了的事情。"

第五十三章　撑过去

可能是觉得自己说的已经够多了，又或者因为有关鲍鸿光如何得到那份工作的话题关系到了自己甚至自己父亲的一些事情，罗齐谈话的兴致明显不如最初那么高，到后来干脆就变成了不管问什么，就用一两个字来解答，其余时间就意兴阑珊地斜靠着椅背，有一搭没一搭地喝着杯子里的咖啡。就连戴煦希望他能提供几个曾经和他还有鲍鸿光都认识的，并且已经回国发展的人的联系方式，罗齐也表现得十分不情愿，表示如果可以，尽量不想因为这件事让别人也和自己一样被打扰，但由于戴煦在这个问题上很坚持，他只好略带不悦地留了几个号码。

这样的交流实在是让人索然无味，并且也不可能得出什么有价值的信息来，鉴于这种状况，戴煦也没有打算和罗齐耗下去，开始有意向结束会面的话头上引。罗齐自然等的就是这个，便率先提出出门回来很累，如果没有什么事，他希望早点结束这次问询，回家去休息一下，便一个人先行离开了。

"老戴，那咱们现在也走吗？"林飞歌看罗齐已经走了，便问戴煦。

戴煦指指他们几个人面前的盘子："不急不急，你们面前的可是我的血汗钱哪，花都花出去了，咱就不着急了，踏踏实实地在这儿吃完喝完，然后再走吧，反正一会儿也是直奔车站，准备回A市了，继续留在这边也没有什么意义。"

林飞歌听了之后嗤嗤直笑，说："也是，老戴，这次也真算是大出血了吧？现在是不是特后悔让罗齐那个家伙挑地方？"

"没办法啊，做什么事都是要付出代价的嘛！我要是硬拖着他去路边摊，我倒是不用大出血，不过他肯定也不愿意配合咱们的工作了。"戴煦说。

"那……"方圆瞥了一眼被戴煦随手扔在桌上的那张写有联系方式的

纸，"这几个人都不在同一个地方，那咱们是不是就得靠电话联系了？不需要每一个人都找上门去走访一遍吧？"

"哦，那倒是不用，太耽误时间，没有必要，而且要是个个都是和这位一样的做派，那我估计很快就破产了。"戴煦摇摇头，"再说，打电话也没有用。"

"没用？怎么会没用呢？你怕那家伙的朋友也和他一样，非得见面说，电话里头装得二五八万的不愿意开口？"马凯以为戴煦是发愁这件事。

"那倒不是，不过有一个问题你考虑过没有，别的咱们都可以暂时先不考虑，单说一点，罗齐和鲍鸿光放在一起，从客观条件来看，你们觉得谁比较好？"

"那还用说，当然是罗齐了。"林飞歌不假思索地回答，"不管是家境，还是长相，还是自己的经济实力，哪怕是说学历，鲍鸿光都没办法和罗齐比啊！"

"这不就对了！"戴煦两手一摊，"这么明显的差异，并且一个已经死了，一个还活着，并且从方才罗齐讲的那些事上面，咱们也不难听出来，他在国外生活的那段时间，在结交朋友这方面，也没少给别人好处和甜头，小恩小惠，吃喝玩乐，从来不亏待谁，如果换成你们，你们会站在谁的角度上说话？我估计就算没有任何的事先串通，这些人只要不至于太笨，都会选择站在罗齐那边的，这样一来，咱们又何必浪费电话费和时间精力在这上头呢？"

"你的意思是说，从一开始你就没有打算要联系那几个人？那刚才你干吗还要问罗齐那些人的电话号码呢？"方圆有些不解。

戴煦嘿嘿一笑，把音量压低了许多，好像是怕被服务员听到似的："也没什么，一来是宁可备而不用也不要用时无备，二来我猜罗齐肯定是会挨个打电话交代一遍的，不管他有没有真的需要遮掩的事情，肯定也是想要保险起见，他遛咱们一圈，从A市跑到D市来，咱们也遛他一圈，比起来他已经算是蛮划算的了！"

林飞歌他们几个都以为戴煦会给出一个一本正经的理由来，没想到最后却等来了这么一个理由，顿时扑哧一声笑成了一团。

四个人不紧不慢地把这顿成本不低的早饭吃完，出门拦了一辆出租车，直奔D市火车站。虽然这一次没有买到卧铺车，不过四张票都有座位子，这也算是不错的结果了，毕竟卧铺车的条件也没有好到哪里去。

　　上了车，方圆坐在了靠窗的位置，把头斜靠在车厢壁上，昏昏沉沉的时睡时醒，也不知道是这两天休息得实在是不好，还是别的什么原因，原本只是脑袋觉得有些混沌，然而离开那家咖啡馆之后，她的头就从混沌转化成了隐隐作痛，到现在这种不适愈演愈烈，她只好用瞌睡来试图缓解那种不适。就连到了中午，林飞歌招呼她去餐车吃饭，她都打不起精神来，摆摆手表示自己不吃了，靠着车厢壁只是睡，等到彻底被叫醒，居然已经是快要到达A市的时候了。

　　彻底醒过来之后，方圆的头并没有像预期的那样感觉良好，反而疼得更加厉害，好像有什么东西在太阳穴两侧，随着脉搏一起跳动，整个头都要裂开了一样，两只眼眶又干又热。她咬着牙，没有吭声，和其他人一起下了车。

　　"方圆，怎么一顿没吃就蔫啦？饿成这样啊？"下了车，朝出站口走的路上，马凯发现方圆一直沉默不语，也没有什么精神，便凑过去打趣地问。

　　方圆不敢点头，也不敢摇头，现在对她来说，不管是摇头还是点头，都会加剧原本就折磨人的痛感，只好勉强地挤了个笑容，说："可能是吧。"

　　戴煦听到他们说话，扭头看了看方圆，目光在她的脸上停留了几秒，然后看看时间，边走边问："你们一会儿谁跟我去加班？"

　　"啊？加班啊？这可真不行了，我要是出差回来不第一时间回家里报到，我爸妈非得拆了我不可！"林飞歌连忙说，似乎这一次能得到父母的首肯，和他们几个人到D市去，已经是极限了。

　　马凯也挠挠头："我还以为这到家就六点多了，应该没事儿了呢，方才在火车上跟家里头说了，家里说今天正好周末，亲戚都要过去，还让我到了之后赶紧回家呢。那要不然我再打电话回去请个假？"

　　"那倒不用，其实也没有太多事儿，有方圆一个也就够用了。"戴煦一听他们这么说，便也没有强求的意思，"那你们俩就直接回去吧，明天正常到单位。"

"好嘞！明天肯定一早到！"马凯拍拍胸脯，保证说。

方圆张了张嘴，原本她也想回去躺着的，可是林飞歌和马凯都有事，戴煦又以为自己回去也是待在值班室里，已经自动自发地把自己划在了参与加班的行列里头，这样一来，她倒不好表示反对了。

算了，挺一挺，反正在火车上睡了那么久，回去也不一定能睡得着，只要走路慢一点，不要大幅度地动自己的头部，应该可以挨得过去。这才只是刚开始实习而已，还没有经历什么大风大浪，有个头疼脑热的就那么娇气，往后面缩，以后还怎么做这一行呢！方圆在心里默默地想着，暗自咬咬牙。

出了车站，马凯和林飞歌就分别坐出租车回家去了，等着他们的是家里面热腾腾的饭菜，还有父母的嘘寒问暖。方圆略微有些心有戚戚焉，这种反差，还有时断时续、时轻时重的头痛交织在一起，让她的心情多了几分烦躁。

"走吧，咱们俩先回去拿车，然后我带你把饭吃了。"戴煦等马凯和林飞歌都走了之后，对方圆说，然后率先拦了一辆出租车，坐了进去。

方圆跟着他先回到公安局，然后又开着车来到那所初中附近，找了一家餐馆。戴煦点了菜，让方圆等自己一下，便匆匆忙忙地离开了。方圆用手撑着自己的额头，觉得额头有些发烫，方才戴煦点了什么菜饭，她都没有留意，现在也没有一点胃口，嘴巴里还泛着一股淡淡的苦味。

一会儿，服务员走过来，拿了一瓶冰镇饮料给她，显然是戴煦方才点的，这个季节很少有人会要冰镇的饮料，但是现在对于方圆来说，喝几口冰凉的饮料，却能够暂时缓解身体里灼烧的热度。

"先别忙着喝，把这个吃了吧。"

方圆正端着瓶子小口小口地喝着饮料，戴煦从外面回来了，走到她对面，坐下来，从大衣口袋里摸出一盒药来，递到方圆面前："这个治头痛很有效的。"

第五十四章　夜访

　　方圆一愣，下意识地接过戴煦递过来的药盒，低头一看，原来是一盒止痛药，她诧异地抬眼看着戴煦，一下子竟然忘了自己想要说什么了。

　　"我脸上好像没贴着说明书吧？"戴煦被方圆这么直愣愣地看着，便笑了，摸摸自己的脸，"你先吃一粒，暂时缓解一下，我还买了感冒药，不过说明书上说，那个得饭后才能吃，我就先不拿出来了，一会儿吃了饭再给你。"

　　"你是怎么知道的？"方圆很惊讶，为什么戴煦会发现自己的异样。

　　服务员端了饭菜过来，戴煦一边侧开身子，免得妨碍了对方，一边笑着说："咱们吃这碗饭的，靠的不就是胆大心细，稍微一留意就看出来了。好啦，你先把药吃了，然后趁热吃点东西，饭后半小时才能吃药呢。"

　　方圆赶忙拆了一粒止痛药出来，用饮料喝下去，眼下缓解头痛对于她来说是最首要的事情，只要头不疼了，稍微有点发热那都不是什么大问题。只是她现在嘴巴里面淡得发苦，以至于有些胃口索然，觉得什么都不想吃。

　　戴煦不知道方圆脑袋里的想法，在她吃药的时候就已经动手从汤碗里分别往两个人的小瓷碗里面盛汤了。方圆刚想推辞，那汤的酸香已经钻进了她的鼻子。白瓷小碗里面盛着带着酱油色的热汤，里面漂着白色的豆腐、粉色的火腿丝、黄色的鸡蛋，还有绿色的葱花，其间还隐约可见夹杂着几丝红色的干辣椒，不管是香还是色，都让人觉得很有胃口。她拿起汤匙，吹了吹，喝了一口，鲜香酸辣，一口下肚，身上的寒气好像瞬间就驱散了一半，等到那一小碗都喝下去，不光额头上，就连鼻尖上也浮起了几颗细细的小汗珠。原本完全没有胃口的方圆，在这道酸辣汤的佐伴下，饭菜都吃下不少，出了一身的汗，身上的衣服都有些潮意，浑身上下却比方才舒服了不少，再加上那一粒止痛药似乎也开始起效了，方才炸裂一般的头疼缓解了大半，人也有精神了。

"我吃好了，那咱们走吧？"方圆吃饱喝足放下筷子，擦擦嘴，对戴煦说。

"不急，咱们在这儿再坐一会儿，反正已经过了饭点了，不会影响人家做生意的，这会儿出去风一吹，搞不好倒严重了。"戴煦伸手示意她不要着急。

方圆反应了一下才意识到他是说怕自己再次受寒，有点不好意思。毕竟作为一个二十出头的成年人，有时候发烧感冒这些也说明了自己没有照顾好自己，也是一种不称职的表现，这让她也觉得有些惭愧，连忙摆摆手说："我没事的，穿上大衣，戴上帽子，什么事儿都没有，不是还有事没做完吗？"

"对，但是不着急，晚一点去办这件事才比较好，去早了反而容易扑个空。"戴煦一边给两个人的茶杯里重新添满水，一边说，"你放心吧，时间方面我心里头有数儿，不会耽误事的。你就尽管歇着，不用想别的。"

方圆有些不好意思地对戴煦笑了笑："前辈，实在是太不好意思了。才来实习这么短的时间，也没说帮上什么忙，我好像净给你添麻烦了！"

戴煦似乎想要说什么，可是两瓣嘴唇刚刚张开一道缝，动作停顿了一下，嘴角一扯，硬是半路变成了咧嘴一笑，摆摆手："这都不是什么大事儿。"

两个人坐在暖和的饭馆里，有一搭没一搭地聊天打发时间，并且在聊天中得知，原来戴煦和自己就读同一所学校，论起来绝对算得上是自己的大师兄了，只不过他比自己早了五六年入学，等自己苦哈哈地从军训开始辛苦的警校生活的时候，戴煦早就已经毕业，走上工作岗位了。

话题一聊开了就有些收不住，别看戴煦比方圆早离开学校那么多年，但是对于某些老师响当当的绰号，他居然也都非常熟悉，说起一些过去的趣事，更是让方圆觉得又新奇，又忍俊不禁。

"你知道有一个教法律的老师，外号叫作三急大师的吗？"戴煦问方圆。

方圆赶忙点点头："我知道，他教过我们一学期，那人有点……神经兮兮的。"

"可不是，你知道他为什么叫三急大师吗？"戴煦压低声音，往前凑了凑，"有一次该他到我们班上课，结果等了半天都没人来，把学习委员急得到处去找人，过了好一会儿，他来了，进了教室，直愣愣地盯着我们看了半天，忽然扔下一句人有三急就跑了，好一会儿才从厕所回来，从那以后，这名儿就落下了！"

方圆扑哧一声笑了出来："原来那个外号是从你们那儿取出来的啊！我们同学都还猜呢，说这老师成天慢慢悠悠的，也没见他急过啊，原来是这么回事儿！要是你在我们离校前的时候有机会回去学校那边，我们就能早点找到答案了！"

戴煦的表情似乎有些无奈，耸耸肩，笑了笑，什么都没说。

聊了一会儿，时间差不多了，方圆吃过了感冒药，汗也已经发完了，两个人离开了饭馆，直奔鲍鸿光生前工作的那所初中，和门卫打过招呼之后，把车停在了办公楼的楼下，按照之前小俞提供的信息，直奔顶楼。

到了顶楼，那里的走廊一片漆黑，只有在走廊尽头处，有一间屋子墙壁上的小窗口透出了灯光，并且房间里也隐约有说话的声音传出来。戴煦摸出手机来，打开手电功能，把手背在身后，好让跟在后面的方圆能够看清楚脚下。两个人径直朝亮灯的房间走了过去，到了门口，说话声音更清晰了，是两个男人在聊天。戴煦举起手来，嘭嘭嘭地敲了三下门，屋子里忽然之间就静了下来，但是没有别的声音。戴煦等了几秒，又再次敲了几下，这次，里面有窸窸窣窣的声音朝这边靠过来了。

"这点儿了，能是谁啊？"里面有一个听起来略显耳熟的声音问。

另外一个声音在距离门口不远的地方回答说："不知道啊，说不定是那个小子今天回来早了，过来找我借什么东西吧？这儿哪有外人来啊！"

"那你可别说，万一是女鬼呢？我前几天还听学生私下里头传什么咱们学校闹鬼的故事呢，说不定门外头就是！"

"那行啊，正好我一个老光棍儿怪孤单的，我问问那个女鬼要是不嫌弃我离过婚，干脆嫁给我当媳妇儿算了！"

说着，门也开了，一个中年男人正身子朝前，脸扭向身后，嬉皮笑脸地跟人说话，说完把脸转回来，正好看到门口站着的戴煦和方圆，可能是没有料到会是陌生人来找自己，被吓了一跳，本能地朝后退开了一步，然后才想起来问："你们是干什么的？找谁啊？"

戴煦笑了笑，摸出证件来递过去："不好意思啊，这么晚了过来打扰，想跟你打听点儿事情。我绝对是活生生的人，不是女鬼，这一点你可以放心。"

中年男人有点尴尬地讪笑了一下，看了看戴煦的证件，开口说："那你们进来说吧，外面走廊里怪黑的，屋里亮堂。"

两人道了谢，一进屋，就认出了屋子里坐着的那个人，这人他们之前见过，名叫张阳朔，是这所初中总务科的干事，当时他们去了解情况的时候，他恰好过去统计物资，还一不小心说走了嘴，提到了卜文星和鲍鸿光的矛盾，被人提醒之后就急急忙忙地离开了。

没想到居然在这里遇到他，这也算是意外惊喜了。

屋子不算大，里面的陈设略显凌乱和简陋，一张铁架子的上下铺、一张书桌，还有两个办公室里常见的储物柜。书桌上面堆着很多书本，除此之外还有几个空酒瓶和一烟灰缸的烟蒂。从两个人绯红的脸色，还有屋里空气中挥散不去的烟味儿，戴煦和方圆知道，这两个人估计方才一直凑在一起喝酒聊天来着。

张阳朔也认出了戴煦，其实见过戴煦的人，再遇到他十有八九都会记得他，毕竟像他这么高的人不是没有，只不过谁的身边也不会有很多就是了，所以一旦遇到了，就会留下很深的印象。

"哎哟，是戴警官啊！这么晚了还在工作啊，辛苦！辛苦！"张阳朔赶忙从椅子上站起来，迎到跟前来和戴煦握握手，又和方圆也握了握手，"你们是找老李有事儿？那我就先回避一下？"

第五十五章　尘归尘，土归土

"不不，我们不是特意来找谁的，既然遇到了，要是没急事的话就也稍微多耽误你一会儿吧！"戴煦当然不会让张阳朔就那么走掉，拦住他，说，"你也在这儿住校？"

"那倒不是，老李一个人无聊，我来陪他说说话，解解闷儿的。"张阳朔见走不了，也就退了回来，又重新坐下，顺便招呼戴煦他们，"二位也坐吧，站着多累啊。那个……这屋有烟味儿，女士不介意吧？"

"我把窗户开开，换换气。"中年男老师见张阳朔对戴煦和方圆特别客气，连忙到窗边去想打开紧闭的窗子。

"老李，还是别开了，外面凉……"张阳朔赶忙叫住他。

被叫作老李的中年男老师拍拍脑门儿："哟，我把这茬儿给忘了！"

"是这样的，我们听说鲍鸿光曾经在学校住过一段时间，所以就想过来看看，忙完别的事情就已经这个时候了。实在是挺不好意思的，这个时间了过来打扰你们休息。"戴煦收好证件，和方圆一起坐下来，对他们两个人说。

"没事儿没事儿，我倒是没什么，平时也没这么早睡，鲍鸿光的事儿我听说来着，没怎么和这个人打过交道，不是一个年级的，也不教同一门课，再加上我都这个岁数了，在人家小伙子眼里那就是个老头子，有代沟，没什么共同语言。不过这事儿还真是把我吓一跳，没想到原来电视上看到过的杀人案，居然就发生在自己身边，发生在自己一个单位的同事身上了！"老李一边说，一边下意识地伸手从旁边的桌子上摸过一包烟和打火机，随后他想起来有方圆在，吸烟可能不太礼貌，便又一转手，把烟和打火机都放回了自己的衬衣胸兜里。

"不过，据我所知，鲍鸿光好像没在学校住多久吧？而且都过去了那么长时间了，怎么……这也得查呀？"张阳朔有些吃惊地问。

戴煦连忙摆摆手："也不是，你们不用紧张，我们也是不确定，所以才需要过来看看能不能找到什么线索。你们知道鲍鸿光之前住哪一间吗？不知道现在还有没有人住那边，能不能过去看看。"

"哟，这个我可就不知道了，我也是最近这段时间才经常过来找老李，都谁住哪一间，还真不知道。"张阳朔摇摇头，爱莫能助地说。

"不是这间，是隔壁，"老李指了指自己这间屋子的一侧墙壁，"现在有人住，就是鲍鸿光搬走之后搬过去的，姓钱。我不知道你们见过没有。"

"是钱正浩吗？"这个姓氏虽然不算罕见，却也不算是那几个遍地的大姓，所以戴煦第一时间就想到了之前和他们见过面，那位黄脸的小伙子，也是他们这次拐弯抹角过来要找的目标人物——钱正浩。只是就连戴煦也没有想到，事先他们考虑拿来用的借口，没想到居然歪打正着了，所以听到老李的话，他的表情和语气多少都透着那么一股子难以置信。

老李并没有发现这件事，看起来这个中年人是那种粗枝大叶的类型，点点头："啊，对，就是那个小钱。看这意思你们之前肯定是见过他了，那回头你们去问问他吧，估计没什么不能让看的，一个大男人，住的是学校这种临时宿舍，又不是小姑娘家家的闺房，没有那么多讲究。"

"钱正浩比鲍鸿光来学校还早吧？那他怎么还得等鲍鸿光搬走之后才能住进去那一间啊？"方圆有些纳闷地问，"没有别间可以住人了吗？"

"那倒不是，原来鲍鸿光住隔壁那间，小钱住另外一间，不过那间特别小，而且还是朝北面，冬天冷夏天热，所以鲍鸿光不住了，他就搬过去了。那个鲍鸿光走的时候，我记得好像还留了不少的东西，都是原本打算住这儿买的，不住了也没拿走，小钱就都留下用了。我当时还跟他开玩笑呢，说这些他又能省不少。"老李大大咧咧地说，看起来因为和钱正浩同住在这里，相比之下，他对钱正浩比张阳朔似乎要更熟悉一些，一点不在意，也没什么顾虑。

"我们之前去了解情况的时候，感觉好像钱正浩和鲍鸿光之间的关系，并不是特别融洽，鲍鸿光的东西他居然都留下了？没扔出去？"方圆故意问老李。

老李一笑："扔了干吗啊，东西又不随主儿，谁用就是谁的，尤其那小钱又特别仔细，鲍鸿光留下的东西听说都是不错的玩意儿，什么床单被褥，洗面奶护肤霜，都是品牌货，不便宜，他哪可能舍得扔啊。"

"说得也是，过日子，能省则省也不是坏事。"戴煦笑了笑，然后又问，"刚才我们过来的时候，瞧着一条走廊都黑漆漆的，就这屋亮着灯，所以就奔这儿来了，钱正浩这是上哪儿去了？你们初中不会这个时间还有晚自习吧？"

"不能不能，这都九点多了，"张阳朔摆摆手，"现在国家要求九年义务教育减负呢，我们哪敢给学生上晚自习上到这个时候啊，高中还差不多。"

"小钱出去了，他天天晚上都出去，好像是锻炼身体，到处溜达，我也不太清楚。之前问过他一次，他就是说出去走走，锻炼锻炼，基本上吃完晚饭就出去了，一走就走一晚上，早的话九点过就回来了，晚的话十点十一点也有可能，除非下大暴雨，否则雷打不动，什么下小雨，下大雪，他都肯定出去。"老李说完之后，又自己嘟囔一句，"也不知道这大晚上外面冷飕飕的，出去干吗！"

"你管人家出去干吗呢，还挺爱操那份儿心，反正我是把自己工作处理好就算了，别的我也真没那个心情去搭理。"张阳朔在一旁说。

"你瞧你，年纪轻轻的，心态这么消极，我都劝你多少遍了，积极一点，别凡事都那么悲观，什么都觉得没指望！"老李语重心长地对张阳朔说。

方圆有些哑然，她原本从小俞那里得知住在这里的是一个离异之后不得不搬到这边来住的中年人，说的这个人自然就是面前的老李，从两个人的生活处境来看，她以为钱正浩过来找老李聊天，是为了开解老李，帮老李排忧宽心呢，没想到，居然是他跑来让老李充当人生导师，而老李这个离异人士，倒好像没有什么情绪上面的困扰似的。

"唉，老李，你就别说我了，我就偶尔发那么两句牢骚，那还不是因为一天天的杂事儿太多给憋的嘛，再说了，现在人家过来是为了正经事儿，咱那些闲话回头再叙，好吧！"当着方圆和戴煦的面被老李说了几句，张阳朔有些尴尬，一边说，一边看着戴煦他们讪笑。

"上次咱们见面的时候挺仓促，当时正好你也还有事儿，有个你提到的人，也没来得及再跟你深打听几句。"戴煦对张阳朔说。

张阳朔的一脸讪笑因为他的这句话一瞬间变得严肃起来，眼神游离了一下，没有吭声，而老李在一旁看到张阳朔这个样子，也似乎明白了什么，躲到一旁，拿起自己随手扔在下铺上的大衣，拍拍胸兜，对戴煦他们说："那什么，鲍鸿光呢，我也不太熟，帮不上你们什么忙，我下楼去抽支烟吧，你们慢慢聊！"

说完，他就一边穿着大衣一边出了门，很自觉地选择了回避。

"其实，你们还是别跟我打听了，我那天真的是随口那么一说，无心的，我当时都不知道鲍鸿光到底怎么回事儿，就光是听你们说他出事儿了，脑子忽然之间就搭错了，冒出那么一句话。后来听你们说他是被人弄死的，而且还挺惨的，我就知道自己说错话了，你们就当我胡说八道吧，别问了。"老李走后，张阳朔一脸为难地对戴煦说，语气听起来就像是在恳求。

"你其实不用顾虑，我们不是那种听说了什么还会跑出去四处传播的人，职业也不允许。"戴煦试图给他宽心。

张阳朔却摆摆手："求你们了，还是别为难我了。我那天提到小卜，真的就是口误，我也挺同情鲍鸿光的，出这种事儿，落了这么个下场，虽然惨是惨，但是现在也尘归尘，土归土，以后他也就永远安宁了。死的人死了之后就这么一了百了，可是咱们活着的人不一样，对不对？咱们还得天天跟身边的人打交道呢！"

第五十六章　有缝的鸡蛋

张阳朔说完这话，两只眼睛紧紧地盯着戴煦的表情，似乎想要看出他到底是不是能够理解自己的处境。戴煦则是微微抿紧了嘴，若有所思地沉默着。方圆在一旁静静地等着，她猜不出来戴煦到底会做出什么样的反应，但有一点她很清楚，这个男人绝对不是那么容易就被说服的类型，他现在的沉默，一定是另有目的的。

"你的顾虑，其实我是能理解的，我们过来打听其实也不是想要你为难，这也是因为工作需要，人际社会嘛，虽然卜文星早就离职不在你们学校上班了，不过就算是拔萝卜，土里头还会留下几根须子呢。卜文星走了，这个学校里也肯定还是会有和他关系不错，现在还保持联络的人，假如让他们谁知道你说了卜文星什么，传到卜文星耳朵里，也确实不太好。"戴煦沉默了一会儿之后，居然一边说着话，一边站起身来，一副作势要走的样子。

方圆心里略微有点诧异，也连忙跟着站了起来。

"你能理解我的顾虑真是太好了，谢谢你体谅我！"张阳朔松了一口气，连忙向戴煦道谢，"其实抛开那些不谈，我也觉得这事儿应该跟小卜没啥关系。真的，都是过去的事儿了，谁会为了那么一点事情耿耿于怀啊，是不是？"

"其实那天之后，我们去找当时给卜文星惹了这么个麻烦的前女友打听了一下当时的情况，所以也算是有了一点了解。原来是想找你问问，毕竟旁观者的说法可能更中肯一点，我们也不能听一家之言，不过既然是这么个情况，那我们就不为难你啦！这个卜文星看样子也挺彪悍的，不光他前女友说起他来有点心有余悸，连你们这些前同事也一样。"戴煦表示理解地拍了拍张阳朔的肩，一副准备离开的样子，可是实际上，他也只是做了个样子，打从站起身来到现在，脚底下基本没怎么挪动过。

张阳朔苦笑着摇摇头："彪悍不彪悍的咱们就不讨论了，反正我从男人的角度随便感慨两句吧，不是有句话叫'苍蝇不叮无缝的鸡蛋'。鲍鸿光那个人对别的小姑娘什么样，我说不上来，但是我觉得作为一个男人，自尊心总是有的，要是对谁有意思，人家理都不理你，根本不给你机会，那谁都不可能真的死缠烂打，没皮没脸的，你说是不是？卜文星那个人性格确实是有点儿冲，但是哪个男的能受得了自己脑袋上隐隐发绿啊？偏偏对方还是和自己一个学校的，别人那么多双眼睛都看着呢，自己女朋友跟人家不清不楚，这换我，我也受不了。"

"那倒是，自己女朋友和自己单位的其他男同事关系太亲近了，就算是想要逃避都没有逃避的空间，也真是怪让人难堪的。"戴煦顺着张阳朔的意思说，然后还颇为理解地点了点头。

"其实从另外一方面说，小卜这人也挺倒霉的，那个女的本身就是个有缝的鸡蛋，所以才会招苍蝇，不在这儿招，也会去别处招，不是这只苍蝇，也会是别的苍蝇。我们学校也不是只有鲍鸿光一个适龄单身男青年，别处未婚也没女朋友的男人也是满大街，结果偏偏小卜和鲍鸿光都在我们学校，还在一间办公室里头，低头不见抬头见，想假装没事儿似的，面子上都过不去，结果就因为这事儿，工作也丢了，太惨了。"张阳朔摇摇头，语气略显惋惜，"其实小卜要是当时忍一忍，甩了那个女的，别在学校里因为咽不下那口气，就跑去和鲍鸿光闹，现在估计早就转正了。他可是正儿八经师范大学体育系的研究生，在那之前，我们学校的体育老师一来没有太年轻的，二来也没有学历比他更好的，大家都挺看好他，结果就因为那么一个行为随便的女朋友，什么都白费了。到头来，鲍鸿光什么代价都没有付出，小卜一冲动，打了人，犯了错，连工作都丢了。"

"鲍鸿光都死了，这个代价还不够大的吗？"方圆问。

张阳朔愣了一下，连忙摆摆手："唉唉，这两件事可不好一起说，听着感觉就像是鲍鸿光之所以被人弄死了，和卜文星有关系似的。话可不能这么乱说的。尤其你们在这儿和我聊天，突然冒出这么一句，就好像是从我这儿听过去的一样，这个责任我可担不起。脾气暴的人我见多了，不可能谁脾气不好一点，就说人家肯定会做出杀人害命那么严重的事儿来，对不对？性质差太多了。"

"那方才那句就当我没有说过吧，不过要是说代价的问题，那卜文星的前女友被他当众打耳光，这也不能算是没有付出代价吧？"方圆听完张阳朔的话，又说道。

张阳朔轻轻地撇了撇嘴，如果说他对卜文星多少带着一点畏惧的情绪，那么谈论起卜文星的这位前女友冯思彤，他就只剩下几乎掩藏不住的轻蔑了："假如你男朋友勾搭你的闺密好朋友之类的，你当众打了他一个耳光，结果回头你们公安局说你因为处理不好个人问题，把麻烦带到了单位里来，逼着你辞职，你不得不把工作给辞了，这样的话，你还觉得你男朋友算是付出代价了吗？"

"你这个比喻本身没有问题，不过就算你看不上卜文星的前女友，或者说同情卜文星的遭遇，说话也不用攻击性那么强吧？"方圆没有男朋友，所以对张阳朔的这个比喻倒也没有什么好忌讳或者反感的，但是她不喜欢张阳朔那副俨然把她和冯思彤给划分成了一类人，带着浓浓排斥和反感的语气语调。

张阳朔可能也没有意识到自己方才的语气里夹杂了多少情绪，被方圆这么一说，也有点不好意思起来，连忙赔着笑脸，眼睛看看方圆，再扫两眼在一旁没有吭声的戴煦："我没有那个意思。一般女的都不会像小卜那个前女友那么不自重，你可别误会。我可能就是看不惯那种女孩儿，所以语气重了一点，绝对没有想要映射谁或者一竿子打翻一船人的意思。"

"那鲍鸿光在学校里上班这段时间，据你所知，除了卜文星这件事情，还有别的这一类'前科'吗？"戴煦知道张阳朔这番话其实是说给自己听的。方圆看起来十分年轻，从头到尾都没有占据对话的主导，所以张阳朔明白，最重要的不是方圆是否介意他刚刚的态度，而是戴煦会怎么看。不过戴煦并没有打算对此做出回应，既没有表示不计较，又没有说什么明显维护方圆的话，他又问了张阳朔一个问题，把话题重新拉回到鲍鸿光的身上。

"应该没有吧，你情我愿那种应该是不算的，而且我对鲍鸿光的个人私生活也并不是太关心，没去特意打听过，再说了，我一个大老爷们儿，老大不小的人了，有事儿没事儿地跑去打听别人的私生活，这也不太像话。"戴煦没有对方才的解释做出回应，这让张阳朔也吃不准自己的言行是不是引起了他的反感，所以说话的态度越发谨慎起来，"至少我没听说过鲍鸿光因为和谁的女朋友纠缠不清惹过什么麻烦，就小卜那么一次，我还是刚才那句话，苍蝇不叮无缝的鸡蛋。人家那一本正经的小姑娘，就算是鲍鸿光那一类人，也不敢去死缠烂打不是。"

"你觉得鲍鸿光算是哪一类人？"戴煦听到这句话，方才淡漠的态度好像一瞬间就消散了似的，语气里充满了好奇。

张阳朔一愣，笑得有些勉强："我就是那么随口一说，也没特别指哪一类人。"

"没关系，你就说说呗。活着的人不好乱评价，对于已故的，客观地评价一下，不算是没口德，也应该没有什么顾虑才对吧。"戴煦不打算让他就这么糊弄了事。

第五十七章　假冒

　　张阳朔被他这么一问，一下子也不知道该做何反应了，表情有些愕然地愣在了那里，回答这个问题吧，他肯定是不情愿的，可是不回答吧，人家拿方才自己说过的话出来，把退路给堵死了，就连"死者为大"这种唯一还能拿来做挡箭牌用的理由，也已经被他提前给排除掉了。

　　正在张阳朔为难纠结的时候，走廊里传来了脚步声，起初三个人都以为是下楼抽烟的老李嫌冷，提前回来了，并没有太在意，直到那脚步声停在了隔壁的门外，并且又多了窸窸窣窣摸钥匙开门的声响，他们才意识到，不是老李。

　　"肯定是钱正浩回来了，你们不是想去鲍鸿光以前住过的房间看看吗？"张阳朔偷偷松了一口气，连忙低声对戴煦他们说，一方面想要趁机转移话题，不想对和鲍鸿光有关的问题做出太过于实质的评价，另外一方面，他又不敢大声说，因为只有一墙之隔，如果他说话的声音太大的话，隔壁的钱正浩估计能听个清清楚楚，这显然也不是张阳朔希望的结果。

　　"对，一会儿我们就过去看看！"戴煦点点头，嘴上答应着，脚下还是不动。

　　张阳朔看这架势，也明白自己是糊弄不过去的，便只好略显敷衍地说："我觉得鲍鸿光就是属于那种生活条件比较优越，没什么经济负担的类型吧，平时做人比较大方，在钱的事情上面也不是特别计较，别的我也说不上来什么了，恐怕帮不了你们太多，实在是不好意思！"

　　"没关系，你已经帮了很多了，"戴煦像是安慰张阳朔似的，然后问，"你是在这儿等你朋友抽完烟回来呢，还是怎么样？我们打算去隔壁看看。"

　　"哦，那你们快去吧，我就不耽误你们的时间了。"张阳朔松了一口气，连忙拿了大衣往身上套，生怕慢了一点戴煦就会反悔似的，"都这个点儿了，我也得赶回去，那你们赶紧过去办正经事儿吧，我下去把老李叫回来。这大晚上的，外头也挺凉，别让他在外面冻着了！"

戴煦点点头，和方圆一起先走出了老李的宿舍。张阳朔不等他们过去敲隔壁钱正浩宿舍的房门，就急急忙忙地朝走廊尽头的楼梯方向走去，好像生怕被钱正浩看到他和戴煦他们打交道似的。方圆看他急急忙忙离开的怕事模样，有些哭笑不得地摇了摇头。

戴煦也没打算让张阳朔为难，一直等他消失在了走廊尽头，连脚步声都听不清了，这才走到钱正浩宿舍门前，抬起手来敲了敲门。

不同于老李的大意，钱正浩开门的速度相比之下就要慢很多了，先是慢腾腾地靠到门边来，由于门上面没有安装门镜，也没有小窗的缘故，戴煦看不到钱正浩，钱正浩也同样看不到他们。他似乎在聆听门外的声音，听不到声音就同样按兵不动地一声不响。戴煦等了一会儿，只好又敲敲门，开口说："是钱正浩吗？"

听到说话声，门里迟疑了几秒钟，然后传出了钱正浩的声音："你哪位？"

"我叫戴煦，公安局的，咱们之前见过一次面，不知道你还有没有印象。"戴煦把脸往门前凑了凑，像是怕钱正浩听不清自己说的话一样。

听完他的自我介绍，钱正浩没有立刻开门，他沉默了一下，然后开口问："你说你是公安局的，你有什么证据证明？我怎么知道你说的是真的还是假的？"

"我没有必要拿这种事骗你对不对？骗你对我也没什么好处，如果你想验证也没关系，我带着证件呢，你开门我先给你验证件，然后你再决定要不要让我们进去，这样你觉得行不行？"戴煦耐着性子和钱正浩沟通。

"我都不确定你到底是谁，凭什么就先给你开门啊。"谁知道钱正浩根本不买账，说什么都不愿意给他们开门，顾虑重重的样子。

"要不你给出一个解决方案来，咱们按照你的意思办，这样行不？"戴煦被他搞得也有点无奈，叹了口气，继续问。

门里面又没有声音了，方圆没想到钱正浩一个大男人，性格居然这么胆小又这么优柔寡断，不由得心里面有点着急，便伸手也敲了敲门，对他说："你要是想不出来更好的办法，就把门开一个小缝儿，够把证件塞进去不就行了吗？而且你听说过干坏事儿，还带着我这么个女的吗？"

"那有什么不可能的，这世界上什么事儿没有啊？"钱正浩回答得理直气壮。

方圆被他气得哭笑不得。戴煦冲她摇摇头："算了，既然这样就别勉强了，万一证件塞进去，他不相信我那个是真的，以为是假证，再给我扣下'没收'了，那我岂不是更惨。"

方圆听他这么一说，又忍不住觉得有点好笑，也只能点点头，耐着性子等。

三个人，两个门外一个门内，正僵持着，谁也不知道该怎么收场。打从楼下一路哼着歌上来了一个人，手里还有个晃动的橘红色小亮点儿。

"是李老师吧？"戴煦猜到了对方应该是被张阳朔叫上来的老李，便开口大声地同他打了个招呼。

对方的确是老李，他应了一声，大步流星地走了过来，走近了才看清，钱正浩的屋子里亮了灯，显然是人回来了，但是戴煦和方圆都站在走廊里，便猜测说："回来了没在屋啊？估计是去厕所了，用不用我帮你们叫一声去？"

"没去厕所，在里头呢，怕我们是没安好心的骗子，不给开。"戴煦摇摇头，叹了口气，对老李说。

老李失笑，主动走上前来，估计他平时也是个不拘小节的人，到了门跟前，抬手握拳，嘭嘭嘭地重重敲了三下门："小钱啊，我是你李哥，我你总听得出来了吧？赶紧把门开开吧，这都几点了，人家警察都还没下班回家休息呢，人家就是想看看鲍鸿光之前住的那屋。你赶紧让人家看完了，人家今天也就歇了！一个大小伙子，你说你怕啥，住学校里头，要钱没钱，要啥没啥的！"

估计是被老李这么一吆喝，钱正浩在门里面也有点面子挂不住了，只好咕哝了一句："他们还有个女的呢，等会儿我换件衣服。"

老李也被钱正浩搞得有点无奈，临回自己那屋之前，还对戴煦说："那我先回去了啊，要是他还不放心，不愿意开门，你就叫我，我再帮你们敲门。唉，平时这小子天天大晚上的出去溜达，咋胆子就这么小呢！"

等老李回了房间，不一会儿，钱正浩终于肯开门了，一开门，还没等戴煦和方圆开口，一道明晃晃的手电光就照了出来，刺得他们根本睁不开眼睛。等手电光移开了之后，方圆花了好几秒钟才把眼睛调整到正常看东西的状态，这让她不由得感到一阵火大，皱着眉头问钱正浩："你干吗拿手电照别人眼睛？"

"我不照着看看，怎么知道你们到底是谁？"钱正浩原本蜡黄的脸，因为窘迫而微微有些泛红，他嘴上说得理直气壮，眼睛却看都不敢看方圆一眼，似乎是已经从语气中听出了方圆的不满，所以更加不敢和她对视。

"你觉得谁会这个时间特意跑来暗算你，为了让你放下戒心地做到有男有女，假冒警察，还得串通好你的同事兼邻居。费这么大力气图什么啊？"方圆被他理直气壮的调调说得有些火大。虽然她还没有正式走上工作岗位，资历还很浅，但是走访对象有抵触情绪，不愿意配合的可能性，上课的时候老师或多或少地也都提到过。她不是一丁点儿思想准备都没有，但是钱正浩那种对别人十分不尊重不礼貌的行为，确实让她火大，原本就有些发热和头痛，被钱正浩这么一折腾，已经连保持淡定和假装平静的心情都没有了。

"那我上哪儿知道去啊，"钱正浩心里也很清楚自己方才的表现确实有些说不过去，尽管还在狡辩，语气还是弱下去了不少，"那鲍鸿光不也是一样吗，你们说他莫名其妙地就被人给弄死了，还那么惨，害他的人到底图啥？万一那人不是针对鲍鸿光呢，你们那天在办公室不也说了嘛，万一那人是恨老师呢？针对所有老师打主意，那我能不防着点儿嘛！我还这么年轻，还没讨老婆，我也不想稀里糊涂地就和鲍鸿光一样了啊。"

第五十八章　唯物

　　他的话，让原本对他这种反应不解的两个人都愣住了，方圆原本以为钱正浩这么做是不愿意配合他们，没承想，他居然是因为害怕和恐惧。

　　"你是因为这个所以那么担心啊？那怪我了，怪我了！是我没把话说清楚。那天我的意思是说，暂时没有搞清楚凶手的动机，所以任何一种可能性都不能排除，不确定到底是针对鲍鸿光本人，还是教师这个职业群体，并不是说凶手真的威胁到你们，你不用这么紧张。"戴煦愣了一下，赶忙笑着对钱正浩解释，他的语气听起来十分诚恳，只有方圆知道，当时来学校调查的那天，他才不是没有把话说清楚呢，是因为这些人一个个事不关己地选择回避，戴煦才故意没把话说得那么清楚，留了一个含含糊糊的可能性。之前小俞也是因为这方面的考虑，所以才会在短时间之内衡量了利弊，决定帮他们提供信息，钱正浩这边一直都没有什么行动，还以为他不买账呢，没有想到，实际上他居然被吓成了这个样子。当然，前提就是他说的那些理由都是真话。

　　钱正浩听戴煦这么说，也还是有些不满，他一脸不高兴地朝屋子里随意那么一比画："说有可能的人是你们，说不用那么紧张的人也是你们，算了，我还是信自己，凡事小心一点吧。你们自己找地方坐吧，我这屋条件有限。"

　　虽说学校临时提供的宿舍条件确实谈不上有多好，不过和方才老李那个房间比起来，钱正浩住的这个屋子，面积要大一些，窗有两扇。不仅仅是面积更大更宽敞一点，这边就连陈设，也比老李那边要更多一些。床是正常的木质单人床，上面的弹簧床垫看起来好像也更舒适一些。不同于老李那边陈旧的老式木质书桌，钱正浩这边用的是一张电脑桌，尽管那上面并没有摆放电脑。电脑桌旁边还有一个配套的小书架，上面堆满了各种教科书和辅导教材，电脑桌旁边，还有一张比较小巧的双人布艺沙发，沙发前面是一张原木色的椭圆形实木茶几，茶几上乱七八糟地堆放了很多东西。方圆一眼扫过去，看到了一包已经吃了大半的挂面、一个被揉成了一团、皱皱巴巴的空的面包包装袋、一些开了封的袋装调料、几瓶酱油、醋、辣椒酱之类的东西，还有一个小电热锅，电热锅里面有一些干涸的汤渍。

方圆没有洁癖，不过最基本的卫生习惯还是不错的，再加上读书这几年，学校对宿舍里的舍务标准十分严格，即便是学校里的男同学也很少有特别邋遢的，现在看到小茶几上的这些零零碎碎的东西，眉头不受控制地皱了皱。

钱正浩也注意到了，不管怎么说，他也是个处于适婚年龄的男青年，被异性看到自己脏乱的一面，还是会让他本能地感到难堪，于是脸一红，话都顾不得说了，手忙脚乱地开始收拾起茶几上的那些杂物来。把上面的挂面和空面包袋都囫囵地扫进了茶几旁边的垃圾篓里，调料瓶调料包转移到窗台上面去，脏兮兮的电热锅也从茶几上转移到了电脑桌一侧的水泥地上，还被钱正浩顺手抽了一张旧报纸盖在了上面，一副眼不见心不烦的架势。

方圆目瞪口呆地看着他折腾了半天，用把别处弄乱的方法暂时解决了眼前的脏乱，心里面对"拆了东墙补西墙"又有了一种新的理解。

"听说原本这屋是鲍鸿光住着的？条件还不错嘛，这些是学校为了吸引高层次人才，给他提供的特殊照顾吗？"戴煦明知道鲍鸿光的底细，却佯装毫不知情似的，拍了拍身子下面的布艺沙发，问钱正浩。

钱正浩几乎是毫不掩饰地翻了一个白眼，把电脑桌前的椅子拉过来，坐在戴煦和方圆对面，一副老大不乐意的语气，说："你们这几天都没问过别人鲍鸿光的水平吗？还高层次人才？你说的这五个字，他就占了一个'人'字儿！这些东西是他花钱买的，占了个好屋子，该买的都买完了，结果人家大少爷嫌住这里不够舒服，东西都不要就搬走了，我搬到这屋来，就凑合用用，能省就省呗。我跟他不一样，他爹妈有钱让他到处打水漂，我爸妈辛苦了一辈子才把我供出来，我还得赚钱贴补他们呢。"

"哦，这样啊。自力更生是好事儿，勤俭节约也是好事儿，值得发扬。"戴煦连忙点点头，像是试图安抚他的情绪似的称赞说。

　　钱正浩倒没有和他讨论传统美德的心情，不同于最初的抵触和惧怕，现在确认了来人不是自己担心的那种可能性，他反倒踏实下来，主动开口问："你们特意跑来找我，是不是听说了什么关于我做梦的风言风语？"

　　"其实我刚才在门外头已经跟你说了，可能当时你没听清，我们过来主要是因为鲍鸿光之前曾经在学校住过一段时间，所以……"

　　不等戴煦说完，钱正浩就摆摆手，有些不耐烦地打断他的话："你不用跟我绕弯子了，都这个时间了，你还跟我绕来绕去地兜圈子，什么时候才能解决完问题？我知道你们绝对不可能因为鲍鸿光在这里住了那么短的时间，而且还是那么久之前的事情，就大晚上地特意跑过来，你们肯定是听到有些人说什么了，那帮人这几天那个样子我就猜得出来，肯定是没安好心。出了这么个事儿，他们幸灾乐祸还不够，还得扔出来一个当靶子才过瘾！"

　　"你把我给说糊涂了，没明白你什么意思。"戴煦一脸困惑，并没有因为钱正浩的戳穿而承认什么。

　　钱正浩撇了一下嘴，对他的这种态度略微有点不满："我还能说什么？就是说我做梦那件事呗！当时在办公室当着我的面都有人说出来，背后他们要是不嘀咕这件事儿，我的名字就倒过来写！我跟你们说，你们别听那些人胡说八道，他们就是看热闹的不嫌乱。我就是不走运，赶上了这么一个巧合罢了！"

　　"哦！你是说这事儿啊，那天是没头没尾的听了那么一句，然后就没有下文了。说实话啊，我到现在都还不知道你到底梦见了什么呢。"戴煦恍然大悟似的点点头，"你说的对，别人的风言风语有时候不可信，毕竟是跟自己没关系的事儿。惹麻烦也是别人麻烦，他们都不用在意的，所以怎么说都可以。那这样，这事儿我也不问别人了，你就自己跟我们说说到底是怎么回事儿吧！"

　　钱正浩一脸戒备地打量着戴煦，似乎想要看出他葫芦里到底卖的什么药，可是最终还是没有看出来，这让他也不由得想，是不是自己方才真的想太多，警察可能对自己做梦这件事还没有弄清楚状况。

　　于是他稍微放松了一点，对戴煦他们说："其实也没什么。就是有一天我做梦，梦见鲍鸿光死了。我也没在意，就把这事儿跟别人说了，本来也没什么大不了的，谁知道鲍鸿光后来真的出事了。他们就开始乱猜，还说我未卜先知，鲍鸿光死了之后托梦给我。这简直太可笑了，亏他们还是一群教书育人的老师呢，说出这么没素质的话来！咱就单纯说我和鲍鸿光平时的关系，他在学校里比我熟的人多了去了，怎么就那么巧，偏偏托梦给我，简直就是开玩笑！"

"这个嘛，我个人觉得，话也不用说得太绝对。这世界上什么事儿都有可能发生。"戴煦认认真真地说。

他这么一说，倒把钱正浩给说得哭笑不得了，怔了一会儿才摇摇头："我今天可真是开了眼界了，我还以为你们当警察的，尤其你们刑警，成天跟死人骨头打交道，肯定特别唯物。怎么连你们也相信这种事儿啊！"

"我不是说相信，只是说一切皆有可能，要不然怎么就那么巧呢？对不对？顺便我也纠正一下，和死人打交道比较多的是法医，我们主要负责跑腿儿。"戴煦笑呵呵地回答。

第五十九章　原委

等戴煦说完这句话的时候，钱正浩看着他的眼神里仿佛都写着"迷信"二字。不过对此，遭到了鄙视的那位却似乎并不大在意，摊摊手，又补充一句："不然的话，怎么解释你刚做了那个梦没多久，鲍鸿光真的出事了呢？"

"这有什么好奇怪的，你们这些人除了唯心的想法之外，就不能客观一点去看待问题吗？"钱正浩没好气地说，"以我和鲍鸿光之间的那种关系，就算他要托梦，都不会那么想不开地托给我。肯定是我们俩在那之前白天有过拌嘴争执的事儿，所以日有所思夜有所梦，潜意识里我还是有些生鲍鸿光的气，所以晚上做梦就梦见他死了，结果就赶了个巧。我自己都没当回事儿，所以才会跟别人讲，不然假如真的是我做了什么坏事，你们觉得我得有多蠢才会一边做着杀人害命的事儿，一边还跟别人编瞎话，说我做梦梦见鲍鸿光死了？"

"你这么说倒也挺有道理的，说来说去，你能具体跟我们说说，你和鲍鸿光之间的关系差到什么程度？"戴煦听完钱正浩的话，又问。

钱正浩犹豫了一下，从表情来看，他有些后悔自己方才为什么要说那么多关于和鲍鸿光之间关系不好的事情，但是话已经出口，就像是泼出去的水，收是肯定收不回来了，就只能硬着头皮回答说："我们俩的关系一直都不怎么好，这个我也不想跟你们隐瞒什么，但是我俩就是属于那种拌嘴的类型，单纯就是个性不合，没有什么别的太严重或者太出格的事。"

戴煦听完点点头："鲍鸿光性格具体怎么样我只是侧面地了解过一些人的说法，包括家里人在内。你嘛，我倒觉得确实不像那种崇尚暴力的人。"

"就是就是，为人师表的，这种事不能开玩笑的。"钱正浩一本正经地点点头。

"你们具体是怎么个性格不合呢？"方圆问。

"这个主要就是……"钱正浩张嘴就要说，可是开了口之后，又迟疑了一下，眼珠子在眼眶里左右移动，像是在仔细地斟酌用词，"我不想说得太落井下石，就我个人的想法啊，鲍鸿光那人太肤浅，一点儿深度都没有，没有内涵，没有修养，成天一身的暴发户气质，肚子里根本没有什么墨水。这样的人在学校里头，那不是误人子弟嘛！关键是他做人还特别狂，看不起这个，瞧不上那个，我跟他的性格完全合不来，没办法打交道。"

"你说的这些，如果鲍鸿光确实是这样的人的话，那你要是因为这个不想理他，两个人谁也别搭理谁，我觉得是很正常的。不过既然他这个人的性格和为人是这个样子的，那你还搭理他干吗，怎么还总跟他拌嘴呢？这样不是等于给自己添堵、找烦心吗？"戴煦对钱正浩的说法和做法表示不能理解。

"我不是存心给自己添堵，是他总有事儿没事儿地主动给我添堵，所以我有时候才会忍不住。就算是回击他一下而已，其实都是些小事儿，不值一提。"钱正浩不知道出于什么原因，说这番话的时候，眼神闪烁得尤其厉害。

"当然，你要是不想说，我们也不会勉强你什么，不过有一件事，我觉得有必要给你提个醒儿。"戴煦诚恳中又多了几分严肃地看着垂下眼皮的钱正浩，对他说，"咱们现在涉及的是一宗刑事案件，讲出来的可能是小事，不讲出来，有时候反而小事容易演变成大事。这种可能性，你肯定不希望变成现实，对吧？除了单纯看不顺眼之外，真正导致你们两个之间关系紧张的事情是什么？"

钱正浩两只手慢腾腾地相互搓着，他的手掌皮肤干燥而粗糙，摩擦的时候发出沙沙沙的声音。他的眼皮依旧垂着，可以看到嘴唇在微微地蠕动，似乎是想说，但是又纠结着不敢开口。方圆想要催他，被戴煦的眼神给制止住了，两个人耐着性子，给钱正浩充足的时间去做决定。

"那……"过了一会儿，钱正浩终于抬起头来，不过他看起来还是有那么一点犹豫和不确定，"咱们今天这话，说完是不是就算了？你们不会跟别人说，或者去跟我们领导反映吧？因为这件事，我都已经惹了点麻烦了，现在就想让那件事彻底过去，不要再影响到以后。"

"你放心，我心里有数。"戴煦点点头，算是答应了他的条件。

钱正浩又抿了抿嘴，这才开口说："不怕你们笑话我，实话实说，我家里头条件不怎么好，爸妈收入非常少，当年为了供我出来念书，都欠了外债了，所以毕业工作了以后，我的负担也不轻，得自己过日子，还得还债。我爸妈岁数也不小了，我也想补贴他们一点，让他们能吃点好的、有营养的，所以……那点儿工资确实是有点紧巴巴的。"

"这不是什么丢人的事儿，你不用觉得不好意思。"戴煦安慰他。

钱正浩却摇摇头："我知道，穷不丢人，但是……我确实做了一点不太正当的事儿。我有个平时相处得还不错的同事，具体是谁我就不说了，我毕竟是做错事了，最后承担后果也是无可厚非的事儿，但是因为我，人家都已经受牵连了，我不能把人家说出来，再给人家多惹一次麻烦，所以你们就多多包涵吧。"

"行，那你就先说说到底是怎么回事儿吧。"戴煦答应得很痛快。

他的态度让钱正浩心里踏实了很多，这次没多犹豫，把情况说了出来："你们也知道，学校嘛，需要用到的消耗品其实还是挺多的，不管是办公用品，还是书本文具，用量都不小。原本呢，我是能用单位的，就尽量不花钱自己再买了。然后有一次，学校组织了一个大型活动，需要添置很多布置会场还有做各个班级教室装饰的东西，学校这边人手不够，就被叫去一起帮忙采购东西去了。我是没有权力负责采购的，就是去帮着跑腿儿，买完之后往学校搬东西。当时我那个相处得还不错的同事，他说还需要买点别的，让我陪他一起去，我就去了，买完之后，他给我也带了一份。我问他什么意思，他说……他说……反正收据和发票可以写成学校的东西，我们俩能省点就省点，我当时也觉得是这么个道理，就同意了。最初那几天心里也悬着，后来看没什么事儿，就放心了。这种事儿，后来我俩又干过几次，主要是我，我求人家帮我捎几次东西，结果这事儿后来，不知怎么就被鲍鸿光发现了，他刚开始总拿话暗示我，我也没在意，没想到后来……"

"被他打小报告了？"戴煦随口接过话。

钱正浩的脸色顿时就变得很难看："你事先都知道了？那你还让我

说干吗？"

　　"我事先怎么可能会知道这种事呢？"戴煦无奈地摇摇头，"你方才说你之前惹了点麻烦，还牵连了相处得不错的同事，假如那件事情只是你和那个同事之间，没有被发现，不就不会惹麻烦了嘛，而且这个泄露出去的人不是鲍鸿光本人，那这件事你也不会在今天这个时候拿出来说。"

　　钱正浩一愣，意识到自己是会错意了，又把头一垂，不吭声了。

　　方圆被他这种反反复复的情绪搞得眉头都拧在一起，看他又垂头丧气地沉默下来，只好尽量让自己语气平和地说："你继续说呀，没有人怪你误会。"

　　钱正浩的脸红了，清了清嗓子，别开眼睛说："刚开始我被领导叫去谈话，领导没明着说，但是话里话外的意思我听得出来。当时心里头特别担心，怕工作受影响，也没心思去琢磨，不知道是谁打的小报告。后来到了有一批可以转正，本来我是有机会那一批就给我落实编制了，结果名单公示出来，上头没有我，也没有那个帮我忙的同事，反倒是鲍鸿光这个根本轮不着的人，名字清清楚楚地写在上头呢。我难过了一段时间，后来越想越不对劲儿，私下里偷偷地一打听，就是鲍鸿光打的小报告。这样一来我们有错误的就被延后，以观后效了，他反倒成了功臣一样，最晚一个进学校，最先一批得编制。打从那以后，我就看他特别不顺眼，他自己也心虚，有时候我没怎么着，他都觉得我针对他了，所以我们俩就开始经常打嘴仗。

第六十章　一段暧昧

"打小报告这种事儿……好像确实不太讨人喜欢。"戴煦听了点点头。

钱正浩却摆了摆手："不是打小报告的问题，假如这件事是别人发现了，打了小报告，我也无话可说，毕竟我有错在先，我要是没有犯那个错误，谁想要整我，不也没有借口嘛。可是这件事是鲍鸿光做的，我就觉得接受不了。很简单，他自己本身就不是什么合规矩的人，在学校根本没有招聘计划的情况下他硬是加塞儿一样地被塞进来，到底是走了谁家的后门，他心里头清楚着呢。一个靠小动作，靠手段进了学校的人，他有什么资格打我的小报告？而且我那件事的错误性质，和他还有帮他办工作那件事的人比起来，算得了什么啊？凭什么因为这件事，把我拿下来也就罢了，还把鲍鸿光给补了上去？这简直太可笑了，等同于是抓了小偷，放了强盗！"

看得出来，钱正浩是真的非常介意这件事，他说这番话的时候，一直在喘着粗气，声音也高了不少，情绪十分激动。戴煦和方圆看他气成这样，都没有急着开口，这种时候，作为听众，他们该说什么，分寸还真的不是很好拿捏，既不能强调钱正浩自己花公家钱买私人东西这件事的错误，更不能有任何让钱正浩认为他们站在了鲍鸿光的立场上说话的错觉，不管是这两者中的哪一样，都会让钱正浩原本就激动的情绪更加火上浇油。

三个人谁都没有开口地沉默了一会儿，最后倒是钱正浩自己主动开口了。

"我还可以给你们提供一个情况，不知道能不能帮上忙。"他说。

"没关系，想到什么你就讲，我们会衡量的。"戴煦对他点点头。

"我们学校其实有一个女的，也是个老师，和鲍鸿光的关系……有点说不清楚的感觉，刚开始两个人好像挺暧昧，我们一度都以为两个人肯定是有苗头了呢，结果过了一段时间，那事儿就不了了之了。"钱正浩说。

"如果只是不了了之，那好像也没有什么吧？感情这种东西说不好，也可能最初两个人彼此对对方都有感觉，但是后来相处了一下发现性格不合适也是有可能的，你说对不对？"戴煦似乎并不觉得钱正浩提出来的这是什么问题。

钱正浩赶忙证明自己说的不仅仅如此："当然了，如果就这么不了了之，我也不会和你们特意说一下不是。这么说吧，那个女的，也是我们年级的，所以就在我们的眼皮子底下，我不会瞎说。他们两个人最开始是怎么勾搭起来的，这个我不知道，反正等我看出来有苗头的时候，办公室里其他人肯定也都看出来了。这俩人好的时候，感觉真的是马上就要公开了一样，结果后来有一天，突然就不对了，俩人谁也不爱搭理谁了，过了一段时间，俩人从互相不理谁又变成了指桑骂槐，含沙射影地骂对方，我们这才觉得不对劲儿的。私下里我跟鲍鸿光关系不好，和那个女的关系也很一般，所以我没问过到底是因为什么，听别人说，好像不知道是这俩人谁追谁，结果另一个没买账，翻脸了。"

"那个女的是你们年级的？叫什么？我看看我有没有见过。"

钱正浩犹豫了一下，没有立刻回答戴煦的问题，而是先向他确认："你能不能保证，我跟你们今天说的这些事情，你绝对不会泄露给外人知道？"

"这是我们最基本的工作准则，你完全不用担心。"戴煦对他点点头。

钱正浩似乎还吃不准，但是既然戴煦这么说了，他也不好表现得过于怀疑，便又稍微犹豫了一下，还是开口说了："那个女的是我们年级的一个语文老师，名字叫关晓珊，家就是A市本地的。听说她爸妈都是教育口的，虽然不是什么大领导，但是也算是发展得不错，家里头条件挺不错的，人嘛……反正跟我不是一个世界的人，我就不多评价了。"

"和你不是一个世界是指家庭条件还是别的什么？"方圆问。

"不全是家庭条件的问题，当然我也不否认，归根结底肯定还是和这个有点关系。"钱正浩摇头，他的这一动作并非在否认方圆的猜测，而是因为接下来他说出的那一番感慨，"这东西没法说，都说家庭教育，父母的熏陶，对一个人的世界观、价值观什么的影响比较大。关晓珊照理来说，父母都是做教育领域的工作，不应该会对她进行那种倾向的教育，而且她家里面也不缺钱，听说她爷爷以前是个著名的中医大夫，非常有钱，按说这样的条件，这样的家庭氛围，她不可能是现在这个样子。但是实际上，她那个人特别物质，满脑子就是钱，说话的时候，评价谁好不好，全是靠钱来衡量。她之前说我们年级一个女老师的老公不好，原因就是没钱，她说没钱那怎么证明他够不够爱你啊，把那个老师气得，和她还吵了一架，从那以后大伙儿就都知道关晓珊这个人有多现实了。要是不认识她的人，不知道她的家庭条件，搞不好还以为她是那种穷怕了，苦怕了，所以一心想找个有钱的男朋友，让自己今后能改变命运，脱贫致富的人呢！"

方圆点点头，这回她彻底明白了钱正浩所谓的"不是一个世界的人"到底指的是什么了，一方面两个人一贫一富，另一方面钱正浩也接受不了关晓珊那种用金钱衡量一切的价值观，不过这么听起来关晓珊和鲍鸿光倒像是同一个世界的。

戴煦显然也是这么想的，他有些茫然地看看钱正浩，说："要是照你这么说，这两个人，一个喜欢用别人花钱来衡量感情，一个喜欢用花钱来沟通感情，这不是正合适吗？就算别的方面不合适，怎么就闹翻的呢？你说他们相互指桑骂槐，都说过些什么，你还有印象吗？"

"说得太多了，多难听的都有，我印象比较深的，鲍鸿光说关晓珊，当然了，他肯定没有挑明了说是谁，只不过就关晓珊一个人搭腔了，估计就是说她呢，他说有的女人，既想当婊子，又想立牌坊，两头都想占，实际上谁都知道表面上装得跟个人一样，私下里要多烂有多烂，跟门口的大巴有一拼。"

方圆听到这话，暗自觉得瞠目结舌，她没想到鲍鸿光作为一个男人，说起话来嘴巴如此刻薄，同时这也让她更好奇关晓珊的反应。

"关晓珊是怎么回击的？"就像是感受到了她内心里的好奇一样，戴煦问。

钱正浩回忆了一会儿，说："原话怎么说的我忘了，反正意思就是说鲍鸿光长得像猪，如果我没记错的话，她好像是说南方那边不是有句话说生谁谁还不如生块叉烧吗，说不定真有人生了块叉烧，不光生了，还养大了呢。"

方圆完全没有想到关晓珊的回击会是这样的话，一下子被自己的口水呛到，又不好意思大声咳嗽，脸憋得通红，转过身捂着嘴轻声地咳，戴煦也有些不知道该做何反应，晃晃脑袋："这两个人，还真是半斤八两，够势均力敌的。"

"是啊，那段时间他们两个人隔三岔五就得来这么一出，你一句，我一句，反正谁都不甘心，还谁都不指名道姓地说。我们这些人听着，明知道跟自己没什么关系，但也觉得挺别扭的，特别尴尬，想劝都不知道该劝谁，就一直到鲍鸿光失踪之前，他们还那样呢。"钱正浩叹了口气。

"你说最近才开始，意思是他们是在鲍鸿光失踪之前没多久关系才开始恶化的喽？大概最早发现这种苗头是什么时候？"戴煦问。

"当然是最近了，不然我也没必要特意说给你们听不是吗？"钱正浩对戴煦的迟钝似乎有些无奈，"具体什么时候开始的我不确定，至少也有两三个月这样的局面了，我们私下里也有议论，说这俩人可真是够能忍的，换成别人，被人这么不指名不道姓的骂了两三个月，早就气得打开天窗说亮话了！"

"那鲍鸿光失踪以后一直到现在，这个关晓珊有没有什么特别的，比较反常的反应？"

"这个……特别高兴算不算？"钱正浩说，"就前两天，我偶然听到她跟一个别的年级的女老师说，她运气好，如果当初眼瞎，真的在一起了，现在搞成这样，别人肯定要传她命硬克人什么的，那名声可就搞坏了。虽然她没提谁的名字，但是我听着像是在说鲍鸿光。"

戴煦有意无意地感慨了一句："这么泼辣的一个姑娘，又现实，估计异性缘未必有多好吧？"

"那倒不至于。关晓珊长得好看，听说学校里还是有偷偷惦记她的，具体是谁我可不知道了。"钱正浩说。

第六十一章　顺水推舟

"你都不知道是谁，还这么肯定一定有别的追求者？"方圆觉得钱正浩根本就是自相矛盾，所以未免不太信任。

钱正浩略有些不满地看了看她："我又不是变态，有事儿没事儿地去偷听女同事说话，偷窥人家和什么人打交道！你问我到底有谁追她，我哪能说得出来啊，不过她跟别人说话里含含糊糊地带出来那一层意思了，挺有优越感的那种调调。她也没说是谁，我还能凑上去问吗？我就是把我知道的说出来，信也好，不信也好，那是你们的事儿，反正我说有或者没有，你们都得去验证不是吗？既然横竖都得再确认，你又何苦现在在这里质疑我？"

方圆被他说得竟然一下子无言以对，偷偷地撇撇嘴，没有吭声，同时对钱正浩嘴皮子有多厉害这件事，也有了新的认识。这个男人别看表现得一副胆小如鼠的样子，说起话来也没有显示出什么声势来，但实际上却暗藏锋芒，也不是一个很容易对付的角色。不知道鲍鸿光的嘴巴是个什么级别，他们两个之前的拌嘴，到底谁能占到更多的便宜。

"对，我们回头肯定是得去验证的，"戴煦听了钱正浩的话，点点头，从椅子上站了起来，示意方圆准备离开，"都这么晚了，我们就不在这儿多打扰你了，你也早点休息，给你添麻烦了！要是有什么补充的，随时联系我们。"

钱正浩也跟着站了起来，对他们准备离开的这件事，他当然不会有挽留的意思，只不过嘴上还得礼节性地客气几句："也不算打扰，我平时也不会很早就睡，就算我不太看得上鲍鸿光这个人，好歹那也是一条人命。他出了这么大的事，我也做不出幸灾乐祸的事情，能帮忙还是要尽量帮的。"

钱正浩送他们两个到了门口，戴煦转过身和他握手，另外一只手扶着钱正浩的手臂，神态略显郑重地对他说："虽然说今天我们来的时候，你不太相信我们的身份，没给我们开门，不过这种小心谨慎的态度值得发扬，凡事多注意一些没有坏处，害人之心不可有，但是防人之心不可无。"

钱正浩赶忙点头，站在门口目送他们离开，一直到戴煦和方圆走到楼梯口，才听到身后远远地传来了关门和落锁的声音。

"你还好吧？"下楼梯的时候，戴煦一边用手机照着脚下，一边问。

"没事儿，钱正浩说得也不是没有道理，虽然被他给说没词儿了，不过我也不是来这儿逞口舌之快的，没有什么大不了。"方圆本能地回答。

戴煦愣了一下，回头看看她，说："我是说你头疼的事。"

"哦，你说那个啊……吃了药以后好多了，现在基本不疼了。"方圆恨不得咬一口自己的舌头，这下好了吧，人家问的是身体不舒服，自己倒好，嘴上说着不在意的话，却主动暴露了好胜心强的内心世界。

戴煦在黑暗中无声地笑了，晃晃头，不像是无奈，倒像是意料之中的释然。

下楼上了车，戴煦没有着急马上离开，而是两只手扶着方向盘，手指好像弹琴似的轻轻叩击着，一个人默默地发着呆。方圆也不好打扰他，安安静静地坐在旁边，顺便查一下今天晚上住哪一间值班室比较方便。自打在去D市出差的卧铺车上，她发现戴煦早就察觉了自己每天住在公安局里的这件事，并且还替她保守了秘密，没有说破之后，方圆觉得自己多少松了一口气。她意识到，不管多大还是多小的秘密，一个人扛的时间久了都会觉得有些累，而当你发现有那么一个人，他知道你的秘密，却很妥善地替你保守着，不泄露出去，那一瞬间，你会觉得自己心里面的重量好像一下子轻了不少，即便没有任何的倾诉、宣泄，那个替你保守秘密的人，也仿佛成了你默契的盟友，帮你分担了原本一个人独自承受的分量。因为已经被发现，方圆也不需要再刻意地回避他，大大方方地当着他的面查值班表，确定自己住的地方，这种潜意识里增进了的融洽感，连方圆自己也没有察觉到。

两个人一个发呆，一个端着手机，都各自沉默着，直到戴煦回过神来，一边发动汽车往外走，一边咕哝着："还真是挺矛盾的啊……"

"什么东西矛盾？"方圆放下手机，把注意力转向了开车的戴煦身上。

"钱正浩呗，"戴煦回答，"身高嘛，倒是差不多，不过刚才握握手，我发现他那胳膊又细又弱，没有什么肌肉的感觉，看样子臂力未必会有多大。可是从另外一个角度上来讲，每天都出去散步，一走就走那么久，如果他真的像老李他们说的那样，每天都出去扎扎实实地走了那么久，体力应该还是不错的。"

方圆没有开口，虽然她一下子也没有弄明白戴煦这前言不搭后语说的到底是什么，不过通过最近这一段时间的相处，她渐渐学会了一件事，那就是和这个男人打交道，不管他说了什么还是做了什么，都不要第一时间表示困惑，仔细地琢磨一下，结合前前后后的一些信息，总能明白他的意思或者意图。

想了想，方圆还真有些转过弯来了，不用说，方才戴煦临走前那么热情而又诚恳地和人家握手，还扶着人家的胳膊，叮嘱安全常识什么的，显然是在留意对方的体魄是不是足够强健，最终的结论是觉得钱正浩身高可以，但是臂力不行。那么到底是干什么臂力不行呢？方圆把这些天的记忆都翻了一遍，终于想起来了一件事，当时戴煦做的时候，自己还有些莫名其妙，现在倒是彻底明白了。

就在发现鲍鸿光尸体碎块当天，他曾经把自己拉到路边，确认过自己的身高以后，又是衡量两个人的身高差，又是让自己扔碎砖头，在两人扔出去的碎砖中间间隔的距离上斟酌了半晌儿。当时自己问他，他并没有正面回答，现在看来，那时候他就是在估计凶手的大致身高，好在日后的走访过程中进行排查。

既然想明白了，方圆就不打算浪费口舌去询问这件事了，因为她又想起另外一件让她有些猜不透的疑问。

"刚才，说到那个托梦的话题，你是真的相信那些事情吗？"她等了一会儿，这才开口问。关于后一点，方圆已经掌握了规律，戴煦思考问题注意力很集中，所以通常当他分神的时候，就绝对不会一边想问题一边开车。

"哦，你说那件事啊，虽然这个世界上还有很多解释不清楚的现象，但我是不信冤魂托梦那些东西的。我那么说，只不过是想看看钱正浩的反应，看看我坚持说相信超自然事件，他会不会顺水推舟地往那方面去说，也算是测试一下这个人见风使舵的能力怎么样，结果他挺坚持自己原本的说法，没因为我的态度就临时改换剧本。"

"那要是这么说起来，从他的态度你觉得他的嫌疑大不大呢？"方圆问。

"这个不好说，嫌疑大不大我不敢乱下定论，不过关系肯定很大。"戴煦说完之后，瞥了一眼方圆，看到她表情略显困惑，便主动解释说，

"你相信这个世界上有巧合吗？一点别的前因后果都没有，就是百分之百纯巧合的那种情况？"

方圆果断地摇摇头："不信，所有事情，就算不是刻意策划的，也肯定是有因才有果，不可能凭空就冒出一个巧合来。我觉得所谓的巧合不过就是起因太不起眼了，所以谁都没有考虑到，才会误认为是巧合。"

"你说得没错，所有的巧合，其实要是细细梳理每一个细节，最后肯定能够贯穿起来，找到一个非常合理的解释。哪怕是最简单的一个偶遇，有可能都不是表面上那么简单，背后都另有渊源，更不要说鲍鸿光的死这么复杂离奇了。"戴煦说，"要每一个细节都和钱正浩的梦相符，恐怕钱正浩在鲍鸿光的这件事里角色并不单纯，可能他被人利用做了挡箭牌，还有可能，他就算不是凶手本身，也至少知道些什么，所谓日有所思夜有所梦，有的时候还会日有所见夜有所梦。对他咱们还不能太掉以轻心，不管是防备他出逃，还是防备他有危险，总之这根弦在真凶落网之前都不能松。"

第六十二章　年级主任

方圆连忙点点头，鲍鸿光的死和钱正浩的梦，两者高度吻合，换成是谁都会觉得这绝对不可能简简单单地用"巧合"两个字就轻描淡写地带过去。在鲍鸿光无故不来学校上班之后，钱正浩曾经在大庭广众之下，对几个人提起过自己做的那个离奇的梦，这到底是他无意中说出去，结果听者有心加以利用，还是说这根本就是钱正浩计划中的一部分。他故意把梦说出去，好让人觉得一个做了坏事的人不可能会有这样的举动，并且警方也会顺理成章地认为他被人利用来做了挡箭牌和烟幕弹，这样一来，他就成功地脱离了警方的视线和怀疑。

就像戴煦说的，不管是被利用，还是利用别人，在鲍鸿光的案子没有水落石出之前，对钱正浩绝对不能过于掉以轻心。

离开学校之后，戴煦就开车把方圆送回了公安局，在她临下车的时候，把放在自己大衣口袋里的感冒药一股脑掏了出来，里面还夹着一支体温计，他把体温计递过去，目光在方圆的脸上打量了一番，对她说："晚上睡觉之前，除了吃药以外，顺便量一量体温，假如还发烧，明天你就休息吧。"

"我没事的，吃过药之后头不疼了，不舒服的感觉也没有了。"方圆赶忙表态，别人都工作，只有她休息的感觉实在是有点奇怪，并且作为一个这一段时间都要暂时住在值班室的人来说，那个地方也实在不适合用来泡病号。

戴煦摇摇头："不要因小失大，不舒服了就得第一时间调整，不然小病硬是给拖成了大病，到那种时候就什么都晚了，得不偿失。"

方圆只好点点头，把药和体温计塞进自己的包里，道别戴煦，下车走进了楼门。她的包里面没有太多东西，很空，两盒药还有体温计在里面随着走动而相互碰撞，发出细微的声响。方圆下意识地把手扶在挎包上，手指轻轻摩挲着包的表面，就好像隔着那层帆布，能够摸到里面的药盒一样。

今天戴煦的举动让她觉得很感激，可是同时又多多少少有些不太自在，对方的关心她是能够感觉得到，并且也心存感谢，只是两个人认识的时间还不长，不管是开玩笑说是师父与徒弟，还是前辈和后辈，那都还只是停留在称呼的层面上，论起交情来，他们可能只比陌生人要熟悉一些，连朋友都远远论不上。方圆的性格本来就比较慢热，在和陌生人打交道的时候需要花时间去熟悉彼此的个性以后，才会慢慢地亲近起来。所以在不熟悉的时候，她都习惯和对方保持一定的距离，免得双方都觉得不自在。现在面对戴煦的这种关心，比起上一次饿得胃疼时的小汉堡，这一次的感冒药让她的心里或多或少的感受到了一点负担。

他那个人是不是天生就那么热心肠啊？假如今天不舒服的人换成林飞歌或者马凯，他也会一样这么周全地给予照顾和关怀吗？还是说，他会这么做，不是因为个性比较热心，而是因为生病不舒服的人是自己呢？

方圆胡思乱想着，目光下意识地投向了一旁走廊的玻璃窗上，窗外是黑漆漆的夜幕，和被照明灯照得灯火通明的走廊形成了鲜明的对比，让透明玻璃擦也好像变成了一面黑色背景的镜子，把方圆的侧影清清楚楚地映在了上面。

看到自己的侧影，方圆放慢了脚步，停下来转过身，正对着窗子。

还是那个样子，圆圆的脸、圆圆的四肢，没有修长的美腿，也没有纤细的腰肢，更别说什么娇艳惹眼的漂亮五官了。

你说你刚才脑子是不是搭错了，怎么会有那样的想法呢！幸亏只是自己胡思乱想一下，不然要是被别人知道了，光是马凯一个人拿来调侃一番，都够你挖个坑把自己给埋起来的了！方圆自嘲地想，默默地摇摇头，继续朝值班室走去。

睡前方圆按照说明书上面的用量服用了一次感冒药，可能是在药效的作用下，这一夜她睡得特别沉，出了一身汗，等到第二天一早醒过来的时候，除了浑身有点乏力，两条腿略微有些发软之外，倒也有一种浑身上下都比昨天轻了许多的舒畅，头也不疼了，头脑特别清明。于是她赶紧起床，穿戴整齐，洗漱妥当，又像往常那样直奔刑警队办公室去，打算像平时一样趁着大伙儿都没来，先把那里的卫生扫一下。结果到了那里一看，办公室已经有人打扫过卫生了，地面上还有没有干透的水痕，空气里弥漫着食物的香味，这香味的源头就来自于戴煦那张办公桌上面放着的塑料袋。

方圆看了看，办公室里此时除了她之前，就没有别人了，估计是戴煦来了之后有什么事情，又出去了。她便到桌旁坐了下来，老老实实地等着。没过一会儿，马凯和林飞歌就一先一后地来了，马凯一进屋就说："哎？谁买早点了？"

方圆指指戴煦桌面上的那几袋东西，马凯立刻凑过去，瞧瞧都有什么，然后一边伸手拿一边问方圆："你吃早饭没呢？来，你先挑，我让着你。"

"还是等一会儿吧，别人买的东西，没等人家让拿就自己吃了，是不是有点不太好？"方圆觉得这样有些不大礼貌，摆摆手，表示自己不急。

马凯听她这么一说，也觉得有点道理，已经捏着塑料袋口的手又缩了回来，绕到一旁坐下来。

等林飞歌来了之后，可就没有那么客气了，她走过去，数了数桌上的东西有几份，然后就径自挑了一份自己喜欢的，拿到一旁吃了起来。

"林飞歌你怎么就那么馋？等一会儿戴煦来了再吃能饿死你啊？人家买的，你也不问问就拿了吃，小姑娘家家的，亏你好意思！我和方圆都比你来得早，我们俩都没说不问自取！"马凯一个没拦住就让林飞歌得了手，忍不住说了她一句。

林飞歌大眼一翻："谁和你比！方圆不吃可能是为了减肥，我又没那个需要。至于你嘛，你傻呗！不会自己看啊，那份数摆明了就是人人有份的，自己愿意傻乎乎地在那里护食，现在还乱怪我！"

"我看你也不用吃早饭了，早上在家里吃完火药来的吧？一大早就这么呛！"马凯被林飞歌说得不大痛快，谁会喜欢早上一来上班就被人说一顿呢。

林飞歌撇撇嘴："今早没吃，昨晚吃的，到现在还没消化呢。我不就跟着出了个差嘛，回来之后被我爸妈这顿说，嫌我没按时打电话报平安，真是烦死了！"

"行行，你今天心情不好，我不招惹你，你爱干吗干吗吧。"马凯见状，也做举手投降状，不想在这种节骨眼儿上找不痛快。

林飞歌看起来确实是心情不太好，又冲马凯翻了翻眼皮，一个人闷闷地吃起东西来。方圆和马凯被她制造出来的低气压波及，也没有了开口闲聊的兴致，就各自枯坐着，一直到戴煦和汤力一起走进来。

"行，我托人帮你打听一下……"汤力走在前面，一边走一边回过头去和戴煦说，听那意思好像是戴煦之前有拜托他帮忙打听什么事情，说完这话，他看到办公室里面的三个人，便没再继续说下去，对三个实习生点点头，回到自己的办公桌前坐了下来。他的办公桌和戴煦离得比较近，戴煦走到自己桌旁，随手拿了一份早点递过去，然后看看枯坐在一旁的方圆和马凯，有些纳闷地说："你们两个干吗在那儿坐着啊？怎么不吃东西？"

"你看，师父，我就说了让他们不用跟你那么客气吧，你瞧，我就没见外！"林飞歌晃了晃手里喝了一半的豆浆，笑嘻嘻地对戴煦说，不知道是把方才的坏情绪收起来了，还是刚才已经发泄得差不多了。

"对，不用见外，吃吧。正好咱们几个碰个头，一边吃一边交换一下信息，一举两得，还节省时间。"戴煦点点头，自己也拿了早点吃起来。

汤力示意方圆他们都到戴煦这一侧来，方便看到电脑屏幕，然后播放了一段监控录像，他一边播放监控画面，一边说："我筛查过鲍鸿光家的电梯监控录像，这是他最后一次出现在电梯里面，之后就再也没有出现过，所以这很有可能是他生前最后的画面。"

方圆他们几个一听这话，神经顿时就都绷得紧紧的，死死地盯着电脑屏幕。

从监控画面右下角显示的时间来看，此时距离鲍鸿光的尸体被发现大约有一周时间，按照时间点来推算，此时已经是鲍鸿光无假旷工之后，学校到公安机关报警之前。

画面播放了半分钟之后，电梯门开了，一个人从外面走进电梯里来。那个人却并不是鲍鸿光，而是他们之前打过交道的，鲍鸿光的年级主任。

第六十三章　口无遮拦

"咦？这人咱们之前是不是见过？"马凯觉得监控画面当中最先出现的这个人有些眼熟，但是一下子又有些想不起来到底在哪里见过。

"是鲍鸿光学校里的年级主任，咱们之前在学校见过一次。"方圆小声提醒马凯，因为监控录像还在播放，她怕说得太多会影响到别人。

马凯经她这么一提醒，倒也想起来了，点点头："哦，对对！是他没错！"

年级主任是第一个出现在监控画面当中的，他在走进电梯之后，并没有按键下楼，而且一手按着开门键，面朝着电梯外面，似乎在对什么人说话，只可惜监控只能记录画面，并不能够连同声音一起记录下来，所以也就无从得知他在对外面的人说些什么，不过看样子，外面的人好像并没有做出什么回应。年级主任一个人站在电梯里，一手按着开门键，站在敞开的电梯门里向外张望，似乎在等人。等了一会儿，他好像有些不耐烦了，松开了按开门键的那只手，按了一楼的按钮。电梯门缓缓合上，年级主任靠在电梯厢一侧的扶手上面，等着下楼去，可是电梯里的小液晶显示屏上面的楼层数始终没有变化。他起初并没有发现，等意识到电梯根本没有下行的时候，刚要再按楼层键，电梯门又开了，这一次上来的正是鲍鸿光本人。他看到年级主任还在电梯里面困着，笑嘻嘻地说了一句什么，一只手还把钥匙套在食指上面摇啊摇，然后用钥匙串上面的一个磁卡样的东西在电梯上面刷了一下，按了楼层键。这一次电梯液晶屏上的数字才终于发生了变化，开始缓缓下行了。年级主任对鲍鸿光说了什么，从他侧脸的表情来看，大概是有些不悦的，而鲍鸿光也似笑非笑地做出了回应，年级主任在他说完话之后，便悻悻地转过身去，一直到出电梯都没有再说什么。

电梯是在一楼停下来的，鲍鸿光在前，年级主任在后，两个人走出电梯，电梯门重新关严，画面到这里也就结束了。

"后来的视频不需要看，鲍鸿光没有再回来过，通过小区门口的监控能够确认。"汤力简单地向他们介绍一下余下的情况，"小区门口的监控摄像头拍到他们两个人一起走出大门，周围没见到有其他人跟着，走到一半两个人一左一右地岔开分头走了，之后就超出了监控范围。那条街上比较近的交通监控摄像头我也调查过了，没有看到鲍鸿光步行的踪迹，可能是乘车离开的。"

"也就是说，鲍鸿光的年级主任在明知道他那段时间根本就没有失踪，好端端的只是没有去上班而已，却默认了校方关于鲍鸿光的失踪事件这件事，即便是和咱们碰面的时候也是一个字都没有透露。那这件事可就有点儿意思了。"戴煦摩挲着自己下巴上有些微微冒头的胡茬儿，眼睛盯着电脑屏幕上停下来的画面。

"老戴，那这个人不就有可能是最后一个见到鲍鸿光的人了吗？他上次见到咱们的时候还撒谎，说自己跟鲍鸿光也没有特别熟，自己平时很忙，任务很重，所以根本没时间和鲍鸿光打交道，结果呢，自己从人家家里走出了！那不是嫌疑很大吗！"林飞歌有些激动地看着戴煦，似乎认为嫌疑人就在眼前，这个案子马上就要水落石出了。作为第一次参与调查，胜利在望的感觉让她几乎有些坐不住了，差一点从椅子上跳起来。

戴煦见她激动成这样，赶忙伸手示意她坐稳了："你先别激动。他确实撒了谎，但是到底嫌疑大不大，是不是最后一个见到鲍鸿光的人，这个可就不好说了，得确认过之后才能有结论。激动得太早，搞不好到头来就该觉得失望了。"

林飞歌一听他这么说，还没等验证呢，就已经有点失望了，点点头，问："那咱们是不是得去找他问问清楚啊？当面对质一下？"

"你先别着急，咱们刚了解了汤力最近的收获，咱们这边的收获还没跟他介绍一下呢，包括昨天晚上我和方圆两个人加了个班，你们就不好奇我们都干了吗？"戴煦卖了个关子，等看到林飞歌和马凯的胃口都被吊起来了，才把四个人去D市了解到的情况，以及前一天晚上和方圆一起到学校遇到了张阳朔，找到了钱正浩的事情向他们几个人做了一番说明。

"关晓珊？这个名字有点耳熟，哦，想起来了！"林飞歌一开始有点茫然，随后一拍脑门儿，"咱们那次拿着画像过去的时候，好像办公室里有个叫晓姗的女老师，是不是就是这个关晓珊啊？"

"长什么样儿？漂亮不漂亮？"马凯在一旁凑过来问。

林飞歌冲他翻了个白眼儿："关你什么事，就好像人家漂亮不漂亮能瞧上你似的，而且你才多大岁数，敢惦记大姐姐，你胆子还真是不小啊！"

"你胡说八道什么呢！我这是出于一个适婚单身男青年的正常心理，随口打听一句，你至于说那么多吗？真是的！"马凯被林飞歌数落了几句，面子有点过不去，嘟嘟囔囔地反驳了一句，倒也没好意思再问那种题外话。

"原来是卜文星和关晓珊，现在又多了一个年级主任，先从谁入手呢？"方圆对那个被人叫作"晓姗"的女老师隐约有些印象，记得是一个瓜子脸，白白净净，看起来挺秀气的姑娘，年纪也不算大，估计比自己也大不了几岁的样子，不过眼下这个节骨眼儿，她也不可能去满足马凯的好奇心。

"我觉得还是考虑先从小卜和年级主任入手吧，关晓珊那边倒是不急，我个人认为甚至都没有必要非得和关晓珊本人打交道。就算是从她入手，也至多是打听打听看看，她身边有没有其他的追求者，尤其是比较狂热或者执着的那种。"戴煦回答说，"就算和关晓珊本人打交道，也只是稍微了解一下她和鲍鸿光当初为什么会闹得那么不愉快就可以了，她肯说就更好，不肯说咱们就找别的途径。"

"那为什么啊？这个关晓珊既然和鲍鸿光关系差到那种程度，怎么就不应该好好查一查呢？"马凯不明白，"照理来说，她和鲍鸿光的矛盾不是比卜文星那件事还来得更靠近事发前吗？怎么反倒不重要了呢？"

"我没说那件事不重要，我是说关晓珊本人不重要，那个人我们确实见过一面，就算当时没有去特别留意她，印象我还是有的。个子不算高，女人里的中等个儿，挺瘦的，有点弱不禁风。如果说她本人亲自对鲍鸿光下手，那是绝对不可能成功的。"戴煦摇摇头，表示马凯没有明白自己的意思。

马凯有些不太相信地笑了，晃晃脑袋："鲍鸿光又不是什么孔武有力的肌肉男，老戴，他要是有你一半结实，我都觉得你说那话有道理，不过你看鲍鸿光那个照片，就他那个‘吨位’，行动肯定没有多敏捷，谁想对他下手肯定不会太难。"

戴煦摆摆手："这你可就说错了，永远不要小看胖子的战斗力，同样的身高和年龄，一个身材很胖的人和一个身材很瘦的人放在一起，逃跑不算是一种办法的话，那一定是很瘦的那一个比较容易被摞倒。一个胖子的力量，比一个瘦子可要大得多，况且鲍鸿光还没到行动都不方便的程度，再加上关晓珊本身又特别瘦弱，两个人根本没有较量的余地，别说指望着她独自一个人不光杀死鲍鸿光，还得分尸，这简直更是不可能完成的任务。"

"哦，原来是这样啊，那我小看了胖子的战斗力了呢！"马凯点点头，恍然大悟的样子，然后又看看方圆，忽然嬉皮笑脸地对方圆说，"方圆，原本我还在考虑要不要给你当个护花使者什么的，结果现在听老戴这么一说，我觉得好像也没有那个必要了。看你这身板儿，以后轻易我也不敢招惹你、得罪你了，老戴说得对，不能小看了胖子的战斗力！"

"哎哟！"他的话刚一说完，正挤眉弄眼地冲着方圆笑呢，忽然后脑勺啪的一声，被人实实在在地拍了一巴掌，疼倒是不疼，就是冷不防挨了一下子，着实吓了一跳，本能地一缩脖子，手往后脑勺上面一捂，扭头去看是谁对自己"下黑手"。

"嗯，我看这招倒是挺好用的，"戴煦拂了拂手，对方圆说，"以后这小子口无遮拦的时候，你就这么干，顺便帮他激活激活剩余脑细胞。"

"哈哈，这招儿不错，我愿意我愿意！方圆下不了手，我下得了！"林飞歌在一旁拍手直笑，对马凯吃瘪这件事感到十分爽快。

戴煦没打算继续和他们笑闹，而是把目光转向了汤力："老规矩，你先选吧。"

第六十四章　隐瞒

汤力也不跟他客气，率直地说："那我去查卜文星那边吧。他不在学校那边，学校那边还是你去，有结果了咱们再碰头。"

说完，他连询问一下有没有哪个实习生，尤其是他自己的"嫡亲"徒弟马凯想不想跟着他一起去的意思都没有，对其他几个人点点头，一个人先离开了。

"老戴，汤力这个人一直都这么……神秘吗？"汤力走了以后，林飞歌有点好奇地往戴煦跟前凑了凑，问，"感觉特别猜不透、摸不清似的！"

"不光女孩儿，男人的心思有时候你也别瞎猜。"戴煦也不打算正面回答林飞歌的打探，随口打着哈哈，就把这个话题给搪塞过去了，然后看看表，"走吧，咱们也出发，到那儿正好是他们课间操前后，希望年级主任今天没什么课。"

马凯和林飞歌赶忙点点头，一边穿大衣一边往外走。方圆也连忙起来跟着，虽然她的两条腿略微有点发软，但是比起前一天已经好太多了，药也随身携带着，所以并不想留下来当一个尴尬的病号。

戴煦并没有像往常那样开口招呼方圆，而是穿戴整齐之后，走到门口，发现方圆亦步亦趋地跟在自己身后，这才回头问："没问题？"

方圆点点头："吃过药了，烧也退了，没问题。"

戴煦没有马上表态，目光在方圆的脸上停留了一两秒，然后才点点头，什么也没说，继续往外走。方圆得到了他的默许，也跟着一起下了楼。

和戴煦估计的一样，等他们到了目的地，正好赶上了学校里的学生们出来做课间操。操场上面很多人，除了老师之外，所有学生都穿着统一款式的校服，根据年级的不同，区分以不同的校服颜色。戴煦他们不方便把车开进来，只好停在了学校大门外面，步行走进去。林飞歌他们一看满操场的学生和老师，顿时就有些傻眼了，似乎有些发愁。

"这课间操才刚开始，还得一会儿才能结束呢，结束之后学生们收操回教室，又得乱哄哄一阵子，紧接着估计就上课了，咱们哪儿找年级主任去啊？"林飞歌看了看时间，"咱们这次的时间可赶得太不好了。"

"正好相反，咱们这次时间赶得刚刚好，你们没看到学生课间操老师要在旁边监督的吗？"戴煦一边在操场边缘绕着学生们课间操的队伍走，一边帮他们几个指了指，果然在操场的另外几个方向的空地上，都有老师站在那里。

"就算是那样，咱们也得知道穿什么颜色校服的学生是那个年级主任管着的不是吗。"马凯放眼一看，挺宽敞的操场上满满的都是学生，不确定位置的话，满操场绕上一大圈，也不是特别轻松的事情。

"喏，那边绿色校服的就是，去那边找找就行了。"戴煦完全不担心这个问题，伸手朝不远处一指，然后看到马凯惊讶的表情，有些无奈地说，"你不用那么意外，之前走访的时候，在办公室里看到过来送作业的学生，身上就穿着绿色的校服，既然是按照年级来分办公室的，那就肯定不会有错了。"

方圆经戴煦这么一提醒，她也想起来上一次过来找小俞的时候，好像确实有过一个学生抱着一叠东西过来，上身穿着一件毛衣，下身的确是操场上这种绿色的运动款校服裤子。只不过这么一带而过的细节，如果不是戴煦提起来，恐怕方圆早就抛在脑后，绝对想不起来了。想到这一点，她偷偷地在后面多看了这个大个子几眼，这人的缜密程度，比自己想象的可能还高。

绕过做操的学生，到了绿色校服比较集中的区域，戴煦仗着自己的身高优势，并不需要费多大的力气就看见了站在操场一侧监督学生们做操的年级主任。他示意方圆他们等在原地，自己大步流星地走了过去，离得远，再加上课间操的音乐声，方圆他们三个人也听不到戴煦和年级主任在说什么。只能看到对方见了戴煦，起初有些惊讶，随后便摇摇头，似乎是在婉拒，而背对着方圆他们这边的戴煦微微俯下身子，尽量凑近年级主任，说了几句什么，年级主任的身姿顿时就变得有些僵硬，随后他的脸上露出了讪讪的笑容，有些尴尬地对戴煦点点头，然后叫来不远处站着的一位年轻老师，向他交代了点什么，便跟着戴煦一起朝方圆他们这边走了过来。

"走吧，上车，有什么事儿咱们回公安局再说，不要在这儿谈了。"戴煦走过来，看林飞歌想要开口问什么，便抢在她之前先开了口。

年级主任也连忙附和地点头："是啊是啊，音乐吵得很，说也听不清，而且这边这么多学生，也不是个说话的地方，咱们找个方便的地方再详谈吧！"

林飞歌没有吭声，挨着方圆走在后面，刻意和戴煦他们拉开了一点距离之后，凑到方圆耳边，说："老戴还可以啊，我感觉那个年级主任好像不怎么老实的样子，还以为他得找借口不愿意配合咱们呢，没想到老戴过去几句话就搞定了。"

"要不怎么说经验是无价之宝呢。"方圆也看出来年级主任最初的态度摆明了是不想理睬的，后来态度发生了变化，都得益于戴煦对他说的那几句话，至于说的是什么，她倒没有林飞歌那么好奇。跟着戴煦出去了这么多次，见他和别人打交道，方圆对他的行为模式依旧没有总结出一个规律来，只不过大体的风格倒是有了一些认识。至少在第一步，他是一定会把利害关系摆在当事人的面前，让对方自己拿主意的，如果对方识趣，那就一拍即合，如果对方不识趣，戴煦这个从来不按套路出牌的人到底会怎么做，方圆可就一点儿都猜不出来了。

上了车之后，戴煦一点也不急着开口，开车径直返回公安局。车子刚从学校大门口调头开上马路，年级主任就有点坐不住了，他试探着问："戴警官，我刚才确实是有点蒙住了，忘了那天和他碰过一次面的事儿，现在被你那么一提醒，也想起来了。你看，那个监控录像咱们是不是就不用看了？我学校那边也还有事，你们工作也挺忙的，咱就把车停路边上，我尽量回忆仔细一点，咱们解决完问题，就各自忙各自的，能节省不少时间，这样好不好？"

"这个嘛……"戴煦犹豫了一下，然后有些不太好意思地说，"恐怕不行啊，我刚才也差点忘了一件事，待会儿到了公安局，你可能还得配合我们提取一下DNA样本和采集一下指纹，我们需要做个比对。"

"什么意思？刚才你也没提这事儿啊。"年级主任有些吃惊地扭头看着戴煦，他一只手攥着安全带，另外一只手扶在车门上，那架势就好像随时可能会拉开车门跳下去似的，表情紧张得不得了。

马凯见状，连忙从后排探过身子去，把他的手从车门上拉开，嘴上说着："冷静点儿，冷静点儿，说话就说话，手别往那儿放啊，怪吓人的。"

年级主任一愣，连忙把手从车门上拿下来，有些尴尬地扭头对马凯扯了扯嘴角，算是挤了个笑容："你别紧张，我不会做出什么过激行为的，我也这么大岁数了，有家有业，我自己孩子就在我们学校念书，哪能做傻事啊。我就是活这么大岁数，还没跟警察打过这么多交道呢，乍一听还得留指纹、DNA样本的，吓了一跳，心里头有点紧张，一般电视里头不都是怀疑谁才让谁留吗？"

"也不是这么说，有时候我们也是为了排除谁才让谁留。"戴煦一边开车，一边扭头对年级主任笑了笑。

年级主任似乎觉得他这是在安慰自己，并没有特别当真，依旧有些紧张，但比起方才来，倒也多少释然了一些。

"你之前是真忘了和鲍鸿光见过一面的事儿呢，还是有顾虑，所以故意隐瞒下来，没想告诉我们？"戴煦用近乎闲聊的口吻问。

年级主任刚刚放松下来的神经再次绷得紧紧的，单看他方才还靠在椅背上，现在却整个后背都挺得笔直的姿态就知道了。

"忘了……真的是忘了。"他有些缺乏底气地回答。

戴煦看了他一眼，笑了笑，什么都没有说，默默地继续开车，随手扭开了广播，听起音乐来。

第六十五章　点到为止

上午这个时间段，路面上的交通状况还是不错的，电台里也放着各种或者欢快，或者甜蜜的情歌，只可惜，车里面的气氛却和那轻松的音乐有些不协调。年级主任时而看看车窗外，时而又扭脸看看在开车的戴煦，似乎还想和他说什么，或者打听一些什么，但戴煦却始终专心致志地开车，硬是让这个一直在找机会开口的中年男人一点说话的机会都没有。

车子拐进公安局的院子，年级主任看上去就更加紧张了，他的身子瑟缩了一下，好像不愿意让车外的人看到自己似的，一脸的为难和纠结。

戴煦把车停好之后，才注意到年级主任的紧张，不由失笑，摇摇头，说："你不用这么紧张，你看每天出入那么多过来办事的，可不都是作奸犯科的坏人，也有一些是来协助我们工作，或者处理其他事的，你自然一些，不用有什么顾虑，没有人会因为在这里看到你就给你胡乱贴标签的。"

"那样就最好了，"年级主任苦笑着叹了口气，"你知道的，你们的职业确实比较特殊。我们当老师的，要为人师表，所以一举一动挺重要的，万一传出去什么不好的风言风语……"

"从楼侧面拐过去，后面那栋小楼就是办护照的地方，大不了如果有熟人看到你，你就说是过去那边办事，遇到熟人顺便过来聊几句呗。"马凯对年级主任这种畏首畏尾的做派感到十分反感，"除了认识你的人，不认识你的也不知道你是老师，谁会在意你是不是够为人师表？"

马凯的话说得很不客气。年级主任乍听到他这么说，脸色稍微有些不愉快，不过等他转念一想，觉得确实是这么个道理，便又释然了。这才跟着戴煦他们下了车，由戴煦带着先去采集了DNA样本和指纹，然后才到刑警队那边去。

年级主任对提取了他的DNA样本和指纹这件事，始终芥蒂，即便不敢表示反对，但他也还是表现得有些抵触。

"到这儿来说话就方便了。其实是这样的，"回到办公室，戴煦让马凯帮年级主任挪了一把椅子过来，分别坐下来，戴煦指了指电脑，对他说，"我们从鲍鸿光家所在小区的监控录像中发现，在目前找得到的录像画面当中，你是最后一个和他一同出现的人，并且我们从鲍鸿光家里也发现了一些空酒瓶，从上头提取到了不同人的DNA和指纹，所以才需要找你确认一下。毕竟之前咱们见面的时候，你没有跟我们提这件事，所以为了排除嫌疑，还是来一趟比较好。"

听了他的这一番话，年级主任的脸色一阵红一阵白，表情十分难堪，试图讪笑，那笑容挤得苦哈哈的，着实比哭还要难看几分。

他反复地舔嘴唇，好一会儿才说："这事儿怪我，怪我，我当时是有顾虑，而且没想到这件事会牵扯那么多，也没想到他居然是在他家里头出的事。所以……对不起啊，我真心诚意地道歉，不该对你们有所隐瞒，我现在积极配合，努力补偿自己之前的过失。我那天确实是和他见面了，但他出事和我真没关系。"

"你干吗有那么大的顾虑呢？之前还不承认和鲍鸿光很熟，结果弄了半天，你们俩的交情已经好到可以一起喝酒了啊？"戴煦开玩笑似的，用调侃的语气对年级主任说，然而那调侃当中又似乎带着一种质疑和责备。

年级主任清了清嗓子，摸摸鼻子，借此来掩饰自己的尴尬，他犹豫了一下，最后把心一横："唉，算了，都这个份上了，我也就不死要面子了，再要面子，我估计我的麻烦就更大了。我之所以不敢承认我那天见过鲍鸿光，是因为我们两个之间确实有些往来，这个往来……不太好见光，尤其不好让别的老师知道。鲍鸿光那个人，你们肯定也没少调查他的事情，学历拿回来倒是蛮漂亮的，但是实际水平就……他呢，还不甘心教升学率不高的普通班，因为那样收入会多少受一些影响。可是让他教重点班也肯定是不行的，那都是我们学校中考的好苗子，出了什么差错我也担不起那个责任，所以他就一直'拜托'我。我其实也挺难办的，所以明面儿上，我也不好让人发现我和鲍鸿光走动得比较频繁，毕竟影响不好，私下里，估计你们肯定都明白，话说太白了我也觉得挺难堪的。"

戴煦点点头："对，大家都是明白人，有些事情点到为止就够了，咱们还是说一说鲍鸿光的事儿吧。你去他家那天，其实他已经算是无假旷工了，你既然有见到过他，是不是也肯定知道他为什么没有去上班？既然这样，学校里都以为他是无假旷工并且失去联系了，你怎么会既不通知他回来上班，又不向学校里的其他人，包括向我们说明这些情况呢？"

本来戴煦说点到为止的时候，年级主任是松了一口气的，可是听完了他接下来的询问以后，他的表情又再次变得苦哈哈。可是这个问题问得一点不过分，并且和鲍鸿光的案子关系十分密切，他只好在一番纠结之后，回答说："是这么回事儿，其实他一开始的时候不是无假旷工，我私下里偷偷批准了他三天假，让他可以在家里休息，不用到单位来，但是对外不要声张。学校那边他的课我会安排别的老师去帮忙代一下。后来他一直没回来，我也私下里联系过他，但联系不上，到后来学校发现他旷工很久，派人过来问，他到底多久没来上班了，年级组里的人一回忆，就把这件事给想起来了，说他都有一周没来上班了。学校一看觉得事情不好，就去公安局这么报的案，我看情况都这样了，就没敢说。"

"学校方面是怎么留意到鲍鸿光无假旷工的事情的呢？"方圆问，"是因为代课老师帮着代课太多节，所以有意见，反映到学校那边去了？"

"那倒不是，我都是找别的年级的老师过来帮忙代课，没找过我们自己年级，加上平时鲍鸿光没课的时候也不常待在办公室里，所以别人还真就没怎么发现。最后被人发现他那么多天没来，是因为开全校教职工大会，开会前钱正浩跟几个人讲他做梦，梦见鲍鸿光死了什么的，以及被杀的细节，说得有鼻子有眼的。当时有女老师都被他给说得有点害怕了，后来这事儿就被传了出去，知道的人多了，就有人注意到鲍鸿光好多天没见着了，然后学校那边就也注意到了这件事，所以就报警了。"年级主任有点尴尬地回答。

"所以你怕被人知道你们两个私下里头约定的事情，会牵扯到你，就没有提这件事？那在他已经跟你私下里请过假了以后，你又去他家干什么？"戴煦问。

年级主任面露难色，有些心虚地扫了一眼戴煦，略微有那么一点含糊地说："就是……他，我是说鲍鸿光，他当初能进我们学校，还是有点人脉的，那天他是介绍我给他的一个朋友认识。他的那个朋友和教委那边比较熟，比较能说得上话，所以那天下午没课了以后，我就过去坐了坐，待了一会儿。不过我也就是和那个人打了个照面，之后我又在那儿待了一会儿才和鲍鸿光一起走。那人我也不熟，这事儿里头肯定没有人家的责任，我就不提他是谁了吧，无缘无故地把人搅进来，这样好像不太好。"

方圆听他这么说的时候，心思一动，想到了什么，她朝戴煦看过去，戴煦察觉到，对她使了个眼色，似乎是让她想说什么就说。眼下当着年级主任的面，也不方便沟通，便只好鼓起勇气，按照自己想的办法去尝试了。

她起身到另外一张桌子旁，打开抽屉拿出罗齐的照片，回来递给年级主任，问："你认不认识这个人？"

年级主任接过来仔仔细细地看了看，又想了想，最后摇摇头："不认识。"

第六十六章　狮子大开口

面对这样的答案，方圆有些惊讶，她原本以为年级主任所谓经鲍鸿光介绍，能帮他和教委搭上话的那个熟人会是罗齐呢，没有想到居然不是。她看着年级主任的态度不像是假的，但是自己毕竟资历浅，经验也不丰富，对别人的言辞表现是真是假，判断起来也没有那么足的底气，不过她看戴煦对年级主任的话也没有表现出任何的质疑来，心里倒是对自己的判断又多了几分底气。

"那说说那天的事吧，你说鲍鸿光介绍给你认识的朋友，提前一个人先走了，那后来你和鲍鸿光一起离开，是去了哪里？"戴煦的心里很清楚，鲍鸿光的家中并不是这一桩杀人案的第一现场，那里也没有任何打斗过的痕迹，所以年级主任在这件事情上面并没有说谎，那么也就不需要浪费时间在这上面。

"我没和他一起走，我们两个是一起出去的，出去之后就分道扬镳，各走各的了。我回学校去，那天晚上是我值班，你们如果不相信可以去问学校那边的人，他们肯定能证明我没说谎。"年级主任赶忙解释说，"那天鲍鸿光说他还约了别人，我正好也要回学校，就一起出门，走出了他们家小区之后，我俩就一个往左，一个往右。哦，对了，我记起来一件事，我那天是打算过马路去坐公交车回学校的，过马路的时候，我看到鲍鸿光上了一辆白色的轿车。"

"白色轿车？"马凯一听，连忙问，"车牌号是多少？"

"这个我可不知道，"年级主任摇摇头，"当时马路上车多人也不少，我只是过马路的时候左右看看，恰好看到了，哪儿能记得住车牌号啊，对这些我不是特别在意，很少会去注意这种细节。不过我觉得，开车的那个人鲍鸿光肯定是认识的，因为我看到他是先站在车外面，和开车的人说了几句话，看起来好像还有点惊讶似的。俩人说什么我听不清，当时街上车来车往，有点吵。反正他们一看就不是陌生人的那种，等我过了马路再看的时候，正好看到他绕到副驾驶那边去上车，然后那辆车就开走了。"

"那开车的人呢？你有没有看清楚开车的那个人是个什么样的？高矮胖瘦，长头发短头发？"林飞歌听他这么说，便退而求其次地问。

年级主任依旧摇头："没有，怎么可能看得见？我本来就是远远看的，当时天都黑了，路灯亮着，隔那么远，我就是想特意看看都看不见。而且我当时也不可能预见到那可能是我最后一次见到鲍鸿光活着，肯定不会花那么多精力去关注这些的。"

"确实啊，要是人都有预见能力，那我们这一行可就好干了。"戴煦颇有感触地点点头，"那既然你和鲍鸿光一起走，你知道他还另外有约，那你知不知道他到底约了谁呢？"

"我知道，他约了我们学校另外一个年级的男老师，说是去那个男老师家里吃饭。我当时还挺不放心的，跟他说千万别提我私下里帮他安排，让他在家里休息三天的那件事，不然我和他都会很麻烦。他还跟我保证，说绝对不会说漏嘴的，我不太放心，他跟我一再保证的，而且说那个老师根本不会关注这种事，只不过是约了几个男男女女一起热闹热闹罢了，让我别胡乱担忧。"年级主任回答，"后来鲍鸿光一直没来，我还试探着问过那个老师。我说你知不知道鲍鸿光最近去哪儿了？那个人还老大不乐意地跟我说他不知道，鲍鸿光又不是他儿子，找不着了也轮不到找他要人。我看他说话也挺不好听，就没有再问过，不知道两个人是不是发生了什么矛盾，但是我看那个老师天天该吃吃，该玩玩，一点也不像是有什么负担，做过坏事心惊胆战的样子，估计应该不是他吧！"

"这个人叫什么名字？是教什么的？"方圆问。

年级主任想了想，说："这人叫张保，是我们学校的体育老师，你们……你们知不知道鲍鸿光和我们学校以前的一个体育老师有过摩擦？"

"知道，你是说卜文星吧？"戴煦反问。

年级主任赶忙点点头："对对，就是他，你们知道那我就不在这件事儿上多费口舌浪费时间了。张保和卜文星是同一批进来的，后来卜文星不是差一点要打鲍鸿光嘛，就是他给鲍鸿光通风报信的。以前我记得他们两个关系挺好的，但是鲍鸿光失踪以后，我感觉他们俩好像是发生过矛盾似的，不知道对不对。"

"对了，说了这么半天，还有一件最重要的事情没问呢。鲍鸿光平白无故的，为什么要突然私下里和你请三天假？你应该是问过了缘由才同意的吧？"戴煦忽然想起来似的，把话题又拉回到鲍鸿光请假的这件事情上。

年级主任一提起准假这件事，表情就显得格外尴尬，他说："是这么回事儿，其实这个……我是不应该答应的，但是后来考虑到就算我不答应，他要是不想好好工作，心思不在那里，可能也是无济于事，所以才同意的。他说是他以前喜欢过的一个姑娘，在国外时候的事儿，但是那会儿人家那个女孩子是有男朋友还是怎么样，反正就是他没有机会。结果刚巧，他前段时间听说那个姑娘要回来了，她就是A市的人，应该会回来A市，而且那个姑娘最近还刚刚失恋，特别痛苦，需要人陪着宽心解闷儿的那种。他觉得这种时候最容易被接纳了，所以就总陪人家在网上聊天。但是国内和国外有时差，他陪人家经常得后半夜不睡，白天上班的时候也得一直拿着手机，觉得太吃力了，所以想请三天假，在家里集中时间，好好地在人家姑娘那儿表现表现。"

"咱说实话啊，我也不怕你们笑话，我为了逃课出去看球赛，也没少编谎话跟老师请假，不过这个理由是我听过的最不靠谱，成功率肯定最低的，没想到连这种理由你都能接受啊。你这个主任当得还真是够好说话的！"

他哪里是好说话，分明是拿了人家手短，所以才没有底气拒绝这种根本不合理的请假要求吧。方圆在心里面悄悄地腹诽，这话她当然不会说出来，毕竟现在他们还需要年级主任的配合。如果过多地拆穿他，让他觉得颜面尽失，说不定他会忽然之间恼羞成怒，再也不肯配合下去。不管怎么说，从眼下的情况来看，年级主任手里面掌握的关于鲍鸿光的信息还是很多的，这对他们来说是件好事。

年级主任面对马凯的评价，只是生硬地挤了个笑容，说："终身大事嘛，一个人一辈子也就那么一次，虽然不应该，但是也可以理解，是不是？"

"那倒是，为了真爱排除万难也应该争取胜利，不过，从我们了解到的情况来看，我原本还以为他和你们年级的那个关晓珊，关老师，他们两个才是一对儿呢。"戴煦说完又拍拍额头，"哟，瞧我这记性，他们两个是分手了吧？"

　　"他们也不能算是分手吧，据我所知也没正儿八经地在一起过。"年级主任随口回答了之后，停下来好一会儿，没见戴煦再问自己什么，这才意识到他们都在等着自己继续说下文呢，连忙又说，"我自己呢，平时毕竟和他们经常碰面，自己多少有那么点判断，再加上鲍鸿光私下里也跟我说过一些，到底有多客观谈不上，毕竟我也不好去和关老师一个女同志说这些话题。反正按照鲍鸿光跟我说的，这件事就是这么一回事儿，他说关晓珊是发现他家里条件好了，所以就主动去接近他的。他原本并没有主动招惹过关晓珊，但关晓珊长得还是挺漂亮的，在我们学校内部也是出了名的气质美女，所以鲍鸿光也觉得脸上有面子，心里面挺舒服，就也没有排斥关晓珊和他套近乎。两个人谁也没提他们俩这算是谈恋爱呢，还是不算，就那么稀里糊涂地约出去吃饭，看电影，逛逛街。但是后来鲍鸿光就不太高兴了，他说两个人出去的花销，关晓珊是一毛钱也不拿，不光是不拿，她还跟鲍鸿光要东西。最初是要一些不太值钱的小玩意儿，什么一个卡子啊，手机壳、钥匙包什么的，后来就变成了化妆品，再后来就开口要衣服。本来鲍鸿光觉得不太贵的还能接受，结果后来关晓珊狮子大开口，跟他要了特别贵的，他觉得自己被宰了，当了冤大头，所以就和关晓珊闹翻了脸。"

第六十七章　趋之若鹜

　　"关晓珊做了什么，能让鲍鸿光觉得自己被宰了，当了冤大头呢？"方圆问。

　　从之前他们对鲍鸿光情况的了解来看，这个男人生前在追求女孩儿这个方面可以说是表现得相当大方，即便是罗齐提到过，吃过几次亏之后，鲍鸿光也学会了"量入为出"，但也只是相对而言的，可能比起从前来，他算是学会了什么叫适可而止，但是比起一般人来说，他在这方面还是相当大方。

　　这样一来，能让他觉得对方是在狮子大开口，那得是什么程度呢？

　　"这个我就说不清楚了，鲍鸿光没和我说那么具体的，我也没好太细打听。"年级主任摇头，表示回答不上来，"他就提了一句大概的钱数，说从头到尾，一共也没约会几次，两个人连关系都没有正儿八经地确认下来过，他就已经在关晓珊身上花了将近一万块钱了。没想到她还不知足，越来越贪心，这一点我可以证明的是，他们俩被我们发现走动比较频繁一直到两个人闹掰，确实加在一起也没有多久，至多也就一两个月吧，但是约会了多少次我不清楚。至少鲍鸿光在这件事上应该没有怎么夸张，能让他忍受不了，最后翻脸，估计肯定不是什么小数目。我对女孩儿的那些玩意儿不是特别了解，不过听年级组里别的女老师私下里议论，说关晓珊身上穿的戴的用的，可没有一样是便宜货。"

　　"那要是这样，连鲍鸿光这种经济实力的人都觉得吃不消，看来你们学校里其他的男老师对关晓珊就只能敬而远之了，谁会愿意给自己找那种麻烦呢。我觉得作为男人来讲，最重要的一个品质就是有自知之明，能分清楚什么样的女人是自己承受得了的，什么样的是超出自己能力范围，根本负担不起的。不过呢，话也说回来，这个关晓珊专门盯着条件好的宰肥羊，那别的条件没那么好的男同事恐怕不会太欣赏这种个性吧。就目前，可能是捞到了一点好处，不过这不等于也把自己的行情搞坏了吗？"戴煦说得煞有介事，不直接问，却绕着圈地勾着年级主任往关晓珊是否还有其他追求者这方面说。

年级主任从最初被带到公安局，似乎就意识到了自己的被动处境，现在哪里还敢再冒险去遮遮掩掩，更何况还只是一些和自己本身并没有直接关系的其他人的信息，相比之下，谈论一个女同事的异性缘好坏，总要好过继续纠缠他自己和鲍鸿光那些不大上得了台面的私下往来要好得多。

于是他态度格外积极地开口说："那倒不是，其实关晓珊在学校里的人缘儿还真是不错，怎么说呢，她那个人比较现实，这个不光是鲍鸿光知道，私下里这么议论的人也不少。但是你说的那种自知之明，也真不是什么人都有，就像谁都知道买彩票的中奖几率特别小，但是还是有那么多人天天买，回回买，盼着哪天突然就中了几百万的头奖呢，你说是不是？人嘛，都有幻想和不切实际的一面，更别说一群适龄的小伙子面对一个漂亮年轻姑娘了。用一个词儿来形容我们学校的年轻单身男老师对关晓珊的态度吧，那就是'趋之若鹜'，要说谁都喜欢她，那有点夸张，但是除了极个别对她的个性有点排斥的，大多数男老师对她的印象还都挺好，而且不是我们年级组的就尤其对她印象好。你们可能没接触过关晓珊这个人，她言谈举止拿捏得特别得当，感觉很有气质很文静端庄的那种类型，所以别的年级组的，或者别的部门的人，有事儿没事儿的总有那么几个人喜欢往我们办公室跑，到那儿就和关晓珊找借口搭讪几句什么的。"

"文静端庄？"戴煦有些惊讶地挑了挑眉，"这和我们听说的差距有点儿大呀！我们听说她和鲍鸿光两个人闹掰了之后，在办公室里头没少唇枪舌剑，你来我往地斗嘴，两个人的嘴皮子谁也不让谁，都挺厉害。所以我想象中的关晓珊还真是和'文静端庄'一点儿都不沾边，那这么说起来，是我们听到的传闻太夸张了？还是说的人对关晓珊有成见，所以才故意编排她的？"

"那倒也不是，我刚才说了，关晓珊是拿捏得好，不招她不惹她的时候，她说起话来口气特别软，感觉好像脾气很好似的，但是如果真要是惹了她，发起火来那也不是开玩笑的。只不过你不天天和她打交道，不是一个办公室低头不见抬头见地相处，就只是一个学校里的点头之交，也不可

凶案追击之梦魇

能有机会见识到，不是吗？我原来也不知道关晓珊其实那么泼辣，她和鲍鸿光两个人在办公室里斗嘴，我们其他人才算是开了眼了。"年级主任如是说。

"哦——"戴煦微微拖着长音，若有所悟地点点头，"那你要是这么说，我就能理解了。那平时对她特别'趋之若鹜'的，在你印象里都有谁？"

"这个啊……"年级主任犹豫了一下，"这么主观地判断，不太好吧？"

"那要不，咱们这样，估计让你挨个说，也未必说得齐全，而且就像你说的，这种判断也肯定带有主观成分，人家说不定是真的来办事儿，顺便和关晓珊搭讪的也有可能。所以咱们这样，你看看合适不合适，你就尽量回忆一下，有没有平时和鲍鸿光关系比较好或者比较不好的人，总之就是有点渊源的，这些人里面谁对关晓珊比较感兴趣，说出来就可以了，其他无关紧要的人，咱们可以暂时先不去理会。"戴煦见他为难，便又想了另外一个办法。

年级主任这次不好再拒绝，毕竟和鲍鸿光有关系的人对于案子来说，意义也不一样，戴煦提出这种要求来是十分合理的，于是说："你要说关系和鲍鸿光特别不好的，还喜欢关晓珊，我一下子也想不出来，不过和他关系好，还喜欢关晓珊的我倒是知道一个，就是方才跟你们提过的那个张保。他以前总借口到我们办公室里来，没事儿找事儿，没话找话，不出三句，就得开始搭讪关晓珊。鲍鸿光之前跟我说，他觉得关晓珊知道他家里的条件好这件事，搞不好就是从张保那里打听出来的。后来鲍鸿光和关晓珊走得比较近，张保就不太到我们办公室去了，一直到后来鲍鸿光和关晓珊闹掰了，也就更不去了。但是他和鲍鸿光好像关系一直挺不错的，鲍鸿光没事儿总找他一起喝酒热闹。"

"那钱正浩呢？他对关晓珊印象怎么样？"戴煦问。

年级主任赶忙摆摆手："他啊，那绝对不可能。你们是看他和鲍鸿光关系不好，所以才那么问的吧？那你们就想错了。钱正浩那个人，他最讨厌的就是贪财的女人，因为他别的倒也不缺什么，就是经济上有些拮据，所以遇到爱财的女的，他态度都挺不好的。平时别看在一个办公室里，他连话都不怎么和关晓珊说，关晓珊也不太喜欢他，所以俩人基本上井水不犯河水。"

"哦，这样啊，那张阳朔呢？"戴煦随口又问。

年级主任愣了一下，然后摇摇头："这个我不知道，张阳朔倒是经常去我们办公室，但是他不光去我们办公室，哪个年级的办公室他都经常出出入入的，因为他就是总务科的人啊。学校里面很多杂事儿都是他们负责，每天这里跑跑，那里跑跑，出去采购点什么，都挺正常的。这我可不敢给人家乱说。"

"哦，也对，我把他的工作性质这件事给忘了，没关系，我就是随口一问，你不用有什么顾虑。"戴煦连忙摆摆手，表示这个话题翻过去不谈。

"哦，我想起来了，刚才差一点儿把这件事给忘了。鲍鸿光跟我提过一句，当然了，他是不相信的，觉得特别不可理喻，所以才跟我私下里抱怨的。他说他怪关晓珊狮子大开口，是拿他当肥羊来宰，关晓珊的回答是说，她其实是在考验他，看看他舍不舍得给自己花钱。假如真的喜欢她，爱她，怎么可能连万八千块钱都舍不得给她花，不舍得给她花钱，那就说明不够爱她。鲍鸿光觉得这简直就是耍傻子的借口，根本就不听，两个人就闹掰了，关晓珊觉得是鲍鸿光有错，鲍鸿光觉得她简直就是不要脸。哦，这个是鲍鸿光说的，可不是我说的，你们千万别误会。总之他们两个就是因为这种分歧，最后闹成那个样子的。"

第六十八章　放鸽子

　　用这样的标准来衡量"爱"，戴煦听了之后有些无奈地一边笑一边摇摇头，方圆也觉得不知道该做何感慨，马凯作为一名家境比较普通的单身男青年，用撇嘴来表达自己对这种观点的鄙夷和反感，林飞歌则扑哧一声笑了出来。

　　"这个关晓珊是不是脑子有问题啊？她肯定是那种自我感觉特别良好的人，不然的话，'不见兔子不撒鹰'这话谁不知道，这道理谁不懂啊。她可真有意思，恋爱关系都没确定，以后跟不跟人家好到底都是两说儿呢，就开始指望人家给她使劲儿花，随便花，当人家男方都是缺心眼儿呢？人家的钱也不是大风刮来的，就算她想用花钱来证明对方对她到底有多重视，好歹也得自己先做出样子来，让人家觉得她跟人家足够一心一意才行啊！"她略带不屑地表示。

　　年级主任摆摆手："小姑娘的想法我不太了解，我也是就事论事那么一说。"

　　"那关晓珊除了鲍鸿光以外，有没有什么别的关系比较要好的异性朋友？我是说，不一定是恋人关系，单纯关系好也算。"戴煦问。

　　年级主任想了一会儿，并没有想到什么符合条件的人选："据我所知好像没有。关晓珊我印象中除了鲍鸿光之外，好像没对哪个男的感兴趣过。"

　　"要是这么说起来，鲍鸿光在这方面也算是比较有面子了。"戴煦随口感慨。

　　年级主任叹了口气："这种面子，要不要有什么用啊，要是他因为这种事儿，把命都给丢了，那岂不是很亏，还不如人家那些没面子的人呢。"

　　"我们没有说鲍鸿光的死一定是和关晓珊有关，现在只是把所有的可能性都考虑到，没有想特指什么。你不要多想。"戴煦赶忙解释。

年级主任一听这话，也连忙话锋一转："对对，我明白，我也就是按你们的要求提供一下客观的情况，没有夹带什么个人观点。"

该问的也问得差不多，戴煦他们向年级主任道了谢之后，告诉他可以离开了，当然，如果他需要的话，戴煦也不介意开车送他。年级主任谢绝了戴煦的好意。临走前，年级主任还不忘反复询问他的指纹和DNA样本什么时候才会有比对结果，结果出来之后会不会通知他，假如排除掉了他的嫌疑之后，他留下过的样本会不会给他以后造成什么不良影响。

对于最后一个问题，戴煦给出了回答："别的方面没有什么影响，就是假如你以后做出任何触犯刑法的行为可能会给我们的侦查工作提供点方便。"

年级主任一听这话赶忙表示自己是个守法公民，一定会恪守法律法规，绝对不会出现那种情况。

送走了年级主任，时间也差不多到了中午，戴煦下一步的计划自然是去找年级主任提到的叫作张保的体育老师问问情况。但是现在年级主任刚刚走，如果他前脚回去，戴煦他们后脚就到，那未免也有些太过于醒目，很容易给年级主任带来不良影响，所以他决定先带着三个实习生填饱肚子，然后再去找张保。

"老戴，老戴，我知道有一家快餐店，有新口味的汉堡刚刚推出来，我在电视上看到广告了，咱们中午就去吃那个得了！"马凯一听说可以先去吃饭了，顿时来了精神，连忙开口提议。像他这种二十刚出头的年轻小伙子，胃口一贯的好，尤其遇到工作比较忙的时候，比如眼下这种，估计一天里的大部分时间都能够感受到强烈的饥饿感，需要补充很多的热量。

说完这个提议，他满以为戴煦会非常痛快地当即表示同意，毕竟在遇到的人当中，他还没见到比戴煦对汉堡更加百吃不厌的人呢，可是偏偏今天的太阳就是打从西边出来的，面对这么投其所好的提议，戴煦居然摇了摇头。

"不了，今天换换口味，我记得这附近有一家粥铺不错，里面菜粥、肉粥什么的品种挺多的，小菜也做得比较清淡爽口，咱们今天中午就去那儿吧。"戴煦否定了马凯的提议之后，又提出另一个出乎意料的决定。

"啊？！为什么啊？最近这么忙，吃粥哪吃得饱啊！"马凯听后立刻哀号一声，明着不敢说，但还是忍不住表达了自己的不满，"那种稀溜溜的东西，感觉吃了一肚子饱饱的，回头一泡尿出去，肚子就又空了啊！"

"这事儿好办，粥铺肯定还有卖别的主食的，到时候给你额外加两个馅儿饼，或者来几个包子，这就没问题了。"戴煦好像主意已定，不管马凯怎么可怜兮兮地表示抗议，就是一点都不动摇，"而且天冷，吃点热粥暖和，挺好。"

话说到这份上，马凯也没有再执拗，只好撇撇嘴，不吭声了，四个人一边穿大衣一边往外走。林飞歌也有些纳闷，她吃东西虽然不算挑食，但是口味还是有些偏重，喜欢比较强烈的味道，不管是酸甜苦辣，只要滋味够足，她都喜欢。唯独就不喜欢寡淡，而粥和小菜的搭配组合，在她看来就是十足的寡淡，不管是搭配馅饼还是包子，都于事无补，完全提不起兴趣来。

"老戴今天是怎么了？往常咱们不提出来，他都想方设法地想要去吃汉堡，今天马凯都说有新口味了，他居然不感兴趣！"她偷偷地对方圆小声抱怨了一句，"真是太反常了！"

方圆也觉得戴煦的这个决定十分反常，认识这个男人的时间不长，了解远远谈不上，但是如果想要发觉一个人的口味习惯，和这个人一起吃几顿饭，估计就摸得清楚了。自打和戴煦共事以来，就算不提他最爱的汉堡，单纯泛泛地去评价他吃东西的口味，那也是可以归纳为四个字——"肉食动物"，即便不能说是无肉不欢，也相差不远。

粥铺？这种地方根本没有口味太浓烈的东西，小菜不管是咸口还是偏甜或者微辣，都很清爽少油，而各色粥类，就更是马凯所谓的"稀溜溜"。除了她这个因为刚刚退烧，嗓子眼儿还觉得有些干的人，去粥铺吃点粥，配上清爽的炝拌菜，会比较有胃口。

不管谁愿意谁不愿意，这顿中午饭还是在戴煦的执意下，在粥铺里面解决了，作为"补偿"，戴煦在几个人坐定之后，又独自到附近的一家店打包了几个皮薄馅厚的新出锅鲜肉馅饼回来。马凯这下子也来了精神，不再因为吃粥而满腹牢骚，林飞歌也不客气，一口热乎乎香喷喷的肉馅饼，一口清淡爽口的蔬菜粥，吃得倒也津津有味。

吃完饭之后要做的自然就是去学校里面找那个名叫张保的体育老师，因为和鲍鸿光不是一个年级的，这回戴煦他们到了学校，就没有再去叨扰和他们上午刚刚打完交道的年级主任，而是径直去到张保所在的年级组办公室，询问之后，得知张保正带着学生上体育课呢。戴煦请人从窗口帮忙指认了哪一个是张保本人，然后道了谢，下楼在操场一边等着张保。

因为寒流过境的缘故，今天的天气格外冷，张保在宣布完上课之后，清点了人数，带着学生们在操场上跑了两圈热热身，之后就给男生发了足球，让学生们自由活动了，而他自己则抄着手，缩着脖子，打算回办公室暖和暖和。戴煦趁着他往回走的时候，从半路上拦住了他，说明了他们几个人的身份和来意。张保听说是因为鲍鸿光的事儿来的，示意他们跟着自己到教学楼的两层楼门中间去，现在是上课时间，那里不会频繁地有人来往，又比外面要暖和不少，至少不用受冷风吹。

这样的提议在这样的天气下是绝对不会被拒绝的，不等戴煦表态，马凯他们就已经用实际行动表示了同意，跟着张保进了教学楼的大门。

"听说鲍鸿光在'无故旷工'期间，还和你约好了一起喝酒来着？"戴煦也不和他多绕圈子，站定之后就直奔主题，开口问。

张保似乎有些无奈，他摆摆手，说："我那时候可不知道他是无故旷工的，而且我们俩虽然是约好了见面，一起玩，但是那天他没去，放我鸽子了！"

第六十九章　过河拆桥

"能具体说说是怎么回事吗？"戴煦问。

张保叹了口气："我还以为你们之前都来学校里打听过了，应该就没我什么事儿了呢，没想到还是没躲过去，被你们杀了个回马枪！真是怎么都没想到，我这辈子也能因为身边的人出了事儿，得和警察打交道！其实是这么回事儿，我呢，平时和鲍鸿光玩得还不错，他那个人比较玩得起，也不差钱，家不在本地，也没有太多朋友，所以我有时候跟哥们儿姐们儿一起热闹热闹，就叫着他。他也大方，跟我朋友相处得也挺好，所以就来往多一点。我事先是真不知道他那时候是无故旷工，我还以为他每天都正常地上班呢，后来给他发信息，他也回我了，我们就约了晚上在我家里头见，跟他说约了好几个朋友呢。他问我有没有美女，我说有，而且还正好是单身辣妹，他特高兴，跟我说晚上过去，不过得晚一点，下午他还有事儿，让我们先玩着，等他到了再一起出去吃饭。这不是说得好好的嘛，结果我们一直等到晚上七八点，别人都饿得不行了，打电话也没人接，我们就没再等，出去吃饭去了。"

"那事后你有没有联系鲍鸿光，问问他为什么会爽约呢？"戴煦问。

"我没问，问那个干吗啊，"张保不屑地一摆手，"跟你们这么说吧，这是听说他出事儿了，那天他放我们鸽子，我也就知道是怎么回事儿了，要是没这事儿，他爱什么理由就什么理由，我也不想问，也不用知道。这种不守信誉的人，我张保不和他交朋友，所以后来我也没再主动找过他，以后也不想再带着他一起玩。他当着我朋友的面，放我鸽子，搞得我在朋友面前也没面子。但是后来你们到学校来，慢慢地大家伙儿也就都知道鲍鸿光是出事儿了，我私下里一打听，在那天之后，好像也没谁见过他，我一想，保不齐我成了最后一个和他有联系的人了，也有点担心，怕给自己惹麻烦。唉，真是怕什么来什么。"

"你不用怕，也不用担心，我们也就是例行公事的排查走访，不是专门针对谁，找你了解情况为的也是能得到一些有价值的线索而已，别紧张。"戴煦笑着示意张保不用紧张，也不用因为他们的到来而感到不愉快，"那既然被放鸽子之后心里那么不痛快，当天鲍鸿光没有出现，你在和朋友聚餐之后也没有去找过他？要是我，事情不清不楚的，我肯定觉得不舒服。"

"那我倒没有，我就是觉得，要是我去问他，好像多重视他，多拿他当盘儿菜似的，没劲！再说了，我那天跟朋友一起聚会，也喝了不少，中途被那帮小子灌得还吐了一回，怎么去找他啊！"张保不以为然地说。

戴煦点点头："也是，现在抓酒驾抓得挺严，罚得也狠哪。"

"哪来的什么酒驾啊，我驾照到现在还卡在科目二上头呢。"张保自嘲地笑了笑，"再说了，就算我考下来了，现在兜里比脸上还干净，拿啥买车开！"

"哦，这样啊，那我就理解了，要是我，我也不会吃饱喝足之后，迷迷瞪瞪地还特意打出租车过去找人问放鸽子这种事儿。"戴煦附和说。

"可不是吗，我那天晚上喝得确实不少，是我朋友把我送回家去的，我有点儿断片儿，连怎么回的家都不是很记得，怎么可能跑去找鲍鸿光。我这人别的没有，你对我讲究，我就对你也讲究，你对我不够意思，尤其是让我没面子，那以后也休想再让我搭理你，那之后我就是出于这样的想法，所以没去问过他。原本鲍鸿光要是什么事也没有，我也不想理他了，但是他出事了，终究误会一场，他也挺惨的。"张保叹了口气。

"还有一件事，我们也想听听你的想法。你觉得和鲍鸿光一个年级组的名叫关晓珊的老师，她人怎么样？"戴煦又问。

张保的眉头微微皱了一下，语气略带防备地反问："你问这个干吗？"

"也没有什么特别的，就是对鲍鸿光身边的人，比如说一个年级组的其他老师都做一下了解。怎么？你对这个关晓珊有什么特殊的看法吗？"明明最初是戴煦将矛头直指关晓珊，向张保打听消息的，但是在张保反问过之后，他却忽然一副好像是张保率先暗示了他们关晓珊不同于他人似的态度，有些惊讶地问。

张保一听这话，赶忙摆摆手："我可什么都没说啊！是你先突然问起关晓珊来，所以我就随口一说，我可什么都没表示，什么都没说。"

　　"那这么看来，你对关晓珊老师的印象确实不太好喽？"方圆从张保的态度里面听出了一些端倪，再加上他现在极力想要撇清的态度，就更让她坚定了自己的判断，"你这么极力地想要澄清，是怕万一传出去什么风声，在那么多个我们走访过的对象里面，关晓珊会第一个就怀疑是你说了她的坏话吗？"

　　"我怕什么啊？我有什么好怕的？别说我没说，就算我说了又能怎么样？她要是自己真的身子正，害怕影子斜吗？真要是面对面地说道说道，掰扯掰扯，理亏的那个人也未必就是我啊！你们要真想听她的坏话，都不用找我，随便找哪个女老师，年纪和她不相上下的，估计就能给你们说出一大堆来。"张保一听方圆这么说，就更加努力地想要撇清，可是他越是努力就越是欲盖弥彰。一开始自己还没有察觉，说到后来，就也慢慢地意识到了，这才连忙打住，悻悻地住了嘴。

　　"哎，既然都说到这儿了，那就干脆把话说开吧。我看得出来，你也是那种喜欢打开天窗说亮话的人，并且特别讲义气，只有别人对不起你，没有你对不起别人的。哪怕别人做得不够厚道，你也是能忍就忍着，不去计较。你说我讲得对不对？"戴煦毫不吝惜地给张保扣了一大堆的高帽子，然后说，"我们也是从别处听说的，具体听谁说的我就不透露了，就像回头不可能给你添麻烦一样，我们也不想给别人添麻烦。总之，有人跟我们说过，你对关晓珊曾经是有好感的，但是后来被鲍鸿光给捷足先登了，所以才没有了下文。"

　　张保听完他的话，脸色略微阴沉，他先是有些愤愤而又不顾形象地朝脚下啐了一口唾沫，然后用鞋底反复地碾来碾去，喘了几口气，才胡乱摆摆手，说："一人做事一人当，鲍鸿光人是死了，我这人虽然不会因为谁死了就昧着良心去夸他，说他好话，但是也不至于因为谁死了，就让人家背黑锅，把什么脏水都往人家的身上泼。关晓珊那人，我确实不太想提她，因为我觉得自己在这件事情上头，根本已经不是单纯伤自尊或者怎么样的问题，我觉得自己被利用了，而且还间接坑了别人，所以心里面一直憋着一股气。要是从关晓珊那件事说起来的话，我忽然觉得自己之前不应该和鲍鸿光置那个气，论起来我也有对不起他的地方，而且是我对不起他在先。他放我一回鸽子我真不应该和他计较。哎，你们能不能跟我说个实话，他那天晚上是几点钟出的事？假如那天晚上我没跟他计较，他没来我就带着朋友去找他，能不能让他逃过一劫？"

"我们现在也不能确定他死亡的精确时间，而且你也不用在这件事上感到自责，假如有人存心想要对鲍鸿光下手，除非你一天二十四小时地当他保镖，否则恐怕结果不会有太大的区别。"戴煦说，"咱们还是说说关晓珊怎么利用你的吧。"

"我承认，我原来对关晓珊挺有好感，我觉得这姑娘吧，漂亮，而且性格还特别好，温温柔柔的，又有一种特别单纯的劲儿。后来我才知道，觉得她是那样的人纯粹是眼瞎，连她装出来的都看不明白。我那会儿确实追她来着，她也没什么表示，就好像不太明白似的，但也爱和我说话。我就有事儿没事儿地找她聊天，一来二去的，学校里头和我比较熟的几个单身男老师的底细就都叫她给打听去了。我一开始也没发现有什么不对劲儿，就是光觉得她对我比原来好像冷淡了一点儿，但是又说不出来是怎么回事儿。一直到后来，鲍鸿光跟我说关晓珊在追他，对他示好，还特别显摆地给我看了关晓珊发给他的短信，我才明白过来。弄了半天，我觉得关晓珊对我冷淡了，一方面是我对她来说没有利用价值了，另外一方面，她忙着勾搭鲍鸿光呢，所以没空搭理我。我那么一琢磨，以关晓珊的条件，能瞧得上鲍鸿光，根本就是图他有钱，尤其是她总跟鲍鸿光要东西，就更说明问题了。我也想提醒鲍鸿光来着，刚刚拐弯抹角的一提醒，他就挤对我，说我是吃不到葡萄就说葡萄酸。我被他挤对得有点烦，伤自尊，就不说了。"张保说到这里，又忍不住气愤，再次朝脚下啐上一口，咒骂道，"我现在可真是不愿意看着她，过河拆桥，真不是个好东西！"

第七十章　骨折

张保对关晓珊的反感可以说是到了毫不掩饰的程度，他的这种坦诚倒也让戴煦他们省却了许多兜圈子的时间和精力。关于当天晚上都有谁和自己在一起，张保也可以毫不犹豫地报上名来，并且拍着胸脯保证，让戴煦可以当场就打电话逐个核实，以免过后再去询问，容易让人怀疑他张保事先偷偷地串通过。

戴煦倒没有真的去核实，只是拍拍他的肩，对他这种坦荡荡的态度表示欣赏，并且告诉他，他们没有因为怀疑他所以才找过来，只是出于例行排查。不过张保对这种说辞倒不怎么买账，并没有因为戴煦这么说就松口气。

"说实话，我倒希望你们真的去核实核实来着，核实过了，觉得我没问题了，那这事儿也就彻底了结了，就怕你们又不去查我，又不相信我，那我可就惨了，没完没了地被吊着，三天两头被你们搅和一下，回头这事儿我就算没做，传出去都说不清了。所以你们还是查我吧，这样我心里踏实。"他对戴煦说。

戴煦拗不过他，只好当着他的面给他提供的那几个人其中的两位打了电话，询问当天晚上聚会的情况。方圆他们等在一旁，也有些哭笑不得，实习以来，这是他们实际接触的第一个案子，并且也是第一次遇到这种人家不想查他，他还不愿意，非得要着赖地要人家查他不可的人。

"还真是林子大了什么鸟儿都有啊。"马凯在一旁凑到林飞歌耳边小声说。

林飞歌极力忍着笑，偷偷在自己的太阳穴附近用食指比画了几下，似乎是想表示对张保这个人的智商有些忧虑的意思，方圆从身后用手指戳了戳林飞歌的腰间，示意她不要有那么明显的动作。张保就站在戴煦旁边，看着他打电话呢，本来进行到现在，一切都比较顺利，假如这个节骨眼儿上因为什么别的事情惹怒了他，节外生枝，那可就得不偿失了。

林飞歌偷眼瞥了一眼张保和戴煦那边，心领神会地垂下手臂，收敛了起来。

打过了两通电话，对方虽然提供的一些细节不是完全一致，但是不排除当天晚上他们那些人都或多或少地喝了酒，所以影响了记忆的准确性。不过两个人提供的情况大体上并没有出入，都能够证明张保当天晚上确实最初因为鲍鸿光放了他们几个人的鸽子而感到十分没面子，不大高兴，但后来到了外面，又吃又玩的，情绪就好了起来，把被人爽约的事情抛在脑后，没有再当作一回事。而聚会结束之后，他也喝得一摊烂泥一样，是被这两个其中的一个人，以及他们共同的另外一位朋友一起送回家里去的，中途张保还吐在了出租车上，惹得司机老大不乐意。

既然得到了印证，戴煦就没有再联系别人，张保也觉得心里踏实了不少，几个人便向他道谢。离开了学校，虽说遇到不配合的受访者是一件让人感到头疼的事，但是如果跑了另外的一个极端，遇到这种配合度过高，你不查他，他反而还不高兴的人，也一样让人觉得哭笑不得。

去学校走了这么一遭之后，方圆的心里就有点犯嘀咕了，年级主任是他们目前已知最后一个见到过鲍鸿光的人，他说当天还有另外一个人和他们一起在鲍鸿光家里喝啤酒，但是对方的姓名他却一个字都不愿意透露，这就让人有些忍不住存疑了，至少在DNA比对结果出来之前，这个疑虑恐怕很难消除。另外，年级主任也坚持称鲍鸿光当天晚上和他一起离开之后是去见张保，可张保对此的说法是被鲍鸿光放了鸽子，根本就没有出现，那么这两个人里面，有没有人说了谎呢？年级主任最初对自己见过鲍鸿光的事情加以隐瞒，在某种程度上可以被视为信誉不良，而张保过于积极地要求接受调查的态度，也让人忍不住奇怪，到底他们两个人有没有人没说实话，那个人会是谁呢？

当然，这样一来就还存在着另外的一种可能性，那就是两个人谁都没有说谎，当天晚上鲍鸿光原本是打算去找张保的，而和年级主任分别之后，他上了那辆白色轿车，从那一刻开始，鲍鸿光的计划和安排就偏离了原本的轨道，出于某种原因，让他没有按照原本的打算去赴约。

可是就像戴煦之前说的一样，鲍鸿光的个子并不矮，再加上他的体重，整体论起来，算得上是一个体格比较大的人了，健壮谈不上，但是要想制服他，摆平他，恐怕也不是一般人能够做得到的。更何况假如他最初的目的地是张保的家，那么驾驶白色轿车的那个人会是谁呢？为什么可以让他自愿坐上车，并且又是在什么样的情况下，让他能够接受更换了目的地的呢？以鲍鸿光家所在的位置来看，开车人不管是不是凶手本人，在车子上面就对鲍鸿光动手的可能性是微乎其微的，毕竟鲍鸿光和张保的住处都属于A市比较繁华的区域，马路上面的交通监控摄像头，以及周围建筑安装的监控设备比比皆是，更不要说轿车里空间狭窄，行驶过程中容易出状况这些了。

那么凶手到底是什么人，又用什么样的借口来说服了鲍鸿光上车呢？这个人一定不会是和鲍鸿光关系特别不好的，比如钱正浩或者卜文星这种。说不定当日负责驾驶那辆白色轿车的人不但不是鲍鸿光排斥的对象，相反身份或者借口还都说得过去，能够让鲍鸿光信服，可是这样一来，身份和借口分别又会是什么呢？方圆一下子也想不出来，只觉得脑子里转来转去全都是问号。

回到公安局的时候，汤力也回来了，他还带回来一个非常重要的信息。

"卜文星不可能是咱们要找的那个人，鲍鸿光的死应该和他没有什么关系。"汤力对戴煦说，"我已经确认过了，卜文星一个月前手臂骨折，打了石膏，到现在还没有拆石膏，他本人声称是摔伤，但是其他人私下里说是打架造成的。"

"你亲眼看到了吗？"戴煦为了保险起见，进一步向汤力确认。

汤力点点头："看到了，确实打着石膏吊着胳膊，我顺便去医院确认过，医生可以证明，卜文星现在生活自理都有困难，不可能有作案的能力。"

"哦，这倒是不错，排除了一个可疑对象。"戴煦并没有因此而感到沮丧或者失望，反而很满意地点点头，顺便也把年级主任以及他们去找张保的情况说了一下，"我还没有核对张保是不是真的没有考过驾照这件事，但现在可以肯定的是，那辆白色轿车对我们来说是非常关键的。"

"交给我就行了。"汤力听完之后，主动表态。

戴煦并没有打算和他客气或者推辞，和汤力合作多次之后，他已经很清楚这个惜字如金的男人是什么样的个性了，除了交换信息这种非说清楚不可的事，他大多数时候都不愿意浪费口舌，更害怕聒噪吵闹。找车这件事对他来说非常适合，并且以汤力的细心和耐心，估计做起这种工作比别人更是事半功倍。

"从现在掌握的信息来看，凶手想要作案成功，首先需要知道鲍鸿光的住处，掌握他的行踪，知道钱正浩的梦，另外就是还需要有一台车。"汤力主动认领了找车的工作，戴煦就没有必要浪费时间去商量分工的问题，便趁着所有人都在，把目前的情况梳理一下，"还有一个细节也不能忽略掉，那就是凶手在处理鲍鸿光的尸体的时候，除了割肉丢弃之外，头颅还在掩埋之前淋上了腐蚀性液体，导致了鲍鸿光面部的毁容。凶手这么做是出于泄愤还是干扰调查，还有待确定。"

林飞歌和马凯附和地直点头，方圆认认真真地听戴煦说，听完之后，觉得自己方才脑子里转着的那一大堆问号，好像隐约地有什么东西要浮出来似的。

"我觉得凶手这么做，多半还是出于泄愤！"林飞歌主动开口表达自己的看法，"现在的DNA技术这么强大，假如是为了干扰视线，其实也是不可能的。从现在来看，凶手也不是那种很蠢的类型，我觉得应该不会不明白的吧？"

"我也觉得是这么回事儿。"马凯也跟着点头。

"方圆，你呢？你怎么想的？"戴煦问坐在一旁没有吭声的方圆。

方圆回过神来，她刚才一边听林飞歌说自己的想法，一边回忆戴煦刚刚说过的那些话，被他格外强调的"细节"二字一直在她的脑海中，但是又说不出什么名堂，所以现在被戴煦这么一问，也只好摇摇头："我还没想清楚呢。"

第七十一章　租车人

　　"师父，你慢慢就习惯了。方圆有一个特点，那就是除了身材肉肉的之外，她性格有的时候也有点'肉'！有时候比别人慢半拍，以后你就知道了。"林飞歌好像是怕方圆回答不上来戴煦的询问，会让气氛变得尴尬似的，赶忙打圆场。

　　方圆被她说得也只好讪笑一下，她倒不是性格真的有多肉，只不过是在没有想清楚，没有打定主意之前，她一向不喜欢盲目草率地发表意见或者做决定。

　　戴煦也没有非得问出个所以然的意思，他一边对林飞歌给方圆做出的个性剖析付之一笑，一边打量着方圆，看她虽然一副不大想表态的样子，但精神状态总体来说还是很不错的，便继续和汤力商量了几句工作方面的其他事情。之后汤力就着手去调查那辆白色轿车的事情，而戴煦则开始对张保是否持有驾照，以及他名下有没有车辆，甚至他有没有租用过车辆等进行调查。

　　很快，调查结果就证实了张保对他们确实是挺坦诚的，他还真没有考到驾照，并且截至目前他名下也确实没有登记过任何的机动车辆。别说是四个轮子的汽车了，就连两个轮子的摩托车都没有。由于没持有驾照的人也一样可以租用车辆，所以戴煦并没有因此就结束对张保的摸底。他和方圆几个人一起，把A市本地所有登记在案的汽车租赁公司都联系了一遍，确保能够获取一个最准确的结论，最终的调查结果是张保同样也没有租过车。为了保险起见，在调查张保有没有租用过汽车的时候，戴煦还顺便询问了关晓珊和钱正浩的情况，结果也是一样，关晓珊和钱正浩同样没有租过车。

　　一直到第二天，在张保彻底地被排除之后，汤力那边倒是很快就有了进展，他根据道路交通监控摄像头捕捉到的画面，成功地锁定了一辆白色轿车。从监控画面当中可以看到，一个身形与鲍鸿光非常相似的人，就像年级主任描述的那样，俯身对停在路边的白色轿车内的驾驶人员说了几句什么，然后就绕到另一侧，坐进了车里，被白色轿车载着驶离了监控范围。

"这辆白色轿车，我根据车牌号确定了车主身份，这是一辆租赁用车，属于A市的一家比较大型的汽车租赁公司。"汤力给出了一个让戴煦他们略微有些诧异的答案，"我从那家公司拿到了租车人的身份信息。你们看看认不认识。"

说着，他就把租车人的证件复印件递给了戴煦，林飞歌和马凯也赶忙凑过去。戴煦接过来看了看，发现居然不是任何一个他们之前接触过的人，这个租车人是一名男性，年龄三十三周岁，A市本地人，租车时间为四天，归还车辆的时间在合同约定内，车辆没有任何损坏的痕迹，看起来非常普通，没有一点特别。

"你打算怎么办？"汤力等戴煦看完了租车人的个人资料以及租车合同之后，开口问道。

"我先给这个汽车租赁公司打个电话，问问他们这辆车还回来以后有没有二次出租过，假如还没有，咱们就赶紧过去一趟！"戴煦对汤力说。

汤力明白他的意思，点点头："那我先去联系别的部门。"

戴煦赶忙给那家汽车租赁公司打了电话，询问之后得知，那辆车在归还之后并没有再次租赁出去，一直都停在他们公司的院子里，并且因为汽车归还之后，看起来是被清洗过的，清洁度很不错，所以也没有再开去清洗。一听这样，戴煦赶忙让对方保持车子现在的状态，他们随后就到。对方一听说是警察要过去查车，意识到事情可能比较严重，也连忙有些惶恐地答应下来。

随后戴煦和汤力就带着方圆、马凯他们三个人以及刑技部门的同事，直奔汽车租赁公司，对那辆白色轿车进行了里里外外、仔仔细细的检查，一点细枝末节的地方都不放过。

经过了一番检查，还真被他们发现了车内有干涸的血迹存在，只不过血迹并不多，像是不小心蹭在了副驾驶的车座边上，因为量很小，位置也不显眼，再加上车座套是黑色的，所以肉眼并不容易发现。从血迹的量来看，不可能是杀人或者故意伤人留下来的，倒像是不小心弄伤了之后沾到。

尽管如此，他们还是对血迹进行了仔细的采集和提取，打算带回公安局进行进一步的化验和比对，看看这里面有没有鲍鸿光的血液存在。

同时，车子里面能够提取到的指纹，两侧车门内外部，方向盘和手刹，这一类最有可能留下印记的位置，一处都没有遗漏地仔细检查过，又交代了汽车租赁公司，暂时先不要把这辆车对外出租，之后便回了公安局。

因为车内发现了血迹，尽管血迹不多，也还是足以让戴煦他们对这辆车引起重视。对他们来说有一个好消息，那就是汽车租赁公司名下的所有车辆，为了安全考虑，都安装有防盗系统。这个防盗系统就包括了GPS定位系统以及行车路线记录等功能，在车辆出租期间，这个防盗系统会记录下来这辆车行驶的路线，便于租赁公司对租出去的车进行监管，判断路线是否有风险，防止盗车现象的发生。这样一来，戴煦他们很容易地知道这辆车在出租的四天内都去过哪些地方，以便在车内血迹有了化验结果之后进行下一步的调查。

从这辆车之前的行驶记录来看，前两天，这辆车基本上都往返于租车人住宅附近和A市周围的几处比较有名的公园或者景区，第三天的时候，活动范围由公园景区转向了A市几处繁华的商业中心、大型购物中心等地点，而到了第四天，这辆车的行驶路线就变得有些让人无法理解起来。

早上这辆车一大早由租车人的住宅附近出发，到A市火车站附近有过短暂的逗留，之后又返回了租车人住宅附近，停到了中午，又开动起来。这一次车子的行驶就变得毫无目的起来，乱转了一会儿，逐渐靠近鲍鸿光家附近，停在路边，再没有移动过，想必就是因为这辆车在鲍鸿光家所在的小区门外足足停了三个多小时，所以汤力才会很快就锁定了目标，查出了这辆车的底细。

车子在离开鲍鸿光家之后去了哪里，这才是戴煦他们最为关注的重点，可是看到了这辆车后来的行驶路线，他们都感觉更加困惑了。因为这辆车的行驶路线看起来依旧是毫无章法，几乎可以算是乱转了半天，最后在一个相对比较偏僻的路段停了下来，大约停了二十分钟，才再次移动起来，最后又回到了租车人的住处附近。这一次车子彻底地停住了，再也没有移动过，一直到第二天一早，租车人按照汽车租赁合同的约定，如期将这辆车还给了汽车租赁公司。

戴煦蹙眉沉思了一会儿，忽然眉头一松，他对林飞歌和马凯招招手，对他们说："来，我给你们两个安排个任务，这是租这台白色轿车的那个租车人的姓名、电话以及家庭住址，你们两个跑一趟，去找这个人，问问他在租车期间，有没有把这辆车子借给谁，或者折价转让给谁开过一天。"

"师父，什么意思？"林飞歌一下子没有会意过来。

戴煦随手拿过一张纸，在上面写下了"车站"二字，然后画了一条带箭头的直线，在箭头的另一端又写了"车站"二字，说："你们不要注意中间车子去过什么街、什么路、什么公园、什么百货这些，就看车子被租下来以后和归还之前，除了租车人的住处以外，还有没有重合的地点，这样就能判断出来租车人租这辆车的目的是什么。从咱们眼下的情况来看，这个租车人租了车之后，很快就去火车站跑了一圈，估计是接站，等到第四天一大早的时候，这辆车又去了一趟火车站，这说明什么？之前接来招待的人走了，但是假如那个时候，送完了站租车人就直接开车去租赁公司，就可以少花一天的租金，他为什么已经把人送走了，还不着急还车子呢？"

"可能有人向他转借，或者给他钱，让他转租给自己用一天，这也就能解释为什么到了第四天的下午，那辆车的行驶轨迹和之前完全不一样了。"方圆此时似乎已经明白过来了什么。

林飞歌也恍然大悟，开了窍，赶忙点点头，拿了地址和马凯一起急急忙忙地走出了办公室，尽管只是去做最简单的询问，但是第一次被单独派出去，他们俩还是觉得心情十分激动。

"走吧，咱们俩也得出去转一圈。"戴煦等林飞歌和马凯走了之后，招呼方圆，"多穿一点，待会儿开车到了地方，可能咱们俩得步行一段距离，量一量从租车人的住处到另外一个地方中间有多久的脚程。"

第七十二章　借刀杀人

　　方圆觉得自己的大脑从来没有如此高速地运转过，她牢记着戴煦强调的注意细节这件事，所以一直努力搜索着从接触这个案子到现在一来，所有看起来似乎很容易一带而过，但是又体现了某种细节的事情。所谓细节，自然是细枝末节，琐碎并且毫无章法可言，所以起初她也只是隐约的有某种不太清晰的思路，方才看行车路线的时候，她脑子里那些时隐时现的念头渐渐变得有些清楚起来，并且一点一点地串联，形成了一个清晰的链条。

　　穿好了大衣，坐车跟着戴煦去往租车人的住处，这一路上方圆一直在梳理着自己的思绪，所以格外沉默，一直到路程过了大半，戴煦才伸手在她面前晃了晃，开口问："你已经走神儿了整整一路啦，是不舒服，还是想事儿？"

　　"哦，我想点案子的事，没有不舒服，都好了，没有事了。"方圆回过神来，连忙说，生怕戴煦以为她是个娇里娇气的小病包。

　　"那想出什么结论来了？"戴煦问。

　　方圆迟疑了一下，有些不大敢贸然地说出自己的主观判断。戴煦似乎也看出她的这种顾虑，等了一会儿见她没开口，便又说："现在这儿没别人，就咱们俩。你怎么想的就怎么说，不用担心别人会笑话你说得不对。"

　　其实只要马凯不在，方圆这方面的顾虑就一下子减轻了一大半，现在听戴煦这么一说，便也就点点头，没有再扭捏下去："其实我是方才受你的启发。你说要我们留意细节，所以我就一直在回忆，打从这个案子立案开始到现在，称得上是细节，并且又不容易让人第一时间就引起重视的那部分信息。其中最首要的就是你之前提醒的那一句，关于被害人鲍鸿光的头部曾经被人在掩埋之前淋过硫酸这一点。我当时想法还不够清晰，所以没敢说出来，我觉得重点并不是凶手让鲍鸿光脸部毁容的出发点到底是什么，而是有那么多种毁掉被害人容貌的方法他都没用，偏偏选择了淋硫酸。虽然硫酸不算是什么特别稀罕的玩意儿，不至于买不到，但是日常生活中不是谁都常碰到硫酸。假如好端端地忽然跑去购买硫酸这种强腐蚀性的化学试剂，那就等于是在给警方的调查留线索。这么做很不聪明，和凶手其他方面表现出来的小心谨慎很不一样，所以我就在想，他之所以这么做，说不定是因为有某种便利条件，能让他可以名正言顺地购买硫酸，大大方方的也不会惹人非议。最初这么想，我自己也觉得会不会有点凭空猜测，但是后来我又想起来那天晚上去学校的教师宿舍的时候，钱正浩向咱们提到的一件事，就是他被鲍鸿光打了小报告，导致没能如期转正的那件事。"

戴煦听方圆说到这里，丝毫也没有感到一丝一毫的不解或者惊讶，而是欣赏，示意方圆继续说下去，脸上挂着淡淡的笑意。

"你之前说，凶手要认识鲍鸿光，还要知道钱正浩做过那样的一个梦，要有一台车，并且和鲍鸿光之间的关系还不能太紧张，得有足够的借口让鲍鸿光肯自己乖乖上车，想要符合全部这些条件，也不是特别容易的事情。这个人肯定大半是初中的教职工，所以才能有机会同时认识完全不属于同一个圈子的鲍鸿光和钱正浩。这个人可能未必和钱正浩、鲍鸿光他们两个当中的哪一个走得比较近，但彼此关系应该都不会特别差，不会像钱正浩和鲍鸿光之间搞得那么僵。还有就是，钱正浩每天晚上都要出去散步，走很久，也走很远，我刚听那个离婚的老李说这件事的时候，就觉得简直太巧了，钱正浩的嫌疑好像一下子加重了不少。但是后来又仔细考虑了一下，觉得这绝对不可能是巧合，凶手对这件事肯定也是知情的，并且加以利用，把钱正浩推出来做了一个挡箭牌。"方圆一股脑地把自己心里面的想法统统说了出来，说完之后，略微有点紧张地扭头看着戴煦，等着他对自己观点的正误给予一些评价。

"所以说，咱们两个关于嫌疑人是谁这件事，应该是已经达成一致喽？"戴煦听她说完，尽管没有听到方圆直接表达怀疑的对象是谁，但也已经彼此心领神会。毕竟两个人现在要去往的目的地，以及待会儿要做的事情，已经带有足够的针对性，有些事情也就不言自明了，"汽车租赁公司那边的情况咱们也看到了，车子里面不止一个人的血迹，但是血迹量很小，别说是杀人了，伤人都不太可能。而且车子被交还给租赁公司是租车人亲自办的，租赁公司的人说车子状况良好，这么一来，我觉得基本上可以肯定的是，鲍鸿光假如确实乘坐过那辆车，他在车上的时候不仅是活着的，而且还是行动自由的。这样一来，第一现场就非常有可能是凶手的住处，但是下了那辆车之后，凶手是怎么把他带回自己住处的，这一点就很值得考虑了。如果远，需要乘坐出租车，如果不远，步行就能够到达，有几种路径，有没有监控设备或者目击者的可能，这就是咱们两个待会儿需要完成的任务，等马凯和林飞歌那边有结果，估计也就八九不离十了，接下来就等着收集一下必要的证据，然后收网。"

方圆点点头，听完戴煦的话，她觉得心情非常好，虽然现在还是实习期，根本算不上真正地走上工作岗位，但这毕竟是自己脱离理论阶段，正儿八经地开始实践工作的第一次，自己的考量和判断得到了认可，这对于她来说简直就是一种莫大的鼓励。之前有一段时间，当身边的人都在谈论家里面对自己未来的规划的时候，她就会打从内心深处感到彷徨，不知道自己将来应该做什么，能做什么，而现在的收获让她对自己的未来又重新燃起了信心。

将来不管去哪里，至少做这一行的话，自己不算是悟性太差的那一类人。

两个人到了租车人的住处附近停了车，按照戴煦事先掌握到的地址，尝试了三条不同的路线，其中有一条是大马路，路边很多门市，白天的时候非常热闹，车来车往，不光是路口有非常明显的道路监控摄像头，这条路上还有两家银行，门口也都安装了监控装置。

相比之下，另外那两条路可就没有这么热闹了，街道两侧都是小区的院墙和院墙里面的楼房，路边没有门市，路口也没有道路交通监控摄像头。这两条其中的一条，路边更是种着很多老树，尽管冬天没有树叶，但是粗大的树干和树根把人行道占掉了一大半，伸展出来的光秃秃的树枝还是对视线起到了阻碍的作用。

"如果我没有猜错的话，这条全都是大树的路，最有可能是当天晚上的路线。这条路不光清静，视野相对也不开阔，更重要的是这条路比另外两条相对要近一点。要知道，假如当时鲍鸿光是处于不大清醒的状态，想要架着他走，恐怕不是什么轻松的事儿。"戴煦看看路上的积雪，有些遗憾地叹了口气，"只可惜这中间隔的天数有点多，不然的话，说不定地面上还能留下什么痕迹呢。"

"那为什么你会觉得鲍鸿光有可能是处于不清醒的状态？"方圆问。

"你瞧，刚才还念念不忘细节，现在一转眼就又给忘了。"戴煦有些无奈地笑着摇摇头，"咱们去鲍鸿光家里的时候，发现了空啤酒瓶，带回去之后可以确定瓶口残留的唾液属于三个不同的人，其中就包括鲍鸿光。而带有鲍鸿光唾液残留的空啤酒瓶数量最多，大概有四五个。我不太清楚鲍鸿光平时的酒量到底好不好，酒品怎么样，不过从他还能和年级主任一起出门去，可以说明他的酒量至少不会太差。按照一般人的情况来推测的话，喝了那么多瓶啤酒之后，就算没有醉倒，也容易嗜睡。你冷不冷？"

方圆摇摇头，方才出发之前，戴煦一再叮嘱她要多穿一些，还不知道从谁那里要了两个暖宝宝塞给她，现在她浑身都暖融融的，一点都不感到冷。

确认了三条路线之后，还没等回到公安局，林飞歌就打来了电话，声音听起来特别兴奋，嗓门儿大起来，搞得戴煦都不得不把手机从耳边拿到一边，免得把自己的耳朵给震坏了。

显然，他们反馈回来的答案完全没有出乎戴煦的意料，于是他让林飞歌和马凯在约定好的地点等着，他载着方圆过去接上他们二人，直奔下一个目的地。

这边他们紧锣密鼓地开始有针对性地收集证据，另一边血液样本的化验以及指纹的比对也在紧张地进行中，车子里面发现的少量血迹很快就得出了化验结果。那上面的血迹虽然量不大，却属于两个人。其中一个是鲍鸿光，另外一个身份未知，是之前没有进行过采样的人。至于这个人是谁，戴煦他们的心里都有一样的猜测，只不过做事毕竟要严谨，在没有拿到样本进行化验之前，他们谁也不会贸然地下结论。

在此期间，戴煦也带着其他人一起往学校那边跑了几趟，不过他自己亲自去的次数少了，包括林飞歌和方圆他们，而是找了其他刑警队的同事过来帮忙。这么做的目的其实大家都明白，无非是害怕他们这几个熟面孔几次三番地在学校出出入入，会打草惊蛇。

除了关于学校近期有没有购进新的化学实验试剂之外，眼下最受关注也是嫌疑最大的那个人，近期的所有行踪也都被逐一确认。在这些都差不多调查结束之前，戴煦亲自出马，挑了个晚上又跑了一趟学校的教师宿舍，找了中年教师老李，和他长谈了一番，回来之后他对这一番长谈的结果感到十分满意。

"事实证明，那人的心态还确实是挺阴暗的，表面上一点儿都看不出来，要是单看面儿上，还以为是多阳光多积极向上的那么一个人呢。实际上背地里头怨天尤人，牢骚满腹，总觉得什么都不公平，身边到处都是黑幕。"他把自己从老李那里得到的反馈告诉汤力还有方圆他们三个人，"属于典型的外热内冷型，最初是打着开解别人的幌子去的，估计是以为自己能找到一个抱怨社会的同伴呢，结果没想到那个老李是粗线条的性格，离婚的事情就烦恼了一小段，之后就坦然接受这个事实，也没觉得自己有多委屈或者不甘心，所以到最后老李反倒从被安慰的人变成开导者了。"

"行踪方面也有了进展，他当天下午确实请了半天假，另外之前钱正浩挨处分的时候，他也一起有份，钱正浩受的影响，他也是一样。"汤力听完之后说。

这样一来，除了没有提取到血液样本和指纹进行比对，其他方面的证据和动机，就基本上都收集得七七八八，余下的也不是暗地里能够进行的了，戴煦他们接下来似乎需要打开天窗说亮话了。

"老戴，你打算什么时候行动？"马凯问。

戴煦说："等下班时间吧，现在大白天的就这么过去带人，可能不太好，这件事情不管是从作案动机还是选择下手的对象，都是非常有针对性的，只针对特定角色，严重是很严重，不过危险性不大，不用担心在咱们没出现之前又惹出什么乱子来。再说了，毕竟那是一所学校，闹得太大，搞得轰轰烈烈的，以后影响人家招生，不太好。"

"老戴，你这人心眼儿还挺善良的嘛！"林飞歌随口称赞道。

戴煦笑了笑，对这句夸奖接受得非常坦然。

于是这件事就这么决定下来，快要临近下班的时候，戴煦他们便出发，驱车前往了鲍鸿光生前工作的那所初中。事先他们已经得到了消息，得知他们的目标人物还待在自己的办公室里，所以他们也没有着急，到了学校把车停在办公楼下，耐心地等着。

到了下班时间，没有晚课的老师陆陆续续地走出来，戴煦便也下了车，站在车门边上，背靠着车子，看着办公楼里面走出来的人。而当张阳朔从办公楼里不急不慢地走出来的时候，一眼看到停在楼前的车，以及靠在车旁的戴煦，他稍微愣了一下，脸上很快就露出轻松的笑容，不等戴煦开口就主动打招呼："你好啊，戴警官，怎么又过来啦？是鲍鸿光那个案子还没有什么进展吗？这次是过来找谁的啊？不会还是老李吧？"

"哦，那倒不是，其实这回我们是特意来找你的。"戴煦对他笑了笑，"你之前给我们提供了一些关于卜文星的情况，但是有些事情还不是特别清楚，所以我们考虑了一下，既然你比较有顾虑，那这回我们就找你去局里那边详谈吧，一来说话比较方便，二来你下班之后跟我们过去，学校里的其他人也未必会察觉。"

"哟，这样啊……"张阳朔的脸色微微变了变，笑容显得有些僵硬似的，下意识地舔了舔嘴唇，两只脚钉在原地一样，一动没动，"我其实也没有什么说的了。他们之间的事情，我不是当事人，确实不大清楚，要不我看还是算了吧。正好我今晚也还有别的约，确实帮不了你们……"

他话还没有说完，戴煦就已经大大咧咧地凑了上去，仗着自己人高手长，胳膊一伸，搭住了张阳朔的肩，让他想要拔腿就走都做不到。戴煦的手上多少是用了一点劲儿的，但是脸上依旧是笑眯眯的和气模样："没关系，咱们长话短说，如果到时候你的约还来得及，我送你过去，要是来不及，我帮你打电话跟你那个朋友赔礼道歉。这么大的事，估计对方肯定是能够理解的，对吧？"

张阳朔显然是察觉到这种压迫感，脸颊的肌肉略显僵硬地拉扯了几下，算是对戴煦笑了笑，整个人比起方才紧张不少，不过到了这个地步，他也不敢再找什么借口，乖乖地坐上了车。戴煦把车钥匙递到林飞歌和方圆的面前，对她们说："我和马凯坐后面，你们两个谁开车比较熟？"

"那就我来吧，我比方圆开得熟。"林飞歌也不推辞地直接接过车钥匙，一扭身坐到了司机的位置上。方圆则绕过另一边，坐在副驾驶。

马凯心领神会，从另外一侧上车，和戴煦一左一右地坐在后排，张阳朔被他们两个夹在中间，不知道是因为戴煦太过高大，还是由于心情的缘故，张阳朔坐在他们中间，显得格外瑟缩。

林飞歌倒不是说大话，她开起车来确实是非常娴熟，稳稳当当，有模有样，只不过眼下车里面的氛围，恐怕没有人会有闲情去称赞她年纪轻轻就有这样的驾车技术。车里面的几个人各怀心事，其中最明显的自然就是张阳朔，他垂着头，眼睛直勾勾地盯着自己的膝盖，两只手握在一起，指关节都泛白了。

"对了，你晚上还有约是吧，那我抓紧时间跟你说一下找你的目的。"戴煦在车子开了差不多一半的时候，忽然一拍脑门儿，就好像刚刚想起来张阳朔之前提到过他和别人有约这件事，并且对此深信不疑似的，"是这么回事，之前你提到卜文星之后，我们对他进行了一番调查，原本觉得他确实是有足够的动机，客观上也有能力实施这样的犯罪，但是结果是他跟人家打架，被人把胳膊给打骨折了，骨折了一个多月，到现在还没有完全恢复好，连石膏都还没有拆。"

方圆虽然坐在前排，但是她在戴煦开口和张阳朔说话之后，就微微偏过头去，似乎是在聆听戴煦说什么，实际上偷偷地留意着张阳朔的表现。她发现在听到戴煦说卜文星手臂骨折还没有拆石膏这件事之后，张阳朔的脸色变得更加阴沉了，如果不是错觉的话，似乎脸色也更加苍白了。

"其实……你们是不是记错了？"过了一会儿，他才开口，语气有点小心翼翼。他勉强保持着微笑的表情，扭脸对旁边的戴煦说："卜文星的情况不是我给你们提供的，你们肯定是找别人问的，问完之后记错了，张冠李戴地安到了我的头上。"

"哦，那倒没有，我知道你没跟我们说什么太直接的东西，不过还是有你自己的个人观点在里面的。更何况，要不是你最初说了那么一句，我们也不会知道还有一个叫卜文星的人和鲍鸿光不和，对不对？"戴煦根本不理会张阳朔的推托，忽然话锋一转，"你经常去找那个老李老师聊天是不是？你们俩关系不错？"

"还行，还行。"张阳朔点点头，谨慎地回答，"他离婚之后一个人没什么意思，老婆孩子都去外地了。我呢，大龄单身男青年，爹妈也都不在跟前，在A市这个地方就属于一人吃饱全家不饿的状态，所以我俩有时候互相做个伴儿。"

"哦——"戴煦了然地点了点头，"这么回事儿啊，那你经常去找老李老师，和他做伴儿，岂不是经常出入办公楼？钱正浩就住在老李老师的隔壁，听说他每天晚上都会出去走走？大概什么路线呢？"

"你们问这个干吗？"张阳朔没有直接回答或者拒绝回答，而是试探地反问，"钱正浩他不可能吧……"

戴煦摇摇头，没有打算真的回答他的这个问题："对不起，这事儿我没法跟你交流。刚才我问你的问题，你可以回答也可以不回答。"

张阳朔的两只手握得似乎更紧了一些，他抿紧了嘴，迟迟没有说话。戴煦见他这个样子，耸耸肩，扭过头看着车窗外，一副不打算再继续方才的话题的模样，此时他们已经快要到达公安局。

"我也不知道太具体的，我就知道他晚上好像特别喜欢出去溜达，尤其前一段时间。最近倒是出去得没有以前那么多了，也不知道是冷还是因为别的什么原因。"眼见着车子快要临近公安局，张阳朔似乎鼓起了勇气再次开口，"你问我他到底都走什么路线，这个我也没有尾随过他，我也说不上来……"

"哦，这样的话那就算了，不用勉强。"戴煦点点头，态度比起之前来显得略微有点冷淡，"如果这条路走不下去，我们就再找别的调查方向。"

张阳朔怔了一下，眼珠子在眼眶里快速而又轻微地左右移动着，在进行了快速的盘算和衡量之后，他又开了口："也不是，我的意思是说，我没直接去问过，但是我听老李提到过，他和钱正浩住隔壁，所以打招呼说话的机会比我多。所以钱正浩好像跟他说过几句他都去哪里散步，老李还跟我说，觉得钱正浩太有瘾了，这大冬天的也不嫌冷，专挑那种没人的僻静路线走。"

"这样啊，那要不我们回头干脆去问老李算了！"戴煦听完张阳朔的话，皱了皱眉头，有些改了主意的意思。

张阳朔连忙摇摇头，态度略显迫切地表示："那倒不用，我能跟你们说的都说了，我说不出来的老李估计也说不出来。他那人记性不太好，爱喝酒，忘性大，说不定还没有我记得牢呢，而且被你们叫来问这问那也不是什么好事儿，我既然都已经跟你们过来了，就我跟你们说说得了，别把老李卷进来啦。"

"那也行，你说吧。"戴煦从善如流地点点头，示意他说下去。

"钱正浩他跟老李说过，他平时走的路线一般都是绕大圈，他的这个大圈，真的是特别特别大的一圈，一走就是七八公里，他说他那么走就相当于体育锻炼了，顺便还能清静清静，比在学校里面感觉舒服。他都是怎么走的我不太清楚，也不知道他有没有固定的路线，不过我知道他比较喜欢往开发区那边走，说那边到了晚上挺干净的，车少，冬天出来的人也不多。尤其是那边有一个什么研究院，占地面积大，家属区的居民密度比较小，特别安静。"张阳朔忙不迭地开口说，一边说一边偷眼朝车窗外看，眼看着距离公安局已经不远了，他似乎隐隐有些着急。

"哦？这么巧？"戴煦一听这话，好像一下子来了精神，重视起来，连忙问，"你能确定吗？不瞒你说，鲍鸿光的尸体在被人肢解之后，就抛——"

"前辈！"方圆在方才戴煦刚开口的时候，收到了他投过来的一瞥，起初她还不知道戴煦是什么意思，不过听他把话说到这里，心里就已经有数了，等他说到最关键的地方，连忙开口打断他的话，一副提醒他不要说走嘴的样子。

戴煦看了她一眼，眼神里带着满意和赞许，脸上却是一愣，清了清嗓子，似乎在掩饰自己方才一不小心差点犯错的尴尬似的，摆摆手，对张阳朔说："你继续，你继续。"

张阳朔可能没想到他还让自己说，也有点不知所措，戴煦见状，便又开口："鲍鸿光被抛尸可不是只有一个地点而已，钱正浩除了开发区那个什么研究院附近之外，据你所知他还去过哪里？"

张阳朔眉头微微皱着，表情严肃地默默思索片刻，瞥一眼窗外，说："他还去河边新修还没有修好的那段河堤附近去溜达，还有……还有离研究院不远有一片正在开发还没建起来的住宅楼工地那边，还有一个停产了的厂区周围，这都是他比较常去活动的场所。"

张阳朔这边自顾自地在回忆路线和地点，一旁的马凯越听越发愣，冲方圆递了个眼色。方圆没有作声，她也已经很清楚地意识到，张阳朔听说卜文星这一颗烟幕弹哑火了之后，在戴煦连唬带骗的煽动下，现在一心急着想要把他们指向别的调查方向上，让他们的视线远离自己，情急之下已经露出了巨大的破绽。他方才说出的那几处地址，都是找到过鲍鸿光尸体碎块的地点，甚至还有一处他提到的地方，是警方目前都没有发现的，这种不打自招，恐怕眼下车里面的五个人当中，就只有张阳朔本人还没有意识到。

戴煦没有对张阳朔所说的这些给予任何评价，此时他们也已经到了公安局，林飞歌把车子停好，马凯先跳下车，等着张阳朔，随后是林飞歌和方圆，戴煦等张阳朔挪到马凯那一侧车门口的时候才从车上下来。他带着张阳朔一路上楼，到了刑警队。张阳朔看到办公室的门口，以为要拐进去，却被戴煦一勾肩膀给拉了回来，径直带到了审讯室的门口。

一看门上的三个大字，张阳朔的脸色登时就变了，他强颜欢笑地问戴煦："戴警官，咱们不是了解情况吗？"

戴煦对他笑了笑："该了解的方才路上不是都已经了解得七七八八了吗？"

"戴警官，咱们不开玩笑，好不好？"张阳朔的声音有些打战，"方才咱们聊的不是钱正浩吗？"

"你聊的是钱正浩，我们聊的可是你啊。"戴煦对他笑笑，指了指审讯室的大门，"进去吧，你刚才说了那么多地点出来，现在再想要装成是没事儿人一样，恐怕不太合适吧？"

"这不对啊，我说的是钱正浩往那几个地方去，鲍鸿光出事跟那几个地方有关系，那也得是跟他有关系，你们问我干吗呀？"张阳朔的身体已经不能自已地微微打起战来，他想继续抵赖，结果越是着急就越出错，破绽从他自己的口中变得越来越明显。

戴煦当然是乐得见到这样的局面，他这一路上的引导，为的就是张阳朔自露马脚的这一刻，这样一来，可以省去不少周旋的时间和口舌。

"我们从头到尾都没对外公布过鲍鸿光出事的具体地址，你说的这几个地方，有的距离你们学校直线距离都不止七八公里，反倒是距离你住的那间出租屋不算特别远。虽然你一心想要抓住最后一根救命稻草，把脏水都泼到钱正浩的身上，这么做也和你最初利用钱正浩的梦这个行为很相符，但是很可惜，这些天你可能是以为我们盯上了卜文星，所以根本就没有急着把钱正浩那边的剧本好好地完善一下，到了今天这个紧要关头，一着急，就漏洞百出了。"戴煦对他摇摇头，手不轻不重地在张阳朔背后推了一把。张阳朔趔趔趄趄地进了审讯室的门，听完了戴煦的话，他彻底傻眼了，并且有些魂不守舍。

　　原本方圆还有些担心，怕张阳朔到了审讯室以后还会继续抵赖，结果真的到了这里，张阳朔垂头丧气，好像丢了魂儿一样反倒让人觉得有些放下心来，恐怕被戴煦这么一点一点逼到这个份上，张阳朔也很难有底气再狡辩什么了。

　　方圆他们几个人是实习生，当然不可能由他们负责具体的审讯工作。戴煦安顿好了张阳朔之后，汤力也来了。戴煦告诉方圆他们三个人，如果想旁听可以过去旁听，不想旁听的话就可以提前回去休息一下了。林飞歌和马凯这几天都折腾得挺辛苦，现在真凶落网，他们两个对背后的动机便也没有了多大的兴趣，同戴煦打了招呼，先行离开了。方圆本来就是住在公安局里面的，不存在回家早晚的问题，所以就没有任何犹豫地跟着戴煦进了审讯室，坐在他和汤力的身后，默默地旁听。其实就算是她有家可回，张阳朔到底是出于一种什么样的目的要对鲍鸿光下毒手，以及为什么他要用这么凶残的办法，方圆也都很好奇。

　　"为什么要杀鲍鸿光？因为他告密钱正浩用公费报销个人生活用品这件事，连带着也把你牵扯出来了？是这么回事吗？"张阳朔既然已经颓了，戴煦也不打算再和他兜没有意义的圈子，开门见山地问道。

　　张阳朔垂头丧气地坐在椅子上，听戴煦问自己，抬起眼皮来看了看他，点点头，然后又立刻摇摇头："是，但是不全是。我恨鲍鸿光已经很久了，好多事，我都恨他。这个社会太不公平了，我那么努力，付出了那么多，工作那么辛苦，结果迟迟都拿不到编制。他就因为有钱，根本不需要付出任何努力就能得到我得不到的，本来他就已经得了很多便宜了，偏偏还不肯让人好过。我做总务工作，事情又多又累，还经常出力不讨好，无非是借着采购的机会，给自己添置点儿小玩意儿，一回也就百八十的了不得，多了学校那边也容易发现。我这种行为是不对，但是也算是比上不足比下有余，而且根本没碍着鲍鸿光什么事儿。他偏要打小报告，因为他和钱正浩的过节，把我也给牵扯进去。"

"就因为这么一点小事，你就决定要对他下那么狠的手吗？"

张阳朔晃了晃脑袋："我说了，我就是恨社会不公平，鲍鸿光不过是身边最典型的例子罢了，很多我苦苦追求都得不到的，他却不珍惜……"

"你喜欢关晓珊，对吧？"戴煦忽然插嘴问。

张阳朔有些错愕地抬起头来，愣愣地看着戴煦，他的表情已经等同于告诉了戴煦，他确实对关晓珊有非同寻常的感情。

"你觉得你喜欢关晓珊，但是关晓珊根本看不上你，她看上了鲍鸿光，鲍鸿光却没有珍惜她，并且鲍鸿光还害你被批评，害你不能如期地拿到正式的编制，所以他就应该去死？"戴煦问，然后见张阳朔点了点头，便又追问道，"那为什么同样是嫌贫爱富，你就不恨关晓珊呢？"

"那不一样。女孩子嘛，很容易就会被花花世界蒙蔽。如果不是鲍鸿光他们那种炫富的男人到处招摇，怎么会有那么多女孩儿追求物质？"张阳朔虽然知道自己难逃制裁，没精打采，但说起这件事来的时候，他还是有些咬牙切齿，说完，他忍不住问戴煦，"你怎么会知道我喜欢关晓珊？这事儿我谁都没告诉过，连关晓珊本人我都没说漏过一个字。"

"很简单，关晓珊和鲍鸿光两个人的唇枪舌剑，他们年级组的人都知道，假如这件事和你完全扯不上任何关联，以你之前一边借用了钱正浩的梦做幌子，一面还不忘再多向我们提供一个卜文星的做法，肯定也会把关晓珊抖出来的，可是你偏偏没有，你对关晓珊一个字都不提。再加上你有事没事地还能找各种借口到关晓珊办公室里去，那最大的可能性就是你对她感觉比较特别。"

张阳朔有些懊恼地再次垂下了头。

"事到如今，咱们就别我问一句你答一句的吧，说说你是怎么对鲍鸿光下手的，为什么要按照钱正浩的梦来作案，你是先有的这个打算，还是临时起意？"戴煦问。

张阳朔重重地叹了口气，说："我一开始就是恨，我听说错过了之前的那一批，搞不好最近一两年都没有空余的编制能给我们了。上头最近管得也严，然后那天我去他们办公室，关晓珊和他正你一句我一句地拌嘴，我就心里特难过。他那么一个人渣，关晓珊至少还跟他吵，轮到我这里，关晓珊对我永远不冷不热，我心里都明明白白的。正好也是巧了，我想对他动手的前几天，他私下里找我，让我下回出去帮学校采购的时候，给他多买几样东西。我不答应，他就骂我，说我能帮钱正浩就能帮他，不然他有的是办法让我下一批也还拿不到编制。我那时候就恨上了，要不是有他那种败类的存在，我也不会受到这么多的不公平待遇，所以我就想对他下手。本来没打算这个时候的，我想等寒假再说，但是正好他私下里和他们年级主任通了气，说不来上班就不来了，我就好好地摸清楚了他的行踪，发现他也没去哪儿，成天就在家里窝着，我就有点动心了。也是赶巧了，我有个朋友的丈母娘过来，他租了个车招待他们，原来计划是要待四天的，结果才待了三天家里有事，就提前回去了。我一想，出租车什么的不稳妥，从他手里把车转租过来，我以为这样就不会怀疑到我了呢。”

"那天你是怎么知道鲍鸿光晚上有约一定会出来的？"汤力问。

"我在学校的时候听到张保跟他打电话来着，我听张保说约了几点，所以我就请了半天假，取了车过去等着他了。他出来之后，我跟他说我也去张保那儿，顺路载他过去。那天他之前就喝了点酒，脸红脖子粗的，也没咋怀疑就上车了，上车没一会儿就开始睡，所以我后来的计划就都特别顺利。"

"你在车上对鲍鸿光做了什么？"戴煦更在意车子里的血迹是怎么留下的。

张阳朔抿了抿嘴："我……我之前看书上说，往人的血管里扎酒，可以让人醉酒，要是打多了还能醉死，所以我就想试试。我之前弄到一次性注射器，把车开到没人的地方，鲍鸿光正好酒劲儿上来睡死过去了，我就想给他扎针，第一次没扎好，第二次扎好了。我原来是想多给他扎点，但是后来一想不对，要是我在车上把他弄死了，回头我不好把他搬回家，我就没打那么多，只打了一点点，就让他睡不醒就行了。"

"你会打针？"

"我妈是个护士，以前她教过我，而且鲍鸿光一个大男人，找大血管还是比较容易扎进去的。"张阳朔回答。

第七十二章　借刀杀人

"第一次没扎好是怎么回事？"戴煦问。

"就是我给他扎，他觉得疼了就乱动，结果针把他胳膊划破了，我手也被划破了。"张阳朔继续说，"后来我把他扶到我住的地方，他迷迷糊糊以为去张保那儿呢，就跟着我进屋去了，进屋之后我给他又狠狠地打了几管酒精进去，他后来就不行了。本来我也不知道该怎么处理他的尸体，就找了个大编织袋套上，扔到外面的开放阳台上去了，那儿冷，死人不会烂。第二天学校开大会，正好钱正浩在那儿讲他做了个梦，我一听，正好是一招借刀杀人，我就记下来，按照他说的去做了。我之前听他说过他每天晚上出去散步，总能遇到野猫野狗什么的，所以我就挑了他走的线路上扔尸块。"

"为什么要陷害钱正浩？"戴煦问。

"因为我被鲍鸿光坑，就是钱正浩引起的，要不是他自己无能，得罪了鲍鸿光，还总找我要这要那，我也不会走到这一步。"张阳朔垂着脸啜泣着，"我的命太苦了，我被鲍鸿光和钱正浩给害苦了啊！"

戴煦和汤力对视一眼，都默默地叹了口气。在他们看来，害了张阳朔的人恰恰是他自己，如果最初他没有自己率先假公济私，不论是钱正浩还是鲍鸿光都无法左右到他，偏偏他却看不到这一点，是他偏激的性格、阴暗的内心以及贪婪而不自知，才导演出这样的一出悲剧。